COLEÇÃO MUNDO AFORA

CRISTINA MORALES
Leitura Fácil

TRADUÇÃO
Elisa Menezes

*mundaréu

©Editora Mundaréu, 2024 (esta edição e tradução)
©Cristina Morales, 2018

Publicado por acordo específico com The Ella Sher Literary Agency e Villas-Boas & Moss Agência Literária

Título original
Lectura Fácil

COORDENAÇÃO EDITORIAL
Silvia Naschenveng

CAPA
Estúdio Pavio (a partir de "'Enseignemens que Cristine donne à son Filz", França c. 1410, atribuída ao mestre do Duque de Bedford, em *Le livre de la Cité des Dames*, de Christine de Pizan (Itália, 1363-c. 1430, França); Catalogue of Illuminated Manuscripts of the British Library, sob licença CC-BY - https://creativecommons.org/licenses/by/4.0/).

DIAGRAMAÇÃO
Luís Otávio Ferreira

PREPARAÇÃO
Marina Waquil

REVISÃO
Fábio Fujita e Vinicius Barbosa

Esta obra contou com o apoio das Becas de Escritura Montserrat Roig da Prefeitura de Barcelona. Em 5 de novembro de 2018, um júri composto por Rafael Arias, Gonzalo Pontón Gijón, Marta Sanz, Juan Pablo Villalobos e a editora Silvia Sesé concedeu o 36º Prêmio Herralde de Novela a Leitura Fácil, de Cristina Morales. Sistema do tato, de Alejandra Costamagna, foi finalista.

Edição conforme o Acordo Ortográfico da Língua Portuguesa (1990).

```
Dados Internacionais de Catalogação na Publicação (CIP)
            Angelica Ilacqua CRB-8/7057

    Morales, Cristina
        Leitura fácil / Cristina Morales ; tradução de Elisa
    Menezes. -- São Paulo : Mundaréu, 2023.
        416 p. (Coleção Mundo Afora)

        ISBN 978-65-87955-17-9
        Título original: Lectura fácil

        1. Ficção espanhola I. Título II. Menezes, Elisa III.
    Série

    23-5650                                    CDD 863

            Índices para catálogo sistemático:
                1. Ficção espanhola
```

2023
Todos os direitos desta edição reservados à
EDITORA MUNDARÉU LTDA.
São Paulo — SP

🌐 editoramundareu.com.br
✉ vendas@editoramundareu.com.br
📷 editoramundareu

Leitura Fácil
Lectura Fácil

À minha vó Paca: uma Bernarda Alba que desafiava, com francas gargalhadas ou com luvas de pelica, a autoridade de familiares, geriatras, cuidadoras, enfermeiras e assistentes sociais.

Aos peitos adolescentes que Francisca Vázquez Ruiz conservava aos oitenta e dois anos (Baza, 1936-Albolote, 2018).

Não é porque pessoas com problemas começaram
a dançar que a dança cause problemas.

AMADOR CERNUDA LAGO,
"Psicopatología de la danza", 2012

Afirmo que a puta é minha mãe
e que a puta é minha irmã
e que a puta sou eu
e que todos meus irmãos são bichas.
Não nos basta enunciar ou dizer em voz alta
nossas diferenças:
Sou mulher,
Sou lésbica,
Sou índia,
Sou mãe,
Sou louca,
Sou puta,
Sou velha,
Sou jovem,
Sou deficiente,
Sou branca,
Sou morena,
Sou pobre.

MARÍA GALINDO,
Feminismo urgente. ¡A despatriarcar!, 2013

Tenho comportas instaladas nas têmporas. Elas se fecham verticalmente, como as do metrô, e enclausuram meu rosto. Podem ser representadas com as mãos, fazendo o achou dos bebês. Cadê a mamãe, cadê a mamãe? Achoooooooou!, e no achou as mãos se separam e a criança gargalha. As comportas das minhas têmporas não são feitas de mãos e sim de um material liso, resistente e transparente, com um acabamento em borracha que amortece o fechamento e a abertura e garante a vedação hermética. Exatamente como as comportas do metrô. Embora seja possível ver perfeitamente o que se passa do outro lado, elas são altas e escorregadias o suficiente para que não se possa pulá-las ou se agachar para passar por baixo delas. Da mesma forma, quando minhas comportas se fecham, meu rosto recebe uma máscara dura e transparente que me permite ver e ser vista, e parece que nada me separa do exterior, embora, na verdade, a informação tenha parado de fluir entre um lado e outro e a única troca possível seja de estímulos básicos de sobrevivência. Para ultrapassar as comportas do metrô é preciso subir na máquina que fura os bilhetes e que, por sua vez, serve de engrenagem e de separação entre um par de comportas e outro. Isso ou comprar o bilhete, é claro.

    Às vezes elas, minhas comportas, não são uma máscara dura e transparente mas sim uma vitrine através da qual observo algo que não posso comprar, ou sou observada, desejada por outro que quer me comprar. Quando falo das minhas comportas não é num sentido figurado. Estou tentando a todo custo ser literal, explicar uma mecânica. Quando eu era pequena não entendia as letras das músicas porque eram cheias de eufemismos, metáforas, elipses, enfim, de retóricas nojentas, de esquemas de significados nojentos e predeterminados em que "mulher contra mulher" não quer dizer duas mulheres brigando e sim duas mulheres trepando. Que distorcido, que subliminar e que antiquado. Se ao menos se dissesse "mulher com mulher"... Mas não: é preciso esconder ao máximo que há duas mulheres aí chupando a boceta uma da outra.

Minhas comportas não são uma metáfora de nada, não estou me referindo a nenhuma barreira psicológica que me afasta do mundo. Minhas comportas são visíveis. Há uma dobradiça retrátil em cada uma das minhas têmporas. Das têmporas até os maxilares há fendas por onde cada comporta entra e sai. Quando estão desativadas se alojam atrás do rosto, cada uma ocupando sua metade oposta: meia testa, um olho, meio septo e uma narina, uma bochecha, meia boca e meio queixo.

A última vez que elas se ativaram foi na aula de dança contemporânea de anteontem. A professora dançou para si mesma por seis ou sete prazerosos e rápidos segundos e depois marcou a coreografia um pouco mais devagar para nós, que deveríamos decorá-la e repeti-la. Deu play de novo e se posicionou bem na frente do espelho para que nós a acompanhássemos. Para mim é fácil acompanhá-la se for devagar. Executo os movimentos com um segundo ou menos de atraso, tempo que preciso para imitá-la de rabo de olho e lembrar o que vem em seguida, mas os executo de maneira intensa e completa, e isso me satisfaz e me dá a sensação de que sou uma boa bailarina. Sou uma boa bailarina. Mas dessa vez a professora estava com mais vontade de dançar que de ensinar a dançar, e não consegui acompanhá-la. Ela contou cinco-seis-sete-oito e começou, com os cabelos ao vento que ela mesma provocou, narrando por cima da música e sem parar os passos que ia executando. Dobradiças retráteis são ativadas, placas de poliuretano deslizam de forma limpa e silenciosa da parte de trás rosto até a frente e se vedam. Já não estou mais dançando e sim balbuciando a contragosto. Faço uns passos pela metade, pulo outros, imito as colegas avançadas para ver se consigo me reconectar e finalmente paro enquanto as outras dançam, me encosto na parede e fico olhando para elas. Parece que estou prestando uma atenção enorme para aprender direito a coreografia, mas não poderia ser mais distante disso. Não estou decompondo em uma série de movimentos o novelo de lã que a dança é, não estou segurando a ponta do novelo para não me perder no labirinto de direções que a dança é. Estou é brincando com o novelo feito uma gatinha, reparando na qualidade dos corpos e das roupas das minhas colegas.

Em meio às sete ou oito alunas há um aluno. É um homem, mas acima de tudo é um macho, um constante exibidor de sua hombridade em um grupo formado por mulheres. Anda vestido com cores desbotadas, barba por fazer, cabelo comprido e está sempre pronto para apelar à comunidade e à cultura. Ou seja, um fascista. Fascista e macho são sinônimos para mim. Dança de um jeito todo duro, parece de madeira. Isso não é de forma alguma algo condenável, assim como também não devem ser minhas comportas, que todas as mulheres da turma já notaram e me deixaram em paz. O macho, no entanto, fingiu que não as viu e, quando terminou a coreografia da qual eu tinha saído, se aproximou para me mostrar onde eu tinha errado e se ofereceu para me corrigir. Além do corpo, o cérebro dele é de madeira, e isso sim é condenável. Sim, sim, tá, tá, respondi sem sair do lugar. Se tiver dúvida pode me perguntar quando quiser, concluiu sorridente. Minha nossa senhora amada, ainda bem que as comportas estavam fechadas e que a macheza chegava amortecida por meu total desinteresse pelo entorno. Esse é um exemplo claro de quando as comportas são uma vitrine atrás da qual estou exposta e intocável. Não é que anteontem eu não conseguisse acompanhar a coreografia, é que eu não queria acompanhá-la, não estava a fim de dançar de maneira coordenada com sete desconhecidas e um macho, não estava a fim de masturbar os sonhos de coreógrafa da bailarina que acabou virando professora num centro cívico municipal e não estava a fim de fingir ser uma companhia de dança profissional quando não passamos de um grupo de meninas numa creche para adultos, e isso de ter vontade de não fazer alguma coisa é algo que as pessoas não entendem.

Não sei se eu viveria melhor no totalitarismo de Estado, mas vá se foder esse totalitarismo do Mercado, diz minha prima, que hoje chorou de soluçar na assembleia da PAH ao descobrir que, para ter acesso a uma habitação social, é preciso ganhar no mínimo mil e vinte e cinco euros por mês. Não chore, Marga, digo, passando a ela um lenço de papel. Pelo menos agora o Mercado tem nome de mulher: é o totalitarismo da Mercadona, onde as câmeras de vigilância não ficam nos corredores e sim sobre a cabeça dos funcionários, e graças a isso podemos afanar o desodorante e os absorventes e até tirar as camisinhas das caixas, que têm o adesivo que apita, e enfiá-las nos bolsos. Venho dizendo a Margarita para ela começar a usar coletor menstrual e parar de afanar absorventes e O.B.s, assim sobra lugar na bolsa para mais coisas, o mel, por exemplo, ou o achocolatado, que é tão caro. Ela me diz que o coletor menstrual custa trinta euros, que ela não tem trinta euros e que o coletor não se encontra nos supermercados mas nas farmácias, e que é dificílimo afanar nas farmácias, lá sim há câmeras direcionadas para o cliente e, além disso, as portas apitam toda vez que alguém sai ou entra. Tentei afanar um coletor menstrual para dar de aniversário para outra amiga, e é verdade que não encontrei em lugar nenhum, nem no El Corte Inglés, e as farmácias intimidam. Mas e se for à noite, numa farmácia onde o farmacêutico seja muito velho e esteja de plantão? Você devia parar de afanar camisinhas e começar a usar pílula, ela me diz, porque o tempo que você passa abrindo as quarenta camadas de plástico da caixa dá muito na vista. Nem pensar, me entupir de hormônios, viver sistematicamente medicada só para dar ao macho o gostinho de gozar dentro. Não entendo que porra de emancipação a pílula dá. Os dermatologistas prescrevem a pílula para acabar com as espinhas das meninas, porque é claro que a acne juvenil é uma doença, e não se trata de ficar mais ou menos bonita, não, nem de se transformar em um depósito de esperma. Trata-se da saúde das nossas adolescentes, claro que sim. Não dá para ser promíscua sem camisinha, Marga, nem que seja pelas doenças sexualmente transmissíveis, nem que seja por isso. Ah, porque essas é que são doenças de verdade, né?, ela responde. E não são?, respondo. Mas se a aids não existe, Nati, do que você está falando. Menos de um por cento da população. Há mais suicídios por ano na Espanha que casos de aids. Mas é que eu não trepo com espanhóis, Marga, são todos uns fascistas. Porra, Nati, você é mais reacionária que o cálice sagrado. E você é uma hippie, vê se corta essa juba.

Em outra aula de dança da Creche para Adultos Barceloneta (CREPABA), outra professora de contemporâneo pediu que tirássemos as meias. Íamos fazer piruetas, e ela queria garantir que não escorregaríamos. Todo mundo tirou as meias menos eu, que estava com uma bolha em processo de cicatrização no dedão do pé direito. A professora repetiu a ordem dissimuladamente. Foi dissimulada por dois motivos: primeiro, porque não disse "Tirem as meias" mas "Vamos tirar as meias", quer dizer, ela não deu a ordem, declarou seu resultado, evitando a impopular enunciação do verbo no imperativo. Segundo, foi dissimulada porque não se dirigiu à alteridade que nós alunas constituímos em qualquer turma, seja de dança ou de direito administrativo, em relação à professora. Ela disse "Vamos tirar as meias" e não "Tirem as meias", incluindo a si mesma na alteridade e assim a eliminando, criando um "nós" falacioso em que professora e alunas se confundem.

Repetiu a ordem dissimulada dissimulando-a de novo: eu era a única pessoa de meia na sala e, no entanto, em vez de dizer "Tire as meias", repetiu o plural "Vamos tirar as meias". Ou seja, além de dissimular o imperativo e o vocês, dissimulava o fato de que uma única e singular aluna a desobedecera. Se fossem várias pessoas de meia, a professora teria compreendido que alguma causa, por mais minoritária que fosse, as motivava a agir de maneira diferente e teria tolerado a diferença. Uma causa minoritária de insubmissão pode se tornar respeitável. Uma causa individual, não. Todo mundo olhou para os pés nus uns dos outros. Sou míope e preciso tirar os óculos para dançar, então não posso afirmar com certeza que todos os olhares se concentraram em meus pés vestidos. Por sorte, as comportas têm grau, 2,25 de dioptria na placa direita e 3,10 na esquerda, e estão preparadas para a nítida observação do fascismo contra o qual me equipam.

Após as duas falidas ordens dissimuladas, a professora sueca Tina Johanes chegou à conclusão de que eu, além de míope, devia ser surda ou não falava espanhol. Movida por essa humana compreensão, deu play e, enquanto os alunos treinavam a pirueta demonstrada, se aproximou de mim, interrompeu meu giro desajeitado e falou comigo, desta vez usando a pessoa verbal adequada.

— Você está bem?
— Eu?
— Você entende espanhol?
— Sim sim.
— É que você não tirou as meias.
— É que eu estou com um machucado no pé.
— Ah, claroclaroclaro — disse ela, dando um passo para trás e mostrando as palmas das mãos para sinalizar desculpas, que queria evitar conflito, que não tinha armas dentro da meia-calça.

Agora nem pirueta nem nada. Agora apenas a constatação ininterrupta do lugar em que me encontro, de quem os outros são, de quem Tina Johanes é e de quem eu sou. Dane-se a ilusão de estar aprendendo a dançar. Danem-se os quatro euros a hora que eu pago pelas aulas com o desconto para desempregados. Quatro euros que eu poderia ter gastado para ir e voltar de trem da Universidade Autónoma, onde danço sozinha, mambo, nua, mal. Quatro euros que eu poderia estar gastando em quatro cervejas na vendinha de um chinês, quatro euros que dariam a largada em uma festa ou que me jogariam mortalmente na cama sem chance de pensar na morte. Estou na Creche para Adultos Barceloneta (CREPABA). Os outros são eleitores do Podemos ou da Candidatura de Unidad Popular, a CUP. Tina Johanes é uma figura de autoridade. Eu sou bastardista mas de passado bovarístico, e por causa dessa herança de merda ainda penso na morte, e por isso estou morta por antecipação.

Não dá para pular as comportas da estação de trem para ir à Autónoma? É muito arriscado, a viagem é longa, e me manter alerta para fugir do fiscal por doze estações arrebenta com meus nervos, sinto um redemoinho no estômago, me dá vontade de cagar, e fico me contorcendo por doze estações. Começo a soltar peidos silenciosos, apertando o cu para que não façam barulho, me equilibrando sobre os ísquios no assento, sentindo vergonha do cheiro. Uma vez cheguei à Autónoma com a calcinha cagada. Depois de soltar um pouquinho de cocô fica mais fácil de aguentar, mas ainda restam seis estações com esse lamentozinho de merda na bunda. Não tem banheiro no trem? Não, não tem banheiro nos trens de curta distância da Generalitat. Você precisa entrar no trem já tendo mijado, cagado e transado. Nos trens administrados diretamente pela Renfe e pelo Ministério do Interior tem banheiro. Entre Cádiz e Jerez, que estão à mesma distância que separa Barcelona e a Universidade Autónoma, é possível dar uma rapidinha. Podemos concluir, então, que a ausência de banheiros nos trens é mais uma medida repressora e que, no que diz respeito a banheiros e trens, a Generalitat é mais totalitária que o Estado espanhol.

Fala, Angelita, estou lendo seu pensamento e quero ouvir você dizer: Tina Johanes estava pedindo para você tirar as meias para o seu bem (Angelita não disse Tina Johanes, disse "a professora"). Para que você não escorregasse. Para que você não caísse e acabasse se machucando. Para que você dançasse melhor. Assim como o cara da outra aula quando você saiu da coreografia (ela não disse coreografia, disse "dança"). Você é uma exagerada. Você é incapaz de sentir um pingo de empatia (ela não falou assim, disse: "Você não sabe se colocar no lugar do outro e é uma egoísta"). Você pagou por aulas de dança, ou seja, pagou para receber ordens (também não falou desse jeito, disse: "Você se matriculou em aulas de dança, de que adianta se matricular em aulas de dança se você não quer aprender os passos de dança"). Você está (isto ela disse exatamente assim) querendo ter tudo ao mesmo tempo, Nati, e, para piorar, você é um pouco espanholista. Era aí que eu queria chegar, Angelita! Era com esse figurino que eu queria sair hoje à noite! Obrigada, obrigada, obrigada! (A essa parte ela responde ofendida porque a chamo por seu nome original em espanhol e não pelo seu neobatismo catalão — Àngels —, e ainda por cima uso o diminutivo.) Perdoam seu reacionarismo, Nati, porque você é meio bonita (que na verdade foi: "Você se comporta feito uma criança mimada e ninguém diz nada porque você é bonitinha"). Se fosse meio feia ou totalmente feia seria desprezada e vista como ressentida (ou seja: "Se você fosse feia, ou velha, ou gorda, sentiriam pena e nem te dariam bola"). Você está enganada, respondi. Está muitíssimo enganada. Uma garota meio bonita, não vou nem falar de uma bonita ou de uma gostosa, não tem direito ao radicalismo. Bonita desse jeito, está reclamando do quê? Como pode uma garota tão bonita não estar feliz da vida? Como uma garota bonita pode ter a boca tão suja? Isso fica tão feio em uma mulher que não é feia. Como ela se atreve a recriminar uma cantada ou um assobio meu se estou justamente elogiando essa puta? A outra versão da censura ao radicalismo das bonitas é parecida com a que você acabou de enunciar: elas criticam porque são bonitas, se atrevem porque são bonitas e, por serem bonitas, por constituírem uma bela embalagem para a contestação, sua crítica é considerada e ouvida. Mas cuidado, Angelita, que essa merda é tão grande quanto o porre que a gente acabou de tomar! Isso é o que dizem aquelas hippies que colocam florzinhas no cabelo, que têm medidas de top model, que têm no máximo vinte e cinco anos, que mostram as tetas na frente do Congresso e do Vaticano, e que deveriam se chamar Semen em vez de Femen pelas poluções noturnas que provocam em seus alvos patriarcais.

Adoro ficar meio altinha com Ángela porque por fora mal dá para perceber, mas por dentro estamos a mil, ficamos superfalantes, a gagueira dela aumenta, e nos separamos do restante do pequeno grupo, quase sempre formado pelas mesmas pessoas: a própria Ángela, Marga e eu. Às vezes minha meia-irmã Patricia aparece com alguma de suas amigas, que são garotas Semen, ou com algum de seus amigos, que eu não sei se são machos porque não são espanhóis e nunca conversei com eles por mais de quinze minutos porque se tem uma coisa que eles são é boêmios, e isso é ainda mais insuportável que as Semen, suas companheiras reivindicativas naturais. Mas a única vez que minha meia-irmã mostrou suas tetas minúsculas em público, mamilos feito gemas grudadas no peitoral reto, foi na bilheteria de um espetáculo de pornoterrorismo a pedido da bilheteira, que disse que se ela mostrasse as tetas entraria de graça.

Marga não lê absolutamente nada, nem revistas no cabeleireiro, nem mesmo as revistas de cabeleireiro em que só há fotos de cortes de cabelo, então foi de uma generosidade imensa ela ter se dado ao trabalho de me trazer um fanzine do ateneu anarquista para onde o pessoal da PAH a encaminhou. O fanzine reproduz o feliz momento em que a boliviana María Galindo cunha o conceito de bastardismo, que aparece nas páginas 106 e 107 de seu livro *Feminismo urgente: ¡A despatriarcar!*, publicado em 2013 em Buenos Aires:

> Porque o desejo não circulou nem circula livremente pela sociedade, porque o desejo foi disciplinado sob um código colonial de dominação, não podemos falar de mestiçagem.
> Por essa domesticação colonial do desejo erótico sexual é que eu prefiro falar de bastardismo e não de mestiçagem. Houve mistura, sim, a mistura foi tão vasta que abarcou a sociedade inteira, sim, mas não foi uma mistura livre e horizontal; foi uma mistura forçada, subjugada, violenta ou clandestina, cuja legitimidade sempre esteve sujeita a chantagem, vigilância e humilhação. A mestiçagem é uma meia verdade que, por trás do seu manto de vergonha e hipocrisia, se chama bastardismo. Meia

verdade que, sem a maquiagem, a dissimulação e os disfarces, se chama bastardismo.

A mestiçagem é uma meia verdade de um lugar social brutalmente conflituoso, dolorosamente mal resolvido, ardorosamente ilegítimo e centenas de vezes proibido. É um ato libertador nomeá-la com seu nome próprio e também poder dizer que aqui não há mestiças, e sim bastardas. A condição de brancas, assim como a condição de indígenas, é uma espécie de refúgio fictício para encobrir o que há de mais angustiante e que é a questão não resolvida da origem.

Poderíamos dizer que o bastardismo é minha ideologia, apesar de a criadora do conceito abominar o conceito de ideologia pelo que ele tem de vanguarda, de academia e, portanto, de estrutura hierárquica e patriarcal. De fato, María Galindo não fala de bastardistas mas de meras e simples bastardas. Isso de bastardista, com essa terminação -*ista* que designa a clássica adesão ideológica, é coisa minha.

Alguns meses atrás me deleitei com uma palestra que a autora proferiu no Museu de Arte Contemporânea de Barcelona (MACBA), os mesmos meses que foram necessários para que seus livros, impossíveis de achar na Espanha e, por isso, trazidos da Bolívia por ela mesma, fossem fanzineados e distribuídos nos espaços libertários. Apesar de serem muito baratos (dez euros por livros de mais de duzentas páginas, com fotos coloridas e até um DVD incluso), eu não tenho dinheiro e não estava nos meus planos afanar os livros daquela mulher cuja palestra me havia feito chorar. A princípio pensei que chorava pelos mesmos motivos que os bebês choram ao nascer, pela transição de uma vida a outra, a transição das trevas à luz. Mas esse choro implica dor, e as palavras de Galindo não tinham me machucado, elas tinham me acariciado, me abraçado, fizeram amor comigo como uma amante compreensiva e experiente faz com uma amante menos experiente ou até mesmo virgem. Eu era virgem quanto à consciência bastarda. Galindo não acredita que a dor ou o trauma sejam fonte alguma de libertação. Eu chorava, então, de prazer. Nesse caso específico, o prazer da politização, ou seja, o prazer de emergir da lama de uma situação de submissão. O prazer de localizar o dedo indicador da mão, esticá-lo e apontá-lo contra seu algoz. Aprender a apontar, passar de vítima a sujeito: esse prazer. A politização se deu rapidamente, nos escassos cinquenta minutos que María Galindo teve para falar.

Alguma eurocêntrica de esquerda dirá que Galindo fala da sociedade boliviana e que esse contexto não pode ser transposto para minha situação de opressão barcelonesa. Devemos responder o seguinte a essa branquinhocêntrica: por acaso você viveu na Inglaterra de 1848? E isso te impede de citar o vovô Marx falastrão toda vez que você fala de classes sociais? Por acaso você viveu nos gulags dos anos 1930? E isso é algum empecilho para você evocar o autoritário Trótski? E você não tem um altar laico para as frivolidades burguesas de Simone de Beauvoir e de Simone Weil, mesmo sem ter nascido na Paris ou na Berlim do entreguerras? Parece que, para a fascista de esquerda, apenas as teorias políticas vindas do Ocidente são universalizáveis, nelas a fascifeminista não vê problemas de contexto. É preciso lembrar a essa fulana de merda que nas periferias do progresso também se articula, se escreve e se aplica pensamento, e que, se você não for uma pirralha mimada ocidental, saberá reconhecer a potência aglutinadora que emana do subúrbio de origem até estes outros subúrbios nossos. Eu digo bastardista e não bastarda e faço isso para dar ao bastardismo uma projeção teórica que transcenda seu contexto, como a própria María Galindo propõe, e que, a nove mil quilômetros de sua fundação, ressoou em mim.

Previamente e sem cerimônia de iniciação fundei o clube das Bovaristas ou das Bobaristas, inspirado no bovarismo ou bobarismo, dependendo da quantidade de bobagem que imprimíssemos nos afazeres amorosos. Éramos quatro membros e, de todas nós, apenas uma havia lido *Madame Bovary*, e só eu tinha visto os dois filmes existentes baseados no livro, que, apesar do meu imenso esforço e do meu compromisso para com a história da literatura, só consegui ler até a página catorze. Os filmes, no entanto, são estimulantes, instrutivos. Em um deles, Madame Bovary é loira e, no outro, morena. Outras duas companheiras completavam o clube, representantes dos níveis superior e inferior de enfermidade bovarística e que de *Madame Bovary* só sabiam aquilo que a única leitora do livro e eu contávamos. Acho que a transição do bovarismo para o bastardismo é algo normal e um sinal de maturidade. Acho que não terminar de ler *Madame Bovary* também é um sinal de maturidade e um primeiro gesto bastardista.

Minha época bovarística coincide com meus anos de conservatório, chegando ao apogeu quando fiz o mestrado e ao colapso quando entrei no grupo de pesquisa para concluir o doutorado. Agora, olhando para trás, percebo que o Grilo Falante da consciência bastarda vem sussurrando no meu ouvido há muito tempo. Lembro que uma tarde eu estudava para a prova de balé clássico do terceiro ano e senti pela primeira vez na pele o que era a alienação. Pela segunda vez. A primeira havia sido quatro anos antes, aos dezesseis, nas manifestações do Não à Guerra por conta da segunda invasão do Iraque. Assim como aconteceu com a leitura de *Madame Bovary*, depois de quinze minutos marchando com a massa eu tive que ir embora. Gesto indubitavelmente bastardista.

A alienação pode ser duas coisas: a originária do avô Marx e a adaptada à opressão de cada uma, baseada na originária. Vovô Karl dizia que alienação é a despossessão do trabalhador em relação aos bens de produção. Eu digo que alienação é a identificação de nossos desejos e interesses com os desejos e interesses do poder. A chave, no entanto, não está nessa identificação, que acontece constantemente na democracia: acreditamos que votar nos beneficia e votamos. Acreditamos que os benefícios da empresa nos beneficiam e trabalhamos eficientemente. Acreditamos que reciclar nos beneficia e temos quatro sacos de lixo diferentes em nossos apartamentos de trinta metros quadrados. Acreditamos que o pacifismo é a resposta à violência e então percorremos dez quilômetros batucando. A chave, digo, não está na ridícula vida cívica, e sim em sua constatação, em perceber que estamos fazendo o que nos mandam da hora que levantamos até a hora que nos deitamos e que mesmo deitadas obedecemos, porque dormimos sete ou oito horas durante a semana e entre dez e doze aos fins de semana, e dormimos direto, sem nos permitir vigílias, e dormimos à noite, sem nos permitir sestas, e não dormir nas horas exigidas é considerado uma anomalia: insônia, narcolepsia, vadiagem, depressão, estresse. Diante da onipresente alegria cívica, três coisas podem acontecer. Uma delas é você não perceber o quanto é obediente, de maneira que nunca se sentirá alienada. Você será uma cidadã com suas opiniões eleitorais e sexuais. Ou seja: continuará o terceiro ano do curso de balé clássico porque é sua obrigação, foi para isso que te deram uma bolsa. Continuará se manifestando com o grito de Não mais sangue por petróleo, de Salvem a Saúde Pública, de In-Inde-Independência, que é para isso que você vive em uma democracia e tem liberdade de expressão.

Segunda possibilidade: você se dá conta do quanto é obediente, mas não se importa. Não se sente alienada porque justifica a obediência devida. Toma para si a frase de que vivemos no sistema menos ruim e que os partidos políticos são males menores. Você é uma defensora da coisa pública. Continua estudando balé clássico porque não há outro remédio, porque é melhor que servir mesas e porque você aspira a um trabalho decente. Continua gritando Lugar de bicicleta é na rua, Salvem a Educação e A-Anti-Anticapitalistas porque acredita que é preciso tomar as ruas, que você considera suas.

Terceira possibilidade: você se dá conta do quanto é obediente e não suporta isso. Agora sim está alienada. Parabéns! Não suporta fazer fila para te cobrar. Fazer fila para pagar em vez de eles fazerem fila para te cobrar é o cúmulo da alienação. Não suporta os domingos de eleições. Os eleitores saem bem-vestidos e barbeados, encontram o vizinho e comentam em quem vão votar e por que, olham com curiosidade todos os nomes nas cédulas de votação, permitem-se uma margem mínima de dúvida, mas no final sempre prevalece a decisão que tomaram em casa. Levam as crianças, as crianças brincam com outras crianças, correm de um lado para o outro, os pais as levantam até a urna para que depositem o voto, ou, se já são maiorzinhas, elas mesmas o depositam. Há até os que levam para casa um panfleto de cada partido para sua coleção. Depois saem para tomar uma cerveja na calçada de algum bar se o tempo estiver bom. A festa da democracia! Vença quem vencer, a democracia sempre vence! Nas últimas eleições europeias fui ao colégio para reafirmar meu desgosto, e todo mundo ficou olhando para minhas tetas. Estava sem sutiã e com uma camiseta justa. Das bocas dos cidadãos e das cidadãs, dos alegres cívicos e cívicas, saíam vermes enquanto conversavam, animada e domingueiramente, e desviavam a atenção de seu interlocutor para meus mamilos, da mesa de votação para meus mamilos, e me pareceram pacatos e pacatas apoiadores e apoiadoras da prostituição, apesar de eles nunca terem ido a um puteiro (mas terem, isto sim, trepado muitas vezes com suas namoradas e mulheres quando elas claramente não estavam com nenhuma vontade) e de elas nunca terem cobrado explicitamente para trepar (mas terem, muitas vezes, trepado sem vontade com namorados e maridos, impelidas pelo contrato de sexo-amor que os une). Eles, prostituintes. Elas, servidoras do jantar do prostituinte quando ele volta para casa. A prostituta não era eu e nem a representava, pois minha única insinuação foi existir. Fiquei calada, não repreendi ninguém, saí assim que percebi que minhas comportas começavam a se ativar. A prostituta, isto é, o ser sobre quem exercer domínio, estava ausente. Nenhuma puta era necessária no colégio eleitoral porque a tarefa política do votante, tanto mística quanto simbolicamente, não requer objeto de dominação. Diferentemente da tarefa política do tirano ou do estuprador, que precisam da imanência de seu objeto e da experiência do domínio, para o votante basta a ilusão da possessão, de ter em seu papelzinho dentro do envelopezinho o destino de alguma coisa. A festa da democracia é uma missa em que o banquete se limita a uma hóstia consagrada por cabeça. Como não podia deixar de ser, os votantes ficavam com fome de domínio e por isso comiam com os olhos meus mamilos duros. Com os olhos e nada mais, é claro. Não trepo com espanhóis nem com ninguém que tenha votado nas últimas eleições, sejam elas locais, autonômicas, nacionais ou europeias, ou eleições sindicais, ou eleições primárias para eleger o líder de um partido, ou em referendos pela independência, pela assinatura de um tratado de paz, pela extensão do mandato presidencial, pela reforma da Constituição, pelo cancelamento da dívida europeia ou pela saída da União Europeia, todos cidadãos imbecis.

O macho tem uma filha, coitadinha. Ele andava de mãos dadas com ela esta tarde perto do centro cívico da Barceloneta. Quem estava buscando quem na creche? Como naqueles contos de fadas às avessas em que o príncipe se apaixona pela bruxa e o garfo é usado para tomar sopa, na CREPABA são as crianças que buscam os pais, tios e avós. Naquela tarde as crianças acompanhavam pacientemente os mais velhos à apresentação de final de curso da Creche, protagonizada por doze adultas que demonstrariam o que aprenderam durante nove meses de oficinas de dança contemporânea, dança-teatro e perspectiva de gênero aplicada às artes cênicas. O espetáculo seria realizado na rua e, enquanto as adultas e sua diretora, Eleonora Stumpo, respeitavam no saguão da Creche os quinze minutos de tolerância concedidos ao público retardatário, elas, quero dizer, as crianças, entretinham seus pais deixando que eles as erguessem no ar, dando-lhes o prazer de dançar e pular ao ritmo dos disparos de música da passagem de som, e até dançando e pulando sem música, fingindo não se machucar quando caíam de bruços durante uma dessas danças amalucadas, contendo as lágrimas diante da eterna exigência adulta de "não foi nada, menino bonito, menina bonita não chora!", e sem chorar para não os envergonhar na frente dos outros pais, tudo para não atrapalhar a festinha dos adultos.

Que delícia os fins de tarde de verão na Barceloneta! A temperatura é cinco graus mais baixa que no resto da cidade, o ar parece limpo, e basta adentrar um pouco o bairro para que o número de turistas por metro quadrado caia a níveis toleráveis, graças às intimidantes ocupações das praças pelos velhos *charnegos** e pelas famílias paquistanesas, que instalam mesas, cadeiras, rádios e TVs do lado de fora, jogam cartas e dominó enquanto assistem a jogos de futebol ou ao programa de charadas *Pasapalabra*. Os turistas não se atrevem a passar da calçada à praça ocupada e se limitam a tirar fotos de longe. Se eu fosse uma daquelas velhas que jogam cartas e dominó, abordaria o gringo e o faria apagar na minha frente a foto que tirou de mim, sem minha permissão, como nos protestos de rua, onde sempre há um jornalista, um hipster chapado ou até mesmo um turista superexcitado com a única dose de realidade que levará de Barcelona fotografando em primeiro plano os encapuzados que quebram vidraças e caixas eletrônicos. Então, do meio dos manifestantes, surge outra encapuzada que se encarrega de atacar os amantes da informação objetiva e, porrete em riste e ombro a ombro com o fotógrafo que se borra de medo, as duas nucas apontam para o céu até que a última foto seja apagada da tela do aparelho. Encerrada a série de encapuzados, começa a interminável série de selfies com filtro vintage, mas o ainda apavorado jornalista-hipster-gringodemerda continua passando do as fotos diante da encapuzada para demonstrar sua boa-fé: pés com unhas pintadas de esmaltes coloridos, músculos no espelho, motorista e copiloto brindando no carro, biquinhos e dedos em V olhando de esguelha para a câmera, decotes espremidos, pratos de comida, canecas de cerveja, fotos escuras de entardeceres na contraluz, flores, bichos de estimação abraçados, fotos artísticas da Sagrada Família, da estátua de Colombo,

* Termo depreciativo usado na Catalunha para designar o imigrante de classe social baixa vindo de regiões na Espanha onde não se fala catalão. [N.T.]

dos embutidos do mercado da Boquería, do lagarto de Gaudí, e assim trezentas imagens, apesar de a encapuzada já ter partido há algum tempo e de a manifestação ter se afastado, mas o gringodemerda-hipster-jornalista de sua própria existência permanece fincado no asfalto com a cervical curvada sobre o celular, passando as fotos de maneira mecânica e cega, sem responder às mensagens de WhatsApp que chegam, sem atender as ligações que, depois de uma hora, recebe dos amigos que tinha combinado de encontrar, sem sair do meio da rua quando a polícia libera o trânsito e os carros começam a buzinar, imune aos xingamentos e empurrões dos motoristas, ao guarda municipal que lhe diz venha comigo, ao enfermeiro que passa o braço em volta de seu ombro e lhe diz venha comigo, mas nada, o jornalista-gringodemerda-hipster com topete de laquê não larga o celular nem sai da rua. Parece um dançarino de butô ou um joão-bobo com um peso no cangote, não há o que o faça cair, andar ou levantar a cabeça, nem mesmo se o enfermeiro mais bonito erguer seu queixo num prelúdio de um beijo cinematográfico. Seu abdômen está tensionado como o de um bailarino ou de um pugilista, pronto para saltar cinco metros até os braços de seu parceiro ou para dar o cruzado de direita do nocaute. Logo, não resta outra opção senão abatê-lo, e é aí que entra a agulha procurando um pedaço de pele à mostra, e é aí que ela encontra uma panturrilha com pelinhos loiros. Os enfermeiros apertam o cerco em torno dele, e a primeira coisa que cede é o celular, oportunamente salvo do impacto e guardado em local seguro por outro enfermeiro. Em seguida os joelhos se entregam, e já há uma enfermeira pronta para segurá-lo pelos sovacos. Como a cabeça já estava abaixada, permanece assim, mas agora, na transferência para a maca, balança.

 Às oito e quinze as adultas saíram da Creche e, bem marciais, tomaram suas posições na praça Carmen Amaya, onde todos esperavam por elas e onde moro, por isso pude ver o espetáculo da varanda, por entre os galhos das árvores que invadem meu apartamento no primeiro andar. A diretora, Eleonora Stumpo, foi até o público e, sem precisar de microfone porque havia pouca gente, explicou que aquilo seria uma performance de rua por diferentes pontos do bairro e que o público era livre para vê-la de onde quisesse. Ela os guiaria até o primeiro palco, a partir daí, seriam as bailarinas que sugeririam os outros percursos. Stumpo não conseguiu conter seu bordão de puericultora de adultos e concluiu perguntando: "Alguma pergunta?". Ai, Eleonora, Eleonora, você, que ensina dança contemporânea tão bem que quase não precisei fechar minhas comportas em suas aulas, por que você também sucumbe ao didatismo? Por que acha que é preciso ensinar o público a assistir? Você também acredita que ensinar é algo inocente? Você também, Eleonora, como qualquer professorzinho que protesta pelo ensino público de qualidade, acredita na alfabetização separada da politização emancipadora? Ou você finge, porque é daí que tira seu ganha-pão? É por isso que você permite que energúmenos como o macho fascista das roupas desbotadas continuem frequentando suas aulas? Parei de ir às suas aulas por causa dele. Por aí você vê, minha amiga, quem é capaz de expulsar quem e qual é a ideologia predominante nos centros cívicos.

Uma vez o macho teve a pachorra de corrigir o sotaque italiano de Eleonora Stumpo. Ela disse "executare" querendo dizer "executar". Disse "para executare este movimento" não sei o que e quando ia executá-lo, o macho a interrompeu:

— Se diz executar, Ele.

— Desculpa, eu tenho muito sotaque, às vezes percebo que vocês não me entendem. Obrigada por me corrigir. Para executarrr este movimento... — ela repetiu como uma aluna aplicada olhando o macho pelo espelho da sala para o qual todas estávamos viradas, prontas para começar a dançar.

— Não, não. Você está dizendo executarrr, parece uma caipira! E-xe-cu-tar. Ar! Ar! Não consegue fazer o "ar"? — insistiu ele em tom de galhofa, soltando perdigotos.

— Ah, para mim é difícil, é que em italiano é diferente! — Stumpo continuou a sorrir, a boca larga invadindo suas bochechas magras e amareladas, e devolveu o tatibitate à criancinha:

— Ar! — E todas as alunas sorriram com seus sorrisos arcaicos menos eu, porque nesse momento ouvi as engrenagens das minhas comportas, um pouco enferrujadas depois de um feliz período de inatividade.

— Isso, isso! Assim! Executar!

Para mim, blindada como um camburão do batalhão de choque da polícia, era evidente que só quem tivesse dado uma surra num mendigo na noite anterior poderia continuar dançando, por mais que ainda restasse meia hora de aula e que as fêmeas tivessem acompanhado a piada fonética plantando seis doces sorrisos cosmopolitas no espelho. Liberei minha cabeça da postura dancística a que o resto do meu corpo continuava submetido para falar com Eleonora, e não com seu reflexo:

— Dá para entender perfeitamente o que você diz, e sua pronúncia é excelente. Além disso, executare soa muito bonito.

— Ah, muito obrigada! Eu gosto que vocês me corrijam sempre porque assim eu posso melhorar. Bom, continuamos?

— É claro, foi por isso que corrigi Eleonora, Nati, porque é assim que se aprende idiomas, certo?

— Eleonora, seu sotaque é lindo e só mesmo um fascista para querer mudá-lo.

A palavra fascista transformou os olhos de botão do espantalho em olhos de verdade, a boquinha desenhada com pespontos de linha vermelha em boca babosa, e os cabos de vassoura em mãos abertas e indignadas:

— Epa epa epa! Alto lá que eu não xinguei ninguém aqui, hein? — disse ele ao meu reflexo sem abandonar sua posição coreográfica.

— Eeei, pessoaal, já chega, está tudo beemm, sem discussããoo — implorou Eleonora aos sorrisos do espelho que começavam a se desmanchar. Nós todas ainda preservávamos a compostura etérea da dança, a altura correta do topo da cabeça, os ombros para baixo, os joelhos levemente flexionados, os pés paralelos, a bunda para dentro, e nessa pose contemplávamos a discussão através do espelho. Eu fui a primeira a quebrar a formação:

— E por acaso falar direito é falar como as pessoas na TV, cara? Por que você não me corrige também, hein, já que eu falo com o sotaque do meu povoado que faz fronteira com Portugal? Aliás, por que você não aproveita para corrigir seu próprio sotaque andaluz também?

— Olha só, minha pronúncia não é perfeita, ok? — o macho se esforçou em pôr panos quentes do alto de sua posição de dança, que ele interpreta como uma posição de atenção, sem nem mesmo se atrever a gesticular por medo de esquecer o abandono e o alerta, a resistência e o relaxamento tão difíceis de conquistar e que constituem o estar parado dancisticamente —, mas e-xe-cu-tar eu falo direito, mesmo sendo de Cádiz. Tem um monte de coisas que eu preciso corrigir, mas essa palavra em particular, não. Executar, executar, está vendo? Eu falo direito.

Ri tanto que minhas comportas ficaram embaçadas, e as garotas me imitaram, confundindo meus dentes amarelos com uma bandeira branca. Em uma demonstração de inteligência nunca antes vista, o macho captou que eu ria dele e que o som sibilante que escapava por entre meus dentes incisivos, abafado pelas minhas comportas, era a sentença condenatória de sua idiotice. Ele acreditou, portanto, que os risinhos inócuos das outras mulheres também eram de deboche, e isso o fez arregalar os olhos, que deslizaram pelo espelho como bolas de sinuca após a tacada inicial. Ele foi o segundo a quebrar a formação:

— E por acaso você sabe alguma coisa da minha vida, mulher? Que merda é essa de me chamar de fascista? Será que não é você a fascista, xingando as pessoas sem saber porra nenhuma sobre elas?

Eleonora Stumpo rompeu as fileiras, e o resto da turma a seguiu. Balbuciou "por favor, gente" ou algo do gênero e formou uma nova cena: agora as bailarinas davam as costas para o espelho e rodeavam a mim e ao macho. A intenção delas era acalmar os ânimos, mas a nova disposição espacial só serviu para me atiçar a dar mais um passo na direção do macho com as comportas à frente feito chifres:

— Olha, posso não saber muita coisa, mas sei reconhecer um porco chauvinista como você de longe, ou vai me dizer que além de corrigir a pronúncia das italianas você também curte debochar do pensamento das mulheres em geral, seu machista de merda?

Depois aconteceu o que sempre acontece nessas situações: o macho diz que você é louca e mal-educada, e as fêmeas seguram você pelos ombros carinhosamente e dizem para você não ficar nervosa. Então você se debate e responde que não está nem nervosa nem louca e que não precisa de educação nenhuma, que está é cansada de vê-las rindo das machezas engraçadinhas do macho e que nenhuma delas sequer se dá conta. Todas elas te acusam mentalmente de ter estragado a aula. Todas se compadecem em silêncio do macho pelos excessos que ele sofreu por sua culpa. Você fica esperando a cumplicidade de alguma fêmea, mas encontra apenas cabeças baixas, incluindo a de Eleonora Stumpo. Quando suas lágrimas começam a cair, todas deduzem que você está arrependida ou tendo uma crise nervosa sabe-se lá por quais conflitos internos e pessoais que elas tiveram que engolir a seco naquela manhã. Nenhuma delas cogita que as lágrimas sejam de raiva, frustração ou humilhação imediatas e imanentes àquela manhã, àquela turma de dança e a elas mesmas. Acham que você precisa ser consolada quando na verdade o que você precisa é que alguém entre aquelas quatro paredes entenda o significado da palavra "corrigir", das expressões "falar direito", "falar errado", "parece uma caipira", "não sabe porra nenhuma". O primeiro a consolar você, obviamente, é o macho sensível. Ele pede perdão se por acaso você se sentiu ofendida, diz que vocês dois ficaram tensos, mas que basta, que somos humanos, que já passou, que não foi nada. E você vai embora e, em vez de dar uma cabeçada nele com as comportas, você se cala, as comportas se retraem como se não houvesse mais gentileza da qual se proteger, e aí está você, pronta para receber uma nova avalanche de macheza enquanto amarra os cadarços do tênis. Pela enésima vez você engole o grito preso na garganta feito uma bolota de haxixe, pela enésima vez você o carrega no estômago um dia inteiro, o caga no dia seguinte e, enquanto fuma o baseado da sesta, dá razão a elas e ao macho porque, de fato, tudo passou e não foi nada.

Caso de okupação de Gari Garay
Encaminhada pela PAH
Ação Libertária de Sants, 18 de junho de 2018

Meu nome é Gari Garay, e o caso que trago para o escritório da okupação é o seguinte. No apartamento da praça Carmen Amaya, nº 1, 1º 2ª, do bairro de Barceloneta, moram quatro mulheres aparentadas, as quatro com deficiência intelectual. A menos deficiente de todas é a que mais vê TV, tem o celular mais moderno e uma baixa taxa de deficiência de quarenta por cento, que corresponde a uma pensão igualmente baixa de cento e oitenta e nove euros. É ela quem manda, mas seu mandato é facilmente ignorado pelas outras três, também organizadas conforme uma hierarquia que varia de acordo com sua teimosia e suas habilidades psicomotoras. A que anda mais ereta e com os braços mais soltos (que não é a menos deficiente de todas, porque a menos deficiente de todas é obesa e isso a faz andar com uma oscilação lateral e os braços colados ao corpo) tem o poder de mandar as outras pararem quando estão na rua, caso tenham que mudar de calçada ou se ela ou alguma outra quiser parar para olhar uma vitrine. O fato de ela ter esse poder não significa necessariamente que as outras a obedeçam, significa apenas que não discutem, que a deixam mandar inofensivamente, e a ausência de reclamações é suficiente para que a mandante se dê por satisfeita e obedecida.

As que cortam as próprias unhas (coisa que a menos deficiente de todas e a segunda menos deficiente de todas fazem, esta última notável por fumar sem tossir e por se maquiar) têm o poder de decidir quando as outras devem cortar as unhas e, por extensão, quando e de que cor devem pintá-las e quando e como devem cortar o cabelo, mas, no caso do cabelo, a menos deficiente de todas as obriga, e essa ordem, sim, é inflexível, a ir ao cabeleireiro (pago por ela, cuja participação na experiência-piloto de integração laboral da Mercadona como auxiliar de reposição a legitima como tesoureira da casa), contrariando a opinião da segunda menos deficiente, que, com cinquenta e dois por cento de deficiência e trezentos e vinte e quatro euros de pensão do Estado, gostaria de cortar ela mesma o cabelo de suas parentas.

A terceira menos deficiente de todas é a mais calada, tem a expressão mais afável e é a que mais toma comprimidos porque a psiquiatra disse que, além de deficiente, ela estava deprimida por ser deficiente, pois um dia Marga (sessenta e seis por cento, quatrocentos e trinta e oito euros), assim se chama a terceira menos deficiente, percebeu com clareza que era retardada mental e que as três mulheres com quem morava também eram, e essa descoberta, segundo a psicóloga, era a razão pela qual Margarita vivia se masturbando, ora às escondidas pelos cantos da casa, como um gato doméstico que urina e defeca em sinal de protesto quando o deixam muito tempo sozinho; ora trancada no quarto para evitar a bronca e a bofetada espontânea de sua prima Patricia, a segunda menos deficiente, a que se maquia.

Com a lucidez obscurecida pelos comprimidos, Marga pode novamente exercer sua autoridade naquilo que faz de melhor: limpar. Mas como Marga, no fim das contas, é quase a mais deficiente da casa, nem sua prima de segundo grau Patricia, nem sua prima-irmã Àngels, assim se chama a ex-trabalhadora da

Mercadona, a levam minimamente a sério. Somente a mais deficiente de todas dá uma mãozinha de vez em quando à depressiva Margarita. Apesar de Susana Gómez, a educadora social, e Laia Buedo, a psicóloga, insistirem que é preciso tirar a coitadinha da Nati de casa, que padece do que ficou conhecido como síndrome das Comportas (setenta por cento, mil, cento e dezoito euros), e satisfazer alguns de seus desejos, sua meia-irmã Patricia e sua prima de segundo grau Àngels não gostam de sair com ela porque temem reproduzir as atitudes daqueles que foram seus tutores, curadores, enfermeiros, educadores e assistentes sociais não deficientes, dos quais elas tanto custaram a se emancipar. Nati tem, assim como as demais moradoras desse chamado apartamento supervisionado pela Generalitat, um molho de chaves, e se supõe que ela possa entrar e sair quando quiser. Margarita sou eu, mas no ambiente okupa, por precaução, prefiro ser chamada de Gari.

Ao ouvirmos a música, saímos todas para a varanda em nossas respectivas camisolas lilás, azul-celeste, verde-pistache e amarelo-creme. Esta última é a minha. São todas iguais, exceto pela cor, e nos fazem parecer malucas ou idosas porque, hoje em dia, nenhuma garota de trinta e dois (Nati), trinta e três (Patricia), trinta e sete (eu) ou quarenta e três anos (Àngels) usa camisola. São daquelas chinesas sintéticas e esquentam feito o diabo, mas se eu a tirasse ficaria de teta de fora, minhas belas tetas de ruiva, e Patri me repreenderia porque ela tem uma taxa de deficiência catorze por cento menor que a minha, mas também tem noventa e nove por cento menos teta que eu, e quando estou nua ou apenas de sutiã ela fica olhando para minhas tetas com seus cinquenta e dois por cento de retardo mental e seu lábio inferior, pintado de vermelho, caído. Então, para evitar ver o epitélio da minha prima, fico de camisola, mas a enfio na calcinha (também daquelas sintéticas superquentes chinesas) para deixar as pernas fresquinhas, minhas pernocas de ruiva com suas covinhas de celulite sob o bumbum, promessa de voluptuosidade.

Nati, de camisola verde-pistache, disse que elas eram do centro cívico em frente e que tinham sido suas colegas nas aulas de dança. Àngels, em sua bojuda camisola azul-celeste e sem tirar os olhos da tela do celular, perguntou por que ela não estava participando da apresentação de final de curso do seu curso, mas perguntou rindo, rindo sem tirar os olhos do celular, de modo que parecia que ria do celular ou de algo que tinha visto no celular. Talvez ela risse por isso e a pergunta de por que não estava dançando com as colegas fosse séria. Nati, que não admite ou não entende piadas devido à síndrome das Comportas, levou a pergunta a sério assim como faz com tudo, e respondeu o de sempre: porque são todas fascistas e porque o centro cívico é uma creche para adultos ainda pior que o centro ocupacional (o centro ocupacional não tem nada a ver com a okupação, é um lugar aonde os deficientes intelectuais vão para fazer atividades manuais). Tudo bem que Nati é mais reacionária que o cálice sagrado, mas também é verdade que Àngels é a menos deficiente e Nati a mais, e que assim fica muito fácil rir dela, embora tenha a postura mais ereta e elegante de todas nós, imagino que por ter sido bailarina.

Patricia, camisola lilás e esmalte lilás nas mãos e nos pés, mandou elas ficarem quietas porque o espetáculo ia começar. Uma mulher sentada em um banco da praça tocava um violoncelo e outras duas se moviam feito gatas ronronantes em cima do banco em frente ao chinês, que tinha saído de sua loja para assistir. Uma terceira bailarina se pôs a girar vaporosamente em volta da fonte dedicada a Carmen Amaya e a tocar a água com a ponta dos dedos. Uma quarta subia e descia roboticamente as escadas que ligam a praça à via expressa de turistas que é a orla marítima. Uma quinta, já na orla marítima, se agarrava a uma grade com uma, duas ou nenhuma mão, e essa era sua dança. Cada uma estava de uma cor, como nós, mas não uniformizadas, não como nós, que temos camisolas iguais porque o chinês fez as quatro por doze euros para Àngels, de acordo com o recibo. Para podermos morar em um apartamento supervisionado como este, precisamos mandar para a Generalitat o recibo de tudo o que compramos, obedecendo todo final de mês à seguinte cadeia de comando: Patri, Nati e eu entregamos nossos respectivos recibos à nossa prima Àngels; Àngels os entrega a Diana Ximenos, que é a diretora do nosso apartamento, ou seja, quem zela pelo cumprimento dos objetivos de integração, normalização e vida independente de nós quatro; e a diretora do apartamento os entrega à Generalitat. Quanto aos recibos de Àngels e Patri, a prestação de contas termina aí, mas os de Nati e os meus ainda precisam ser repassados pela Generalitat a quem nos tornou legalmente incapazes, ou seja, a juíza de primeira instância que zela para que nossa tutora, que é a Generalitat, zele por nós em nome do melhor interesse do incapaz, embora a juíza já seja a Generalitat, Diana Ximenos já seja a Generalitat, nossa prima Àngels já seja a Generalitat e Patricia, Natividad e eu também sejamos a Generalitat, de maneira que a cadeia de comando não passa de uma fantasia burocrática.

    O fato é que Patricia mandou Àngels e Nati se calarem com um psiu sutil, embora nenhuma de nós tenha autoridade para mandar as outras calarem a boca, seja de maneira sutil ou vigorosa. Não mandar ninguém calar a boca é, de fato, a regra de ouro da nossa convivência, porque passamos a vida em escolas para crianças anormais, em Centros Rurais e Residências Urbanas para Deficientes Intelectuais (CRUDIS e RUDIS, respectivamente) e na casa de nossa tia Montserrat sendo silenciadas por falar inoportunamente. Àngels e Nati ouviram o psiu de Patricia, mas fingiram que não era com elas. Nessa hora eu estava calada olhando a dança e tentando compreender o que as bailarinas dançavam, observando como Patri, que fumava mansa e pensativamente, se refestelava em seu papel de plateia. Estava agradável porque, àquela hora, o sol não batia mais na varanda e a brisa era fresca, e porque quando eu me cansava de olhar para baixo olhava para a frente e encontrava o mar, e quando me cansava de olhar para o mar olhava para baixo e encontrava as ninfas urbanas, que é o que eu acho que elas queriam transmitir com sua dança, em que pareciam duendezinhas espalhando seus pós mágicos pelo asfalto superaquecido do verão, duendezinhas que, ao saírem dos casulos onde viviam, traziam à cidade o belo pôr do sol para livrá-la do monstro da onda de calor diurna, incentivando seus habitantes, trancados em suas casas ou em seus trabalhos com seus ventiladores, aparelhos de ar-condicionado e televisões, a finalmente abrirem as janelas, a tomarem uma chuveirada e a saírem à rua cheirando a xampu e creme hidratante, com o cabelo molhado secando ao ar livre, com sandálias de tirinhas de couro, com bermudas e vestidos fresquinhos de algodão, com a bola pronta para brincar com os cachorros, com os bebês descalços em seus carrinhos ou em seus cangurus.

Mas que performance asquerosa de merda!, gritou Nati, e como alguns membros da plateia de banho recém-tomado pararam de olhar a dança e os celulares com que fotografavam e filmavam a dança para olhar e fotografar ou filmar a nossa varanda, ela insistiu: Mas que merda de performance asquerosa de merda!

Como agora todos os membros da plateia, sem exceção, olhavam para nós, as comportas de Nati, animada por estar sendo ouvida e por aquilo que todas nós sabíamos muito bem que viria a seguir, se ativaram. A máscara transparente se fechou em seu rosto, abafando sua voz e a obrigando a falar duas vezes mais alto, por isso ela precisou se agarrar ao parapeito com sua camisola verde-pistache e se debruçar para ser ouvida, por isso e porque estava excitadíssima com a perspectiva de dez segundos do que ela chama de ação direta, e que Patricia chama de ofensa direta: Que merda de dança é essa? Parece aquele filme fascista da Amélie Poulain. Levante a mão se você é um reprimido que está apertando o cu, se é um imbecil que vota em Ada Colau, se é um imbecil que faz corrente humana pela independência da Catalunha, ou se é um imbecil que faz as duas coisas! A violoncelista não parou de tocar nem as bailarinas pararam de dançar, mas, durante aqueles segundos de ação ou ofensa direta que coincidiram com o tempo que um não retardado leva para constatar que nós somos quatro retardadas, a violoncelista e as bailarinas desaceleraram e a plateia de banho recém-tomado ficou na dúvida se aquilo fazia parte da performance ou se realmente uma síndrome das Comportas de camisola ousava recriminá-los com tamanha violência. Fiquei olhando para um cara com rastafári que estava chocado, resmungando baixinho e que, embora não o tenha feito porque acabou percebendo o retardo mental dela, esteve prestes a replicar a ação-ofensa direta de Nati (que era, obviamente, o que ela queria) como se ela fosse uma interlocutora válida e não alguém digno de pena.

Patricia redobrou a proibida ordem de silêncio. Cala a boca! Não calo!, Nati a encarou com suas comportas ameaçadoras. Mas de fato calou a boca e não só se calou como saiu da varanda e da casa batendo a porta. Nós a vimos atravessar a performance das ninfas urbanas pelo meio da praça com seu andar equilibrado de bailarina, em linha reta, sem olhar para ninguém e sem se desviar de ninguém, com as comportas ainda fechadas, como se fosse uma policial do batalhão de choque de camisola verde-pistache.

Até aqui descrevi o caso tal qual o expus duas semanas atrás à Plataforma de Afetados pela Hipoteca (daqui em diante, PAH), que, após concluir que não se tratava de um caso habitacional crítico e sim de um caso perdido, me remeteu a vocês porque, nas palavras deles, ou seja, em pahlavras, vocês "são mais diretos". Porque o pessoal da PAH, depois de negar com a cabeça por eu não ser vítima de uma execução hipotecária ou alvo de um despejo, nem ter descendentes ou ascendentes sob minha responsabilidade, me disse que antes de okupar deveria esgotar todos os recursos legais disponíveis porque, dessa forma, a okupação tem mais legitimidade e levarão mais tempo para me despejar. O pessoal da PAH não entendeu que ser responsável por mim mesma sem dispor de um centavo, porque tudo fica com minha prima Àngels, já é muita coisa. Também não entenderam, apesar de eu ter falado muito claramente na assembleia, que não quero mais saber da Administração Pública porque passei a porra da minha vida inteira trancada em instituições, tampouco entenderam que estou legalmente incapacitada e que, se eu reclamar do apartamento supervisionado para um funcionário, esse funcionário vai chamar o Serviço Social e eles vão me devolver direto para a RUDI-Centro Ocupacional (que, insisto, não tem nada a ver com a okupação de um espaço — tem a ver com a ocupação de uma pessoa, com "ter uma ocupação", com "estar ocupado", especificamente com estar ocupado fazendo marcadores de livro em cartolina e cestas de vime — se bem que se eu conseguir okupar vou chamar minha okupação de "centro okupacional" só pela piada). O rudicentro também é um recurso legal disponível, não é, pahlermas? O pessoal da PAH não entendeu nada do que eu disse: que os recursos legais à minha disposição nunca se esgotariam, muito pelo contrário, eles se multiplicariam (quando disse isso, os pahquidermes se indignaram silenciosamente) porque a Administração está querendo me trancar de novo e me censurar toda vez que ponho uma teta para fora. Ou talvez os pahcifistas tenham me entendido, sim, mas pensem que sou uma retardada patricinha reclamando que o Estado lhe dá casa e comida, e de graça!, quando tudo o que eu quero é simplesmente não morar mais com essas três retardadas que estão me deixando ainda mais retardada, porque ter esta depressão e perceber as coisas (ou perceber as coisas e por isso ter esta depressão) foi a melhor coisa que aconteceu na minha vida.

Agradeço ao companheiro Jaén por sua generosidade e paciência na hora de colocar minhas palavras por escrito, dado que eu não sei escrever.

Gari Garay

Depoimento da Sra. Patricia Lama Guirao, prestado no Juizado de Instrução número 4 de Barcelona em 15 de junho de 2018 no processo de solicitação de autorização para a esterilização de incapazes, em virtude da ação movida pela Generalitat da Catalunha contra a Sra. Margarita Guirao Guirao.
Magistrada: Exa. Sra. Guadalupe Pinto García
Secretário judicial: Sr. Sergi Escudero Balcells

Tendo a magistrada sido informada antes da presente audiência pela psicóloga Sra. Laia Buedo Sánchez, número de registro 58.698, funcionária da Residência Urbana para Deficientes Intelectuais da Barceloneta onde a testemunha realiza atividades de lazer e autonomia pessoal, do fato de que esta sofre de um transtorno de linguagem (logorreia), propõe que o depoimento seja gravado em vez de transcrito pelo taquígrafo.
Informados a testemunha e o taquígrafo dessa mudança no procedimento habitual, ambos estão de acordo.
A seguir, a transcrição realizada a partir da referida gravação, submetida no dia seguinte a leitura, aprovação e assinatura da testemunha, e juntada aos autos.

Vou contar à Vossa Excelência as coisas como elas são, nem mais nem menos, nem mais nem menos, como diz a rumba.

A Àngels se saiu muito bem desde o primeiro momento, embora o primeiro momento tenha demorado alguns anos a chegar, o tempo que ela levou para entender o que era um CRUDI, ou o que era uma RUDI, o que era a LISMI e o que era uma PNC. Para começar, ela teve que decifrar as siglas sozinha, porque os funcionários do centro não entendiam quando ela falava ou não queriam entender. A Àngels é gaga e, quanto mais nervosa fica, mais ela gagueja e, como todos os "gaguinhos", quando ela canta não gagueja, se bem que cantar a Àngels não canta muito, não. Ela nunca conseguia vocalizar as três palavras da pergunta "o que significa RUDI?". Ela as via claramente em sua cabeça, mas, ao falar, engasgava com o "g" de "significa" como se tivesse engolido uma espinha de peixe. Escrever ela escrevia muito mal e nem cogitava isso.

Fazia oito ou nove meses que a mãe dela tinha morrido, minha titia Loli, que a teve aos quarenta e oito anos e dizem que foi por isso que a Àngels nasceu retardada. Eu não deveria dizer isto que vou dizer agora porque pode trazer problemas com a previdência social, mas, para que veja que não estou escondendo nada e que quero que as coisas sejam feitas direito, vou dizer tudo o que penso: eu acho que minha prima Àngels não é retardada. Eu, sim, sou claramente retardada, cinquenta e dois por cento e contando, porque, apesar de ser uma gostosa graças a um transtorno alimentar adolescente, e apesar de ter muita lábia graças a um transtorno de linguagem, tenho um pouco de esclerose tuberosa no lobo frontal e um pouco nos olhos, por isso uso "óculos fundo de garrafa", e por isso, às vezes, fico grudada olhando o celular, e como não enxergo as letras me "emputeço" e o atiro no chão. Antes os celulares não quebravam porque eram duros, aqueles Nokia e Motorola de dois dedos de grossura, mas agora estão cada vez mais frágeis e, quando os atiro no chão, eles trincam e aí não compram mais celular pra mim.

As pessoas acham que a Àngels é retardada porque ela gagueja, porque pesa cento e vinte quilos e porque nunca foi aprovada em nenhuma matéria na escola. Mas a Àngels nem era agarrada à mãe nem nada, como nós retardados costumamos ser. Ela era muito independente, estava sempre sozinha, ou brincando com os cachorros, ou com as outras crianças, porque minha titia Loli tinha mais de cinquenta anos e passava o dia no campo, levava uma cadeira dobrável e se sentava debaixo de uma figueira no caminho para Los Maderos. Los Maderos era um "puteiro" superantigo que foi construído na antiga casa de outros titios meus e da Àngels, vendida para os cafetões quando nós nem éramos nascidas.

O que eu acho, e digo isto à senhora assim como disse à minha prima, já que devo muito a ela, é que minha titia Loli era "prosti" e que a Àngels é filha de um cliente, porque minha titia nunca foi casada e fazia muito tempo que não vivia "amasiada" com ninguém. A Àngels sempre protesta e me questiona quando digo isso, o que prova que ela não tem nem trinta e três por cento de deficiência, o índice necessário para vender bilhetes de loteria da fundação Once, a Àngels, como eu ia dizendo, argumenta que se a mãe dela tivesse começado a roubar clientes das "prostis" bem na porta do "puteiro", as "prostis" ou seus cafetões teriam ido atrás dela para lhe dar uma lição.

— Vocês veem filmes demais — a Marga nos acusou um dia, despertando repentinamente de sua depressão. — A titia Loli se deitou com seu primo-irmão Henrique, o português, num dia de festa e fim de papo. Você — disse ela à Àngels — é retardada mental porque é hemofílica, como todas nós — arrematou em uma saudável demonstração de consciência da deficiência, e eu e a Àngels nos alegramos de coração com esse progresso. Mas o que para a Marga é uma conclusão e um avanço em seu tratamento, para a Nati é o exato oposto, ou seja, um fio a ser puxado, uma ferida a futucar, uma brasa a reavivar, em suma: um novo episódio "comporteiro". Ela ergueu os olhos da roda da bicicleta, que estava de cabeça para baixo na varanda, enchendo tudo de graxa, e nos deu um sermão segurando a chave inglesa:

— Cinemeiras, hemofílicas e, ainda por cima, "machas" fascistas — é assim que ela chama a gente, vai entender — porque para vocês é inconcebível que uma mulher de quarenta e oito anos possa "dar uma" numa noite e, no dia seguinte, tchau e bênção — ela usou essas palavras vulgares mesmo —, inconcebível que ela possa ter uma filha e não cuidar dela feito uma puericultora. Não, ela só pode ser — perdão, senhora juíza, mas é assim que minha irmã Natividad fala — puta. Tem que cobrar para — peço perdão novamente, mas preciso falar exatamente como ela falou — trepar. Precisa ter uma boa razão para passar o dia longe da filha, deve haver uma justificativa mercantil para essa ausência de amor maternal — ela tem a idade mental de uma adolescente, excelência. — Caso contrário, vocês não entendem. Não se pode trepar por prazer, "caralho"? E uma mulher não pode querer mandar a filha para a "casa do caralho"? — A Nati vive com o "caralho" na boca. — E uma mulher não pode perder o interesse pela filha do mesmo modo como o pai perdeu — e não sabe se defender de outro jeito e apela para xingamentos —, aquele pai "desgraçado" que ninguém mencionou ainda?

É verdade que a Àngels e eu assistimos no computador a muitos filmes que pegamos na biblioteca e que eu tinha tirado isso de um filme em que uma mulher mais velha toda embonecada leva sua cadeirinha todas as tardes para uma estrada de terra e fica lá jogada até que algum homem a leve de volta para casa de carro. Mas, como as comportas da chata da Nati estavam se ativando, fiquei calada, porque temos a regra de não mandar nenhuma de nós calar a boca, se bem que, na verdade, o que eu estou fazendo o tempo inteiro é me calar para não discutir com a superintransigente da minha irmã, que, por mais retardada que seja aquela "vaca", sempre ganha as discussões, porque as comportas surgem e ela desmonta seus argumentos até você ficar parecendo uma boba, uma consumista e uma fascista, e aí você pode xingá-la ou atingir seus pontos fracos que as comportas repelem tudo e jogam de volta em você. Mas naquele dia eu explodi e a mandei calar a boca.

Estávamos todas tomando a fresca na varanda tranquilamente. Nossa varanda fica coladinha com a praia, é a inveja dos apartamentos supervisionados da Generalitat inteira, a cinco minutos do metrô e a cinco segundos do ônibus, com quatro quartos, dois banheiros, uma sala ampla com uma grande TV de plasma, fogão grande e elétrico, área de serviço e lavanderia, além da dita varanda, da largura da fachada do prédio e profunda o suficiente para se colocar uma mesinha e tomar uma cerveja, com "batatinhas" fritas e um cigarro, que era o que eu estava fazendo e que me deixava em paz com o mundo, caramba, em paz comigo mesma e com o mundo depois de uma vida inteira indo para a cama às dez da noite nos CRUDIS e nas RUDIS, em paz comigo mesma e com o mundo porque tinha feito as pazes com a Marga depois da última briga pela limpeza da casa, porque uma casa como a nossa merece estar limpa e organizada, e também porque quando a educadora social dona Susana Gómez vem, a primeira coisa que ela faz é passar o dedo pelos móveis, é a primeira coisa que a dona Susana escreve nos relatórios sobre os apartamentos supervisionados, o primeiro motivo para nos expulsarem do apartamento e revogarem nossa "condicional anormal", como a Marga a chama desde que se tornou consciente de sua deficiência: o autocuidado, a higiene pessoal e do lar, e aqui, estando coladinho com a praia, entra areia à beça, é preciso varrer e tirar o pó todos os dias porque, além disso, o pessoal do Serviço Social aparece sem avisar, como os fiscais do trabalho, que chegam às três da manhã nas discotecas, tomam uma cuba-libre com o dinheiro da diária e depois querem verificar os contratos. Sei disso porque uma amiga minha é garçonete na Magic e foi assim que pegaram o patrão dela, que mantinha todas as funcionárias de forma ilegal.

Eu mesma tinha colocado as quatro cadeiras, aberto um saco de "batatinhas" fritas e uma garrafa de cerveja (o chinês me vende as cervejas, mas coloca suco de laranja no recibo que temos que entregar à Generalitat: para que Vossa Excelência veja que pode confiar no meu testemunho, porque estou contando até os segredos que podem me comprometer) e oferecido tabaco a todas elas (com a mulher da tabacaria não tem jogo, não há jeito de fazer o tabaco passar por selos ou chicletes no recibo, então dou o dinheiro a um amigo que não mora em um apartamento supervisionado para que ele consiga o tabaco para mim, e depois vou com esse amigo à Mercadona comprar seja lá o que ele esteja precisando e colocamos o recibo no meu nome).

Só a Nati quis fumar, e eu que tive que enrolar o cigarro dela, porque, apesar de sua deficiência permitir que ela dance *O lago dos cisnes*, a criatura é psicomotoramente incapaz de enrolar um cigarro; já a Àngels era a única que enfiava calmamente a mão no saco de "batatinhas" e fazia isso sem tirar os olhos do celular. A Marga, que é muito calorenta, estava com a camisola repuxada, mas, desta vez, eu não disse nada porque, pelo menos, estava bem depilada, eu tinha depilado as pernas e a virilha dela no dia anterior. Nisso a Marga e eu estávamos de acordo: que ela pode pôr a teta para fora sempre que quiser, em qualquer lugar, tudo bem, mas sem pelos nos mamilos, por favor. Que ela pode sair na varanda de calcinha, sem problemas, mas que se veja apenas a calcinha, e não uma mata encrespada em volta da calcinha. Bom, como a Marga é muito calorenta, ela estava se jogando na cerveja gelada, e isso me deixava contente, ver minha prima relaxada olhando a dança na praça. Relaxada e não deprimida.

Umas garotas do centro cívico faziam uma dança "clássico moderna", com música nostálgica e "sonhadora", um baile estilo comercial de perfume caro, um Chanel, um Cacharel, um

Lancôme, esses comerciais finos e de bom gosto em que a modelo é a protagonista absoluta e não aparece homem nenhum. O homem está apenas no olhar da modelo. É com esse homem que não aparece que a modelo flerta, como quem não está a fim, o desejo bem guardado a sete chaves em local seguro. Eu estava imaginando esse encontro amoroso que sempre está prestes a acontecer, mas que nunca acontece, quando a Nati soltou um daqueles impropérios que ela chama de ação direta, mas que são pura e simplesmente ofensas diretas, que extrapolam todos os limites. A dança e a música me transportavam para aquele momento em que o amor está prestes a acontecer, o momento não do beijo mas do instante trêmulo e anterior ao beijo que sempre, sempre, sempre é mais interessante que o beijo. Beijamos porque não temos escolha, porque já estamos ali e beijamos, não vamos virar o rosto e acabar com tudo. Mas podemos desviar um "tiquinho" da boca e receber um beijo "de ladinho", ganhando algum tempo para a verdadeira diversão, que não é a das línguas mas a do esconde-esconde, a do teatrinho de que a noite é uma criança, a superdiversão de dizer não. E a Nati vai lá e me estraga o filme com a "porra" da síndrome dela, "puta que pariu"! As garotas do centro cívico não poderiam ser mais inofensivas, juro, mas sei lá que "diabos" a Nati viu nelas que virou uma fera, se sentiu ofendida por elas e começou a ofendê-las, que eram umas "imbecis", umas fascistas, umas nojentas. É ou não é uma exagerada, essa Nati? E a falar coisas de política que não tinham nada a ver com a dança: não sei o que lá da Ada Colau, não sei o que lá da independência da Catalunha, não sei o que lá do filme da Amélie Poulain. Aquele filme tão lindo da Amélie! Que mal o filme da Amélie fez à minha irmã, meu Deus do céu? Todas nós sabemos o que a Nati tem e que, quando as comportas se ativam, é melhor não mexer com ela, não dizer nem sim, nem não, deixá-la quieta, não a contradizer nem lhe dar razão, porque se você a contradiz ela não sossega até ganhar a discussão, e se você dá razão a ela, mesmo que ela realmente esteja certa, seus olhos se iluminam e ela te convoca a boicotar a questão, a se vingar, e não sossega até você se juntar a ela em alguma travessura ou, pelo menos, até você ficar dando cobertura.

Mas essa para mim foi a gota d'água, achei que ela estava atacando as pessoas da praça sem motivo nenhum. Ela estava sendo profundamente intolerante e mal-educada, e, apesar de sermos deficientes intelectuais, apesar de terem nos matado com terapias comportamentais e histórias infantis, e apesar de mesmo depois de mortas pelas mãos dos ministérios da Saúde e da Educação termos ressuscitado e agora sermos deficientes intelectuais mas zumbis, deficientes intelectuais mas comedoras de cérebros, deficientes intelectuais especialistas em deficiência intelectual, apesar de tudo isso, devemos adotar o respeito e as boas maneiras até mesmo em relação ao nosso pior inimigo, porque a diretora do apartamento supervisionado (dona Diana Ximenos, grande profissional e melhor pessoa, Excelência) não apenas vem à nossa casa como também pergunta a nosso respeito no bairro, pergunta ao chinês de baixo, pergunta aos vizinhos e pergunta no centro cívico, e aí já estamos encrencadas. O pessoal do centro cívico da Barceloneta diz que respeita profundamente a condição pessoal especial da Nati, que ela participa das aulas de dança como qualquer outra aluna, que todos se adaptam ao seu ritmo e que toleram suas explosões mais que pontuais, mas que ela, ainda que isso se deva à sua severa deficiência intelectual, e apesar de não ter culpa, não valoriza ou não percebe o esforço de integração feito por seus professores e colegas, de maneira que, quando ela não gosta de alguma coisa, os ataca e acaba com as aulas, ou então se isola deixando todo mundo numa posição muito desconfortável, porque, por um lado, não querem se zangar com ela e, por outro, ela não os deixa dançarem à vontade. A nossa permanência no apartamento também depende disso, das habilidades comunicativas, da participação na vida da comunidade, da adequação de nossas expectativas às nossas capacidades reais, de tolerar a frustração, de redirecionar certos comentários e tipos de desabafos, de favorecer um autoconhecimento adequado, e juro pela minha "boceta", Vossa Excelência, que toda a *Aberrant Behaviour Checklist Versão Comunitária Segunda Edição* vai entrar na cabeça da minha irmã, que já passou da hora de pôr as comportas abaixo com um aríete.

A magistrada	A testemunha	O taquígrafo/transcritor
Guadalupe Pinto	Patricia Lama	Javier López Mansilla

ROMANCE
TÍTULO: MEMÓRIAS DE MARÍA DELS ÀNGELS
GUIRAO HUERTAS
GÊNERO: LEITURA FÁCIL
AUTORA: MARÍA DELS ÀNGELS GUIRAO HUERTAS
CAPÍTULO 1: APRESENTAÇÃO

RUDI significa Residência Urbana
para Deficientes Intelectuais.
Não se diz "eles me trancaram na RUDI"
nem "eles me internaram na RUDI".
Se diz "eles me institucionalizaram",
e dizendo isso não é necessário dizer RUDI.

Antes eu não estava institucionalizada em uma RUDI.
Estava institucionalizada em um CRUDI.
CRUDI significa Centro Rural
para Deficientes Intelectuais.
Esse ficava perto de Arcuelamora.
Arcuelamora é meu povoado.

Me institucionalizaram lá
porque quando minha mãe morreu
o banco ficou com a casa.
Minha mãe tinha um usufruto vitalício da casa.

Usufruto vitalício significa que você e seus filhos
podem viver em um lugar até morrer.
No mesmo ano, o mesmo banco
ficou com o clube Los Maderos.
As prostitutas não tinham usufruto vitalício.

Fui morar na casa do meu tio Joaquín
e três meses depois apareceu a assistente social
Mamen ou senhora Mamen.
Assistente social significa mulher que ajuda
pessoas em risco de exclusão social.
Exclusão social significa
ser uma pessoa mendiga, delinquente, viciada em drogas
ou que não tem casa.

Eu sou uma pessoa em risco de exclusão social?,
perguntei a Mamen.
Ela me disse que infelizmente sim.
Perguntei por quê.
Me disse que por eu ter certas necessidades especiais
e na casa do meu tio não tinha nem banheiro.
Eu disse a ela que nenhuma casa de Arcuelamora
tinha banheiro
a não ser em Los Maderos.
As putas eram as únicas em toda Arcuelamora
que não estavam em risco de exclusão social?,
perguntei a Mamen.
Ela me respondeu que estávamos ali para falar de mim
e de mais ninguém.
Também me disse que não se diz puta,
se diz prostituta,
porque falar palavrão
me deixaria ainda mais em risco de exclusão social.
Foi aí que aprendi a palavra prostituta.

Mamen me entrevistou muitas vezes.
Entrevista é como nas revistas e na televisão
mas na sua casa.
Ela veio muitas vezes à casa do meu tio,
às vezes de manhã e às vezes de tarde,
no inverno, no verão, na primavera e no outono.
Mas eram entrevistas muito chatas
porque ela sempre me fazia as mesmas perguntas.

Uma vez me deu um pijama de presente
e outra vez um suéter,
mas eles já rasgaram de tão velhos.

Até que um dia as entrevistas acabaram
e não saímos para passear sozinhas, nós duas,
como fazíamos muitas vezes,
e ela também não veio até a horta
enquanto meu tio Joaquín e eu
colhíamos as favas, ou as maçãs, ou arávamos,
ou alimentávamos a Agustinilla.
A Agustinilla era a égua do meu tio.

Também não ficou no umbral da porta
tomando a fresca com os vizinhos na rua.

Nesse dia Mamen pediu que meu tio e eu
entrássemos em casa,
como já tínhamos feito uma vez no inverno,
com a diferença de que era verão,
e que nos sentássemos,
porque queria nos dizer uma coisa importante
e em particular.
Mas não foi uma coisa.
Foram quatro:

1) A primeira coisa que ela disse foi que o governo
ia me pagar uma pensão.

Governo são os políticos que aparecem na TV
ou que fazem discursos na abertura das celebrações.

Pensão significa que te dão dinheiro todos os meses
mas para receber você precisa abrir
uma conta no banco.

Conta no banco significa
que o governo dá o dinheiro ao banco
e depois o banco passa para você.

Abrimos a conta no mesmo banco
que havia ficado com minha casa
e com a casa de prostitutas
porque era o único banco de Arcuelamora.
Esse banco se chama BANCOREA.

BANCOREA significa Banco da Região de Arcos.

Todo mundo sabe o que é um banco
e o que é a região de Arcos
e não preciso explicar.

2) A segunda coisa que ela nos disse
foi que eu podia ir morar no CRUDI de Somorrín.

Somorrín é um povoado maior que meu povoado
que fica pertinho de carro
e onde estão os médicos, as lojas, o colégio,
o BANCOREA e a prefeitura.

A prefeitura é onde estão os políticos do povoado.

De bicicleta ou de carroça
Somorrín não fica tão perto,
mas sempre me levavam de carro.

3) A terceira coisa que ela nos disse
foi que eu autorizava o CRUDI
a ficar todo mês com quase toda minha pensão
para poder pagar meu quarto,
minha roupa, minha comida,
meu banheiro,
meus passeios de fim de semana
e tudo que eu precisasse para viver.

Com o resto do seu dinheiro você poderá fazer o que quiser,
Mamen me disse.
Ainda bem, senhora Mamen, respondi.
Mas não me chame de senhora, mulher,
já somos amigas
e eu só tenho seis anos a mais que você!, ela respondeu.

Se eu tinha dezoito anos,
Mamen tinha vinte e quatro.
Agora eu tenho quarenta e três
e ela, se não tiver morrido, tem quarenta e nove.
Quando eu tiver quarenta e nove, ela,
se não tiver morrido, terá cinquenta e cinco,
e assim por diante enquanto nenhuma de nós morrer.

Foi aí que comecei a chamar a senhora Mamen
apenas de Mamen.

Minha prima-irmã Patricia não a chamava de Mamen,
a chamava de "a Mamada",
assim como me chama de "a Àngels",
e sua irmã de "a Nati",
e sua outra prima de "a Marga",
e o chinês aqui de baixo de "o Ting",
e para todo mundo ela usa o "a" ou o "o"
na frente do nome
como os catalães fazem

quando falam catalão
e também às vezes quando falam espanhol,
porque é mais forte que eles.

Mas minha prima-irmã Patricia
não é catalã nem sabe catalão.

Eu sou catalã por parte de tia
e me chamo Ángela.

Ángela, em catalão, se diz Àngels.
Agora vivo na Catalunha
e preciso me integrar à sociedade catalã.
Preciso respeitar sua diversidade linguística
para que os catalães respeitem
minha diversidade funcional.
Por isso em Barcelona digo que me chamo Àngels.
Não é uma mentira.
É apenas uma tradução.

Em catalão, sim, se pode dizer "a Àngels"
ou "a Marga", ou "a Nati",
mas em espanhol, não.
Em espanhol fica muito feio
e é falta de educação.

Quando Patricia dizia "a Mamada"
sempre aproveitava para fazer a mesma piada:
quando algum institucionalizado pedia alguma coisa,
ou reclamava de alguma coisa, ou precisava de alguma coisa,
Patricia dizia:

A boa e velha Mamada resolve.

Por causa de "a boa e velha Mamada resolve",
Patricia ficou sem TV,
sem dinheiro e sem o passeio de domingo muitas vezes.
Eu falei que era melhor ela parar de dizer aquilo

e ela me deu ouvidos
e se tornou mais educada.
Não dizia mais "a Mamada", "a Mamen" ou Mamen.
Dizia senhora Mamen.
Desta vez Mamen não disse
que ela não precisava chamá-la de senhora.

Nessa época ela tinha trinta e quatro anos,
porque eu tinha vinte e oito,
e Patricia, dezoito.
Patricia estava recém-institucionalizada
e ainda não sabia as regras direito.

Acho que Mamen gostava de senhora
porque ela não era amiga de Patricia
e já era diretora do CRUDI de Somorrín.

Diretora é aquela que manda em um lugar
e tem o maior escritório.

Então, um dia, um institucionalizado
disse que não estava encontrando o giz de cera laranja,
e Patricia lhe respondeu:

A boa e velha senhora Mamada resolve.

Não lembro como esse institucionalizado se chamava,
mas lembro que ele tinha a síndrome do X frágil,
que é uma coisa difícil,
que eu sei que pouca gente sabe o que é,
mas que agora não posso parar para explicar.

Só queria dizer que foi aí
que começaram a dar os compridos para Patricia
porque disseram que ela tinha
transtornos comportamentais.

Isso de Patricia e da síndrome do X frágil são digressões.

Digressão significa começar a contar uma história
no meio de outra história.

Não devemos fazer digressões em Leitura Fácil
porque assim fica mais difícil
entender a história principal.
A história principal, neste texto,
é a minha.

Ainda me falta explicar
a quarta coisa que Mamen disse
para mim e para meu tio.
Era a coisa mais importante.

Mas quando se escreve em Leitura Fácil
também é preciso explicar todas as palavras
que você acha que as pessoas não vão entender
porque são difíceis ou pouco conhecidas.
Por isso agora eu deveria explicar
o que significa síndrome do X frágil,
transtornos comportamentais
e Leitura Fácil.

Mas aí seriam mais três digressões.

Vejo que há aqui um problema
que as Diretrizes para Materiais de Leitura Fácil
da Seção de Serviços Bibliotecários
para Pessoas com Necessidades Especiais
não podem resolver.

Bom.

Vou dizer isso para minha pessoa de apoio
do meu Grupo de Autogestores
das tardes de terça-feira.
Mas enquanto isso vou continuar como acho que devo.

Não vou explicar
o que significa diretrizes,
nem o que significa Seção de Serviços Bibliotecários
para Pessoas com Necessidades Especiais,
nem o que significa pessoa de apoio,
está bem?

Só vou explicar
o que significa Grupo de Autogestores
porque é uma coisa muito importante.
Não é a mesma coisa tão importante
que aquela coisa número quatro
que Mamen disse para mim e para meu tio,
mas também é importante.

Como quem está escrevendo esta história sou eu,
presume-se que eu decida o que é importante
e o que é digressão.

Na página 19
das Diretrizes para Materiais de Leitura Fácil
está muito claro:

"Não limite demais a liberdade do autor".

E mais adiante,
uma coisa que não entendo direito,
mas que acho que quer dizer
mais ou menos a mesma coisa:

"Não seja dogmático.
Deixe que a ficção seja ficção".

Acho que ficção
é ficção científica,
como "Avatar" e "Guerra nas estrelas".
Por mim tudo bem,
sigo em frente.

Grupo de Autogestores significa
grupo formado por pessoas adultas
que têm deficiência intelectual
ou diversidade funcional intelectual
e que se reúnem uma vez por semana
para fazer seis coisas:

1) Adquirir habilidades de comunicação.
2) Alcançar maior autonomia pessoal e social.
3) Aumentar suas possibilidades de falar e decidir por si mesmas.
4) Aprender a tomar decisões em sua vida cotidiana.
5) Aprender a participar da vida associativa.
6) Debater sobre os temas que lhes interessam.

Por ora não vou explicar
o que significa deficiência intelectual,
nem o que significa diversidade funcional,
nem o que significa vida associativa,
está bem?

Em Leitura Fácil
é preciso escrever frases curtas,
ou você mesma tem que cortá-las,
porque assim se lê mais rápido
e você se cansa menos lendo.
Também se cansa menos escrevendo.

Em Leitura Fácil
não se pode tabular nem justificar o texto,
o que não tem nada a ver
com tábua ou com dar justificativas.
Significa que todas as linhas começam
do lado esquerdo da página.
Isso é não tabular.

E como as linhas vão para o lado direito,
é preciso deixar que cada uma
chegue até onde chegar,

mesmo que umas sejam mais longas e outras mais curtas
e o texto não seja uma coluna perfeita.
Isso é não justificar.

Um dos testes que servem para testar
se um texto é um bom texto de Leitura Fácil
é virar a página de lado.
Aí as frases precisam parecer
que são grama,
ou montanhas,
ou edifícios de cidade grande
como os dos filmes.

Há muitas outras diretrizes
de Leitura Fácil.
Eu ainda estou aprendendo
e acho que estou me saindo bem.
Minha pessoa de apoio
do meu Grupo de Autogestores
me disse que se eu continuar assim
poderei escrever um livro que fale de mim mesma
e publicá-lo por uma editora.

Publicá-lo significa que vai estar nas livrarias
e ser vendido para que outros o leiam.
Então eu seria uma escritora,
e vocês, meus leitores.
Isso é incrível.
Prostituta que pariu,
isso é a coisa mais incrível
que já me aconteceu.

Não penso em outra coisa desde que Laia me disse isso.
Passo o dia inteiro estudando as Diretrizes
da Seção de Serviços Bibliotecários
para Pessoas com Necessidades Especiais.

Esta digressão foi muito longa.
Este material,
como dizem as Diretrizes,
já não seria publicável.
Me dá um pouco de raiva
porque passei quatro dias escrevendo.
Mas também sei que nos filmes
os escritores fazem muitas bolas de papel
com as coisas que escreveram e que não são publicáveis
e as jogam na lixeira
como bolas de basquete.

Estou querendo fechar esta frase
para conectar o celular no computador,
baixar tudo o que escrevi
de digressões não publicáveis,
imprimi-las,
fazer uma bola de papel
e jogá-la no lixo.

Vim embalada o suficiente para pular a catraca do metrô e desci na estação Plaza España me sentindo uma guerrilheira bastardista. Durante o trajeto todo mundo ficou me olhando porque eu estava de camisola e com as comportas fechadas, se bem que é exagero dizer que ficaram me olhando porque no metrô ninguém olha nada além do próprio telefone celular. Direi, então, que ficaram me espiando, mas cruzei as pernas e comecei a chacoalhar as chaves, que era a única coisa que eu tinha. Eles bem que mereciam que eu explodisse gritando estão espiando o que, caralho?, voltem a encaixar a cabeça no jugo e continuem arando a tela do celular, mas quando você pula a catraca do metrô precisa ser discreta porque o segurança pode chegar com a cachorrinha e chamar o fiscal, que pode chamar a guarda municipal e te meter uma multa de cem euros e, se você se recusar a mostrar a identidade, pode levar uns tapas diante da completa passividade dos aradores de telinhas, que no máximo se atrevem a erguer o celular e filmar a agressão de maneira jornalística, heroica e acusatória para postá-la na internet enquanto você se contorce no chão.

Fui direto pela Carretera de La Bordeta, que é a única rua que sai da Plaza de España com apenas uma pista para carros e por isso é a mais silenciosa, mais suja e com menos comércio. Odeio os bares, mas acima de tudo odeio as lojas, e as lojas que mais odeio são as de roupa, seguidas das livrarias e dos supermercados. Não há uma única livraria ou uma única loja de roupa em La Bordeta. Há dois supermercados de paquistaneses, uma loja de eletrodomésticos, uma loja de artigos esportivos, um banco, um velho que vende cacarecos amontoados em uma vitrine, uma escola, uma creche, cinco ou seis espeluncas com seus bêbados de estimação, a sede da PAH-Barcelona onde Marga foi pedir informação e de onde saiu com o rabo entre as pernas, e o Bloque La Bordeta, nave mãe do Grup d'Habitatge de Sants, originalmente okupado pela PAH, mas atualmente expulso da organização *colauista* porque a PAH-Barcelona, desde que sua santa padroeira, Ada Colau, se tornou prefeita, não tolera que o pessoal do La Bordeta promova a okupação com tanta alegria, tanta impaciência e tanta eficácia. As duas organizações convivem na mesma rua, mas, como seus horizontes políticos são radicalmente distintos (a PAH-Barcelona é conciliadora e aliada do Serviço Social, ao passo que o Bloque é combativo, e okupa), nem sequer se cumprimentam. Por isso os *pahcolauistas* mandaram Marga dez ruas acima, para o ateneu libertário, que eles consideram, burocratas tão inocentes que são, um lugar sem impacto político real aonde a garotada só vai para fumar maconha.

Embora as pessoas mal olhassem para mim em La Bordeta, em grande parte porque minhas comportas estavam se abrindo, mas principalmente porque lá as moradoras também saem na rua de camisola, peguei uma calça que encontrei no topo de uma lixeira. Estava bem direitinha, nem cagada, nem manchada de sangue nem nada, era de algodão fino e ampla, fresca e leve, sem bolsos nem botões e com algumas manchinhas de água sanitária, razão pela qual a devem ter jogado fora. Isso de deixar roupa, móveis, livros e comida em bom estado em cima ou ao lado de uma lixeira, e não dentro, é algo muito frequente e que não vi em nenhum lugar do mundo como em Barcelona. É, de fato, generosidade, uma generosidade anônima, incondicional, fácil e muda, sem intermediários ou burocracia, coisas que a distinguem da caridade, do onguismo e do pensionismo de Estado.

Já era noite e nada de refrescar porque La Bordeta não é La Barceloneta, porque se La Barceloneta tem o Mediterrâneo poluído, La Bordeta tem a Gran Vía poluída. Sempre lavo a roupa que tiro do lixo antes de vesti-la, por melhor que seja seu estado, mas eu passava tanto calor com a camisola sintética que fiquei procurando outra peça no bololô de roupas deixado por alguma alma generosa. Puxei uma blusa de alcinha com a estampa de um gatinho brega toda craquelada, motivo pelo qual (o craquelado, não a breguice) a tinham descartado. Comecei a não gostar da alma generosa do bololô de roupas porque era evidente que aquela blusa de gato não estava em bom estado e mesmo assim a generosa a considerou digna de quem cata no lixo as coisas que não pode, ou não quer, comprar em uma loja. Se fosse mesmo generosa, teria tentado tirar o que restava do gatinho brega antes de oferecê-la publicamente. Ou então deveria ter enfiado aquela merda de blusa dentro da lixeira, que era onde ela merecia estar, ou ficado com ela e a transformado em pano de chão. Mas nem uma coisa nem outra: essa, de generosa, não tinha nada. Não fazia parte da rede de abastecimento das superfícies das lixeiras. Esse tinha saído para jogar fora o lixo separado para a reciclagem, inclusive a roupa, para a qual também existe uma lixeira especial, a única, além da de vidro, da qual não se pode tirar nada do que entra. E, ao ver que não havia lixeira para roupa por perto, a falsa generosa, depois de ter se dado ao trabalho de subir e descer a rua procurando, decidiu esvaziar o conteúdo (porque o saco ela leva para casa para reutilizá-lo, afinal foi por isso que pagou dois euros por ele) em cima de uma lixeira, exatamente como viu e censurou tantas vezes em silêncio por ser tão feio o lixo à mostra, tudo para não jogar a roupa na lixeira errada.

Essa aí nunca catou nada no lixo, nem roupa, nem comida, nem livros, nem móveis, senão saberia que as coisas deixadas ali devem estar minimamente decentes, precisando apenas de um pequeno conserto ou que sejam removidas as partes muito maduras, por uma simples questão de respeito por quem faz a ronda de lixeira em lixeira procurando sustento, respeito merecido não por ser um desfavorecido (como diria uma alma caridosa), nem por ser vítima do capitalismo selvagem (como diria um onguista), nem por ser um cidadão com os mesmo direitos e deveres de qualquer pessoa (como diria a Secretaria da Família e do Bem-Estar Social). A razão pela qual o catador de lixo, assim como quem furta e quem sai do bar sem pagar, merece respeito e admiração e deve ser um modelo a seguir é o fato de não apoiar as chagas desta cidade que são as malditas lojas e os malditos bares.

Resumindo: joguei no lixo aquela blusa de merda, vesti a calça por baixo da camisola, tirei a camisola e fiquei de sutiã, mais fresquinha impossível, mais olhada também não, e fui ao ateneu anarquista para onde a PAH encaminhou Marga para que a ajudassem a okupar, para ver se eles estavam fazendo alguma coisa naquela noite e se eu conseguia tirar da boca o gosto amargo que as bailarinas da Barceloneta tinham deixado, para ver se havia festa, ou debate, ou possibilidade de não expressar ou ouvir opiniões pessoais mas verdades puras e simples sobre as coisas.

Em toda minha vida universitária de congressos, seminários, mesas-redondas e palestras eu nunca tinha ouvido uma fala tão lúcida quanto no ateneu anarquista. Com balbucios e pausas para pensar, pausas que duravam o tempo que o orador precisasse sem que um replicador ansioso lhe arrebatasse o silêncio. Não havia discursos ensaiados, apenas falas passadas pelos vinte filtros do corpo de cada um. Dava para ver que algumas pessoas falavam com a boceta, ou com a boceta e a cabeça, ou com a perna manca, ou com a carótida, ou com a bunda e o coração, o orador não opinava sobre o assunto. O orador possuía o assunto e o universalizava ao resto da sala. Alguém contava como era difícil jogar coquetéis molotov na fachada de determinada delegacia pela distância que havia entre as barricadas e a multidão, e isso não era um testemunho, não era nada pessoal, não havia mão atiradora do coquetel nem, portanto, relato: havia apenas significado, apenas a revelação de uma realidade até então oculta que o orador, com sua fala, dava de presente a quem queria ouvi-lo. Graças a ele, todos nós passávamos a ser cautelosos atiradores de coquetéis molotov diante da complicada fachada da tal delegacia. Que presentão!, pensei. Como é diferente presentear um significado e vender uma ideia, que feliz ausência de sedução há em presentear significados e, por outro lado, que retórica nojenta há na venda de ideias, em fixar mensagens e em saber transmitir pensamentos! Aquilo era generosidade das grandes, como comida em bom estado em cima de lixeiras!

    Naquele dia estavam discutindo se valia a pena se unirem a uma greve convocada pelas Comissões Operárias e pela União Geral dos Trabalhadores e Trabalhadoras, que eles desprezavam mas de cuja convocatória queriam tirar proveito para seus objetivos. Sentados em roda, não havia necessidade de pedir a palavra: a escuta entre eles era tão profunda, eram tão sensíveis ao desejo de fala do vizinho, o vizinho sabia tão bem a hora de intervir sem atropelar ninguém e, quando o atropelamento acontecia, o atropelado denunciava o abuso perpetrado de maneira tão certeira que, num piscar de olhos, os outros se juntavam a ele, tentando fazer com que o abusador enxergasse seu abuso, avisando que os profetas não eram bem-vindos ali. Se o abusador não recuasse, se o tolinho decidisse engrossar e dar uma de esperto, então o grupo o encurralava verbalmente, e ele acabava gritando mais que todos e começava a xingar. Então era convidado a se retirar do ateneu, convite que obviamente não aceitava, pronunciando as palavras mágicas: vocês são uns fascistas. Fiquei louca! Estava acontecendo ali também! Pelo visto eles são feitos em série, e todos os fascistas chamam os que os enfrentam de fascistas! É a lei fascimacha: para o fascista, tolerar significa que o outro fique do seu lado. O fascimacho não admite a alteridade a não ser que ela seja submissa a ele ou, pelo menos, cúmplice, ou, no mínimo, silenciosa, e melhor ainda se a alteridade estiver morta. Marga e eu tínhamos entrado lá sem saber nada de seus históricos sindicais, e ela eu não sei, mas eu, meia hora depois de chegar, sendo uma perfeita desconhecida, já tinha sido presenteada com uma greve inteira, e minhas comportas tinham sido ativadas contra o pão-duro mal-agradecido que não dividia seus brinquedos. Era hora de expulsá-lo com empurrões e palavras: "Aqui é um espaço politizado onde não se admite nenhum tipo de merda fascista, está claro? Se quiser falar merda, vá para a porra de um bar ou para a porra de um centro cívico, entendeu?", disse alguém antes de bater a porta na cara dele. Todos voltaram para seus lugares e retomaram a reunião.

Que tarde linda! Que vontade de acumular na boca significados que beijem e nutram! Uma cidade refundada se inaugurava diante de mim, como se, no decorrer de duas horas, Barcelona tivesse queimado e uma nova civilização a tivesse erguido! Nesse dia olharam para mim e para Marga como se fôssemos policiais infiltradas à paisana, que é como qualquer recém-chegado é visto nesta cidade na primeira vez que põe os pés em uma okupação, quando grita muito em uma manifestação ou dirige a palavra a uma prostituta, a uma catadora de lixo ou a um camelô. Nessa segunda vez que apareci no ateneu, eles me olharam de um jeito diferente porque nenhuma policial infiltrada, por melhor que interprete seu papel, anda pela rua de sutiã e com o sovaco cabeludo, e deparei com um documentário que era um insulto machista sobre as guerrilheiras sírias em que não aparecia uma única guerrilheira síria e, pior, em que as duas únicas vezes, em uma hora de filme, que uma mulher apareceu foi para falar dos guerrilheiros homens ou para pôr a mesa, mas, como depois do vídeo haveria debate com o diretor e uma guerrilheira, e jantar a três euros, fiquei para jantar e debater. Então eu disse, em primeiro lugar, que o ponto de vista do documentário era o de um machista com boas intenções, coisa pela qual o diretor se desculpou dizendo que foram as mulheres que se recusaram a falar e a aparecer diante da câmera. Em segundo lugar, eu disse à guerrilheira que não sabia se ela era boa com o fuzil, mas que ela servia um chá divinamente, coisa pela qual a guerrilheira e outras frequentadoras do ateneu me chamaram de eurocêntrica; e em terceiro e último lugar, eu disse que não tinha um puto para pagar o jantar, mas no ateneu, se você não tem grana e diz isso, eles te convidam.

Um porté que sai bem de improviso é o que há de mais parecido com um beijo-surpresa. Um beijo-surpresa desejado. Pode-se dizer porté ou porte. Na aula se costuma dizer em espanhol quando está no plural: portes. No singular se costuma dizer em francês, ou seja, porté. Também há professores espanhóis que chamam esse passo de pegada: vamos fazer uma pegada, que pegada boa, cuidado com essas pegadas difíceis. Esta última denominação me parece a mais apropriada devido à sua conotação sexual, porque de fato os portes são beijos mais ou menos demorados, mais ou menos saboreados, com ou sem choque de dentes, e gosto de pensar que os bailarinos espanhóis que dizem pegada em suas aulas de dança fazem isso sabendo que uma pegada tem uma conotação sexual em alguns países latino-americanos, querendo assim incutir lubricidade entre seus alunos, mas, depois de dez anos dançando, posso garantir que nenhum bailarino espanhol diz pegada por essas razões, mas simplesmente porque "porté" ou "porte" soam ao rançoso balé clássico. Nem todos os bailarinos latino-americanos dizem pegada, o que é um desperdício, porque para eles seria tão fácil. Infelizmente, a dança é um ofício muito conservador.

Foi isso que eu respondi quando me perguntaram o que era um porté na reunião de autogestores que Patricia e Ángela frequentam todas as terças-feiras e para onde me arrastaram, mas fiz isso por Marga, que é uma gênia e meteu um consolo na bunda de todas elas. Marga se livrou da pentelhação dos autogestores porque já está oficialmente deprimida. Ela vinha batalhando havia semanas pelo diagnóstico da psiquiatra e, finalmente, o obteve ontem, contrariando os relatórios da psicóloga e da educadora social que diziam que o problema de Marga é ser muito calorenta, que este verão estava sendo muito sufocante e que isso aumentava a frequência dos seus episódios exibicionistas, que fazem as pessoas rirem ou fugirem apavoradas, ou chamarem a guarda municipal, e que em pouquíssimas ocasiões terminam em encontro sexual, que é o maior objetivo de Marga e cuja não realização a leva a se trancar em seu quarto se masturbando com tudo o que encontra pela frente. A terapia proposta pela psicóloga Laia Buedo e pela educadora social Susana Gómez era, é claro, uma lavagem cerebral e de boceta sob o seguinte lema: aumentar a frequência de sua participação nas atividades sociais e de lazer organizadas pelas RUDIS em âmbitos local e municipal, entre elas a reunião de autogestores das terças-feiras porque incluem sessões de educação sexual e reprodutiva, com o intuito de propiciar a interação de Marga com pessoas de sua idade e de seu entorno, e favorecer o estabelecimento de uma relação íntima saudável com um companheiro ou companheira.

Para a felicidade da minha prima e para o tormento desse fascismo terapêutico, o tratamento proposto e ao final imposto pelo fascismo médico, isto é, a psiquiatra, foi um comprimido de Tripteridol a cada doze horas durante dois meses, e não obrigar Marga a nada que, já sob o efeito domesticador do fármaco, ela não quisesse fazer. E como outro dia a educadora social fez uma careta ao me ver chegar em casa às dez da manhã no meio de sua explicação sobre como passar manteiga no pão, e como Patricia e Ángela são capazes de chupar rola para não serem expulsas do apartamento supervisionado, agora elas não me deixam sozinha nem dizem um ai contra Marga, que além disso toma o Tripteridol quando o corpo pede, e durante as três horas que passamos fora entre nossa chegada à reunião de autogestores, a reunião em si e nossa volta, Marga desce na rua, leva quem quiser para casa e trepa tranquilamente (mais tranquilamente que de costume quando chapada de Tripteridol), se estiver sem sorte ou vontade ela se masturba em frente ao espelho da sala e geme feito uma porca no abatedouro. Ela é capaz de se masturbar com qualquer coisa, mas o clitóris da minha prima é tão sensível e sua técnica tão sofisticada que ela consegue se masturbar sem as mãos e sem nenhum objeto. Basta ficar de quatro e se mexer de modo que a fricção da pelve nas costuras lhe dê prazer, e consegue fazer isso mesmo sem se esfregar em nada e se estimula genitalmente com o simples movimento. Essa técnica fui eu que ensinei a ela: é um exercício de aquecimento que fazemos nas aulas da dança. Serve para destravar todos os músculos e articulações que ficam abaixo dos quadris. Não se trata de se alongar como um gato; se você faz isso, perde o foco do prazer e transpira à toa. O negócio é localizar mentalmente, mesmo que de forma aproximada, os quadris, o baixo-ventre, o púbis, os grandes lábios da vulva, o períneo, o cóccix, os ísquios, o ânus. O nível avançado é localizar os pequenos lábios, a vagina, o reto. Você localiza tudo isso mentalmente e crava os quatro apoios. Cravar quer dizer que seus braços, suas pernas e suas costas são como os quatro pés e a superfície de uma mesa. Nesse exercício, consideramos que a superfície da mesa começa onde ficaria o elástico de uma calcinha de cintura alta e termina no cocuruto, ou seja, o pescoço deve estar alinhado de tal maneira que seu olhar caia exatamente na parte do chão que está entre suas mãos. A posição do pescoço é fundamental. Se em vez de cair nesse lugar seu olhar cai mais atrás e o que você vê são suas pernas, ou cai mais adiante e o que você vê é a parede, o exercício deixa de ser masturbação e passa a ser um mero aquecimento para evitar dores lombares.

Uma vez transformada em mesa, é preciso se tornar uma mesa com motor, mas um motor que não serve para se deslocar no espaço, e sim internamente; ou em uma mesa em que repousa uma bola de cristal adivinhatória dentro da qual relampejam os vetores do futuro: seu motor interno ou sua bola de cristal é seu sistema masturbatório previamente identificado. É preciso amassá-lo no ar e com o ar, e amassar o ar com ele, movendo-o para a frente e para trás, em círculos, em semicírculos, com ou sem rebotes, mais devagar ou mais rápido, conforme seu corpo peça, e não tem erro. É uma estimulação de baixa intensidade mas inusitadamente estável no tempo. Você fica assim por dez minutos, e são dez minutos de carícia ao longo da racha da boceta. Eu nunca gozo fazendo isso, mas meu clitóris fica afiado e ardendo como se tivesse passado por um amolador de faca. Saio da posição de mesa para me masturbar da maneira clássica e em três segundos estou resolvida.

    Eu tinha começado a contar isso na reunião de autogestores porque era a bailarina convidada. Perguntaram sobre minhas aulas, e comecei pelo início, pelo aquecimento, pelas últimas tendências na dança contemporânea, que incluem também a ativação dos órgãos genitais, mas, ao pronunciar a palavra vagina, aconteceu o que fascistamente costuma acontecer. Patricia me interrompeu e tentou me forçar a mudar de assunto. Clique das comportas e luzes de led vermelhas atravessando-as com a mensagem SE NÃO QUERIA QUE EU FALASSE POR QUE ME TROUXE AQUI, CHUPA-ROLA DE FUNCIONÁRIAS PRECARIZADAS. Mas minha irmã, além de fascista ocasional, é cega feito uma toupeira e não enxerga nem as letras de néon. Isso das luzes de led é no sentido figurado, minhas comportas não têm luzes. O que eu quero dizer é que como Patricia é míope demais e não estava sentada perto de mim, não percebeu o clique das comportas, não se deu conta de que a mensagem figurada nos leds ia se transformar em mensagem literal na minha boca. Não tenho culpa se ela não enxerga um palmo à frente do nariz e também não tenho culpa de seus surtos fascistas, o que significa que ela merecia, por que me chama para falar se só quer que eu reforce seu discurso de merda que nem sequer é seu, e no entanto cedi. Tive pena de ver Patricia fazendo o papelão de boazinha diante da palhaça sem graça que é a pessoa de apoio dos autogestores, que deveria moderar, ou seja, redirecionar, ou seja, censurar determinados rumos tomados pela reunião, mas cuja censura não era necessária porque minha irmã já se encarregava de fazer o papel de apresentadora de programa da tarde na TV. Tive pena de ver Àngels lendo na tela do celular os primeiros parágrafos do romance que está escrevendo e sendo parabenizada. Tive pena de todos os outros que, ao serem perguntados para onde iriam nas férias, responderam Port Aventura, principalmente outra autogestora que tinha comportas como as minhas e as continha com uma testeira de ginástica. Dói tanto quando tiram essa testeira, as comportas disparam de um jeito que se batem no meio e podem até se quebrar.

— O lance é localizar mentalmente, mesmo que de forma aproximada, os quadris, o baixo-ventre, o púbis, os grandes lábios da vulva, o períneo, o cóccix, os ísquios, o ânus. O nível avançado é localizar os pequenos lábios, a vagina...

— Que interessante isso do aquecimento, Nati, não é mesmo? Mas como não temos muito tempo, por que você não vai direto para aquela coisa linda que você faz quando dança com um parceiro? — Patricia me encurralando.

Recolhi as comportas para que sua ordem penetrasse em mim, para evitar meu habitual rebote de arremessos de autoridade, que teriam atingido em cheio sua cara e deixado seus óculos fundo de garrafa em pedacinhos. Pensar para agir no longo prazo é uma rendição. Pensar para agir no médio prazo é uma rendição. Pensar para agir no curto prazo é uma rendição. Qualquer projeção a posteriori é uma quimera que nos foi incutida, importada das instituições, ou seja, do militarismo, ou seja, do capitalismo, e seu único efeito é inibir nossa reação imediata, dando, assim, vantagem ao agressor, neste caso minha irmã. E, no entanto, ali estava eu pensando que aquela eu ia engolir para mais tarde cobrar de alguma maneira.

Abandonei pela metade, então, a descrição do aparelho masturbatório e comecei a contar que, em uma *jam* de dança, um barbado desconhecido e eu fizemos um porté rapidíssimo que não durou mais que três segundos, mas que foi tão bem-feito, tão limpo e esvoaçante que o gosto ainda permanecia em meu corpo. Foi então que me perguntaram o que era um porté e eu expliquei a coisa das pegadas. Também me perguntaram o que era uma *jam* de dança. Respondi que era uma improvisação de dança feita entre bailarinos que podem ou não se conhecer. Perguntaram de novo o que era um porté porque continuavam sem entender.

— Porté tem a ver com sexo? — perguntou um cara chamado Ibrahim com seu esforçado idioma gutural, as mãos contraídas, os joelhos tortos e seu andador.

— Ibrahim, lá vem você com isso! — interrompeu de novo minha irmã, que, por sua vez, foi interrompida pela pessoa de apoio:

— Patricia, por favor, vamos deixar Ibrahim e Natividad falarem, que tal?

— Desculpa, Laia.

Que educada a fascista da Laia e que obediente a fascista da minha irmã.

— Bem, pode ter a ver com sexo ou pode não ter, Ibrahim. É sexual se você está predisposto ao prazer o tempo inteiro, o que não significa que você sinta vontade de trepar o tempo inteiro. Significa na verdade que você é um caçador de prazer, como aqueles sensitivos que procuram moedas com um detector de metais na praia. Para que um porté dê prazer sexual é preciso que aconteça o milagre, raríssimo, de você e seu parceiro se comportarem como esse detector, que os dois estejam atentos ao próprio corpo e ao do outro, e assim que o detector apitar, que é a mesma coisa que dizer que você tocou ou foi tocado de um modo exato e preciso, de um modo que te desperta, de um modo que dá sentido à vida, quando você é tocado assim, quer dizer, tem que largar tudo o que está pensando e tudo o que está fazendo e começar a desenterrar o tesouro, ou seja, se entregar aos braços do seu parceiro, às suas pernas, às suas costas, onde quer que o porté esteja ocorrendo, enquanto seu parceiro, por sua vez, se torna seu salvador, a única pessoa que existe para você no mundo, alguém que, de forma alguma, permitirá que você caia e que te acompanhará até o fim do voo. Essa união é o bom porté improvisado. É uma penetração de um corpo no outro? Não. É uma masturbação solitária ou recíproca? Também não.

— É uma transa rápida? — guturalizou Ibrahim.

— Eu nunca vivenciei o porté como uma transa rápida. Eu o vivenciei como um beijo, mas um beijo de língua demorado e macio, uma língua que derrete como sorvete ao entrar em contato com a língua do outro. Voltando à sua pergunta inicial: entendemos esse beijo, não qualquer beijo mas esse que acabei de descrever, como um provedor de prazer sexual? Minha resposta é um categórico sim. Portanto, se um porté é equiparável a esse beijo, teria o porté algo de sexual? Devo concluir que também.

— Obrigado por explicar, Natividade. Apesar de não entender direito metade das coisas que você diz, alguma coisa sempre fica. — Custei a entender essa frase tão longa de Ibrahim porque ele engolia saliva a cada palavra que pronunciava, mas acho que ele disse isso. Um machinho bonito sentado a seu lado se apressou em me traduzir o que Ibrahim dizia. Paralelamente, a macha da minha irmã se pôs a traduzir o que eu havia dito. Que bela lavagem cerebral fizeram neles com a lição de não perguntar ao outro se precisa de ajuda ou se a deseja. Assimilaram muitíssimo bem a máxima assistencialista de que ajudar é agir pelo outro, ou melhor, representá-lo, ou melhor, substituí-lo. Que bela legião de assistentes sociais sem salário a sem-vergonha da assistente social com salário instruiu sob suas ordens, sentada em um círculo de cadeiras observando seus recrutas travarem uma batalha contra os modos de falar obscuros. Essa ralé de seres não normalizados travando batalhas contra sua própria língua não normalizada pelo triunfo da que é normalizada, a que é entendida por todos os normalizados, a língua do romance de Angelita. Fascista por fascista e macho por macho, a dezena de autogestores aproveitou que seu silêncio forçado tinha sido interrompido e começou uma falação em meio à qual Ibrahim e eu terminamos nossa conversa.

— Eu é que agradeço seu interesse pela dança, e me desculpe, mas é que não sei me expressar de outra forma.

— Não tem problema. Você me entende quando eu falo?

— Entendo quase tudo. O que não entendo eu deduzo pelo contexto.

— Então vou te fazer outra pergunta.

— Manda.

— Você acha que eu poderia fazer um porté com você ou você poderia fazer um porté comigo?

Ateneu — Ação Libertária de Sants. Ata da assembleia do grupo de okupação. 25 de junho de 2018

Do inventário de moradias vazias passíveis de okupação, a companheira Gari Garay pede ajuda à assembleia para vistoriar o apartamento da rua Duero nº 25, o da rua Viladecavalls e a casa da passagem Mosén Torner. Menciona explicitamente o número da rua Duero que lhe interessa porque, de acordo com a companheira, nessa rua existem outras moradias inventariadas, e enfatiza que, com exceção desta ocasião, sempre, em todas suas conversas, manteve os números em segredo.

A companheira Maiorca observa que vistoriar um apartamento e entrar para okupá-lo é quase sempre a mesma coisa, a não ser que o apartamento esteja em condições de habitabilidade tão precárias que seja necessário abandoná-lo. Isso acontece, continua Maiorca, porque abrir um apartamento pode ser bem complicado e demandar muito tempo e planejamento, e envolver muitas companheiras, de modo que não é factível vistoriar vários apartamentos previamente para depois escolher.

Badajoz concorda e recomenda que a companheira que quer okupar dê uma boa olhada nos blocos de apartamentos pelo lado de fora para ter uma ideia do estado deles, que tente entrar na portaria como uma moradora qualquer ou uma entregadora de folhetos e que veja como estão as escadas e o elevador, se houver. Badajoz se oferece para acompanhar G. G. na vistoria externa dos imóveis e por último acrescenta que ela precisa sim ser discreta quanto à questão da okupação mas que entre nós, seja dentro, seja fora da assembleia, pode dizer os números com toda tranquilidade.

Múrcia se oferece para acompanhá-las e adianta que a casa da Mosén Torner está um nojo e é inexplicável que faça parte do inventário se é evidente que seu teto está meio desabado.

Corunha justifica que o inventário precisava incluir todas as moradias vazias do distrito, ao que Múrcia acrescenta que não só as vazias como também as passíveis de okupação, ao que Corunha responde que a casa da Mosén Torner é perfeitamente passível de okupação, na verdade é mais fácil de ocupar do que muitas outras por estar tão deteriorada e abandonada e que por isso certamente também demorarão bem mais tempo para identificar e despejar alguém. Múrcia lhe diz que parece mentira que tenha sido okupa metade de sua vida e que a essa altura não saiba que a rapidez do despejo não tem nada a ver com o estado da casa mas sim com a especulação imobiliária, à qual o proprietário está atento. Mas é que além disso, continua Múrcia, okupar não é só abrir e entrar mas abrir, entrar e viver dignamente, que é para isso que a assembleia existe, para isso ela se autodenomina um espaço autogerido e para isso defende e promove a autogestão de outros espaços como as casas okupas, ao que Corunha replica que talvez o que é indigno para um seja digno para outro e que talvez também seja necessário autogerir a dignidade, partindo do princípio de que cada um tem necessidades diferentes e as satisfaz de maneira diferente, porque, por exemplo, para viver dignamente, uma família de cinco membros vai precisar de um apartamento de pelo menos dois quartos, apertando muito, ao passo que para uma pessoa sozinha um sótão ou um conjugado pode ser suficiente para viver dignamente.

Ou talvez não, diz Ceuta, e pode ser que uma pessoa sozinha precise de três quartos e um pátio por conta de suas necessidades especiais.

Ou por capricho, diz Tarragona, e não há nada de errado no capricho nem estamos aqui para julgar as necessidades ou as motivações ou as manias de ninguém.

Múrcia diz que estamos aqui para julgar sim as necessidades de alguém, porque se um neonazista aparecer dizendo que precisa okupar uma casa para fazer suas reuniões neonazistas, nós o expulsaremos a pontapés, certo?

Corunha responde que o eventual neonazista suicida que hipoteticamente se atrevesse a pôr os pés num ateneu anarquista nunca diria isso e pergunta a Múrcia se ela vai perguntar a todo mundo que entrar pela porta se a pessoa é neonazista e o que planeja fazer na casa que vamos ajudá-la a okupar.

Oviedo intervém para dizer que por esse raciocínio também teriam que perguntar a todos os homens que vêm ao escritório de okupação se pretendem maltratar suas namoradas dentro das quatro paredes okupadas e acrescenta que essa divagação é interessante, mas que a estamos abordando a partir da banalidade pós-moderna ao relativizar as necessidades e a dignidade das pessoas, porque acontece de mesmo o neonazista e o abusador precisarem de uma casa cujo teto não esteja desabando para viver dignamente, nisso estaríamos de acordo até com os neonazistas e os abusadores e sendo assim, Oviedo se pergunta por que entre nós não vamos estar de acordo.

Múrcia está na dúvida se a companheira que acaba de intervir é contra ou a favor da retirada da casa da Mosén Torner do inventário de moradias okupáveis.

Favorável evidentemente, Oviedo responde, mas Múrcia continua na dúvida e pergunta se ela é favorável à casa ou à retirada da casa, pergunta que provoca vários comentários cruzados e sobrepostos que não são acrescentados à ata.

Retomada a ordem habitual de escuta e intervenção após alguns segundos, G. G. diz que não sabe se entendeu direito, mas que tem a impressão de já ter ouvido que a assembleia defende a autogestão, ao que muitas companheiras respondem que ela ouviu direito sim e que obviamente somos um espaço autogerido que defende a autogestão. G. G. intervém novamente e pergunta se então somos autogestores, ao que Corunha responde que não utilizamos essa palavra mas que ele entende que logicamente somos, ou ao menos segundo a lógica gramatical, se nos autogerimos então somos autogestoras. Badajoz objeta que não gosta dessa palavra porque soa a consultoria e a vocabulário empresarial e que ela não se considera uma autogestora mas pura e simplesmente uma anarquista, pois ao dizer anarquista já está dizendo que ela mesma gere seus conflitos e seus desejos sem fazer parte dos circuitos institucional, econômico, social e cultural neoliberais, que são os que geriram todas elas à força a vida inteira.

Ceuta propõe a G. G. que, justamente por ele acreditar na autogestão e defender que todas nós devemos nos autogerir e tendo em vista que a própria G. G. foi a primeira a reparar na casa da Mosén Torner seja lá por quais razões propõe, digo, esse companheiro propõe que ela mesma decida se vale a pena se esforçar para abrir essa casa e não outra em melhor estado.

G. G. parece concordar e o companheiro anterior afirma que ela não precisa decidir agora nem amanhã nem na próxima semana, que pode fazer a observação exterior dos imóveis com calma, pensar bem com qual ficará e voltar quando quiser à assembleia para comunicar sua decisão.

G. G. agradece as facilitações e os conselhos mas diz ao companheiro que o que ela apoia é abrir a casa da Mosén Torner já, que não dispõe de tempo nem de tranquilidade para refletir muito porque sua situação habitacional atual é crítica, que tomou a decisão enquanto ouvia os vários companheiros falando na assembleia e que entendeu perfeitamente que okupar é difícil mas aquela casa nem tanto.

Várias companheiras insistem que a casa está em péssimo estado, mas que se ela tem certeza, vamos em frente.

Outras companheiras insistem que o estado da casa é tão ruim que se seguirem em frente, assim que G. G. entrar e vir como está em ruínas, se arrependerá de ter tomado uma decisão tão precipitada.

Tânger diz que antes foi dito que okupar não é só abrir e entrar mas abrir, entrar e viver dignamente; ao que ele acrescenta que okupar não é só abrir, entrar e viver dignamente mas sim abrir, entrar, viver dignamente e fazer todos os reparos de que a casa precisar, pois a vida não vai ser muito digna, continua Tânger, tendo que dormir todo encolhido num canto para evitar o vento ou a chuva, ou cagando em um balde, ou não podendo nem fazer um café de manhã e pergunta a G. G. se ela acha que tem força para botar a mão na massa, ou seja, para autogerir todos esses reparos, levando em consideração que ainda por cima ela quer morar sozinha.

Palma diz que até um século atrás todo mundo cagava em um balde, mais especificamente em um penico, e que não se via nenhuma dignidade ou indignidade nisso. Também não acha que seja uma questão de dignidade tomar um café em vez de, por exemplo, comer um croissant com suco de laranja, cujo preparo não requer gás ou luz elétrica, se é que Tânger se referia à falta de gás ou de luz ao nomear a dignidade do café.

Isso supondo que você comprou o croissant em uma padaria ou o surrupiou ou o encontrou no lixo, replica Tânger.

Sem dúvida, responde Palma, porque presumo que normalmente não assamos croissants em casa, o que de fato exigiria gás ou luz elétrica.

Ou não porque também existem os fornos a lenha, treplica Tânger, e pergunta se a assembleia acha possível que na casa da Mosén Torner tenha um forno a lenha para se assar croissants no café da manhã.

Ceuta diz que pode haver uma chaminé ali sim porque a casa é muito velha.

Tânger diz que essa história de cagar no balde e do café nos estimulou a debater, o que o alegra, mas que ninguém disse nada sobre dormir encolhida pelo frio e pela chuva, então parece que realmente enxergamos um problema de dignidade nisso, que é justamente a questão fundamental da casa da Mosén Torner, ou seja, o teto quase desabando.

Oviedo responde que ela pessoalmente está cagando não em um balde mas para a dignidade e se não para a dignidade, cujo significado não é muito claro para ela, para o uso que damos à expressão "viver dignamente", que considera jornalística e institucional, ou seja, profundamente capitalista porque se refere apenas às condições materiais de vida ao entender que quem dorme quentinho vive mais dignamente que quem dorme congelado. Seguindo esse raciocínio, continua a companhei-ra, quem tem um colchão viscoelástico vive mais dignamente que quem tem um de molas, quem almoça uma mariscada no porto vive mais dignamente que quem almoça um ensopado de grão-de-bico em casa junto à estufa ou quem almoça no McDon-ald's, ou quem simplesmente não almoça!

Tânger responde que ela está levando o raciocínio ao absurdo, enfiando no mesmo saco o conforto burguês e as necessidades básicas, necessidades obviamente materiais que os seres huma-nos, também feitos sem dúvida de matéria, devem ter atendidas para sua mera sobrevivência; ao que a companheira interpelada replica que sim, que efetivamente ela usou um argumento apa-gógico porque os raciocínios devem ser levados ao absurdo para que seja provada sua falibilidade, quer dizer, sua carga de razão, quer dizer, sua verdade e esse raciocínio sobre vida digna não resiste à investida. E acrescenta que ela empregou consciente-mente a *reductio ad absurdum* mas que o primeiro companheiro acaba de usar sem se dar conta duas *reduções por identidade*, ou seja, duas analogias, mães da demagogia, ao identificar primei-ro as necessidades materiais dos seres humanos com os pró-prios seres humanos; e segundo ao identificar o materialismo burguês a que ela se referiu com a carne e o sangue e os ossos e os nervos dos quais todas somos feitas.

Maiorca pede à companheira que acaba de intervir que por favor se explique um pouco mais, pedido ao qual se somam outras tantas companheiras e que Oviedo concorda em atender, em suas próprias palavras, com todo prazer. As analogias que Tânger propôs, diz, são falácias no sentido argumentativo e tendem a justificar o capitalismo no sentido ideológico. Isso porque o companheiro vincula dignidade e bens materiais, reproduzindo o discurso do Estado assistencialista que diz dignidade onde quer dizer bem-estar. E o que é o bem-estar?, pergunta, ou melhor dizendo, pergunta a si mesma a companheira, e esclarece que se refere ao bem-estar do Estado de bem-estar social, porque de fato ela acredita que o conceito de bem-estar não existia antes que os Estados ocidentais saídos da Segunda Guerra Mundial o inventassem e se existia com certeza não tinha a conotação que os Estados lhe deram e implementaram para sempre. O bem-estar estatal do pós-guerra se configura então como o mecanismo necessário para, na Europa destruída, ressuscitar a economia, e nos Estados Unidos, lançá-la ao estrelato capitalista. Auxílio-desemprego, seguro-saúde, horas extras, férias remuneradas, medidas de fomento à natalidade, indústrias subvencionadas, barateamento dos outrora produtos de luxo, expansão das escolas e universidades públicas. A companheira diz que não está descobrindo a pólvora quando fala da reativação keynesiana do consumo e do nascimento do consumismo, e pergunta, desta vez abertamente aos demais e não retoricamente a si mesma, se nos interessa o que ela está contando ou se é melhor voltarmos a falar do teto da casa da Mosén Torner, não estamos justamente, e aqui a companheira pede permissão para a piada porque, segundo ela, vem muito a calhar, não estamos justamente começando a casa pelo teto ao falar do puto do

Keynes quando deveríamos estar nos perguntando quem pode conseguir uma betoneira.

Corunha responde que para ele sim parece a descoberta da pólvora e Ceuta diz que para ele não existe divórcio entre reflexão e ação porque a ação, neste caso a okupação de uma casa em ruínas, sempre deve ser por uma causa, que para nós é o estabelecimento da sociedade anarquista. Caso contrário seria uma ação não politizada, ou pelo menos não politizada na opção radical e, sendo não radicalizada, inofensiva e desarmada e vulnerável aos ataques do opressor, ataques no caso procedentes dos eventuais proprietários que quisessem recuperar o controle total da casa, do juiz que ordenasse a expulsão dos ocupantes e dos *mossos d'esquadra*[*] que fossem despejá-los. O companheiro conclui que considera não só importante como fundamental, para que nossa ação não se transforme em mero ativismo, falar de okupação, de betoneiras, do preço da batata, de John Maynard Keynes e de Paulo Freire ao mesmo tempo e pede a Oviedo que por favor continue e Oviedo continua as diz que antes de seguir com o tema da dignidade quer por um lado transmitir ao companheiro o quão estimulante sua reflexão foi e por outro apontar que os aparentemente bondosos subsídios não existiriam sem outros engenhos do Estado de bem-estar, como o endurecimento do código penal, a expansão das prisões e dos manicômios em espaço e número, o estabelecimento maciço da psiquiatria, das farmacêuticas, da publicidade e da televisão, a aniquilação dos bosques e das florestas e a provocação periódica de guerras nos países da periferia do progresso para a exploração de matérias-primas, para citar apenas alguns poucos e óbvios pilares desse bem-estar que convenceu a todos

---

[*] Corporação policial autônoma mais antiga da Europa, fundada em 1719, responsável pela segurança pública da Catalunha, em conjunto com as polícias municipais. [N.T.]

nós, inclusive boa parte desta assembleia de anarquistas, de que viver bem é viver com facilidade para consumir, elevando essa boa vida consumista à categoria de vida digna, retirando a carga moral daquilo que outrora se entendia por dignidade, carga moral que, continua a companheira, é o que esta assembleia deveria pôr na mesa e se perguntar se na hora de ajudar G. G. a okupar devem priorizar considerações estritamente materiais, como o teto e a falta de água corrente, ou considerações que não têm os objetos como seu objetivo final, como a necessidade de fugir de uma situação familiar e pessoal crítica, como a própria G. G. escreveu na apresentação de seu caso e como repetiu há pouco e que nada mais é do que uma necessidade peremptória de emancipação que não está nem aí para o frio, para a chuva e para o penico.

Tânger replica que não acha que ter uma casa com teto e vaso sanitário significa cair no consumismo ou no capitalismo, aliás acha que tachar de burguês o desejo de viver em condições mínimas de salubridade é um argumento próprio não só dos burgueses mas de um tipo de opressor muito mais mesquinho, isto é, o líder revolucionário, que, apelando para a retórica emancipadora, justifica a miséria dos peões da revolução. Isso posto, e antes que outros companheiros continuem o debate, este redator de ata lembra à assembleia que já é quase meia-noite, que a principal interessada, G. G., foi embora há mais de meia hora e que ainda não se discutiu nenhum dos outros pontos da pauta.

Palma pergunta à assembleia se preferimos continuar debatendo sobre moradia e dignidade, embora não veja muito sentido nisso já que G. G. precisou ir embora, ou se avançamos nos pontos, ou se vamos todas embora e continuamos extraordinariamente amanhã ou depois de amanhã, sendo este redator de ata o primeiro a responder e urgir que é preciso ir embora imediatamente porque o metrô fecha em cinco minutos, levantando-se, recolhendo suas coisas, terminando esta frase de pé, pedindo que digam a ele por Telegram o que foi decidido e anunciando que outra pessoa precisa se encarregar de continuar escrevendo.

ROMANCE
TÍTULO: MEMÓRIAS DE MARÍA DELS ÀNGELS
GUIRAO HUERTAS
SUBTÍTULO: RECORDAÇÕES E PENSAMENTOS
DE UMA GAROTA DE ARCUELAMORA
(ARCOS DE PUERTOCAMPO, ESPANHA)
GÊNERO: LEITURA FÁCIL
AUTORA: MARÍA DELS ÀNGELS GUIRAO HUERTAS
CAPÍTULO 2: COMEÇA A VIAGEM

4) A quarta coisa que Mamen disse
para meu tio e para mim
era na verdade a primeira coisa de todas,
mas Mamen a explicou no final
porque era a mais complicada.
Acontece que a quarta coisa
era a que tornava as outras três possíveis.
Se eu quisesse a pensão
e ir morar em Somorrín,
eu teria que ir ao médico,
o médico teria que me ver
e depois eu deveria mostrar a Mamen
os papéis do médico.
Quanto mais cedo fosse ao médico
e tivesse os papéis,

mais cedo me dariam o dinheiro
e mais cedo poderia ir morar em Somorrín.

Meu tio perguntou a Mamen
se eu estava doente
para ter que ir ao médico.
Foi como se meu tio,
ignorante como era
e mesmo sem saber ler,
tivesse lido meu pensamento.
Então Mamen respondeu
que graças a Deus eu era saudável,
só que mais saudável do corpo que da cabeça.
Então meu tio perguntou
se por acaso Mamen era médica
para ter tanta certeza
de que eu era saudável ou não,
e que se isso de menos saudável da cabeça
queria dizer que eu estava louca.
Eu me assustei um pouco
porque nunca tinha ouvido meu tio Joaquín
falar de um jeito tão sério
nem com o corpo tão inclinado para a frente,
quase encostando em Mamen
do outro lado da mesa.
Nem no enterro da minha mãe,
que era irmã dele,
meu tio tinha ficado tão sério.
No enterro da minha mãe
meu tio cantou a canção do Vito,
que diz
con el vito vito vito,
con el vito vito va,
quer dizer, não é uma canção triste.

Mamen não se irritou
com a seriedade do meu tio.
Pediu desculpas a ele
por não ter explicado direito,
e me pediu
para sair de casa por um instante.
A casa só tinha um cômodo,
que era onde nós estávamos,
e ela me pediu por favor.
O único outro cômodo
era o curral da Agustinilla.

Quero esclarecer uma coisa:
quando se diz o nome de um animal
se pode sim usar "o" ou "a"
na frente do nome
mesmo que a gente esteja falando espanhol
e não catalão.
Por isso se pode dizer
"a Agustinilla" ou "o Refugiat".
Mas se a Agustinilla fosse uma mulher
em vez de uma égua,
e se o Refugiat fosse um homem
em vez de um cachorro,
teríamos que dizer obrigatoriamente
"Agustinilla" e "Refugiat".
O Refugiat é o último cachorro de rua da Barceloneta,
e talvez de toda Barcelona.

Enquanto Mamen e meu tio conversavam,
eu aproveitei e fui colher
as alfaces mais vistosas.
Uma vizinha se aproximou
e me perguntou pelo meu tio,
e eu disse que ele estava com Mamen
falando sobre os papéis e o médico.

Essa vizinha era Eulalia,
a de Romualdo,
o dos coelhos.
Eulalia me disse
que tinha acontecido a mesma coisa em sua casa,
porque queriam levar Romualdo,
que é seu filho.
Mas que ela tinha dito que não
porque na casa de Somorrín
eles mudavam a pensão de órfão
pela de anormal,
que, apesar de ser mais dinheiro,
eles ficavam com tudo,
e ela, para completar,
se seu filho fosse embora,
ficaria sozinha
e sem ninguém para ajudá-la na lida.
Também me disse que ela mesma
ia levar Romualdo
ao médico de anormalidade
e depois ela mesma apresentaria os papéis
para que o dinheiro ficasse em sua casa
sem nenhum intermediário.

Foi então que ouvi pela primeira vez
a palavra anormal,
e apesar de eu não ter dado muita trela para Eulalia
porque todo mundo sabia
que ela era uma bêbada
e que o pobre Romualdo
era seu burro de carga,
fiquei pensando
nisso da anormalidade
e que havia muito dinheiro envolvido.

Queria perguntar isso a Mamen,
mas quando voltei ela já tinha ido embora.
Dá para falar muitas coisas sobre Mamen,
menos que ela não respondia às perguntas.
Mamen respondia a tudo.

Como ela não estava,
perguntei ao meu tio.
Mas meu tio já tinha falado o suficiente
por aquele dia e pela semana inteira
e não me respondeu.
A única coisa que ele me disse foi
que se eu quisesse ir para Somorrín,
que fosse
e ponto-final.
Como eu sabia que era bobagem insistir,
comecei a lavar as alfaces
e a preparar o jantar.

No dia seguinte
fui falar com Romualdo
quando ele estava sozinho
e pegando no batente,
que era quase sempre.
Ele me disse que não queria ir para Somorrín,
embora fosse verdade que muita gente
de Arcuelamora e de outros povoados
já tivesse ido para lá.
Mas que eram pessoas que não precisavam
trabalhar tanto quanto ele.
Pessoas que não tinham
coelhos e porcos para alimentar.
Você não ficou sabendo
que os Gonzalo foram embora?, ele disse.
O velho ou o jovem?, eu disse.
Os dois, ele disse.
Os dois?, eu perguntei,

porque achei estranho.
Os dois, ele repetiu.
Mas o velho não tinha namorada?, perguntei.
Pois não tem mais.
E sabe a Encarnita do Tomás de Cuernatoro?, ele disse.
O que é que tem?, perguntei.
É que ela e seu primo-irmão
também foram embora, ele disse.
Cuernatoro é um povoado
mais ou menos do tamanho de Arcuelamora
famoso por sua procissão do Cristo de los Caños,
que acontece em outubro.
Eu me lembro da conversa sobre Encarnita
porque ela era a mais bonita do colégio,
e a que cantava melhor,
e se ela tinha ido para Somorrín
o lugar não podia ser tão ruim assim.

Eu me lembro da conversa sobre os Gonzalo
porque eram conhecidos dentro e fora de Arcuelamora,
porque quando fizeram o serviço militar
deram uma surra em um sargento
e depois outros sargentos
revidaram a surra neles.
Por causa dessa surra
Gonzalo jovem ficou manco
e Gonzalo velho ficou caolho,
mas pelo menos tiveram a sorte
de não serem condenados à pena de morte.

Gonzalo jovem também era famoso
porque naqueles meses se falava muito
que foi ele quem emprenhou minha tia Araceli
com minha prima Natividad,
a que agora mora comigo,
que nessa época tinha quatro ou cinco anos
e o mesmo nariz de cigana

e os mesmos caninos afiados
que Gonzalo jovem.

Lembro que quando Romualdo
me disse que os Gonzalo
também tinham ido para Somorrín,
eu não conseguia imaginar Encarnita
morando na mesma casa que eles.
Mas depois pensei que a casa de Somorrín
devia ser muito grande,
como Mamen dizia,
e assim não se incomodariam.

Romualdo me disse muitas outras coisas
mas ele não fazia a menor ideia
da sua anormalidade.

Quero deixar outra coisa clara:
as conversas que escrevi
não aconteceram exatamente como escrevi.

Eu as escrevi de cabeça
e pode ser que tenha esquecido algumas coisas
ou acrescentado outras.
Isso se faz sempre nos livros
para que os leitores entendam melhor.
Porque se eu tivesse que escrever
todas as coisas que Romualdo me falou
sobre seus coelhos e seus porcos,
este livro não acabaria nunca
e os leitores se cansariam,
e eu também me cansaria.

Na página 72 do livro intitulado
Leitura Fácil: Métodos de redação e avaliação,
escrito por Óscar García Muñoz,
do Real Patronato sobre Deficiência
do Ministério de Saúde, Serviços Sociais e Igualdade,

está escrito que é preciso eliminar todo tipo de conteúdo,
ideias, vocábulos e orações desnecessários.
Conteúdo significa o que há dentro do livro.
Vocábulo significa palavra.
Orações significa frases,
não orações de rezar.
Desnecessário significa que não é necessário.
A página 72 também diz
que se deve contar apenas o que é necessário saber
e deixar de fora o que o leitor não vai utilizar.
O leitor deste livro da minha vida,
que ainda que se diga apenas leitor,
pode ser mais de um,
ou seja, leitores,
e também pode ser uma mulher,
ou seja, uma leitora,
ou mais de uma mulher,
ou seja, leitoras,
não precisa saber nada
sobre os coelhos ou os porcos de Romualdo.
O que o leitor precisa saber
é que eu não sabia
nem quanto dinheiro davam,
nem o que esse médico de anormalidade ia fazer comigo.
Eu só tinha ido ao médico
duas vezes na minha vida.
A primeira porque caí de um rochedo
e me deram vários pontos na cabeça
e uma vacina;
e a segunda para tomar a dose de reforço da vacina.

Poucos dias depois Mamen voltou,
mas não foi direto para minha casa
como das outras vezes.
Primeiro parou na casa de Josefa.

Josefa era minha prima-irmã.
Morava com seu pai,
que era meu tio Jose,
e com sua meia-irmã Margarita,
que é uma das minhas primas que agora moram comigo,
mas que naquela época tinha onze anos.
Quando minha mãe morreu,
eu queria ir morar na casa de meu tio Jose
porque ele era mais novo e falava mais que meu tio Joaquín,
e porque Josefa e eu nos dávamos muito bem,
mas na casa dele não havia mais lugar.

Mamen saiu da casa do meu tio Jose
trazendo Josefa com uma mão
e segurando um cordão de chouriço com a outra,
um presente do último abate
de um porco de Romualdo.
Abriu a porta da frente de seu carro
pelo lado do carona,
e Josefa entrou e ficou lá,
com a porta aberta
despedindo-se de meia Arcuelamora.
Eu estava sentada
no toco de árvore onde a gente descascava as amêndoas
cerzindo uma camisa minha,
e meu tio tinha ido para o campo com a Agustinilla.
Eu me levantei para falar alguma coisa com Josefa,
porque era óbvio
que ela devia saber mais que eu
sobre o médico e o dinheiro,
e ela parecia feliz.
Mas então Mamen veio correndo até meu toco.
Era verão, e as pessoas não paravam de olhar para Mamen
porque ela usava uma bermuda muito curta
e uma camiseta sem mangas.
Meu tio Jose e outros homens
que vieram se despedir de Josefa

falaram que ela era bonita e outras coisas.
Para Mamen, não para Josefa.
Mamen sorria
e continuava andando reto na direção do meu toco.
Ela me deu dois beijos,
olhou minha camisa
e disse que eu costurava muito bem.
Nesse momento senti vergonha da minha camisa
diante da camisa tão bonita
que Mamen usava.
Então contei uma mentira.
Disse que não era minha,
mas do meu tio Joaquín.
Ela perguntou por ele,
eu disse que ele não estava.
Isso não era mentira.
Ela perguntou se eu tinha pensado.
Pensado em quê?, eu disse.
Em vir para Somorrín, ela disse.
Era minha última oportunidade
de fazer a ela as perguntas importantes.
Mamen, o que é ser anormal?,
perguntei.
Mamen arregalou os olhos
e me perguntou onde eu tinha ouvido aquilo.
Eu me fiz de louca
porque parecia que tinha dito alguma coisa errada
ou contado algum segredo.
Pensei que podia ser
o segredo de Eulalia
para ir com Romualdo
ao médico de anormalidade
e ficar com o dinheiro
sem que Mamen ficasse sabendo.
E como não queria
arranjar problemas para Romualdo,
então me fiz de louca

e deixei que Mamen falasse.
Ela segurou minhas mãos
com a camisa por cerzir no meio.
A agulha me espetou,
mas eu não disse nada.
Ela disse: Angelita,
você não é anormal.
Anormal é quem te disse isso.
Eulalia, eu pensei,
mas não disse.
E continuou falando:
Você é uma garota
com a vida inteira pela frente
e tem o direito de fazer
tudo o que as garotas da sua idade fazem:
trabalhar,
sair com os amigos
e se arrumar
para as festas,
em vez de ficar
num povoadozinho no meio do nada
costurando os trapos de um velho.
A próxima vez que alguém disser
que você é anormal,
diga que anormal é a vovozinha.
Combinado?
Foi isso que Mamen me disse.
Eu acho que ela pensou
que foi meu tio Joaquín
quem me falou da anormalidade,
porque Mamen não esperou
nem que ele voltasse da lida
para enfiar minha trouxa no porta-malas,
logo ela que sempre tinha sido tão atenciosa.

Depoimento da Sra. Patricia Lama Guirao, prestado no Juizado de Instrução número 4 de Barcelona em 1º de julho de 2018 no processo de solicitação de autorização para a esterilização de incapazes, em virtude da ação movida pela Generalitat da Catalunha contra a Sra. Margarita Guirao Guirao.
Magistrada: Exa. Sra. Guadalupe Pinto García
Secretário judicial: Sr. Sergi Escudero Balcells

Usarei com Vossa Excelência as mesmas palavras que usei para falar no Grupo de Autogestores, porque a senhora, por favor, me diga qual é a necessidade que a Nati e a Marga têm de pular a catraca do metrô, pelo amor de Deus, se todas nós temos o Tíquete Rosa por ser deficientes, que custa três vezes menos que o T-10 normal. O T-10 custa 10,20 e o Tíquete Rosa, quatro. A viagem sai a quarenta centavos! Muita gente adoraria poder economizar o dinheiro e o risco de pular! E olha que eu também já pulei, viu, quando eu, a Àngels, a Nati e a Marga éramos recém-chegadas a Barcelona e não tínhamos nem "pro" tabaco porque nossa tia Montserrat ficava com todo o dinheiro da Nati e da Marga até que a Generalitat as declarou incapazes.

 A senhora tem ideia de quantos cigarros eu tive que filar na rua? Centenas! Menos mal que se você é mulher basta bancar a "putona" para ganhar um cigarro dos homens. Nunca na vida um homem me negou um cigarro, embora também seja verdade que se você é bonita e jovem já tem tudo e nem precisa bancar a "putona", mas, bem, você banca assim mesmo por cortesia. Nessas circunstâncias tão evidentes de risco de exclusão social eu pulei a catraca do metrô, Meritíssima, e entendo quem, nessas mesmas circunstâncias, também pula, e nunca passaria pela minha cabeça recriminar alguém por isso, como fazem muitos velhos "pentelhos", velhos pentelhos que, por serem aposentados, também recebem o Tíquete Rosa, veja só! Claro, é muito fácil falar que alguém deve comprar um T-10 de 10,20 quando se tem o Tíquete Rosa de quatro euros no bolso! Enfim, Excelentíssima, isso é o que se chama de salto geracional, a diferença entre a velha e a nova política.

Estou contando isso porque tem a ver com os pontos a favor e contra. A senhora veja: reuni as três no dia que era minha vez de cozinhar e disse que enquanto elas não me ouvissem eu não faria comida nenhuma. Curiosamente nenhuma delas protestou. A Àngels estava vendo *Os Simpsons* com um pacote de Cheetos no meio das pernas, comendo com uma mão e escrevendo seu romance no celular com a outra. A Marga estava olhando para o horizonte na varanda, sem ter tomado banho e com o sol das duas da tarde rachando sua cabeça, eu não sei como ela aguentava; e a Nati estava lendo um daqueles folhetinhos dela em seu quarto de "patas" "pro ar".

Nós nos sentamos na sala de jantar. A Àngels desligou a TV sem que ninguém pedisse, o que achei muito respeitoso. A Àngels já sabia do que se tratava a conversa. Na verdade, era ela quem ia falar sobre o assunto, mas combinamos que eu contaria, primeiro porque a Àngels desata a gaguejar quando precisa falar coisas sérias, e segundo para que as outras não pensassem que ela se aproveitava de sua posição de tesoureira e de menos deficiente de todas, Deus a livre, para nos dar lições. Às vezes é preciso lembrar à minha prima e à minha irmã que foi a Àngels quem tirou nós três do inferno de Somorrín, quem atravessou a Espanha com três parentes debaixo da saia, quem nos trouxe para a casa da tia Montserrat em Barcelona e quem lutou para nos tirar de lá e nos enfiar no apartamento supervisionado, ou seja, se a Àngels quisesse e fosse menos "gaga", poderia nos dar algumas lições.

Tirei os óculos e belisquei a ponta do nariz, como os atores fazem nos filmes quando estão muito preocupados, e eu estava muito preocupada. Fiquei olhando para o chão, com a testa apoiada em uma das mãos e segurando os óculos com a outra. Eu usava o vestido estampado de papagaios com um círculo vazado nas costas. A moda do decote atrás, e não na frente, mudou minha vida, porque posso ter pouco ou nenhum peito, mas minhas escápulas são marcadas feito duas facas e são absurdamente "sexis", são minhas tetas das costas. Então eu disse o que tinha que dizer: que ninguém se assustasse, mas que, havia tempos, a educadora social e a diretora do apartamento não andavam muito contentes.

Passaram-se alguns longos segundos de silêncio. Entendi que a Àngels ficou calada para não influenciar, nem para o bem nem para o mal, a resposta das outras duas. A Marga e a Nati, pensei, devem estar ruminando o que eu acabei de dizer ou, quem sabe, por serem as mais retardadas, não me entenderam e vou ter que explicar para elas com outras palavras. Mas, quando coloquei os óculos de novo, percebi que a Àngels digitava no celular, a Marga continuava com o olhar perdido na direção da varanda e a Nati continuava lendo seus folhetinhos. Era óbvio que, com minhas palavras, eu não tinha conseguido transmitir seriedade e, ao mesmo tempo, desejo de diálogo, gravidade e, ao mesmo tempo, horizonte de esperança. Então, que "caralho" eu tinha transmitido? Qual parte de "as chefas não estão contentes" era tão difícil de entender? Calma, Patricia, sua gostosa, eu disse a mim mesma. Descruze uma perna, cruze a outra e repita a mensagem mas de óculos, que assim, com seu olhar levemente sensual e preocupado, olhar de super-heroína que teve os pulsos e os tornozelos acorrentados pelo vilão, conseguirá desenterrar esses três pares de olhos de seus vasos ocos e conduzi-los até você, ser de luz, como aqueles girassóis do Van Gogh pendurados na parede do abafado quarto de serviço. E fiz uma nova tentativa, com uma frase por parenta: "Meninas, tem uma coisa importante que vocês precisam saber. Vocês precisam saber que a Diana e a Susana não estão contentes com a gente por algumas coisinhas que aconteceram. Mas fiquem tranquilas que tudo nesta vida tem jeito, menos a morte".

Falei ou não falei do jeito mais educado do mundo, minha virgem santa? Alguma coisa no meu tom de voz podia sugerir que eu estava "de sacanagem" para que a Nati fosse a única a reagir, e a reação da Nati fosse dizer "me desculpe, irmã, me desculpe, mas você se engana, porque a morte tem jeito, sim"? Descruzei as pernas, cravei os dois saltos no chão e peguei e disse para a Nati que eu não ia discutir com ela se a morte tinha ou não tinha jeito, porque não dá para discutir nada com minha irmã, mas o que certamente não tinha jeito eram os modos dela e sua falta de respeito por estar lendo aqueles folhetinhos enquanto outra pessoa, no caso eu, falava com ela. Então ela para de ler e me corrige: diz que não são folhetinhos, que são "fanzinhos", ou sei lá o que de "fanzinhos", e pergunta por que eu não digo a mesma coisa para a Àngels, que não larga a "porra" do celular. Como ela disse "porra", não precisei confrontar a Àngels, que, sendo a menos deficiente, bem que poderia se esforçar minimamente para dar um bom exemplo e largar a "porra" do celular por cinco minutos, e o que fiz foi repreender a Nati por ter uma boca tão suja até para falar com a própria irmã.

Aproveitei que a indignação jorrava com tanta facilidade para cuspir tudo de uma vez: o relatório mensal da Susana Gómez tinha sido desfavorável, a Diana Ximenos havia assinado embaixo e outro dia telefonou para a Àngels para demonstrar preocupação. Foi ou não foi, Angelita?, perguntei à minha prima. Eu estava irritada, e Angelita saiu sem querer, e a Àngels, que não havia tirado os olhos do celular nem para ver *Os Simpsons*, ergueu a "caralha" da cabeça nesse exato momento para me corrigir também, pronunciando seu nome com toda a afetação catalã que uma gaga de Arcuelamora é capaz de dar a seu sotaque.

Meu pé direito começou a bater no chão feito uma máquina de costura dando pespontos, e esse sapateado sacudiu minha perna inteira e todos os papagaios deste lado do vestido. Eu não sou perfeita. Quando foi que eu disse que era perfeita, minha virgem santa? Eu preciso ser corrigida e educada como todo mundo, porque ninguém nasce sabendo nada além de comer e cagar e "trepar", mas comer e "cagar" e "trepar" feito bicho, não como uma pessoa, e isso é o que venho fazendo nos meus trinta e três anos de vida: aprendendo, com os auxílios adequados, as atitudes e habilidades sociais necessárias para me tornar um membro de pleno direito dentro da comunidade, uma cidadã integrada cuja diversidade funcional contribui para a pluralidade, o bem-estar e a riqueza das sociedades democráticas.

"Patri, minha filha, você está falando como uma funcionária de meia-tigela de classe C, que horror. Logo você, que já foi tão fodona", a Nati vem e me diz, aí eu explodi e mandei todo mundo "tomar no cu". Fui preparar o almoço e quando enfiei a tesoura na caixinha de molho de tomate respingou um pouco no meu vestido e nos meus óculos, e comecei a chorar. Elas já estavam vendo *Os Simpsons* de novo e não ouviram meu lamento, o que me fez chorar ainda mais. Desde pequena, quando choro, gosto de me olhar no espelho. Chorar, como dizem todos os psicólogos do mundo de qualquer corrente, é não se reprimir e é saudável, ok; mas se ver chorando te deixa novinha em folha. O choro se prolonga, você tosse, cospe, fica afônica, sapateia, bate nas coisas, arremessa o molho de tomate, joga no chão tudo o que encontra na despensa, esvazia o leite e o óleo, morde a esponja de lavar louça, derruba o lixo e, no final, não está mais chorando pelo motivo que a levou a chorar mas por simples e puro prazer.

E a moleza que dá quando o fôlego acaba? Nem Valium, nem Frontal, nem "porrada": "choroterapia" no espelho. É preciso aproveitar o choro quando ele aparece, e era isso que eu estava fazendo, me olhando na tampa de uma panela de alumínio porque na cozinha não tem nenhum espelho, com exceção de um "ímã-souvenir" minúsculo na geladeira. Minha bolsa também não estava por perto para eu pegar o espelhinho de mão, e eu não podia sair da cozinha se quisesse despertar a compaixão de alguma daquelas três gordas que já estavam brigando como em todas as benditas segundas-feiras: a Nati dizendo que era seu dia de escolher o canal de TV e que ela escolhia não ver nada, ou seja, que a TV tinha que ficar desligada; a Àngels dizendo que, se não exerça seu direito, ela o perdia e o repassava a outro, porque os direitos não podem ser desperdiçados depois de tanta luta para conquistá-los; e a Marga questionando por que esse outro a quem o direito seria repassado tinha que ser a Àngels e não ela, que não queria ver *Os Simpsons*, e sim um filme de sacanagem. Mas como a Marga, por conta da depressão, não tem energia para discutir, foi a primeira a aparecer na cozinha e me dizer o que me faltava ouvir naquela manhã para pegar a faca de cortar verduras: "Patricia, você é uma anormal sem solução". Ela diz "anormal" só para me "sacanear", aquela "vaca" da Marga com sua autoconsciência da deficiência. Ela e eu estudamos no colégio PROCRIAAR até os dezessete anos. Pois bem, agora a Marga não diz mais "colégio PROCRIAAR", ela desmembra a sigla letra por letra e diz "o colégio Pró-Crianças Anormais de Arcos". Você imagina a cara que as pessoas fazem quando ouvem isso? Aí sim é que eu fico com cara de anormal! Ela também não diz mais Feapa, ela desdobra as maiúsculas e, outro dia, veio e disse "a Federação Espanhola de Associações Pró-Anormais está nos convidando para a palestra de Pablo Pineda, primeiro europeu com síndrome de Down a obter um diploma universitário e a ganhar a Concha de Prata de Melhor Ator no Festival de Cinema de San Sebastián". Mas aí eu retruquei porque, com muito bom senso e depois de cinquenta e um anos, a Feapa decidiu mudar de nome. Desde setembro de 2014 ela se chama Inclusão Plena, viu, dona Margarita? O que você tem a dizer agora, hein, hein, hein? É claro que, só para me "sacanear", ela vai ter algo a dizer, mas, antes disso, terá que pensar um pouco, e, enquanto pensa, a Inclusão Plena e eu vencemos o jogo.

 Então ela me chama de anormal sem solução, e eu recorro à resposta categórica e proporcional que sempre se deve dar nesses casos de legítima defesa: "Anormal é a vovozinha". Ela sorriu seu sorriso deprimido, aqueles dentes separados cheios de tártaro que se transformam em grades de uma gaiola atrás da qual algo se agita em desespero, um pardalzinho milagrosamente caçado e nunca acostumado ao cativeiro, uma borboletinha com as asas grudadas pela saliva amarela, e respondeu: "Minha vovozinha, veja só, é sua vovozinha também". Lamento informar, mas isso aí já não é mais autoconsciência da deficiência. Isso aí, na minha terra, se chama ser maldoso e ter vontade de machucar. Eu estava com a faca boa, mas, como sou pacifista, peguei a tampa da panela e retomei a "choroterapia".

 A Àngels apareceu com o celular ainda na mão e ficou junto ao batente da porta observando o fuzuê. Perguntou se eu também desejava que nos expulsassem do apartamento, e a Nati chegou querendo saber que história era aquela de que iam nos expulsar e que "chilique" de criança eu tinha dado. "Como na época de Somorrín!", ela disse como se fosse um elogio, cruzando a soleira da porta e colocando as mãos no decote das minhas costas. Com as três perto de mim, fui parando de chorar e comecei a limpar tudo e a falar novamente. Nossa profe de teatro do CRUDI estava certíssima quando dizia que as palavras soam mais verdadeiras e naturais quando se está com as mãos ocupadas: "Vão nos expulsar se continuarmos assim", eu disse passando a vassoura. Assim como?, perguntou minha irmã afastando-se para que eu pudesse varrer do seu lado, e a Àngels, com metade da língua a serviço da *Aberrant Behaviour*

Checklist Versão Comunitária Segunda Edição, respondeu que assim, com esses comportamentos problemáticos ou perturbadores, ou transtornos comportamentais. Deu uma olhada no celular, digitou algo rapidamente e voltou a baixá-lo. E aí a Nati se mete, e eu vendo que ninguém ali ia comer antes das quatro da tarde, e solta: "Ô, prima, você já cogitou encaixar o celular na racha da 'boceta', que nem quando a gente paga com cartão e pedem para a gente inserir na maquininha e digitar a senha?". Que boca tem minha irmã Natividad. Como eu já estava sob a placidez "pós-choro", com bastante educação e muito carinho a freei dizendo que aquele era justamente o tipo de linguagem desafiadora dos comportamentos perturbadores que poderia nos expulsar. A Àngels disse que, para a nossa informação, ela usava tanto o celular porque estava escrevendo um romance, e a verdade é que minha prima tem um temperamento que não exige nem Valium, nem Tripteridol, nem "choroterapia", porque passar o dia inteiro no telefone a deixa tão tolerante e apaziguada que se um cara passar na praia dizendo que com umas tetas daquelas ela deve "fazer uma espanhola" maravilhosa, o máximo que ela vai fazer é tirar uma foto do decote para confirmar as suspeitas do homem. Mas a Nati ficou louca e não conseguia acreditar que a Àngels estivesse escrevendo seu romance por WhatsApp e o mandando para o Grupo de Autogestores. A Nati também não tem culpa, coitada. É que, por mais que ela tenha ido ao conservatório e depois à universidade, e tirado notas tão boas, e recebido todas as bolsas, a síndrome das Comportas que depois a acometeu não permite que muitas coisas tecnológicas modernas entrem em sua cabeça, e é natural que ela fique frustrada, que fique irritada, que não saiba controlar determinados comentários e desabafos, por isso digo que é preciso ser humilde e inclusivo em vez de nos tratar como cidadãos de segunda classe, porque a diversidade funcional pode acometer qualquer um a qualquer momento da vida, chega sem avisar, quando você menos espera, como aconteceu com a Nati dois meses antes de ela concluir o doutorado. Mas aqui está a irmã dela para explicar as coisas vinte vezes se for preciso. Eu lhe disse: "Nati, o livro que a Àngels está escrevendo é um ponto a favor para não nos expulsarem do apartamento. E, por outro lado, você chegar em casa às dez da manhã, falar palavrão na frente de todo mundo, pular a catraca do metrô e incentivar a Marga a fazer o mesmo é um ponto contra. Um ponto a favor seria você começar a ir às aulas de dança inclusiva que a Laia comentou na reunião de autogestores" (a dona Laia Buedo, Excelência, é a psicóloga que atua como pessoa de apoio do nosso Grupo de Autogestores). Como eu ouvi as molas das comportas se ativando, interrompi a lista de pontos a favor e contra da Nati e disse, também numa boa, que a culpa não era só dela, que a Marga também tinha sua lista, e olhei para minha prima e, mais uma vez, com todo o carinho do mundo disse: "Olha, Marga, seria um superponto a favor se você arrumasse um namorado, porque o principal ponto negativo da sua lista é que você sai na rua em plena luz do dia toda 'oferecida', é detida pela polícia por atentado ao pudor e enfia desconhecidos em casa, feito uma 'prostiputa', mas sem cobrar". "E se ela cobrasse seria um ponto a favor?", perguntou a Nati com todo o veneno de retardada que Deus lhe deu. Eu disse a mim mesma: "Patri, sua gostosa, ignore, finja que não ouviu, não deixe a Nati trazer você para o campo dela que hoje a cozinha é território 'patrício'".

Eu tentava aplicar a lição da profe de teatro sobre manter as mãos ocupadas e as palavras verdadeiras, mas, para uma míope como eu, falar de forma autêntica e limpar bem ao mesmo tempo é bastante difícil, e eu só "emporcalhava" ainda mais o chão, "dançando" com o esfregão e fazendo uma mistura de óleo, leite, molho de tomate e feijão-branco em lata. Por isso, enquanto eu explicava os prós e contras, a Marga começou a limpar do jeito dela, que se ela quisesse e disfarçasse o rebolado dos quadris poderia ganhar um dinheirinho e conseguir sua independência trabalhando no grupo Eulen ou na Limpiezas Castor, que com certeza a Generalitat lhe daria permissão pensando no melhor interesse do incapaz e com certeza recompensaria as empresas ou até as isentaria de suas contribuições previdenciárias por contratar alguém legalmente incapaz, e, além disso, seria um ponto a favor para ficarmos no apartamento! E se não a autorizassem ou se, mesmo autorizada, as empresas não quisessem retardadas no seu quadro de funcionários, a Marga poderia simplesmente trabalhar de forma ilegal uma parte do dia em alguma casa, porque, veja a senhora, que talento para "doméstica" minha prima tem: a primeira coisa que ela faz é pegar todos os talheres e panelas que não quebraram por ser de metal, ou de plástico, ou de madeira, e colocar tudo na pia. Depois ela usa papel-toalha para absorver o grosso da gordura e tirar os cacos de vidro e de louça das coisas que quebraram. Ela demorou um pouco nisso porque a cozinha estava uma "porcaria". Depois ela vai até a lavanderia buscar o balde do esfregão e o enche, mas, antes, ela o lava na cuba porque sempre sobra uma sujeirinha do último uso. Antes de entrar na lavanderia, ela tira os chinelos para não a sujar com pegadas das solas: ela os deixa japonesamente no chão sujo da cozinha, feito de ladrilhos que imitam parquê, apontando, sem tocar, para o chão limpo da lavanderia, feito de ladrilhos de água-marinha. Quando volta carregando o balde meio de lado por conta do peso, com a parte interna do braço tensionada até o punho cerrado em volta da alça como em uma reivindicação ao contrário, virado para a terra e não para o céu, a Marga calça os chinelos e começa a primeira passada de esfregão, ainda sem produto de limpeza, para evitar que a gente escorregue e, na hora de varrer, a vassoura se lambuze e se transforme em um grosso pincel de espalhar sujeira. É ou não é uma artista, a Marga? Eu nunca cogitaria essa estratégia de limpeza, e olha que eu tenho catorze por cento a menos de deficiência!

  Eu tentando convencer a Nati, a Nati olhando para a sala e vociferando porque a Àngels tinha ligado a TV nos *Simpsons* de novo, ela pensava que era a dona da casa?, que, por ter dez anos a mais e uma conta no banco, nós tínhamos que obedecê-la?, que, por ter nos tirado de Somorrín e nos trazido para Barcelona, podia nos fazer de gato e sapato quando lhe desse na telha?, e enquanto isso a Àngels na surdina, discretamente com o celular na mão, e a Nati volta à carga: se ela achava que não responder era um sinal de distinção ou de elevação moral estava muito enganada, que isso era um sinal de resignação e de "quem cala consente", ou seja, que a Àngels achava que a casa era dela e que ela era mais esperta que todo mundo, coisa que em parte é verdade, porque é a menos deficiente de todas, mas, como minha irmã tem um nível mais profundo de setenta por cento e não tem consciência de sua deficiência, ela não entende.

Foi então que eu senti uma cãibra mas na alma, porque a pobre Margarita continuava limpando no meio daquele "bafafá" sem dar um pio. Essa cãibra na alma foi, conforme me disse a psicóloga dona Laia Buedo quando eu contei para ela, remorso, ou seja, uma "comichão" por ver minha prima em silêncio mas não o mesmo silêncio da Àngels, que segundo a Nati é o mesmo silêncio do Pedro Sánchez quando ele não admite perguntas nas coletivas de imprensa, o mesmo silêncio, segundo a Nati, dos velhos babões que dizem que você tem uns olhos lindos, que chupariam "sua boceta toda", e quando você pede que repitam o que acabaram de dizer, se calam. Por que o silêncio da Àngels não me "cãibrava", e o silêncio da Marga sim? Minha irmã, com quem eu falei sobre isso antes de contar para a dona Laia, me respondeu que o silêncio da Marga era outra coisa, e minha cãibra não era remorso mas sim a constatação de uma injustiça, neste caso a injustiça de a Marga estar limpando sem minha ajuda, sem reclamar e sem que ninguém tivesse pedido aquela confusão que eu tinha armado sozinha, e para completar eu estava lendo a cartilha dos prós e contras. E que, como não era remorso e sim injustiça, a cãibra não passaria pedindo desculpas pelo "leite derramado", mas sim agradecendo e que, quando fosse a vez de a Marga limpar, eu pegasse outra vassoura e limpasse com ela. "Como?", perguntei à minha irmã tirando os óculos e esfregando as lágrimas pesadas, que eram, digamos assim, a defecação da minha cãibra de alma. "Como é que eu poderia limpar se minha condição é degenerativa, se a cada hora que passa eu fico mais cegueta e não vejo onde começa e onde termina minha própria 'merda'?". "Como puder", respondeu-me a Nati. "Se a única coisa que sua miopia permite é secar colherinhas de chá, pois então seque colherinhas de chá." Isso das colherinhas eu entendi: pequenos gestos que significam muito, ok. Mas aí a Nati começou a falar naquela língua "comporteira" incompreensível dela, e eu, depois de um dia como aquele e molinha do jeito que estava após chorar, não tive forças para tentar compreendê-la. Ela disse que não era para eu ir correndo para o quarto dela, ou algo assim, choramingando e "apalando" ou "paleando", ou "apaleando" a um amor "farenal", ou "frateal", ou "fateral" entre nós, que eu sabia muito bem que não existia. Com louco não se discute: sim, sim, eu sabia muito bem, eu disse. Que ela não pretendia me consolar, e sim falar francamente comigo. Ui, ui, francamente, pensei, mas não disse nada e continuei cochilando atrás dos meus óculos fundo de garrafa, que de tão grossos escondem um pouco as pálpebras caídas. E que eu devia ficar feliz com minha cãibra da alma. Uma felicidade louca, pensei, e ela: que eu devia ficar feliz porque foi muito mais que uma cãibra, foi uma "epanafia", ou "efania", ou "estefania", não sei exatamente o que ela disse, uma daquelas palavras incompreensíveis da Nati e que, segundo ela, significa se dar conta do "dominó", ou "domingo", ou "demônio" que eu exercia sobre a Marga, outra palavra que não entendi, que tinha que me dar conta de que esse demônio era mau e doloroso. O silêncio da Marga, concluiu a Nati, era "suissão", ou "subssão", ou "sussão", quer dizer (e esta palavra, sim, eu entendi, Excelência): sua missão. "E qual é sua missão", perguntei fingindo interesse. "Ou estratégia", ela respondeu. Missão ou estratégia limpadora, claro, é como eu disse!: se estar com as mãos ocupadas na limpeza ajuda as palavras a saírem mais autênticas, então ficar caladinha e concentrada ajuda a limpeza a sair mais autêntica e melhor.

A magistrada	A testemunha	O taquígrafo/transcritor
<u>Guadalupe Pinto</u>	<u>Patricia Lama</u>	<u>Javier López Mansilla</u>

— Lembra a primeira vez que a gente foi ao ateneu anarquista? — Marga me perguntou assim que saí da aula. Deram a ela a tarefa de me levar e me buscar na nova escola de dança. Dizem que assim, assumindo pequenas responsabilidades cotidianas, como levar e buscar a prima do outro lado da cidade, Marga se sentirá útil e com isso ganhará autoestima, com isso pouco a pouco a depressão vai passar e de quebra ela será obrigada a tomar banho. Tem que ser muito besta para não perceber que o que eles estão fazendo assim é mantê-la fora de casa nas horas em que a casa está vazia, que é quase todas as tardes, porque, por medo de que nos expulsem do apartamento, Patri e Ángela redobraram suas felações (são felações, não são cunilíngua) na capataz Susana Gómez do campo de trabalhos forçados de mão de obra escrava (RUDI), na sargento Laia Buedo no porão sem câmeras dos interrogatórios (Grupo de Autogestores da Barceloneta) e na doutoranda carreirista Diana Ximenos nos laboratórios centrais de melhoria da raça (Inclusão Plena, antiga Feapa). Dessa forma, evitam que Marga suba com os amantes, às vezes as amantes, ou coloque pornô num volume tão alto que faz os transeuntes se aglomerarem debaixo da nossa varanda. Além disso, dessa forma me afastam da Creche para Adultos Barceloneta (CREPABA), pois parece que minha presença incomoda os fascistas e, como acontece desde que o mundo é mundo, e desde que Ángela nos tirou do campo de concentração e extermínio de Somorrín (CRUDI) três anos atrás: em vez de afastarem os fascistas de mim, eles é que me afastam dos fascistas, me mandam para uma escola de dança que fica na estação Les Corts da linha verde, ao lado do Camp Nou, ou seja, lá no cu do judas.

— Isto não é uma escola de dança — disse o diretor da escola de dança quando Patri, eu e a educadora social fomos nos informar sobre os cursos da tal dança inclusiva. — Isto é uma fábrica de criação de movimento.

— Isto é um imbecil — eu disse, mas disse com alegria porque gostei do lugar.

É um desses antigos multiplex, salas de cinema enormes transformadas em salas de ensaio, o pé-direito é altíssimo, a luz é baixa, é silencioso porque conserva o isolamento das salas de projeção, tem cozinha e refeitório com acesso liberado, tem wi-fi com senha à vista para todo mundo, tem sofás, os vestiários são limpíssimos e o jato de água quente dura o suficiente para não precisar apertar a torneira vinte vezes durante o banho. E o mais importante: ninguém fala nada se você ficar ali perambulando e olhando para o teto, e passar a tarde desfrutando de todas essas coisas.

— Claro que me lembro daquela primeira vez maravilhosa no ateneu — respondi a Marga, que, por causa de seu interesse em okupar, anda por lá mais que eu e sempre me traz fanzines, folhetos ou jornais libertários, que ela sabe que eu adoro. Marga não lê absolutamente nada porque mal sabe ler, escolhe os fanzines ao acaso. Hoje ela trouxe o *Aversão* de três meses atrás, com o editorial dedicado a atacar o Dia da Mulher. E trouxe o fanzine *Queime seu celular*, outro fanzine chamado *Sexo coletivo: Da escassez à abundância sexual* e um folheto de boicote ao Corte Inglés. O fato de ela os escolher ao acaso me faz lê-los com mais prazer, o prazer proporcionado pela falta de premeditação. É assim que se dá uma politização inesperada, carente de burocracia do pensamento. Uma alegria igual a de quando a roupa encontrada ao lado das lixeiras cai como uma luva. Uma alegria feita de facilidade, de gratuidade, e, devido a esses ingredientes, fonte de uma clarividência repentina, como se a venda dos seus olhos caísse, como naquela tarde quatro anos atrás quando, sem planejar, cem anônimos atearam fogo na escavadeira que tinha acabado de demolir metade da okupação Can Vies no dia em que a despejaram. Segundo o saboroso relato de uma integrante do ateneu, durante minutos, minutos e minutos não soou uma única sirene, e eles puderam contemplar as chamas. Ao seu redor tudo era paz, uma ausência espontânea de conflito e uma convergência geral para uma verdade, algo diferente da pacificação, que é o ocultamento do conflito pela força, ou seja, repressão. Paz durante os vinte minutos que a polícia, os bombeiros ou quaisquer outros violentos pacificadores do corpo da ordem levaram para chegar. É por isso que eu gosto dos fanzines que minha prima Marga me traz aleatoriamente mas com pontualidade infalível.

O sol se punha na tribuna de honra do Camp Nou, e ela parecia cansada mas não de exaustão e sim de tédio. Devia estar me esperando desde as cinco da tarde porque não compensa pegar o metrô até a Barceloneta para meia hora depois sair de novo correndo para me buscar. Outras vezes ela parecia mais animada porque o ateneu de Sants ficava perto o suficiente para ela ir a pé a um bom ritmo, mas depois ela voltava com as pernas e a lombar doendo porque Marga caminha com o tronco inclinado para a frente, com uma corcunda que desponta nos rins e não na parte superior das costas. Então ela também fica cansada mas de exaustão. Aprendi a distinguir esses seus dois tipos de cansaço, que, por sua vez, são diferentes do cansaço que ela sente depois de transar e resistir ao torpor e ainda assim se obrigar a sair.

— Se você fosse de bicicleta, Marga, levaria exatamente cinco minutos até o ateneu, porque é só descida, e dez minutos para voltar, porque aí é ladeira acima, e não ficaria com dor nas panturrilhas e na cintura! Você iria sentada, e os músculos é que fariam força. E você tem cada coxão! Eu te ensino a andar!

— Nati, você lembra daquele cara que ficou falando sobre os coquetéis molotov? — Marga não sabe andar de bicicleta, não quer aprender e não gosta nem de ouvir falar no assunto porque tem medo.

— Como é que eu poderia esquecer? Ele não falava de coquetéis molotov, ele os cuspia pela boca. E você lembra como ele explicava tudo com tanta inteligência e humildade que até nós duas acreditamos que podíamos virar dinamiteiras?

— Pois ele era um infiltrado, Nati.

— Não brinca.

— Me contaram hoje no ateneu, e agora ele está proibido de entrar lá, ou na Can Vies, ou em qualquer outro lugar de Barcelona. Vão pregar cartazes com o rosto dele nas portas de todas as okupações.

— Aquele cara, tem certeza?

— Um polícia da cabeça aos pés. Naquele dia eles ficaram dando corda para que ele se empolgasse e acabasse se entregando, porque parece que faz dez anos que esta cidade não vê um coquetel molotov voar pelo céu. Agora só jogam balões cheios de tinta e ovos, os mesmos que atiram nos milicos nas festas de Arcuelamora.

— Mas espera espera espera. E como é que vocês sabem que o cara era um polícia infiltrado e não simplesmente um insurgente à procura de cúmplices?

— Porque, segundo me disseram, ninguém falaria sobre coquetéis molotov em uma assembleia aberta como aquela, com a porta literalmente aberta, por onde você e eu entramos naquele dia. Não se diz essas coisas em público. Por isso e também pela pinta dele. O moicano perfeito demais, sempre em pé e com o resto da cabeça brilhando. Ele teria que raspar a cabeça todas as manhãs. Isso foi decisivo, nenhum punk gasta tanto tempo assim com nada. A roupa toda da Quechua. O fumo de enrolar da Marlboro. E parece que ele falava umas coisas estranhas. Em vez de okupação, dizia casa ocupada. E, nos treinamentos de artes marciais, falava de honra e fraternidade, e de ensinar a respeitar os romeninhos e os ciganinhos de rua.

— Caraca, Marga. Eu caí feito uma patinha.

— Então, eu transava com ele antes ou depois das assembleias, e acabei de transar com ele de novo.

— Marga! Com um polícia?

— Eu transava com ele na Can Vies, em um quartinho dos fundos cheio de tralhas. E hoje, aqui no banheiro da escola. Saímos juntos do ateneu, fingi que não sabia nada do veto que começa a vigorar amanhã. Pensei que tinha que aproveitar, que de qualquer forma não o veria de novo, mas também pensei que não o deixariam mais entrar na Can Vies e o tempo passando, e eu tendo que te buscar em quarenta minutos. Então falei para ele me acompanhar, que eu estava com pressa, e nos metemos em um dos banheiros da escola. Como cheiram bem!

— Quer dizer então que seu cansaço é de pós-transa e não de tédio?

— Olha, não foi nenhuma transa de outro mundo, mas é sempre melhor gozar com um pau dentro de você, que dá mais tesão, e é sempre mais emocionante transar de roupa e totalmente em silêncio para não ser pega, e também é excitante pensar que pode ser a última transa, mesmo que o outro não saiba e pense que vai te comer na quinta-feira seguinte, e assim economiza as mordidas, os chupões e os sussurros de despedida. Fora isso, foi a clássica rapidinha de banheiro, aquela em que se o pau não for muito grande e não te puxar para baixo com muita força, não vai encostar lá no fundo da boceta e você não sente grandes coisas. Meu cansaço é metade tédio, metade pós-transa.

— Fascistinhas de pau pequeno, que achado psicanalítico.

— Sim, Nati, mas ele foi minha única trepada nessas quatro longas semanas que venho me reunindo com os okupas. Parece até mentira.

— Anarquistas sexualmente reacionários, outro achado psicanalítico. Mas tem uma coisa, Marga.
— Fala.
— Você está me deixando com tesão falando essas coisas.
— Então vou continuar. Deixa que eu carrego sua mochila, como as mães fazem com as crianças na saída da escola.
— Outra coisa, Marga.
— Cacete, que pesado esse troço. Fala.
— É a garrafa de água, deixa que eu levo. Marga, você sabia que ele era polícia quando começou a transar com ele?
— E como é que eu ia saber! Faz uma hora que me contaram isso do moicano e da fantasia dos coquetéis molotov. Pra mim, um polícia infiltrado era um cara de bermuda na praia parando os catadores de latinha, ou uma mulher de minissaia às onze da noite na orla abordando os entregadores de folhetos, ou de jaqueta de couro e calça justa dizendo sim a um traficante do Raval para, em seguida, sacar as algemas. Você ainda está com tesão ou essas coisas te brocham?
— Vai e vem. Mas, se você soubesse disso tudo, e estando prestes a okupar, como está, continuaria dando pra ele?
— Ai, Nati, não sei. Acho que sim, não?
— E ele sabe que você vai entrar e okupar uma casa depois de amanhã?
— Caramba, Nati. Não sei. Sou uma tonta!
— Você contou pra ele?
— Não, você vai me desculpar: eu posso transar até dizer chega, é verdade, mas sou discreta, discretíssima.
— Marga, mulher... Também não exagera. Discretíssima, discretíssima você não é.
— Não estou dizendo que sou discreta transando, que trepada de merda seria isso. Estou dizendo que eu não falo pela boceta e, além do mais, eu só disse a ele meu nome de okupa, Gari Garay.

— Que lindo seu nome de okupa. Eu também quero um, não de okupa, que eu não sou okupa, mas artístico, de bailarina. Desculpa, eu te interrompi.

— Eu ia dizer que, além do mais, ele não frequentava as assembleias de okupação porque lá só se entra com indicação porque o clima é barra-pesada. Eu entrei porque a PAH avisou que eu ia. A gente se via nas assembleias abertas, de assuntos gerais, onde não se diz nada comprometedor. Quando marcar uma festa, o que escrever nos cartazes, quem organiza as palestras, quem fica responsável pelo bar, qual vai ser o preço da cerveja...

Quando minha prima diz isso, aumenta ainda mais a vontade que sempre sinto de tomar um chope depois de dançar, mas o chope, no chinês mais barato de Les Corts, custa um e oitenta. Ou seja: pelo preço de um chope no bar, dá para tomar duas latas grandes sentada em um banco na rua, e por trinta centavos a menos você consegue um litrão de Xibeca. E, para piorar, ainda há a dificuldade de achar um garçom que aceite trocar a notinha da cerveja por coca-cola. A exigência retórica da dissimulação, a necessidade de falar a língua do inimigo, de ter que dizer que são despesas de viagem, são diárias, não vê que sou bailarina e que meu sotaque mostra que não sou de Barcelona, e que venho ensaiar com minha companhia aqui no centro de criação de movimento? Não tenho por que mentir, olha! Ponha só bebida, nem coca-cola, nem cerveja, nem nada, ponha bebida um euro e oitenta e pronto, o senhor me faça o favor.

— Já sei qual vai ser meu nome, Marga. Nata Napalm. Você gosta?

No final, por iniciativa minha, nós nos permitimos o luxo do chope e a mesquinhez da justificativa, porque o vovô militante Marx é que tinha razão em dizer que a dança é uma arte burguesa, e o pessoal da minha terra estava certíssimo em dizer cuidado com as más companhias. Pois eu, depois de dançar técnica e emocionalmente bem, ou seja, depois de ter encontrado o prazer da aula daquela tarde não na perda de noção do chão e no fluxo, que são os prazeres do êxtase (tão difícil de alcançar por meios mecânicos), mas de ter encontrado prazer na sincronia e na repetição, que são os prazeres do decoro (tão fácil de alcançar por meios mecânicos), eu ainda pingava de decoro, ainda sentia os efeitos de ser arrebatada pela ordem, aquela mesma ordem que, segundo o vovô Marx, provocava as lágrimas burguesas diante das cenas de abertura dos balés, aquela que provoca os aplausos burgueses quando a ginasta rítmica aterrissa do salto sem titubear, a que provoca a euforia burguesa quando se encontra uma pechincha na liquidação, ou uma passagem de avião barata, aquele arrebatamento que o burguês sente quando consegue gozar junto com sua parceira porque a simultaneidade garante que o sexo não vai se estender, que ele pode parar de se esforçar porque o prazer, graças a deus, já chegou para todos e eles podem cuidar de outras coisas. A mesma atração pela ordem, enfim, que tornava insatisfatória a ideia de me sentar em um banco para dividir uma garrafa de cerveja aguada com minha prima e me levava a querer sentar na calçada de um chinês e pedir um pessoal e intransferível chope da Estrella Damm, amargo na medida certa, e amadeirado na medida certa, e superfaturado na medida certa. Além disso, esse fascínio pela exatidão que sentimos depois de aprender uma coreografia tinha me convencido de que, pagando mais, eu conversaria melhor com minha prima, mais falante, mais solta, apreciando e aproveitando mais o curto intervalo que temos antes que Patri comece a sentir nossa falta e encher nosso saco.

— Você está dizendo que ele me comia pra descobrir alguma informação sobre os okupas?

— Marga, querida: isso é cristalino como a água. Ele nunca te fez nenhuma pergunta estranha?

— Nati, ele só me perguntava se era pra gozar dentro ou fora, na minha cara ou na minha boca, se eu gostava mais devagar ou mais rápido, se eu gostava mais por trás ou pela frente, se preferia saliva ou lubrificante.

— Já entendi, boba. É que me dá tesão te ouvir, e veja só que fascista mais atencioso! Agora, se ele não fazia nenhuma pergunta estranha, então ele não é um polícia infiltrado. Esse daí é um maluco que acreditou que estão fazendo a revolução na Can Vies, mas não menos maluco que a galera paranoica do ateneu, que vê infiltrados onde só existe um cara que transa com uma mulher que acabou de conhecer e, ainda por cima, em dependências anarquistas!

— Nati, meu amor, não estou te entendendo. Você acha que esse cara vai estragar minha okupação ou não?

— Claro que não, Marga! Quem pode estragar sua okupação são os próprios okupas!

— Nati, você é que está maluca. Aquela gente me ajudou.

— Aquela gente é reacionária, Marga. Eles te ajudaram e vão continuar ajudando, assim como as freirinhas de caridade ajudam os leprosinhos, não estou dizendo que não, mas a que preço? Você transa com um cara que tanto eles quanto você acabaram de conhecer. Isso já faz com que eles suspeitem: o que esse maluco dos coquetéis molotov pretende transando com uma companheira nossa, o que ele quer? Veio aqui pra que, pra comer nossas mulheres? Presta atenção no alvo da suspeita, Marga, que esse é o xis da questão: os anarquistas suspeitaram dele e não de você. Acharam que ele era o infiltrado, não passou pela cabeça deles que você pudesse ser a infiltrada da polícia. Acharam que ele era perigoso, e você, inofensiva.

— Eu fui indicada pela PAH, Nati, já te disse.

— Como se a PAH não fosse Ada Colau, e como se Ada Colau não fosse prefeita, e como se a prefeita não saísse em defesa da polícia toda vez que eles descem o cacete nos camelôs, e como se a polícia não votasse em Colau! Por que um anarquista confia mais em você que vem da PAH do que em alguém que fala abertamente de violência contra a polícia? O mundo de cabeça pra baixo! — Marga me ouvia com aquele seu jeito de prestar atenção que não espera o momento oportuno para a réplica, aquele jeito de ouvir que não rastreia a palavra ou o argumento refutável, Marga e sua inexistente vontade de meter o bedelho, seu inexistente desejo de debater. O que Marga faz, então, é apreciar seu discurso e julgá-lo tranquila e calmamente. Será que é por causa do Tripteridol ou será que Marga às vezes também não me entende? — Entende o que eu estou querendo dizer, Marga?

— Mais ou menos. Mas as coisas não são tão simples e tão claras como você pensa, Nati.

— O que é que não está claro, Marga?

— Não importa.

— Importa, sim. Talvez eu não esteja sendo clara. Vamos lá: você e esse cara trepam. Todo mundo sabe, e vocês não escondem isso de ninguém, certo? Ou vocês entravam escondidos naquele quarto da Can Vies?

— Não.

— Ou saíam disfarçando?

— Não.

— Vocês davam uns amassos em público?

— Só um pouco. A gente basicamente ficava se olhando.

— Vocês se olhavam disfarçadamente?

— Isso eu já não sei, mas vamos direto ao ponto, Nati, que já são sete e meia.

— É justamente aonde quero chegar: depois de duas semanas transando abertamente, esse cara é expulso, e você, não. O que aconteceu?

— Aconteceu que ele é um infiltrado.

— Não! Mas tudo bem: vamos supor que ele seja mesmo um polícia infiltrado. Não deveriam desconfiar também da mulher que o infiltrado está comendo, dada a presumível intimidade existente entre eles? — Isso transformou o olhar de Marga, e tive a impressão de que seu silêncio julgador se tornava cúmplice, que finalmente eu tinha sido clara e ela havia me compreendido. Isso me fez falar com palavras que saíam da minha boca feito pães recém-saídos do forno: — A resposta é sim. Para ser coerentes com suas suspeitas e suas precauções, os anarquistas também deveriam encher as okupações de cartazes com sua cara. Todo o entorno de um infiltrado está contaminado pelo infiltrado, e isso o anarquista, especialista em crítica sistêmica, sabe. Sabe que não pode confiar nem no cachorro que o infiltrado pegou para complementar seu visual de punk sujismundo. Eles tinham muito mais motivos para suspeitar de você, uma recém-chegada que não conhece os códigos, que nunca na vida participou de uma manifestação. Ou seja, que não é politizada. Você é um perigo para o movimento: ingênua e com informação valiosa. Por que, insisto, eles não te expulsaram? — Trouxe essa pergunta de forma retórica, mas Marga achou que a pergunta era para ela e estava prestes a responder alguma coisa e em vez disso sorriu discretamente, com aquele sorriso de quem se dá conta de uma obviedade, tomou um golão de cerveja, derramou um pouco no queixo, se limpou com o dorso da mão, e eu continuei: — Mas não te expulsaram, Marga, querida, porque aquele cara não foi expulso por ser infiltrado. Essa foi só a desculpa para expulsá-lo, uma desculpa poderosa e inquestionável em ambientes clandestinos, mas estou aqui para questionar. Uma desculpa que exerce seu poder de duas maneiras. Em primeiro lugar, como justificativa mental e íntima do anarquista, pois serve para que ele não comece a analisar o verdadeiro motivo do veto ao maluco dos coquetéis molotov, um motivo que só de imaginar dá vergonha, um motivo que é um desonroso tabu para um radical e que por isso ele nem sequer o verbaliza, mas eu vou verbalizar a seguir. Em segundo lugar, a desculpa exerce seu grande poder não mais como justificativa mental e íntima, mas, sim, externa e coletiva, dado que, uma vez posta a etiqueta de infiltrado, nenhum dos companheiros vai querer começar a considerar outras justificativas mais próximas ao verdadeiro motivo, o motivo não verbalizado que eu irei verbalizar assim que acabar de expor a mecânica da desculpa. Uma vez posta a etiqueta de infiltrado, ninguém mais vai querer confraternizar com ele, dado o risco que isso implica. Risco que, em caso de o maluco dos coquetéis ser mesmo um infiltrado, seria um risco concreto que poderia acabar em denúncias e processos judiciais contra alguns companheiros por sua luta, um risco contra o qual, de fato, seria preciso tomar medidas. As medidas tomadas, que constituem uma desculpa ocultadora da razão não verbalizada, mas que estou prestes a verbalizar, estão impecavelmente construídas em termos ideológicos, táticos e combativos. São estruturantes da politização na direção radical, são medidas afirmativas, portanto, da consciência anarquista. Geram satisfação nos membros do grupo individualmente considerados, satisfação e sensação de acerto, sensação de vitória. Isso acontece porque o veto ao infiltrado significa que se está apontando o fascista e o afastando daqueles a quem o fascista agride, o exato oposto do que estamos acostumados a ver no nosso cotidiano fascista, quando alguém, por exemplo, não aguenta mais seu cargo no trabalho e pede demissão por depressão, ou por ansiedade, ou por abusos sexuais: o fascista do chefe ou a fascista da chefa, e os fascistas dos colegas e das colegas puxa-sacos, permanecem, e quem não jogava o jogo fascista se manda. O exato oposto do que ocorre quando os machos assobiam pra você na rua: você segue em frente sem dar atenção, e o macho fica parado na porta do bar esperando passar a próxima para assobiar pra ela também. O exato oposto do que Susana e Patricia fizeram comigo me tirando da CREPABA: apontar a vítima, afastá-la dos agressores e deixar os fascistas da dança contemporânea em paz.

 Fiz uma pausa maior que o costume entre as frases, e Marga aproveitou para se levantar, entrar no bar e sair com um recibo de papel de "duas bebidas 3,60".

 — Vamos embora, são dez para as oito.

 — Está faltando o número fiscal do bar — falei, e Marga bufou, e fui eu que entrei para completá-lo. O dono não entendeu direito o que eu pedia. Uma chinesa bem novinha que falava o mesmo espanhol de todos os adolescentes da Diagonal para baixo, ou seja, sem nenhum sotaque catalão e com sotaque da TV, desenterrou a cabeça do celular o tempo mínimo necessário para pegar uma caneta e escrever de cor o número com a mesma caligrafia achatada e arredondada de todas as adolescentes: números como balões coloridos espalhados pelo chão de uma festa decorada.

Apesar de eu ainda ter o que falar, seguimos juntas e caladas para o metrô xexelento. Eu não contagio minha prima com a eloquência, ela é que me contagia com o silêncio. Como tantas outras vezes, ela me arrastava para a espiral do silêncio, que não consiste simplesmente em se calar. Consiste em, partindo de uma situação imediatamente anterior em que se falava, parar de falar por se sentir sozinha em seus argumentos. Você é tomada pelo complexo de ter falado demais, embora na verdade você não tenha falado demais, acontece que ninguém respondeu, nem para te apoiar nem para te contradizer. Também não quer dizer que você estivesse falando sozinha: havia mais gente, essa gente te ouvia e pode até ser que estivesse concordando, mas só quem falava era você. Querem que você engula a beberagem das ideiazinhas religiosas segundo as quais o silêncio não é rendição e submissão mas elevação, distinção, respeito, quando, na verdade, o que esse silêncio diz é que de boca fechada você fica muito mais bonita. Que triste pensar que Marga também queria me afundar na espiral do silêncio!

— Marga — falei como se pedisse permissão.

A estação Les Corts é das novas e em vez de catraca para inserir o bilhete tem portas deslizantes, o que dá mais na vista na hora de pular, e embora eu, quando estou bem calibrada de repulsa, pule (se bem que naquele dia acho que eu estava calibrada pelo conforto burguês do chope, e pode ser que mesmo sozinha eu não pulasse), Marga não é tão boa em pular e precisa se sentir muito segura, e tem que ser bem tarde da noite para ela fazer isso, então nós duas passamos juntas de trenzinho.

Passado o efeito da dose habitual de adrenalina que faz com que você só tenha olhos para possíveis seguranças, ou fiscais, ou funcionários do metrô, continuei falando com ela:

— Eu ainda não disse qual é a verdadeira razão não verbalizada para terem expulsado seu casinho. Quer saber qual é?

Ele me respondeu assentindo em silêncio. Esparramou suas ancas largas no banco da plataforma. Margarita estava cansada.

— Os anarquistas expulsaram seu casinho para te proteger do desejo sexual, prima. Os anarquistas expulsaram seu casinho porque pensam que a iniciativa sexual foi exclusivamente dele. Que você, portanto, foi seduzida. Presumem que você está em uma situação de vulnerabilidade em relação ao macho, que ele está se aproveitando de você, por você ser nova, pouco punk, por não saber dizer não como dizem sistematicamente as feministas do ateneu. Que cartazes estão colando em suas festas? Cartazes que dizem NÃO É NÃO. O que foi que o pessoal da Can Vies pichou na última festa que fizeram na praça Málaga? NÃO ME OLHE, NÃO SE APROXIME, NÃO ME TOQUE. Porra! E em letras garrafais! Se pelo menos tivesse uma pichação do mesmo tamanho ao lado dizendo SIM É SIM...! Mas nem isso, de modo que um voto de castidade indiscriminado reinava na festa inteira. Os anarquistas querem te proteger porque não entendem que você, mulher, quer ser olhada, quer que se aproximem de você e que te toquem, e que isso pode ser feito por um quase completo desconhecido. Esses okupas criminalizam a pulsão sexual do mesmo jeito que o código penal os criminaliza por morarem sem pagar aluguel. Criminalizam a pulsão sexual a partir do momento em que entendem que qualquer um que olhe, se aproxime ou toque em você quer abusar de você. Eles nos incentivam, nós mulheres, a dizer não. Querem nos ensinar a encher a cara, e fazer rodinha de pogo, e a fumar baseado, e a nos encapuzar, como os homens sempre fizeram. No entanto, não querem nos ensinar outra coisa que os homens também sempre fizeram: expressar o desejo sexual e concretizá-lo.

O metrô chegou, e fiz uma pausa maior entre as frases, mas desta vez Marga não aproveitou para intervir. Ela olhava nos meus olhos, às vezes arqueava as sobrancelhas. Não posso garantir que seu silêncio era o da espiral, aquele que enfeia quem fala. Estaria eu, por acaso, apresentando algo de uma envergadura tão grande que Marga não quisesse perder nenhum detalhe?

— Para esses seus anarquistas, a pulsão sexual é perigosa. Eu concordo com eles: transar é perigoso. Transar é um ato de vontade, um ato político, um lugar de vulnerabilidade onde cabem desde o ridículo até a morte, passando pelo transe, pelo êxtase e pela anulação. Mas os anarquistas não querem assumir esse risco. Assumem outros, inúmeros e variados, mas esse, não. Por que os anarquistas de hoje não assumem o risco de transar, apesar de os anarquistas de cem anos trás o terem assumido? — Essa pergunta era retórica, mas Marga, de novo, achou que era para ela, sinal inequívoco de que me escutava. Ela não sabia a resposta e deu de ombros. — Essa mudança de mentalidade merece ser estudada detidamente. Os anarquistas de hoje não consideram a emancipação do desejo sexual parte de sua luta pela emancipação de todas as opressões? — Marga deu de ombros de novo, eu mesma respondi: — Parece que não. Será que eles têm medo dessa luta? — Marga ergueu e encolheu os ombros de novo, como se fosse uma criança a quem tomam a lição e que, por não ter estudado, não sabe nenhuma resposta. Eu respondi mais uma vez: — Parece que sim. Será que eles têm medo de transar? A resposta é mais ou menos por aí, na mesma direção das balas de borracha das tropas de choque sexuais. Para eles, a libertação sexual é, pura e simplesmente, assumir e dar visibilidade à personalidade não heteronormativa de gays, lésbicas, bissexuais e transexuais. Eles cunharam o belo conceito de "dissidência sexual" para se referir ao que há de mais superficial no sexo: a identidade e as aparências, justamente tudo aquilo que deveria se dissolver quando se está transando.

Dissidente sexual é uma mulher que deixa o bigode crescer. Dissidente sexual é um cara que começa a falar de si mesmo no feminino. Dissidente sexual é aquele que toma estrógeno ou aquela que toma testosterona. Todos eles são dissidentes sexuais do heteropatriarcado, está bem. No entanto, seria dissidente sexual uma mulher supermaquiada e vestida como Beyoncé, uma mulher inclusive com tetas de silicone e lipoaspirada, que quer ser olhada e quer que se aproximem dela e a toquem porque essa mulher, pura e simplesmente, tem vontade de transar, não de conseguir dinheiro, não de conseguir um favor profissional, não de provocar ciúmes em outra pessoa, mas porque quer transar já que para ela transar é a melhor coisa do mundo, porque ela não idealiza, nem categoriza, nem classifica o ato sexual e os corpos que atuam sexualmente, ela concebe o ato de transar como algo mais distante do simbólico e mais próximo da fornicação, quer dizer, da tarefa de pôr todas nossas potências a serviço do prazer? — Não era espiral do silêncio nem era criança pouco aplicada. Estávamos sentadas uma ao lado da outra, e às vezes Marga não apenas girava a cabeça como virava o tronco em sua natural posição inclinada, de Sherlock Holmes ou de Pantera Cor-de-Rosa que segue um rastro de pegadas no meu colo, de modo que sua orelha ficava na altura da minha boca e eu sentia o cheiro de seu cabelo havia dias sem lavar. — Essa mulher não é uma dissidente sexual para seu grupo anarquista. Essa mulher é uma tarada. Essa mulher está se metendo em confusão. Essa mulher está provocando, está facilitando para os estupradores ou, no mínimo, para os machos fascistas, ou para os machos sensíveis, que são a mesma coisa, e está pondo em risco os pilares do feminismo negador, o feminismo da negação, o feminismo castrador no qual a mulher volta a desempenhar, paradoxos da vida, o papel de submissa, pois delega àquele que se aproxima dela com intenções sexuais um poderio fálico diante do qual o que resta não é atacar, o que constituiria uma digna atitude combativa, mas se defender. A feminista castradora enxerga a si mesma como objeto de dominação daquele que quer comê-la, que para ela é o sujeito dominador. Como boa submissa, nessa relação sádica que, longe de combater, consente e na qual se acomoda, a feminista autocastrada encontra prazer na negativa que seu sádico lhe inflige. A feminista da negação pensa que é ela quem nega o falo, mas se engana: o que ela quer é que o falo a negue. O que ela quer é inverter os clássicos papéis da provoca-rola e do amigão otário que paga a conta. Não quer mais ser a sedutora, a provocadora que não concede nem um beijo depois de ter ganhado algumas bebidas do cara. Em vez de dinamitar esses papéis de merda, essa relação na qual não há nem carne nem verdade, apenas retórica e sedução, a autocastrada quer adotar o papel de trouxa, de provocada, e que o outro seja seu provoca-xota, aquele que nega a carne, a quem ela inevitavelmente se submete porque gosta de não ter iniciativa sexual, que é uma coisa bem chata porque demanda muita criatividade, muita responsabilidade e muito risco. Assim, negando, evitam-se as consequências inesperadas que podem derivar da trepada não premeditada, sendo a falta de premeditação o que distingue, não resta dúvida, uma trepada boa de uma trepada ruim. Sendo essa falta de premeditação, além disso, o que nos afasta dos fetichismos e nos aproxima da verdadeira cópula desenfreada, desenfreada não como sinônimo de rápida mas de ilimitada, incondicional e carente de formalismos. — Eu estava fazendo carinho em seu cabelo. O fato de estar sujo, de deixar meus dedos brilhantes e de ela cheirar a lençol que não é trocado há muitos dias fazia de Marga a presença mais inteligente do metrô, uma desprezadora natural e sem esforço do suposto meio de transporte público que na verdade é uma vala comum e que Marga violentava com seu cheiro de pessoa viva. Marga havia entendido o papel alienante que todo metrô cumpre em qualquer grande população: nos fazer acreditar que por unir os quatro cantos da cidade também une seus habitantes, quando na verdade ele os liquefaz e os torna ainda mais desconhecidos, obrigando-os a se comportar com aquilo que os Transportes Metropolitanos de Barcelona chamam de civilidade e que não passa de uma ignorância radical em relação ao seu vizinho, uma radical não interpelação na forma de palavras, ou de olhares, ou de odores, e um aliciante estímulo extra para não tirar os olhos do celular. — Mas esse feminismo negador ensina que dizer não à trepada é libertador porque entende o ato sexual como uma ferramenta histórica de dominação do homem sobre a mulher. Mulher: quanto menos tempo e energia você dedicar ao sexo, essa tarefa bárbara, mais tempo terá para você mesma, para desabrochar e até para fazer a revolução. Mulher que não trepa é mulher independente e livre. Será que isso não soa exatamente ao que soa, à mística do celibato? Chamam a si mesmas de anarquistas e andam por aí legislando sobre as bocetas! Ironicamente, defendem a trepada ruim, a trepada premeditada, a trepada, enfim, burguesa. O feminismo castrador encontra prazer na escolha consciente e calculada do parceiro sexual como o consumidor encontra prazer na escolha entre uma marca de maionese ou outra no supermercado, porque esses feministas entendem que trepar é uma questão de gosto. Nada mais que uma questão de gosto pessoal! — Não à toa as pessoas que olham o celular com mais fruição e impulso são as mais asseadas. Não à toa a higiene é a antessala do fascismo. — O gosto e o desejo são coisas bem diferentes, essa mulher fantasiada de Katy Perry ou de eleitora do PP no Réveillon sabe muito bem. O gosto, que sempre vem moldado pelo poder, quando não diretamente pré-fabricado, não é a bússola dessa mulher. Sua bússola é sua convicção de que, neste estado de escassez sexual em que vivemos, qualquer insinuação, qualquer movimento lúbrico de pálpebras, venha de quem vier, homem, mulher ou criança, é cúmplice e camarada, é o santo e senha dos iniciados e dos opositores do regime. — eu, no entanto, tinha acabado de tomar banho na escola. Seria esse o motivo do silêncio da subversiva e fragrante Marga? Seria seu silêncio uma censura, uma resistência por eu estar inibindo sua violência cheirosa com meu cheiro de sabonete líquido tamanho-família? — O gosto, a escolha vêm depois, já com a língua dentro. Pode ser que essa língua não seja boa. Pode ser que esse dedo não acerte o ponto. Pode ser que esse hálito não queime. Mas como saber sem experimentar? Experimentar é o risco. Aproximar-se de outro para dar e receber, agora sim, gosto, é o risco. — Também não era censura ou resistência. Marga foi adormecendo aos poucos com meu carinho até apoiar a cabeça em meu peito. Assim passou pelas novas estações até a baldeação. Eu falava com ela mais baixinho: — Os anarquistas de hoje mal experimentam e por isso trepam muito pouco e, se trepam, é sob os lemas burgueses da premeditação e do gosto pessoal. Sabe qual é a forma depreciativa que eles usam para chamar quem, como nós, defende o contrário? Anarcoindividualistas, que é o estágio anterior a nos considerar o que os ianques chamam de *libertarians*, a saber: capitalistas *non plus ultra*, amantes loucos do parque de diversões da liberdade e do mérito que é o mercado, detratores obstinados do intervencionismo estatal na economia, mas não detratores de tudo o que há de intervenção estatal em estabelecer e defender uma fronteira, ou aprovar um código penal e formar um corpo policial dedicado a proteger a propriedade e a moral machista, racista e, em suma, fascista, que a propriedade sustenta. — Minha fala a ninava, e talvez seu silêncio fosse o silêncio de um bebê apaziguado pela batida constante do coração materno, e, mesmo recebendo pelos cinco sentidos a dose de alienação que nos corresponde como barcelonesas que pegam o metrô, senti um raro prazer por Marga e eu nos comunicarmos assim, sem sermos nem mãe nem filha, sem haver uma naninha entre nós, um prazer raro por ser estranho e pouco frequente, um prazer que preenchia o vazio de significado das nossas vidas neoliberais ou pelo menos de nossa viagem de metrô, mas que preenchia sem transbordar, porque é um prazer na medida certa e justa, não extático, não cegante mas sim lúcido e consciente, um prazer que não está ao alcance da maioria porque a maioria sempre é tautologicamente democrática e que é o prazer da politização.

Eu sussurrava no ouvido de Marga e com uma mão protegia minha boca dos barulhos do metrô:

— Eles nos acusam de anarcoindividualistas porque, dizem, pensamos que não existe nada acima do indivíduo. Dizem que não nos sentimos vinculadas às decisões da assembleia anarquista. Nos acusam de não defendermos o bem comum e a coletividade, nos tacham de egoístas, dizem também que temos uma lei, a lei do desejo, claramente mais tirânica que as leis dos anarcossocialistas porque não foi adotada na assembleia, e em virtude dessa lei egocêntrica não damos a mínima para a comunidade. Que ironia, Marga! Nós, que defendemos o sexo indiscriminado, que queremos distribuir a promiscuidade de porta em porta, que queremos acabar com a noção de parceiro sexual e expandir o sexo coletivo, somos chamados de individualistas! E eles, os premeditadores negadores do prazer, os marmanjos que, apesar de já terem pelos brancos no saco e na boceta, desviam timidamente o olhar diante do convite sexual de qualquer um ou o tacham imediatamente de invasor ou invasora do soberano espaço pessoal, ou seja, do soberano espaço do status quo, do soberano espaço que garante que você voltará para casa tão sozinha quanto saiu, enfim, do soberano espaço do tédio, esses mesmos que, vamos falar a verdade, trepam com uma pessoa de cada vez em quartos com a porta trancada, esses mesmos, digo, se autoproclamam "anarcossocialistas"! Você já viu aquele outro lema que diz SE TOCAM UMA, TOCAM TODAS? Quem dera!, é o que eu digo. Quem dera esse lema não fosse metafórico, quem dera eles dessem a esse verbo "tocar" seu significado comum e literal em vez de fazer dele um eufemismo de "agredir"! Isso sim seria solidariedade entre companheiros: quem estivesse sendo tocado, tocaria o resto! SE TREPAM COM UMA, TREPAM COM TODAS! Mas que nada, prima. Esses anarquistas trepam muito pouco, não entendem que você trepa muito e não querem que você trepe tanto, e por isso retiraram seu casinho com a desculpa de que ele é um polícia infiltrado. Diga se não são fascistas os anarquistas, caralho.

    Fiquei calada o restante da viagem até a estação na qual fazíamos a baldeação. Lá, sem que eu precisasse acordá-la, Marga se ergueu o quanto pôde, com essa sua pequena inclinação que a faz balançar as tetas ao andar. Minha prima caminhava serena, com o silêncio de quem contempla o bem-feito, e fiquei feliz por ter tirado da cabeça dela o medo de que o tal cara estragasse sua okupação. Ou isso ou o gato do Tripteridol tinha comido a língua dela, pensei. Era possível que tivessem feito algum teste nela, que tivessem detectado que não havia sinal do fármaco em seus fluidos e a tivessem repreendido. Entramos no vagão e nos sentamos, mas desta vez Marga não se aninhou em mim porque seriam apenas três paradas. Senti falta dela.

    — Você está chapada de Tripteridol ou o medo passou? — perguntei com doçura.

    — Não, estou bem.

Não entendi sua resposta.

    — Não precisa ter medo, Marga. — Colei a mão em sua coxa e a deixei lá até que ela precisou se levantar.

    — Medo de quê?

    — Medo daquele cara. Já te disse que ele não é um infiltrado.

    — Aquele cara é um infiltrado, Nati.

    — Não é, Marga. O problema é que você é livre demais para aqueles anarquistas reprimidos. Mas deixa eles pra lá e aproveita, que aquela casa vai ser sua.

    Ela pôs a mão dela na minha coxa, e nossos antebraços ficaram cruzados. A coxa de Marga é macia, a minha é dura.

    — Não, Nati. Não tem nada a ver com transar muito ou pouco.

    — É óbvio que tem, Marga.

    — Não, Nati. Óbvia é outra coisa.

    Marga também falava comigo com doçura, mas sua doçura era a da condescendência, enquanto a minha, a do amor. Essa falta de correspondência me deixou agitada, mas acho que não dava para perceber.

— O que é óbvio? — perguntei fingindo que minha mão ainda tocava sua coxa quando, na verdade, não passava de uma mão morta e paralisada pelo desamor, pela perda da amiga.

— Que eu sou retardada mental, Nati. É óbvio que sou retardada mental. Como isso é óbvio, também é óbvio que eu não posso ser uma policial infiltrada, por isso nenhum okupa do escritório de okupação suspeita de mim, e por isso não pregam um cartaz com minha cara. Também é óbvio que o cara que estava me comendo não era retardado mental, por isso ele pode, sim, ser um infiltrado, e por isso espalham cartazes com a cara dele. E como é óbvio que sou retardada mental, e como é óbvio que os retardados mentais não falam nem se importam com as mesmas coisas que os que não são retardados mentais, os okupas pensam que eu posso ter contado alguma coisa ao infiltrado entre uma transa e outra, ou durante a transa.

— Você é o que, Marga? Retaoquê? O que de mental? Desculpa, mas é que não entendi nem uma palavra do que você acabou de dizer.

— Não importa, Nati, é coisa minha. Nata Napalm é um nome muito legal. — Ela me respondeu isso sorrindo com um agora inquestionável cansaço em volta dos olhos e da boca e, apesar disso, renovou o vigor da mão que estava sobre minha coxa e massageou suavemente meus quadríceps durante as duas paradas que faltavam até Barceloneta. Não sei se Marga sabe o quanto nós bailarinos gostamos de ser manuseados em qualquer parte, mas foi por isso, por causa desse prazer tão inesperado e gratuito que ela proporcionava à minha perna, que não pensei em sua exaustão e não a detive, nem retribuí colocando as mãos em seus ombros ou dizendo Marga, hoje quem está precisando de uma massagem é você para esquecer aquele infiltrado de merda, a okupação e o Tripteridol. Vira pra cá.

Depoimento da Sra. Patricia Lama Guirao, prestado no Juizado de Instrução número 4 de Barcelona em 12 de julho de 2018 no processo de solicitação de autorização para a esterilização de incapazes, em virtude da ação movida pela Generalitat da Catalunha contra a Sra. Margarita Guirao Guirao.

A Marga gosta tanto da coisa que se passar por uma mesa e a quina estiver na altura da "boceta", ela se encaixa ali. Veja bem: não é que ela saia por aí procurando mesas, Meritíssima, como quando ela desce à procura de homens e dos que não são homens. É que quando ela vai pôr ou tirar a mesa, por exemplo, eu a encontro ali com os pratos ainda na mão fazendo pequenos movimentos de vaivém, com muita naturalidade, diga-se de passagem, como se não fosse com ela, como quem vê TV enquanto tricota, ou quem vê TV enquanto passa roupa, ou como a Àngels, que vê TV enquanto escreve seu romance no WhatsApp. O que estou querendo dizer é que ela faz isso sem maldade ou consciência alguma, faz isso instintivamente, como um animalzinho. Todos nós temos instintos, Excelência. Eu, por exemplo, quando vejo um mendigo pedindo esmola, sempre sempre sempre olho o moedeiro para ver se tenho alguma coisa. Sou capaz de ficar sem trocado para o pão ou para o metrô e até para o cigarro, porque meu instinto sempre me faz dar dinheiro aos pedintes na rua.

Mas os animais também podem ser adestrados, certo? E da mesma forma que um cachorro é ensinado a não "mijar" dentro de casa, a não revirar o lixo ou morder as pessoas, eu, por mais que meu instinto me mande, se abro o moedeiro e não encontro trocado, não vou dar ao mendigo uma nota de vinte euros, ou de dez, ou de cinco, ou uma moeda de dois ou de um euro, veja bem. Então o mesmo deveria ser feito com a Marga, não? Acho que não estou dizendo nada demais. Eu mesma, quando era recém-chegada ao CRUDI de Somorrín, falava muito palavrão e era muito respondona, xingava os funcionários do centro, xingava meus colegas, xingava até a própria diretora! O que eles fizeram? Me puseram de castigo, e eu não podia sair. Reforço negativo. O que mais eles fizeram? Me deixaram escolher os filmes nas tardes de sexta-feira, quando eu pedia as coisas com bons modos. Reforço positivo. Os reforços não funcionavam? "Rasteira" de Tripteridol na lata, Excelência. Combinavam a terapia comportamental com a farmacológica. E funcionou? Pois a senhora me diga. Agora tenho meu apartamento, um quarto só para mim, meus próprios horários. Se eu quiser sair, saio, se quiser ficar em casa vendo TV, fico, se quiser ovo frito em vez de macarrão, vou lá e frito um ovo, se quiser fumar um cigarro, fumo, se quiser usar minissaia, uso, se quiser vestir uma burca, vou lá e visto também! Se tiver vontade de convidar um amigo para ir lá em casa, eu convido! Se quiser me trancar no meu quarto com meu amigo, pois eu vou lá e me tranco mas com uma pontinha de vergonha e sem que ninguém perceba o que estamos fazendo! É ou não é? Mas sou muito reservada com minhas coisas e, se tiver um amigo, prefiro ir para a casa dele a levá-lo ao apartamento, mas para dormir sempre volto para minha casa, para dormir e jantar porque, às vezes, a educadora social dona Susana Gómez aparece de noite, como os fiscais de trabalho nos bares, por isso eu volto para casa no máximo às quinze para as nove, para estar sentada à mesa às nove, diferente da Nati, que, puxa, com aquelas comportas, a coitada não tem nem amigos, nem meio amigos, nem nada, por isso eu me pergunto o que ela estava fazendo naquela noite em que chegou às dez da manhã no meio da visita da dona Susana Gómez, a senhora precisava ver a cara de desgosto da mulher.

Quem de nós, minha virgem santa, quem de nós poderia imaginar, nos doze anos que passamos no CRUDI, a liberdade que temos agora? Alguém disse para a Marga não ter amigos? Pelo contrário! O que nós queremos é que ela arrume um namorado e nos apresente, e o enfie dentro de casa sem ter que se esconder! O CRUDI é que era um convento, Meritíssima. Lá eles eram uns caretas e nos infantilizavam. Não se podia nem beijar um colega na boca sem que uma cuidadora viesse nos separar, e depois, ainda por cima, ela ria da nossa cara! Por falar em poder, a gente não podia nem se tocar porque a monitora de plantão arrancava a nossa mão da calcinha! Manter relações sexuais seguras e saudáveis, então, nem pensar, ou seja, a gente entrava com algum colega no banheiro e eles colocavam a porta abaixo, e depois, para piorar, reforço negativo. Sair do seu quarto à noite para ir ao quarto dos garotos, impossível, porque uma monitora fazia o papel de vigia e levava você de volta para o quarto, e depois reforço negativo de novo. A senhora sabe como a Margarita vivia lá? Tiveram até que amarrá-la na cama! A gente devia denunciar o CRUDI de Somorrín ao defensor público, que, se não me engano, é uma defensora. E estamos falando do ano de 2007, hein, não estamos falando daquele filme "do tempo do onça" que o Almodóvar fez sobre internato!

Mas as profissionais daqui são muito diferentes das de lá, Meritíssima. Os tempos mudaram. É a velha política versus a nova política. É o que acontece quando se vive em uma cidade governada por uma ativista como a Ada Colau, de um partido em que um dos políticos mais importantes tem atrofia muscular espinhal e uma das políticas mais importantes põe a teta para fora no meio do Congresso para amamentar seu bebê. Deve ser por isso que quando a Marga põe as tetas para fora no meio da rua a polícia de Barcelona a repreende de forma tão respeitosa, diferente dos policiais de Somorrín, que jogavam um cobertor em cima dela como se ela fosse um imigrante que tivesse acabado de desembarcar de uma balsa.

Apesar de não ter nenhuma deficiência, a Ada Colau defende os deficientes. O único problema dela é estar meio cheinha, mas, bem, sendo assim, ela também já está defendendo as mulheres, que não precisam seguir o que a moda machista dita. Em uma cidade governada por uma política da nova política, nós pessoas com diversidade funcional intelectual e/ou de desenvolvimento temos direito a uma vida afetiva e sexual plena, saudável e satisfatória, sendo obrigação das instituições públicas e privadas dentro do setor desmontar os mitos sobre nossa sexualidade, oferecer orientação às pessoas de apoio dos Grupos de Autogestores e visibilizar nossos direitos sexuais e reprodutivos. Ou seja, aqui ninguém nunca falou para minha prima, a Marga, que o "nheco-nheco" é uma coisa ruim. Aqui ninguém reprime sexualmente a Margarita Guirao Guirao, Excelência. Aqui o que se fazia, reunião após reunião de autogestores, sessão após sessão de psicóloga, era dar à Marga uma educação afetivo-sexual que lhe permitisse distinguir entre demonstrações de atração apropriadas e inapropriadas, e entre práticas sexuais ou expressões afetivas aptas a serem feitas em público e aquelas que correspondem ao âmbito privado e/ou íntimo; favorecendo, fa-vo-re-cen-do, que, como a própria palavra indica, significa fazendo um favor, hein, pois se fazia o favor de criar um espaço de intimidade para ela.

Era o que estávamos fazendo, com todo o entorno familiar da Marga envolvido. Eu, saindo de casa uma hora antes da reunião de autogestores, uma hora, Meritíssima, estando a RUDI três ruas "para baixo" da nossa casa! Pois bem, a prima Patricia aqui começava a se arrumar às quatro da tarde, ainda com a boca cheia do almoço, para poder sair de casa às cinco e estar nos autogestores pontualmente às seis, porque a Marga é "molenga" como ela só, a senhora sabe, a ataxia locomotora faz parte da deficiência dela. E sua prima, a Àngels, que pelo bem da Marga aprendeu a ser mais generosa com a TV e a pôr um filminho de sacanagem de vez em quando? Com o volume bem baixo, claro, bem baixo, para não atiçar nenhuma de nós. A Àngels falou para a Marga depois da nossa primeira reunião séria com a diretora do apartamento, falou com aquela língua "embolada" dela: "Marga. Aqui somos todas adultas. Aqui não tem nenhuma criança. Esta casa é tão sua quanto nossa. Você gosta de 'transar', certo?" — Ela usou essas palavras, Meritíssima, óbvio, é a linguagem que a Marga entende. — "Pois aqui está um *pen drive* com trinta filmes pornô que eu baixei da internet. Você não disse outro dia que queria ver pornô?"

Dá para notar que a Àngels é a menos deficiente de todas porque se lembrava daquele dia que discutiram por causa da TV e ela ficou implicando com a Marga dizendo que o que a Marga queria era ver um filme de sacanagem. A Marga é igual aos viciados em droga, porque, de tanto ter "transado" na vida, um filme pornô não faz nem cosquinha nela, não a deixa com tesão nem nada. Ela fica relaxada, perde a "fissura" mas nada além disso. Dá para ver, dá para ver quem é a menos deficiente de todas, porque a questão era justamente essa, fazer a Marga relaxar. Assistir aos filmes, se tocar um pouquinho, ficar satisfeita e não precisar mais pôr a mesa com aquela ânsia dela.

Até minha irmã Natividad, a senhora preste atenção no que vou dizer! Até a Nati estava fazendo sua parte pela causa do apartamento e da Marga! A Marga trazia da rua uns folhetinhos, todos meio mal xerocados, meio amassados, em preto e branco, como os que nós fazíamos no CRUDI de Somorrín na oficina de atividades manuais, mas, bem, isso de encontrar coisas na rua que chamam sua atenção e trazê-las como um cachorrinho faz parte da deficiência da Marga. Agora a senhora me diga para que a Nati quer esses folhetinhos se ela tem um monte de calhamaços da universidade, e, bem, acho que como a deficiência dela é súbita, embora seja difícil ela abrir um livro sem tacá-lo no chão depois de cinco minutos, acho que como é súbita, penso eu, seria como desaprender a andar de bicicleta, certo? Não tem como. Se a Nati pega uma revista normal e comum, uma *Pronto*, ou uma *Saber Vivir*, ou uma *Muy Interesante*, com suas páginas coloridas e suas letras bem impressas, ela a joga direto na lata de lixo, e inclusive eu discuti aos gritos com ela porque algumas eram minhas, e desde então as escondo. Se alguém que sabe ler tão bem e leu tanto e tantas coisas especializadas que não é qualquer um que entende, se você dá a essa pessoa um livreto que parece ter sido feito por uma criança de seis anos, que proveito ela pode tirar disso? Nenhum. Veja a senhora: para não desapontar a prima deprimida, a ex-universitária ex-doutoranda tratava de ler esses folhetinhos. Esses ela não jogava no lixo. Esses ela devorava e, depois, ainda explicava tudo para a Marga, porque a Marga não sabe ler, então a Nati ia, folhetinho na mão, e explicava tudo, com as incompreensíveis palavras comporteiras da Nati, mas tudo bem, do jeito que ela podia e com a melhor das intenções ela explicava tudo. Senti vontade de chorar na primeira vez que vi as duas lá, no sofá, sem se importar se o que passava na TV era *Os Simpsons*, ou *A roleta da sorte*, ou o que a Àngels tivesse escolhido.

A senhora vê, Ilustríssima, como minha irmã Natividad, quando quer, consegue? Percebe que se ela quiser podemos viver em harmonia? Nas duas semanas em que a Marga se "escafedeu", a Nati, para não pôr mais lenha na fogueira, até passou a ir aos autogestores às terças, coisa que antes ela odiava! Ela até levava aqueles folhetinhos toscos que a Marga trazia para todos nós lermos e ainda lia em voz alta para os que não soubessem ler! Ela até começou a ensinar a ler os que não sabiam com aqueles livretos, juro por Deus, que ainda não consigo acreditar, egoísta e "sabichona" como a Nati sempre foi! Ela começou até a fazer seus próprios folhetinhos nas oficinas de atividades manuais. Nas oficinas de atividades manuais, Meritíssima, aonde os deficientes graves vão para brincar com massinha de modelar! E o que ela não terminava lá continuava fazendo em casa. Ela desceu no chinês, pegou uma tesoura de ponta redonda, uma cola em bastão, um pacote de papel-ofício, umas canetas e, com muita educação, me pediu revistas velhas que eu não lia mais para recortá-las e fazer suas colagenzinhas. Ia à biblioteca municipal para usar os computadores, escrevia, entrava na internet, imprimia suas coisas. Por um mês ela só apresentou recibos da copiadora, não gastava nem um centavo de seu dinheiro em mais nada. Dava gosto vê-la concentrada e caladinha na mesa da sala como uma menina fazendo o dever de casa.

Enfim, era nisso que estávamos metidas, Meritíssima. Todo o entorno familiar da Marga, ou seja, eu, a Àngels e a Nati; e todo o entorno profissional da mesma, ou seja, dona Diana Ximenos, diretora do apartamento supervisionado, dona Laia Buedo, psicóloga da RUDI da Barceloneta, e dona Susana Gómez, sua educadora social. Estávamos todas favorecendo, propiciando, garantindo o direito vinculado ao bem-estar e à dignidade humana que é dar à Marga a oportunidade de aprender a se relacionar afetivamente. Mas um dos âmbitos falhou, Excelência. O âmbito institucional, ou seja, os organismos e administrações públicas vinculados ao setor. E como ele falhou? Bem, um dia chegou a psiquiatra do Hospital del Mar, que, para falar a verdade, não sei como ela se chama porque desde que cheguei a Barcelona não precisei ver nenhum psiquiatra; bem, a psiquiatra chegou e disse que a Marga tinha uma depressão, mandando a educação sexual "tomar no cu" e minha prima tomar Tripteridol de 500. Eu não sei que "caralho" é essa de os psiquiatras receitarem Tripteridol para tudo, veja só. Transtornos comportamentais? Tripteridol. Esquizofrenia? Tripteridol. Depressão? Tripteridol também! O que um sujeito com transtorno de comportamento, um esquizofrênico e um deprimido têm em comum? Isso parece até o começo de alguma piada! Os psiquiatras recebem uma comissão ou o quê? Mas é claro, é claro que eles recebem, que eu vi uma reportagem na TV sobre como as farmacêuticas dão viagens de presente aos médicos. Entenda, Ilustríssima, que eu não estou querendo desacreditar essa senhora psiquiatra nem ninguém. Eu estudei medicina? Não. Eu vou dizer à senhora psiquiatra como ela deve fazer seu trabalho? Claro que não, porque nesta vida, antes de tudo, devemos ser humildes. Posso não concordar, mas acato as decisões da senhora psiquiatra e fui a primeira a dar o comprimido de Tripteridol para a Marga e ficar observando até ela o tomar, e, em seguida, dizer que "abrisse a boca" para ver se ela tinha engolido.

O que eu acho é que quem não tem humildade é a senhora psiquiatra. Quer receitar Tripteridol tudo bem, mas por que descartar todo o trabalho de educação sexual e de Atenção Centrada na Pessoa, neste caso na pessoa da minha prima, a Marga? Será que o trabalho da senhora psicóloga e da senhora educadora social não valem nada? Não quero ser maldosa, Vossa Excelência, mas tenho a impressão de que a senhora psiquiatra, que como já disse eu não conheço nem tenho nada pessoal contra ela, é daquelas que pensam que os profissionais da psiquiatria, seus cursos universitários, e seus livros, e seus congressos, e seu trabalho, são superiores, mais espertos, mais cultos e mais úteis que os profissionais da deficiência, que também têm seus cursos universitários, e seus congressos, e suas palestras pelo mundo todo! Para ficar num exemplo próximo, no Grupo de Autogestores nós lemos um livro sobre deficiência escrito por um rapaz "bem jeitosinho" que tem síndrome de Down, que apareceu em um filme muito bonito sobre síndrome de Down e que agora em setembro vai dar uma palestra para a gente na RUDI. Um rapaz que é a primeira pessoa com síndrome de Down do mundo a concluir um curso universitário! Um livro que vendeu dez mil exemplares e que foi traduzido para o alemão, e um filme que ganhou prêmios e tudo! E o rapaz esteve na Colômbia, na Argentina, na Suíça, e em todos esses países falando de deficiência intelectual, e na TV, e nos jornais, e em todo canto. O que mais é preciso para que o mundo se dê conta de que a deficiência intelectual tem muito a oferecer à sociedade?

 Eu acho é que a senhora psiquiatra é uma representante da velha política. Alguém mais preocupada em continuar pertencendo à casta, neste caso a casta é o quadro de psiquiatras do Hospital del Mar, do que com as necessidades do povo, neste caso a Marga. Foram os inimigos do povo que provocaram a situação crítica do desaparecimento da Marga, alijada de sua família e morando em uma casa sem teto nem água corrente, como a pocilga em que ela morava em Arcuelamora com seu pai, Jose, o gordo, e sua meia-irmã, Josefa! E agora a senhora dona Diana Ximenos vem dizer que a Marga fez isso porque a vida em nosso apartamento supervisionado não está adaptada às necessidades dela? Porque a comunidade familiar não pode assumir as tarefas de cuidado, amor, compreensão e empatia de que a Marga necessita? Eu posso ter uma deficiência de cinquenta e dois por cento para mais, Ilustríssima, mas se tem uma coisa que eu não sou é boba, e isso que a dona Diana faz é tirar o corpo fora e ainda jogar a culpa em cima da gente. É querer esconder que errou ao não levar em consideração as medidas educativas e de acompanhamento psicológico e social, como as reuniões de autogestores voltadas à integração afetivo-sexual da Marga. E também errou por não ter pedido uma segunda opinião médica, já que para qualquer profissional do mundo da deficiência salta aos olhos que a "escafedida" da Marga não teve nada a ver com a gente ou com nosso apartamento. Essa "escafedida" só dá quem, além de ter uma deficiência intelectual de sessenta e seis por cento, está com a saúde mental afetada, ou, para sermos mais exatos, como dizem os profissionais do mundo da deficiência, a Marga é um exemplo de transtorno comportamental, de comportamento perturbador, de alteração comportamental ou de comportamento problemático em deficientes. Por que em vez disso a senhora psiquiatra do Hospital del Mar disse que o que a Marga tinha era uma depressão simples e comum que se cura à base de Tripteridol, simples e comum como a de qualquer não deficiente desempregado que não consegue chegar ao fim do mês, ou qualquer professor de ensino médio não deficiente com alunos que o fazem de gato e sapato, ou qualquer senhora não deficiente com mais de cinquenta e cinco anos cujos filhos cresceram e saíram de casa, e que sofre da síndrome do Ninho Vazio? Pois eu vou te dizer por quê: porque essa senhora psiquiatra demonstrou, ao tratar da Marga, que para ela nós deficientes somos cidadãos de segunda classe, Meritíssima. Porque não leva em consideração nossas particularidades médicas, sociais, psicológicas, biológicas, afetivas e comunicativas. Está certo que ninguém pode saber de tudo, e que cada médico se especializa em uma especialidade, não é? Isso até quem tem cinquenta e dois por cento de deficiência e recebeu a ajuda adequada consegue entender. Mas os bons profissionais não deveriam perguntar quando não sabem alguma coisa? Por que a senhora psiquiatra, ao ver a deficiência estampada na cara da Marga, não pegou, se levantou da cadeira, saiu de seu consultório e se enfiou no corredor da ala de psiquiatria do Hospital del Mar em busca de algum colega especializado em alterações comportamentais de deficientes? Essa charada eu já matei: porque a senhora psiquiatra despacha pacientes como o pipoqueiro despacha o milho na panela quente, porque, se a previdência social está colapsada demais pelos cortes e a boa mulher não dá conta, poderia se unir ao movimento antiprivatização da saúde para tentar mudar as coisas em vez de ficar "refestelada" em sua cadeira anatômica até que alguém, outro psiquiatra mais jovem e com mais vontade de trabalhar e de fazer as coisas direito, a tire de lá; ou poderia pelo menos, caso não seja a favor da regeneração democrática, que também não é obrigada a ser, poderia pelo menos ser humilde e dizer "dessa garota eu não trato porque não sei, apesar de ser psiquiatra e ter trinta e cinco mil diplomas pendurados na parede eu não sei tratar dessa garota com ataxia 'locolentona' e joelhos arranhados de tanto abaixar a calcinha".

Mas nem uma coisa nem outra, Meritíssima. Infelizmente, nem uma coisa nem outra. Mais uma vez, os representantes da velha política abandonam um membro frágil da sociedade ao renunciar ao seu dever de proteger, neste caso o dever de salvaguardar o melhor interesse do incapaz, porque se a senhora declarou a Marga incapaz assim que chegamos a Barcelona foi para salvaguardar seu melhor interesse, o da Marga, não o da senhora, porque me parece que a Ilustríssima é uma juíza da nova política, se me permite dizer. A Ilustríssima não é uma juíza da casta que só age pelos interesses da casta. A Meritíssima pensa que eu não sei que vem se dando ao trabalho de fazer mais trâmites de audiência do que manda a lei para uma autorização de esterilização? Sou bastante entendida no mundo da deficiência, Excelência, por isso sou autogestora. Sei perfeitamente que a lei só obriga o juiz a ler os relatórios de dois médicos, o relatório do Ministério Público e a examinar o incapaz, ou seja, a Marga. Mas como a Marga não se deixa examinar, pois a Ilustríssima, em vez de dizer "ai, que ótimo, uma coisa a menos para eu fazer", pega e, sem pensar duas vezes, se dá ao trabalho de chamar sua prima Patricia Lama Guirao e de fazer perguntas a ela. Não poderia ser diferente vindo de uma profissional da nova política que não trata as pessoas como números, ainda mais estando essas pessoas em situação de vulnerabilidade, como estão os menores ou os incapazes.

Vossa Excelência tem nossa total confiança. A senhora acha que antes de assinar eu leio algum desses papéis em que põem por escrito meus depoimentos? Nenhum! Eu os assino direto porque confio em tudo o que vem da Meritíssima, e, cá entre nós, como a senhora pode pensar que eu consigo ler essa quantidade de páginas com essa letrica tão pequena, com esses meus óculos fundo de garrafa e com a dor de cabeça que me dá.

Assim, se a Ilustríssima vê com bons olhos o que diz a tutora da Marga, que a senhora mesma nomeou antes de ouvir o suposto incapaz, seus familiares e o Ministério Público, ou seja, que foi uma nomeação com todas as garantias e recaindo essa nomeação de tutora da Marga sobre a própria Generalitat da Catalunha, ou seja, que não recaiu sobre um familiar ou uma fundação de tutelar que quer ficar com os quatro tostões da pensão da Marga para depois, ainda por cima, a deixar entregue a Deus, que desgraçadamente é o pão nosso de cada dia das pessoas incapacitadas e que nem todos os incapacitados podem dizer que sua tutora é a Generalitat da Catalunha, "pres'tenção". Dá para comparar ser tutelado por um CRUDI no meio do nada com a Generalitat e sua estrutura, seus recursos e seu número de funcionários para te tutelar? Pois digo que se a Generalitat disse isso à Meritíssima, e a Meritíssima vê com bons olhos que o melhor para a tutelada Margarita Guirao Guirao seria fazer essa operação, bem, o que é que eu posso dizer, então "simbora". Porque quem foi que disse que a Marga não "trepa" tanto porque o que ela quer é ficar prenha, diga lá. A senhora sabe que desgraça seria para todas nós, começando pela Marga e pela criança, uma criança com diversidade funcional que, como dizem por aí, ia custar caro pra burro? Agora, "trepando" do jeito que minha prima "trepa", estranho é ela ainda não ter emprenhado. Vai ver a educação sexual serviu para alguma coisa, e ela aprendeu o que é camisinha e pílula. Vai ver ela já nasceu assim, sem poder ter filhos, como acontece com as mulas e os mulos. Quem foi que disse que, assim como da cruza da égua e do burro, porque são duas espécies diferentes, nasce uma mula que não pode ficar prenha ou um mulo que não consegue emprenhar, da cruza da minha titia Emilia, que era quase cega, com seu primo Jose, o gordo, não nasceu a Marga que também não pode ficar prenha, porque, não sendo cega como minha titia, que mulher sairia com o gordo obeso do Jose Guirao, pois nenhuma. Também deve ser por isso que a Emilia, um belo dia, percebeu que ela era da espécie humana dos deficientes sensoriais, e o pai de sua filha, da espécie dos obesos mórbidos, e, cega e tudo, pegou e se mandou do povoado. Diziam que, apesar de gordo obeso, o pai era boa pessoa porque, além de ter em casa sua outra filha que era a Josefa, cuja mãe não se sabe quem é, ficou também com a Marga, que devia ter oito anos na época e imagino que nessa idade, embora ainda não tivesse sido avaliada pela equipe multiprofissional do Centro Base, já devia dar para perceber que ela saiu sessenta e seis por cento intelectualmente divergente. Ela teve a sorte de não sair "ceguetamente" divergente como sua mãe, e apesar de não ser gorda obesa como o pai, era "coxuda", e "peituda", e celulítica mas tudo bem, isso não é nenhuma diversidade funcional. E vai ver a Marga, como eu ja dizendo à Vossa Excelência, além de sua diversidade intelectual de sessenta e seis, tenha também uma diversidade de fertilidade de nascença. Vai ver nem é preciso operar a "xoxota" dela, não é mesmo, Ilustríssima? Vai ver os multiprofissionais do Centro Base que avaliaram o grau de invalidez da Marga vinte anos atrás não deram importância à sua diversidade de fertilidade, e não fizeram isso de propósito ou sem querer, mas cumprindo mal sua obrigação de avaliar e classificar a suposta invalidez, viciando, portanto, a determinação do tipo e do grau de deficiência em relação aos benefícios, direitos econômicos e serviços previstos na legislação, e não fazendo prevalecer o melhor interesse do suposto inválido. Vai ver aqueles multiprofissionais também fossem da casta e graças ao seu descaso com o bem comum deram à Marga uma porcentagem inferior à que correspondia a ela, o que, na prática, significa uma pensão menor e uma orientação terapêutica equivocada, favorecendo, em vez da sua integração, como nós da família e os profissionais da nova política favorecemos, pois em vez disso favorecendo sua marginalização, que é o oposto da inclusão, o oposto do bem-estar e o oposto da democracia.

    Para mim é um problema minha prima Marga ser na verdade mais deficiente do que ela é? De forma alguma. Para mim, ou para a Àngels, ou para a Nati, é um problema ter que ajudar ainda mais, o melhor que posso, a Marga e dar mais apoio à sua autonomia? A resposta é não, Excelência. Nós quatro somos nossa única família. Já demonstramos que sabemos cuidar umas das outras e que morar em um apartamento compartilhado como fazem todas as garotas da nossa idade é a maior e melhor forma de avançarmos em prol do princípio de normalização e integração total das pessoas com deficiência intelectual ou funcionalmente diversas. Então agora a Marga, em vez de sessenta e seis, tem oitenta e seis por cento de invalidez porque não pode ficar prenha? Mas agora é que vamos cuidar ainda mais dela, Meritíssima! Por causa dessa invalidez mais expressiva, teremos que enfiar uma mulher em casa para fazer o que as limitações da Marga não permitem que ela faça? Pois bem, nós enfiaremos! Porque sendo seu grau mais elevado, maior será sua pensão, e ela poderá pagar a cuidadora! E se um novo teste de invalidez revelar que o pessoal do Centro Base não era da casta porque, de fato, a Marga não tem a deficiência de ficar prenha e aí é preciso "incapacitar" ou "diversificar" a "xoxota" dela? Pois que ela seja incapacitada, diversificada, e "bora" pra casa com duzentos euros de pensão a mais por mês!

| A magistrada | A testemunha | O taquígrafo/transcritor |
| Guadalupe Pinto | Patricia Lama | Javier López Mansilla |

Ibrahim, o zambeta, pensava que eu tinha esquecido sua pergunta sobre se nós podíamos fazer portés um com o outro, mas uma bastardista com passado bovarístico nunca se esquiva de uma pergunta, nem mesmo das ditas perguntas retóricas. Da mesma forma que para Cortázar, de *O jogo da amarelinha*, não existem ideias gerais, para uma bastardista com passado bovarístico, quer dizer, com uma infância, adolescência e primeira adultez de grandes prazeres miseráveis toda dedicada a negociar, assinar e rescindir aquela modalidade do contrato de compra e venda que é o contrato de sexo-amor, advogada especialista nos direitos e obrigações do desejo desde o jardim de infância e, portanto, prostituta desde a tenra idade; para uma bastardista com uma bagagem bovarística dessas, como eu ia dizendo, não existem perguntas retóricas: tudo, até o que aparentemente não tem solução ou é irrespondível ou estúpido, deve ser respondido, respondido tanto no sentido de dar resposta quanto no de ser contestado. Às vezes as perguntas não devem ser respondidas e sim contestadas, isto é, devemos questionar as bases da pergunta, sua formulação, a motivação por trás dela, como quando uma *cupera* independentista pergunta a uma anarquista se ela é a favor ou contra a independência da Catalunha, e a anarquista responde que isso é um dilema burguês que não lhe diz respeito, do mesmo modo como não lhe diz respeito o dilema de comprar uma bolsa Dolce & Gabbana ou uma Victorio & Lucchino, ou comprar o chalé em Nerja ou a casa de campo em Béjar. Não lhe diz respeito porque a única iniciativa que ela apoia em relação a qualquer Estado ou subdivisão territorial sua, como é o caso da própria Comunidade Autônoma da Catalunha, é sua destruição. A *cupera* insiste, enfeita a pergunta: Catalunha independente e também feminista, ecologista e trabalhadora; ou Catalunha não independente e machista, defensora das touradas e *pepera*? A anarquista responde que não concorda com essas categorias conceituais referentes ao Estado, porque o Estado, por ser o modelo de controle de território e população que é, desde seu nascimento no século XVIII até hoje, jamais poderá ser feminista (será, quando muito, paritário), nem ecologista (será, quando muito, financiador de ONGs ambientais), nem trabalhador (será, quando muito, comunista), e o que ela, a anarquista, quer é ser independente tanto da Espanha quanto da Catalunha, e com isso já se prepara para a previsível réplica da *cupera*, que diz que "é curioso, no fim das contas, que as posições das espanholistas e das anarquistas coincidam", ao que a anarquista responde que curioso, no fim das contas, é que tanto as *cuperas* quanto as espanholistas com assento no Parlamento recebam exatamente o mesmo salário. "Mas as da CUP doam até dois terços dos seus cinco mil e oitocentos euros mensais à organização, coisa que os outros deputados não fazem, e assim mantemos a CUP autofinanciada, o que significa ser livre do setor financeiro ou de outros lobbies de financiamento, dos quais os demais partidos são escravos." A anarquista já começa a sorrir: "Também não concordo com sua visão benevolente sobre os partidos políticos que não pedem empréstimos, nem acredito na diferença entre setor financeiro privado e setor público partidário; em vez disso, acredito que qualquer partido político, seja o seu, o de Colau ou o de Sánchez, é uma empresa voltada para a produção de representantes públicos". E assim elas passam a tarde, a *cupera* perguntando, a anarquista contestando as perguntas e sendo tachada pela *cupera* de reacionária e fascista, insultos que reacionários e fascistas dirigem com frequência a quem não pensa como eles. Foi o que aconteceu comigo com a monitora-policial de Ibrahim no mesmo dia do debate sobre os portés. Uma coisa levou à outra porque de fato a ideologia que sustenta os portés, os separatistas anticapitalistas e o bovarismo é a mesma: a ideologia da retórica, da dominação pelo discurso.

Nós bastardistas, ao contrário, defendemos que, entre as perguntas que de fato merecem uma resposta, as que mais merecem são, justamente, as estúpidas, as sem solução e as irrespondíveis, porque nós bastardistas, cultivadoras do paraíso nos apartamentos, acreditamos que o critério de possibilidade, solução ou resposta das perguntas que nos fazemos deve ser reformulado. Somos aguerridamente antirretóricas porque sabemos que a retórica é a linguagem que o poder usa para distinguir o possível do impossível e para criar, e nos impor, aquilo que os poderosos chamam de realidade. Por isso, nós bastardistas pegamos as figuras retóricas e as arrebentamos, mas não dizendo que uma coisa é uma coisa e outra coisa é outra coisa (outra figura retórica) e sim nos dando ao trabalho de documentar como todo santo dia, sem exceção, uma caravana de camelos passa pelo buraco de uma agulha, e a cada mudança de estação vamos ao bosque de árvores caducifólias colher as folhas que são notas verdinhas de cem euros na primavera, roxinhas de quinhentos no verão, amarelinhas de duzentos no outono e acinzentas de cinco no inverno; e sempre levamos algodão e pomada, porque nós bastardistas sabemos que há beijos e carícias que queimam. Nós bastardistas, que fique claro, somos artistas, criaturas próximas aos deuses pré-socráticos, os que falavam com a linguagem das sacerdotisas drogadas, ou estamos perto das sacerdotisas drogadas, ou talvez sejamos as próprias sacerdotisas drogadas, desprezamos a filosofia, isto é, a escrita, isto é, a morte (o exato oposto de uma bovarista, amante, acima de tudo, da sedução e temerosa, acima de tudo, da morte). Portanto, pode Ibrahim, o da coluna torta, o que tem uma perna maior que a outra e o quadril desnivelado, o que anda com andador, fazer um porté com uma bailarina com mais de vinte anos de experiência, ou pode uma bailarina com mais de vinte anos de experiência fazer um porté com Ibrahim?

Essa foi a questão que levantei na aula de dança inclusiva do Multiplex adaptado quando, em um exercício de duplas, foi minha vez de dançar com ele. Era a primeira aula de Ibrahim, ele chegou especialmente arrumado e barbeado, de gel e camisa, como se fosse a uma entrevista de emprego e não a uma aula de dança. Entrou acompanhado da *cupera* com quem eu depois debateria sobre independência e Estado. Eu não a conhecia, mas dava para ver a quilômetros de distância que era uma monitora-policial da residência onde Ibrahim mora, suspeita que logo foi confirmada. Dava para ver, em primeiro lugar, pelas roupas de *cupera* independentista, que constituem o uniforme de todos os formados em educação social ou serviço social de Barcelona nascidos a partir de 1980 (os tênis de escalada da Quechua, as calças largas à la Oriente Médio, a pochete, os quatro ou cinco piercings e a trancinha rasta solitária e decorativa). Em segundo lugar, dava para ver porque foi ela e não Ibrahim quem se aproximou do professor para apresentá-lo e falar por ele, com a mão em seu ombro e um grande sorriso estampado no rosto, um daqueles sorrisos extremos e injustificados que não são provocados porque o sorridente achou alguma coisa engraçada, ou porque gostou de alguma coisa, ou porque algo o comoveu, mas que emergem da convicção do monitor-policial de que, com seu sorriso, ele faz o bem e transforma em bondade tudo aquilo que seu sorriso alcança. E, em terceiro e definitivo lugar, dava para ver que ela era uma monitora-policial porque se sentou em uma cadeira na beira do linóleo junto a outros monitores-policiais como ela, que se limitam a observar os outros dançarem, e em particular seus custodiados, muito atenta no começo porque nunca antes na vida tinha visto uma mulher cujo corpo termina na cintura deslocando-se feito um orangotango com seus braços superdesenvolvidos e arrastando as tetas pelo chão, nem um cara paralítico derrapando em uma cadeira de rodas, nem outra mulher, cujo vocabulário inteiro consiste em apenas três palavras, cantando e andando em círculos pela sala. Nos primeiros onze minutos ela ficou alucinada com todas essas novidades e então, como o resto dos policiais, a partir do minuto doze apertou o botão de desligar da cervical e desbloqueou a tela do celular, e assim passou os cento e dez minutos restantes da aula, dando sinais de exaustão no minuto quarenta e dois e passando a enrolar um cigarro com seus filtros orgânicos marronzinhos e suas sedas não branqueadas.

— Ibra, cara, você por aqui?

— É que eu perguntei por você na semana passada nos autogestores e me disseram que talvez você não aparecesse mais porque é uma bailarina muito boa e gosta muito de dançar.

Fazia duas semanas que eu não via Ibrahim e custei a entender seu jeito de falar sem unir os lábios, sua fala gutural e salival. É como quando você fica muito tempo sem ouvir um idioma estrangeiro que conhece e já estudou. Você identifica o idioma e sabe distingui-lo de outros, mas só consegue pescar algumas palavras soltas no fluxo dos sons.

— Desculpa, Ibra, mas estou na dúvida se você falou que na semana passada disseram que eu não apareceria mais.

— Isso, Laia me disse.

— A aia? Uma empregada?

— Não, Laia, a pessoa de apoio.

— Aaah, Laia Buedo, a psicóloga! E ela te disse que eu fazia esta aula?

— Sim. Disse que eu também podia vir experimentar se quisesse.

— Você disse experimentar a aula?

— Sim.

— Claro. Além disso, a aula experimental é de graça. E você continua indo aos autogestores às terças?

— Sim, porque Laia diz que é muito bom combinar a atividade associativa dos autogestores com a atividade criativa da dança, e falou que se eu me inscrevesse no novo clube de Leitura Fácil que estão organizando, teria muita chance de ganhar um apartamento supervisionado como o seu.

— Cacete, mas como fala essa Laia, hein? — Eu disse isso e Ibrahim riu com um grasnido, que desta vez eu reconheci de cara e me contagiou. Meu riso é mais do tipo estertoroso.

— E ela também diz que você é uma bailarina muito boa — creio ter dito isso, mas, como grasnava de rir, ficava ainda mais difícil entendê-lo.

— Você disse que sou uma boa bailarina?

— Muito boa!

— Muito boa eu não sei, mas prefiro dançar feito um pato tonto a voltar aos interrogatórios-coaching da psicóloga.

— Não sei o que é isso, mas eu... — Ibrahim riu grasnindo outra vez, e o grasnido chegou até seus ombros, que se moveram numa tração lenta e circular. — Eu é que danço feito um pato tonto!

— Você não sabe o que é coaching? É uma técnica fascista baseada no espírito de superação.

— Fascista?

— É, fascista, sabe?

— Aaaaah, fascista como os nazistas e como Franco?

— Exatamente. E como Ada Colau, e como Pedro Sánchez, e como Laia Buedo.

— A prefeita?

— Ela mesma.

— Aaaah.

— Então seja bem-vindo. Você vai ver que passar a tarde dançando feito um pato tonto afasta um pouco a sensação de merda de servir de objeto de estudo para o mercado educacional e farmacológico.

— Não estou entendendo, Nati.

— Que dançar é um pouco menos opressivo que fazer papel de porquinho-da-índia para a indústria assistencial.

— Que indústria?

— As empresas e instituições públicas que se dedicam a nos disciplinar à base de medicamentos e de discursos que exaltam a democracia e a igualdade dos cidadãos, entre eles o discurso de coaching de que falávamos antes.

— Disciplina como os soldados do Exército?

— Exatamente.

— Estou começando a te entender.

Como o professor viu que nos conhecíamos e estávamos rindo, sugeriu que Ibrahim e eu fizéssemos o primeiro exercício juntos. O exercício consistia em pesos e contrapesos. Pesos significa que eu precisava me apoiar em Ibrahim ou Ibrahim em mim; e contrapesos, que precisávamos sustentar um ao outro simultaneamente, mantendo um equilíbrio entre a tensão e o relaxamento. O professor fez uma demonstração com uma colega que usava uma enorme cadeira de rodas elétrica, com um punhado de controles de velocidade e direção. Por não ter sensibilidade suficiente nos braços, cujas mãos mal servem para operar os controles da cadeira, ela e o professor, que é um bailarino com todos os membros funcionalmente ativos, tinham que se segurar em lugares diferentes dos habituais. Ele agarrou uma das manoplas da cadeira de rodas, aquelas atrás do encosto que servem para outra pessoa empurrar. Ela deixou a cadeira em ponto morto. O professor deixou os pés juntos bem perto da roda correspondente à manopla que tinha agarrado e soltou seu peso lateralmente. Esticou o braço livre com a palma da mão aberta, desenhando um triângulo com o corpo. Isso era um peso: a aluna sustentava o professor. Depois fizeram um contrapeso. Um de frente para o outro a uma distância de mais ou menos um metro, os dois inclinaram o tronco para a frente até suas testas se tocarem. Ali, na união das cabeças, se fazia a força, esse era o ponto de tensão e salvação: se um dos dois relaxasse, ambos se desequilibrariam, prova inequívoca de que um contrapeso está sendo bem-feito. Novamente os corpos desenharam um triângulo.

Ibrahim tinha saído de sua cadeira de rodas personalizada, que mais parece um banquinho de bar supersônico que uma cadeira de rodas, que ele tinha estacionado ao lado de sua policial-monitora e tinha pegado o andador, que é um andador fuleiro daqueles que a previdência social dá se você mendigar muito.

O andador chiava ao se deslocar e rangia assim que Ibrahim ou eu tentávamos segurar um lugar que não fosse o guidom ou quando tentávamos nos apoiar em outra parte do assento acoplado, e se sentássemos os dois ao mesmo tempo o andador gemia feito um cão doente. Essa música já era dancisticamente interessante, eu estava gostando do exercício. Tive aquela sensação que às vezes me acomete, de me sentir uma boa bailarina, uma descobridora de possibilidades de ação. Sensação rara, essa. Mas Ibrahim estava apreensivo e assustado, e um pouco envergonhado, e pelo visto eu não conseguia transmitir a ele confiança ou tranquilidade. Ele não se atrevia a me tocar, e quando me tocava era fraquinho e com o excesso de zelo típico de quem nunca dançou, ou dançou muito pouco, nem mesmo nas festas de interior ou em discoteca. Quando ia me tocar, mas era tomado por um espasmo e não chegava a concluir o contato, ou quando, em consequência do espasmo, me dava um tapão, Ibrahim me pedia desculpas. Isso de pedir desculpas é típico de quem não costuma dançar, pedir desculpas quando acontece um choque, ou um pisão, ou uma queda, ou um dedo no olho, ou quando acontece um puxão de cabelo, ou quando as tetas femininos, ou qualquer genital, ou a bunda, são tocados. Quando você pede desculpas, procura o olhar do outro e por causa disso interrompe a dança ou a desacelera, e depois de perdoado, não recupera a velocidade ou a intensidade da dança por um bom tempo, ou não a recupera mais, transformando o dançar em uma carícia chatíssima. Quem, como eu, está acostumado a dançar pede desculpas quando os acidentes são significativos, e só paramos a dança (nunca a desaceleramos) se o acidentado para de dançar, e se você for o acidentado só vai interromper a dança (desacelerar jamais) se tiver se machucado muito, a temida lesão. Quem não costuma dançar também pede desculpas quando sente que um passo ou um gesto não foi fluido, pede desculpas pelo que sente como uma interrupção na qualidade do movimento, e pede desculpas até quando não foi quem provocou o acidente: ao estender um braço dele, fiz as costuras da camisa de Ibrahim rangerem, e o cara veio e me pediu desculpas. Desculpa pelo quê? Por estar vestido? Será que estão pedindo desculpas a eles mesmos por se atrever a dançar, por fazer esta coisa proibida que é se movimentar sem nenhuma finalidade ou utilidade capitalista? Isso eu pensei, mas não disse, porque também pensei que aquela era a primeira aula de dança da vida de Ibrahim, e talvez, aos seus vinte e oito anos, até a primeira vez que dançava.

Eu respondia a todos os pedidos de desculpa de Ibrahim com um "não tem problema" ou um "não foi nada", até que foram tantos seguidos que eu simplesmente respondia "nada", e no final nem respondia mais, integrando sua ladainha de desculpas à música que saía das caixas de som (uma música cujo ritmo não precisa necessariamente ser seguido porque funciona mais como ambientação), à música do andador e àquela outra música composta pela nossa respiração. Na quarta ou quinta vez que não respondi às suas desculpas, Ibrahim também parou de pedir desculpas e começou a se concentrar. Anotei mentalmente essa estratégia antidesculpas.

Nos quinze minutos de duração do exercício conseguimos que ele, sentado no banco do andador, envolvesse minha cintura com os braços, permitindo que eu me jogasse para a frente:

um peso. E conseguimos enlaçar nossos cotovelos como duas comadres, os dois de pé, de frente para o andador e cada um segurando um guidom. Ali não havia nem peso, nem contrapeso, nem nada, apenas uma figura simétrica. Então sugeri a Ibrahim que, sem soltar meu cotovelo ou o guidom, ele se deixasse cair de lado. Não entendeu. Repeti e ele também não entendeu. Então guiei o corpo dele com o meu, tentei colocá-lo na posição. Ele ficou nervoso com meu toque, tropeçou, e eu o segurei pelos ombros para que não caísse no chão: ainda que inesperado, outro peso.

— Desculpa, Nati.

— Não, Ibra, eu é que peço desculpa. Não devia manipular seu corpo sem pedir permissão e sem que você soubesse o que eu ia fazer. Sinto muito mesmo, isso não vai se repetir. Você se machucou?

— Não, não, fica tranquila.

— Desculpa, cara. Eu me comportei como uma fascista controladora. Se o exercício não der certo, tudo bem, não deu, não tem problema, e se der não pode ser à custa de um dominar o corpo do outro. Tive um comportamento escroto, Ibra, sinto muito.

— Não foi nada, Nati. Eu gosto de dançar com você.

— Você é muito gentil. Obrigada. — Quanto a mim, não posso dizer que gosto de dançar com Ibrahim, mas também não sei muito bem o que significa gostar, nem tenho tanta certeza de que dançar deva ser uma questão de gosto.

Então veio o exercício dos portés que originou o debate. De acordo com o professor, um porte (ele não fala porté porque para ele soa a balé, o que os bailarinos de dança contemporânea costumam abominar estilística e ideologicamente) é um peso em movimento. Concordo com a definição, nessa Lluís Cazorla foi certeiro. É uma definição muito breve, muito simples, muito clara, muito eficaz, todos a entendemos. Ibrahim lembrou minha fala sobre os portés duas semanas antes na reunião de autogestores e me perguntou se o professor se referia àquilo mesmo. Eu respondi que sim, e seus olhos brilharam.

— Aos portés de sexo? — perguntou, e aí foram meus olhos que brilharam. Que alegria encontrar alguém que guarda as coisas importantes.

— Podem se tornar de sexo, mas nem sempre. Na verdade, é altamente improvável que um porté proporcione prazer sexual, Ibra. O porté que eu descrevi naquela tarde foi um em mil.

— Entendi entendi.

Vínhamos experimentando os portés havia algumas aulas, Cazorla tinha essa fixação pelo movimento cênico que rondava sua cabeça, vai entender. Os portés com pessoas sem pernas podem ficar muito bonitos quando o coxo ou o duplamente coxo abre mão da cadeira de rodas ou da perna postiça. Assim, por exemplo, María, amputada das coxas para baixo, pode meter um de seus braços fortes entre minhas pernas e flexionar o cotovelo ao passar pelo meu períneo, de modo que sua mão, aberta e firme, fique sobre minha barriga. Então María encaixa seu ombro na minha nádega e me ergue alguns centímetros, fazendo com que eu dê passos largos na ponta dos pés, às vezes saltitando. Ela regula a velocidade e a elevação com o ombro e, com seu outro superbraço, que usa para se apoiar, ela se desloca e me desloca também. Isso foi um porté muito legal que conseguimos fazer com a ajuda de Lluís Cazorla, um porté de voo baixo e execução precisa.

Eu queria fazer par com María porque, afinal, a gente faz aula de dança para voar, sozinha ou acompanhada, mas para voar. Ou com Juli, o cego, que, talvez devido à sua particular consciência das alturas e do espaço, voa e faz voar psicodelicamente. Ou com Rita, a linda, que tem uma cadeira de rodas tão leve quanto ela é ágil e forte, e na qual podemos girar juntas em velocidades insanas, e da qual eu posso ser lançada num salto. Esses portés que faço com eles não são sexuais porque não surgem da improvisação (temos que fazer muitos ajustes e repeti-los várias vezes para que meu parceiro e eu fiquemos satisfeitos) e, portanto, não podem ser comparados a beijos roubados. Mesmo assim são portés festivos, breves banquetes.

No entanto, coube a mim portear ou ser porteada por Ibrahim. Como essas aulas são para todos os níveis, cada um faz o que pode, chega aonde chega, mas todos os alunos recebem o mesmo exercício. Isso significa que se pode propor um abraço a alguém sem braços e um pulo a alguém sem pernas. Pode-se propor a um surdo que siga o ritmo da música e a um cego que imite os movimentos de alguém. A alguém com memória de peixe, incapaz de se lembrar do passo que acabou de executar, pode-se propor que monte uma coreografia. Ao que não é capaz de ficar parado por cinco segundos seguidos pode-se propor que mova apenas o diafragma seguindo somente os impulsos da respiração. Esperava-se, portanto, que Ibrahim e eu fizéssemos portés de qualquer forma, fosse como fosse, seja lá o que entendêssemos por aquela definição de "peso em movimento".

— Beijo em movimento, Nati, como você contou pra gente! — Ibra vem e me diz, mas não tenho certeza se ele disse "beijo" ou "peso". Perguntei a ele:

— Você disse peso ou beijo?

— Peso. — Poderia jurar que dessa vez ele disse "peso" e não "beijo".

— Peso?

— Isso. — Tive a impressão de que ele estava tirando onda com minha cara.

— Certo. Muito bem, vamos fazer, então, esse peso, ou beijo, ou esse negócio em movimento — disse, entrando na brincadeira, mas motivada pela determinação dele. Segurei suas mãos retirando-as do guidom do andador (o cara estava agarrado nele), entrei no pequeno espaço que havia entre o andador e Ibrahim, e levei suas mãos ao guidom novamente, ficando cercada. A testa dele batia no meu pescoço, e minhas tetas ficavam na altura do pescoço dele. Assim, calados, mas com um diálogo de respirações (a de Ibrahim, que costuma soltar o ar pela boca, contida, e a minha, lenta e diafragmática), passaram-se alguns longos segundos. À nossa volta, as outras duplas experimentavam posturas e pegadas, caíam, derrubavam cadeiras de rodas e andadores, muletas rolavam, levantavam-se de novo. Minha outrora parceira María tentava fazer o nosso porté com um rapaz muito atarracado e muito vesgo cujo nome não lembro, mas o sujeito morria de rir toda vez que María passava o braço pelo períneo dele e não havia jeito. Os genitais do rapaz deviam estar pousados na munheca de María como um pequeno ninho no galho de uma árvore. Lluís Cazorla ia de dupla em dupla observando e sugerindo mudanças ou sublinhando acertos, às vezes facilitando as posturas buscadas pelos bailarinos, pondo-se no lugar de alguns deles para que o substituído visse de fora as possibilidades e limitações de determinado movimento. Também vi a policial-monitora com os olhos enterrados no celular. A música ambiente que Cazorla havia colocado era um blues sexy de Leonard Cohen.

Quando ele se aproximou de Ibrahim e de mim ficou observando a nossa quietude, em silêncio como nós. Se para Ibrahim já estava difícil suportar meu silêncio (e isso porque eu nem estava olhando para ele, nem mesmo para seu cabelo, que era a única parte dele em meu campo de visão), o silêncio perscrutador de Lluís, perscrutador e sacana, o silêncio do espectador que espera que os intérpretes o encantem, era insuportável para Ibrahim. Pediu vinte mil desculpas com sua fala fanha e soltou a mão do guidom num claro convite para que eu saísse do buraco, para que me afastasse.

— Não precisa se desculpar, não tem problema — disse Lluís. — Qual é seu nome?

— Ibrahim.

— Não foi nada, Ibrahim. Aquela postura que vocês escolheram era um pouco complicada para iniciar um porte.

— Ah, é? — perguntei.

— Acho que sim, Nati. Como Ibrahim teria necessariamente que se segurar no andador, você só poderia pegá-lo como um saco de batatas. E você — disse ele olhando para Ibrahim — dificilmente teria condições de pegar Nati. Ela só poderia agarrar sua cintura ou seu pescoço e se deixar arrastar por você.

— E isso não seriam pesos em movimento? — perguntei.

— Em teoria, sim, só que, em vez de portes, iria parecer que vocês estariam brincando de operar empilhadeiras em um supermercado! — Esse comentário fez Ibrahim rir, embora eu não tenha achado graça nenhuma. Qual o problema se nossos movimentos lembrassem os de operadores de empilhadeira? Por acaso é engraçado ser operador de empilhadeira em supermercado? Por acaso estamos supondo que um operador de empilhadeira não sabe fazer portés? Não é dancisticamente valioso se parecer a um funcionário de supermercado, mas é dancisticamente valioso se parecer a um cisne? — Mas tentem, hein, tentem essa proposta de vocês. A posição inicial com os dois frente a frente e Nati no buraco do andador era muito bonita. Pensem em fazê-la evoluir até outra mais fácil para iniciar um porte.

— Que difícil! — disse Ibrahim, relaxado e sorridente como não havia estado durante toda a aula, algo que interpretei como um sintoma de cumplicidade entre machos.

— Difícil nada, homem! — Lluís deu um tapinha nas costas dele, agora sim o sinal inequívoco da cumplicidade macha, já que, afinal, eu não tinha passado a tarde inteira tocando Ibrahim, tocando-o para que olhasse direto nos meus olhos como ele fazia agora com Lluís? — Façam com paciência e vejam como fica. Não importa que sejam movimentos pequenos e pesos pequenos. Segurar o dedo um do outro e conduzir pelo espaço a partir desse dedo já é um porté.

Quando Cazorla, com essa história do dedo em movimento, deu por encerrada sua observação sobre nosso duo e se dirigiu à dupla seguinte, iniciei a questão dos portés:

— Lluís, desculpa, desculpa. Pode vir aqui um instante?

— Diga. — Ele se aproximou de novo de Ibrahim e de mim.

— É que meu colega tem razão, essa coisa dos portés é meio difícil.

— Não pensem em fazer algo complicado. Os corpos de vocês têm muitas possibilidades de ação, vocês só precisam descobri-las. Às vezes o simples é o mais eficaz.

— O problema não é esse, Lluís. O problema é a base da proposta.

— A base da proposta? Não entendi, Nati.

— A dificuldade dos portés está na própria configuração dos conceitos de porté e de possibilidade de executar um porté.

— Vamos lá, desenvolva — disse ele chegando mais perto.

— Vamos pegar a pergunta aparentemente simples que Ibrahim me fez três semanas atrás. Ibrahim me perguntou: "Nati, você acha que eu poderia fazer um porté com você ou você poderia fazer um porté comigo?". O que você responderia, Lluís?

— Que obviamente sim. É pra isso que esta aula existe.

— Claro, o que mais um professor de dança inclusiva poderia dizer? Mas eu acho que obviamente não. — Ao ouvir isso, a expressão de Cazorla mudou. Olhou em volta calculando a quantidade de duplas que faltava observar e intimamente se debateu entre continuar falando comigo ou continuar fazendo seu trabalho. Eu continuei falando: — Vamos complicar um pouco essa pergunta aparentemente tão simples que você me respondeu sem pestanejar. Ibrahim, com sua coluna vertebral torta, sua perna mais comprida que a outra, seu quadril desnivelado e seu andador, pode fazer um porté comigo, uma bailarina com mais de vinte anos experiência, ou posso eu, bailarina com mais de vinte anos de experiência, fazer um porté com Ibrahim?

Isso acionou todos os alarmes ideológicos da sala. O tempo previsto para a execução do exercício havia expirado, e os alunos, ávidos por uma nova atividade ministrada pelo professor, começaram a se aproximar de Ibrahim, de Lluís e de mim. Algum aluno tinha me escutado e murmurou "abusada" e "elitista", comentários que não revidei porque estava mais atenta à cara de Cazorla, na qual se lia o seguinte cálculo empresarial: nós alunos pagamos trinta e cinco euros por mês por suas aulas ou dez euros por aula avulsa. Lluís Cazorla é esperto e, embora talvez ele não seja, seus alunos são platônicos, cartesianos, liberais, e distinguem claramente entre corpo e mente, pensamento e ação, portanto, falar sobre dança e dançar, julgando o falar sobre dança como algo impróprio de uma aula de dança, aonde as pessoas vão para movimentar o corpo, entendido como algo distinto da mente. Sendo assim, atender à reivindicação discursiva, não dancística, de uma aluna supõe deixar de atender dancisticamente os quinze alunos restantes. É melhor garantir a fidelidade dessa aluna ou pôr em risco a fidelidade dos outros quinze? A matemática é óbvia, mas, como eu disse, Cazorla é esperto, o que significa que é capaz de ir além do óbvio. Essa transcendência do óbvio também podia ser lida em seu rosto. Convém abrir um debate sobre a dança para esclarecer seu ponto de vista e refirmar sua autoridade diante dos quinze alunos não críticos, mesmo que ao custo de interromper a aula de dança no sentido platônico, cartesiano e liberal do termo? Com base em uma concepção retórica, ou seja, competitiva e persuasiva da linguagem, Cazorla enxerga a possibilidade de sair fortalecido da discussão, e eu, portanto, enfraquecida, mansa como um cordeirinho e sem muita vontade de encher o saco. Mas quem garante a Lluís Cazorla que os outros quinze concordarão com seu ponto de vista? Quem garante que não surgirão vozes discordantes, mesmo entre as fileiras cartesianas, discordantes a ponto de não mais desejarem assistir às suas aulas? Não seria mais inteligente não travar um embate, não tomar partido, permanecer na ambiguidade guarda-chuva, aquele grande e agradável guarda-chuva em que cabem todos os alunos e seus trinta e cinco euros mensais? Cazorla estava absorto nesses cálculos, de modo que eu mesma respondi à pergunta para a qual ele não tinha dado resposta:

— Uma bovarista diria que sim, que tanto Ibrahim quanto a bailarina experiente podem fazer portés reciprocamente, pois a vontade cria a aptidão, e daí para a beleza, reacionário objetivo absoluto do bovarismo, é um pulo. Mas uma bastardista diria que...

— Desculpa, Nati — Lluís me interrompeu —, mas não sei se você disse bovarista ou se eu entendi errado. Seja como for, não sei o que é isso e gostaria de saber para poder te entender. Também não sei se entendi direito essa última coisa que você falou de bastardista, que também não sei o que é, e da mesma forma, gostaria de saber para poder te entender, sabe? — o professor parecia nervoso, logo ele que sempre aparentava ser tão seguro de si. Isso é o que acontece quando se concebe o diálogo como um instrumento de submissão e não como um meio de alcançar a verdade, é preciso estar o tempo todo traçando estratégias discursivas para derrubar o rival falante e, claro, você acaba ficando nervoso.

— Você já vai entender, Lluís, deixa eu terminar de explicar — respondi compreensiva, apreciando seus esforços para sair do combate e se unir à verdadeira fala.

— Está bem — ele se conformou e ergueu as palmas das mãos como Tina Johanes quando eu disse a ela que não ia tirar as meias porque estava com uma bolha.

— Bastardismo vem de bastardo, não? E bobarista deve vir de boba, certo? — perguntou Andrea, uma mulher muito miúda com cabeça em forma de melão e que se sai muito bem encaixando e desencaixando a roda de sua cadeira enquanto dança.

— Exatamente! — respondi, empolgada. Eu sabia que a turma não podia ser composta apenas por retrógrados alunos eruditos. — E bovarista também vem de um romance muito famoso escrito há cento e cinquenta anos chamado *Madame*

Bovary, e que gira em torno de uma mulher e de uns machos que a macheiam.

— Um romance como os das novelas de TV? — perguntou Ibrahim.

— Sim, como os das novelas, só que escrito, é um livro. Mas existe um filme também.

A essa altura a aula já havia sido completamente interrompida, e a maioria dos alunos estava à nossa volta ouvindo. Outros, a minoria, se aproximaram da roda, não se interessaram pelo que se passava e foram cuidar da própria vida, falando de suas coisas ou pegando o celular. Aquele que, para mim, é o melhor bailarino da turma, o calado e comprido Bruno, continuou dançando. Ele sempre dança como se acompanhasse uma mesma música que só ele ouve, e, seja qual for o exercício que Lluís passe ou a música que coloque, ele sempre acaba direcionando seus movimentos àquela sua dança exclusiva, girando em um pé e depois no outro, com a cadência de um joão-bobo e os braços em cruz suave, não tensionados, braços como asas que o ajudam não a impulsionar mas a suavizar o giro, a evitar a vertigem. Enquanto dança, ele toca o rosto em um gesto de autoindagação, um gesto, às vezes, de profunda concentração que, no entanto, não interrompe sua dança; ou um gesto que consiste em sorrir para si mesmo, às vezes esticando o pescoço para cima e movendo os lábios sem dizer nada ou dizendo algo inaudível, e outras vezes, provavelmente porque começou a ficar tonto, desacelerando aos poucos e deixando o tronco cair para a frente com as pernas totalmente esticadas ou descendo até ficar com as pernas quase completamente abertas. Alongamentos profundos que fazem parte de sua dança e nos quais ele se demora por um tempo indeterminado conforme o prazer que eles proporcionam para depois emergir novamente à verticalidade, à indagação e aos giros. Por isso Bruno é o melhor bailarino da turma: porque ele só dança por prazer, e o prazer continuado, visto de fora, é espantoso e inebria.

Então Bruno tinha ficado à margem dos outros, com os duzentos metros quadrados da sala para dançar sozinho sem a intromissão de nenhum exercício de pesos, contrapesos ou portés e, àquela altura, sem qualquer música interferindo em sua música interior. Cazorla tinha desligado o som porque a conclusão de seu cálculo de profissional freelancer foi que valia a pena parar de dançar e debater comigo.

— Como eu ia dizendo, Lluís, uma bovarista diria que sim, mas uma bastardista diria que não, que Ibrahim não pode fazer portés, nem como carregador nem como carregado. Não pode carregar uma pessoa ou ser carregado por ela, erguê-la do chão ou ser erguido, se deslocar pelo espaço ou ser deslocado e colocá-la no chão outra vez, ou ser colocado no chão sem perigo ou apenas com perigo relativo para os dois, e tudo isso ainda por cima com fluidez, quer dizer, com pouco esforço, que é o ingrediente fundamental do gozo e, eventualmente, da beleza, beleza que para o bastardismo nada mais é que o gozo politizado, ou seja, o gozo pleno de sentido emancipatório. O exato oposto do bovarismo, que configura o gozo como submissão aos desejos do outro: por isso as bovaristas adoram bancar a dominatrix, o paradoxo sadomasô, no qual quem desempenha o papel de escravo, na verdade, é o amo, porque nesse contrato de sexo-amor a falsa ama calibra sua violência (assim como a altura do salto de seus sapatos, ou a renda de sua lingerie, ou a qualidade de suas peças de couro) em função dos pedidos do falso escravo e verdadeiro amo. — Muitos dos meus colegas bípedes tinham se sentado no chão, e os não bípedes que haviam descido de suas cadeiras e muletas as tinham recuperado. Ibrahim se sentou no banco do andador. Eu, por deferência, não me sentei até que Lluís se sentasse. Ele se sentou de um jeito relaxado, mas aproveitei para cruzar alternadamente uma perna na frente da outra e jogar o tronco para a frente. Esse é meu alongamento favorito para os músculos isquiotibiais porque me proporciona comichões de prazer por toda a extensão da parte de trás das pernas. Continuei falando com o pescoço erguido como uma tartaruga:

— Nas aulas de dança inclusiva, os professores falam de bailarinos bípedes e não bípedes. Eu sou bípede, Ibrahim, não, porque ele precisa de um andador ou de uma cadeira de rodas para se deslocar pelo espaço de um modo socialmente aceitável, isto é, de modo que se pareça o máximo possível ao andar de pé. O bipedismo na dança inclusiva se refere à funcionalidade das pernas, não à sua mera existência. Se Ibrahim, apesar de ter as duas pernas, não usasse um andador ou uma cadeira de rodas, teria que rastejar feito um réptil para se deslocar. É claro que Ibrahim não pode fazer portés. — A repetição do nome de Ibrahim no ouvido de sua guardiã deve ter acionado o botão de ligar em sua cervical e a fez parar de olhar o celular para olhar para a gente. — Também não pode respeitar os parâmetros de fluidez e segurança da dança ocidental bípede, nem alcançará, através deles, a emancipadora beleza bastardista, e muito dificilmente alcançará a reacionária beleza bovarística. No que pensa um retórico espírito bovarístico (ou seja, um espírito democrático, ou seja, um espírito fascista) quando afirma que Ibrahim pode fazer portés? — A inteligência orgânica do corpo de Polícia Monitora, ou seja, do corporativismo, fez com que os outros poli-monis tirassem também os olhos de seus respectivos celulares e que até se entreolhassem. — Pois acredita, sem tirar nem pôr, que Ibrahim pode imitar os portés bípedes. Que Ibrahim pode pôr seu retorcido corpo a serviço dos límpidos movimentos da dança bípede e que pode fazê-lo para demonstrar que a dança não é só coisa de corpos canônicos e para reivindicar que, no corpo contraído, quando existe vontade de imitação, também existe beleza. O espírito democrático pensa, então, em outro espírito, o espírito de superação, axioma de uma fórmula fascista não menos vigente por ser clássica: superar o que se é significa esquecer o que se é para se transformar em outro. — "O que está acontecendo? O que devemos fazer?", os poli-monis se perguntam uns aos outros com o olhar, um olhar pestanejante e deslumbrado porque está se adaptando à luz branca da sala depois de ter permanecido muito tempo na penumbra dos pixels. — Transformar-se nesse outro é desejável porque esse outro é melhor que você. O espírito de superação existe onde há modelos a seguir, ou seja, onde há hierarquia, ou seja, onde um deseja dominar o outro. O espírito de superação é o slogan fabricado pelo departamento de marketing do darwinismo social para nos fazer acreditar que o esforço é o meio de alcançar a felicidade e, neste caso, para fazer Ibrahim acreditar que se ele se esforçar para fazer um porté bípede ocidental, mesmo que nunca consiga fazê-lo, terá valido a pena (cacete, que expressão de angústia!) pelo simples fato de ter se esforçado. — De seus lugares, os poli-monis avaliam se devem intervir para demonstrar seu interesse na interrupção da aula e, eventualmente, restabelecer a ordem dancística, ou se devem, tal como prega a circular distribuída pela Chefatura, permitir que seus custodiados, muitos deles autogestores, enfrentem sozinhos quaisquer circunstâncias imprevistas próprias da vida em sociedade, evitando, os poli-monis, cair em atitudes paternalistas, fomentando a autonomia individual de seus custodiados em sua faceta coletiva e intervindo apenas se a situação se tornar ostensivamente desproporcional para eles. — Para os que acreditam na superação, ou seja, no acúmulo, ou seja, no capital, ou seja, no progresso, o que é feito sem esforço, com facilidade, é menos valioso ou nada valioso, e é nessa escala de valores que se baseia a hierarquia antes mencionada e com ela se justifica o já mencionado domínio de uns sobre outros. O que vale mais: o beijo conquistado depois de semanas de flerte ou a transa rápida de dois desconhecidos? Não apenas nos dizem o que é melhor pelo valor do esforço agregado, como se atrevem até a dizer que o beijo de amor cortês é mais gostoso que o beijo com gosto de álcool e cigarro! Quem vale mais: aquela que ganha na loteria ou a que se levanta todos os dias às seis da manhã; a que se levanta todos os dias às

seis da manhã ou a que vive dos subsídios e das latas de lixo; vale mais a que tira cinco em uma prova tendo estudado apenas na véspera ou a que tira um sete depois de estudar por duas semanas? Vale mais Ibrahim rastejando pelo palco ou Ibrahim posicionado no proscênio depois de soltar o andador e se equilibrar com os braços estendidos o máximo possível, o que é pouco e o faz parecer um caranguejo com as garras para o ar? Vale mais Ibrahim rastejando pelo palco ou Ibrahim sentado confortavelmente em sua cadeira de rodas e seguindo o ritmo da música com a cabeça? — A monitora de Ibrahim considerou que muito se falava de seu monitorado sem que seu monitorado fizesse uso de sua autonomia individual em sua faceta coletiva respondendo às menções. De fato, Ibrahim ouvia atentamente ao meu lado, mas não dava um pio. A monitora, celular na mão com a tela bloqueada tal qual uma pistoleira que avança com a arma abaixada, calculando o perigo, abandonou seu posto de guarda na beira do linóleo e pisou a superfície branca com seus tênis de trilheira de fim de semana, ciente de estar protegida pela retaguarda de monitores-policiais, que, sem precisar de palavras, tinham deixado claro seu apoio caso ela precisasse de reforços.
— Como eu não só não acredito no progresso nem no esforço, como também os combato dia e noite; como eu acredito na escuta atenta das pulsões e em sua aliança com as pulsões dos outros motores da vida, pois eu é que não vou ser cúmplice de um ato de superação fascista tentando girar Ibrahim pelos ares quando, na verdade, o máximo que posso fazer é niná-lo, nem vou deixar que Ibrahim tente me segurar pela cintura exagerando meu movimento para fingir que é Ibrahim quem me move. Eu, enquanto for parceira de Ibrahim, renuncio aos portés, assim como a qualquer outra figura dancística clássica ou contemporânea que implique perícia ou velocidade bípede, e faço isso porque, da perspectiva bastardista, ou seja, da busca por um horizonte emancipador, Ibrahim não tem que dançar se adaptando a nenhum modelo de movimentos preestabelecido

ou tendo como norte um ideal de fluidez, segurança e beleza reacionárias. Eu, como parceira de Ibrahim, me recuso a me submeter a tais ditames da dança ocidental, dado que isso pressupõe a subordinação das possibilidades de movimento de meu colega dentro dos movimentos bípedes, classe social privilegiada à qual eu pertenço. — A monitora se juntou ao grupo de bailarinos, ainda que ocupando uma posição mais externa. Eu podia vê-la quando, na modulação do meu discurso, olhava para aquela parte dos ouvintes, mas, dada sua atitude, ainda que estritamente silenciosa, também estritamente ameaçadora e julgadora, reorientei minha posição na direção dela, parei de falar enquanto alongava os isquiotibiais no chão e fiquei de pé de uma vez, tendo seus olhos na altura dos meus, gesto que espreguiçou minhas comportas e as deixou em guarda, ainda resguardadas atrás do rosto, invisíveis mas expectantes. — Pois bem: eu renuncio a todos meus privilégios de bípede na hora de dançar com Ibrahim. Não quero propiciar a estilização dos movimentos do meu colega. Não quero ver Ibrahim tentando unificar a intensidade de seus espasmos cambaleantes em prol da fluidez, nem quero servir de muleta para sua precária verticalidade em prol da segurança, nem quero forjar uma harmonia de gestos e pausas entre mim e Ibrahim e que suponha a contenção dos espasmos de Ibrahim em prol da beleza. Porque me parece que o objetivo da dança inclusiva é esse, depois de cinco aulas já estou sacando. Incluir corpos e mentes não normalizados no sistema governante dos corpos e mentes normais, isto é, que respeitam as normas. — Lluís Cazorla também estava calado, mas seu silêncio não era o do caçador que espera o momento propício para disparar; era mais como o silêncio do público diante do espetáculo, era atenção e predisposição a ser surpreendido. E o silêncio dos meus colegas, que silêncio era? Pois não era um silêncio total porque havia quem bufasse ou murmurasse coisas, ou seja, havia vontade de falar, discordando, ou ponderando, ou afirmando, mas os bailarinos não falavam, o que significa que não era silêncio, e sim silenciamento, repressão, portanto, da própria palavra. — É isso que a estilização busca: a normalização. É isso que o tripé dancístico de fluidez, segurança e beleza significa: normalização. Até isso significa se superar: se normalizar — se tornar cidadão, se tornar igual. O espírito de superação, como são enigmáticas as palavras, é o espírito de normalização. Deixar de ser quem se é para se transformar em mais um medíocre. O espírito de superação é, portanto, o espírito da mediocridade. E o que é um medíocre? Medíocre não é um corredor que fica em vigésimo oitavo na classificação, não. Esse pode ser, simplesmente, um mau corredor. Medíocre é o vencedor da corrida que, no pódio, agradece por sua vitória ao banco ou à empresa de petróleo que o patrocina. Medíocre é o inofensivo. Medíocre é a superestrela do pop Rihanna sendo reiteradamente maltratada por seu namorado. Brilhante é a dona de casa servindo a tortilha de batatas e depois dando uma panelada na cabeça do marido. Medíocre é o não politizado, medíocre é o incluído e, portanto, medíocre é a dança inclusiva. — Fiz uma pausa, esperei réplicas, mas só encontrei olhares evasivos, incluindo os de Cazorla e Ibrahim. A orelha do cego Juli descansava havia um tempo e apontava para a direção oposta da torrente da minha voz, acabando por, finalmente, se levantar, tateando as paredes até encontrar sua bengala e indo embora. O corpo de monitores tinha se mobilizado e ajudava os monitorados que saíam do grupo de ouvintes a se vestir. Embora eu saiba muito bem que o fato de os outros se calarem é uma máxima pós-moderna neutralizadora de conflitos, apesar de saber que estou diante da enésima demonstração prática da teoria da espiral do silêncio e de que os demais, quando se calam, querem que eu também me cale, de forma que todos vivamos caladinhos e bonitinhos, embora soubesse que o discurso hegemônico mais se impõe quando não se digna a te dirigir a palavra, o silêncio de meus colegas, em quem eu havia encontrado tanta inteligência com suas danças quebradas, me desalentou, sobretudo o de María, que de fato aproveitou essa pausa para ir embora. Apenas a poli-moni de Ibrahim interveio:

— Sua crítica me parece muito pertinente. Qual é mesmo seu nome?

Todos os rostos se viraram para ela com atenção renovada. O som de uma voz diferente da minha depois de tanto monólogo foi dramático e impactante porque deteve o avanço circular da espiral do silêncio. Fazia nascer uma resistência, uma dialética.

— Eu não cheguei a dizer.

— Ah, não? Pensei que tivesse.

— Mas não disse. — Mecanismo comporteiro ativando-se, engrenagens dentadas começando a girar.

— Ah, desculpa. Devo ter ouvido o professor dizer seu nome e fiquei com essa impressão. Como você se chama?

— Natividad.

— Muito prazer, Natividad. Eu me chamo Rosa. Eu dizia que sua crítica é muito pertinente. É tão bom a gente poder falar do que não gosta e dividir isso com todo mundo. — Comportas saem de suas fendas e iniciam seu trânsito facial. — Mas eu queria perguntar uma coisa que me ocorreu te ouvindo, você se importa? — A gentileza extrema, desnecessária e infantilizadora típica do poder. Comportas fechadas.

— Nem um pouco, pode perguntar.

— Eu fiquei me perguntando se toda essa crítica sua não seria porque você, simplesmente, não quer dançar com Ibrahim.

— É essa a pergunta? Se minha crítica não passa de uma desculpa para não dançar com Ibrahim?

— Sim, essa é minha pergunta.

— Pois veja só você, não, e além do mais me parece surreal que sua pergunta não tenha sido motivada por nada do que eu disse. — Lluís Cazorla iniciou um sutil movimento pacificador que eu interrompi com outro sutil movimento de mão, e continuei falando: — O que motivou sua pergunta é uma suspeita de que tudo o que eu passei uma hora falando é puro fingimento.

Você está me acusando de retórica, sendo que a primeira coisa que eu disse quando comecei a falar foi que eu sou aguerridamente antirretórica. Se bem que, claro, como é que você ia me ouvir se está sentada aí desde as cinco da tarde olhando o celular.

Os colegas, incluindo Cazorla, sorriram e olharam para a monitora esperando uma resposta à altura do gol. Menos Ibrahim, que hesitava. Havia em seu rosto a mesma expressão compungida de quando me pediu mil desculpas no exercício de pesos e contrapesos, como se ele se sentisse culpado ou envergonhado por ter seu nome no centro do debate.

— Você tem razão quando diz que eu não ouvi tudo o que disse, e peço desculpas. Mas não ponha palavras na minha boca, hein? Eu não te acusei de nada, nem de fingir — "Onde há fumaça há fogo": lembrei a sábia frase da minha mãe. — E se você não quer dançar com Ibrahim, diga isso abertamente, como disse todo o resto, não? — Novo movimento pacificador de Lluís Cazorla, desta vez dirigido à moni-poli em forma de olhar reprovador e desta vez repelido por ela em forma de mão fazendo um sinal de espera.

— Pelo menos você reconhece que não ouviu nem três quartos do que eu disse. E eu, tudo o que digo, digo abertamente, absolutamente tudo, porque isso faz parte do processo emancipador bastardista, isso que você não ouviu porque estava no celular.

— Eu admito. Estava vendo umas coisas de trabalho no celular. — Gargalhei loucamente por dentro, mas não externei nada, assim como não externei o "onde há fumaça há fogo", porque quando você ri dos monitores-policiais a argumentação acaba, o riso os ofende mais que tudo, os desautoriza mais que qualquer insulto, mais que chamá-los de torturadores, mais que chamá-los de fascistas, e aí eles não querem mais te ouvir, pelo contrário, te apressam, e eu queria que aquela fascista continuasse me escutando.

— Está certo. Vamos aproveitar que você terminou seu trabalho e que pode me ouvir. Até agora eu fiz uma crítica do estado da questão, mas agora vem a parte propositiva, a alternativa à miséria que eu apresentei a vocês, depois da qual não restará dúvida nenhuma de que eu quero, sim, dançar com Ibrahim.

Eu me aproximei dele, e ele, ainda que sem se afastar, se moveu como se ficar perto de mim o incomodasse, assim como os canários que se debatem quando você enfia um dedo entre as grades da gaiola. Estaria Ibrahim com receio de que, assim como acontece com as crianças que apanham dos pais quando eles tiveram um dia ruim no trabalho, sua moni-poli se vingaria nele, tratando-se, além do mais, como se tratava, da primeira aula de dança que ele tanto insistira para fazer? A vingança poderia consistir em nunca mais permitir que ele voltasse à aula, em devolvê-lo às reuniões de autogestores? Elucubrar isso me fez retomar minha exposição com mais veemência, com mais vontade de me tornar digna de confiança para Ibrahim:

— Sendo as coisas como são e estando onde estamos, meu parceiro e eu devemos tomar uma decisão. Ou abandonamos estas aulas de dança, o que para mim seria a segunda derrota danço-fascista em menos de um ano depois da expulsão da CREPABA; ou combatemos a fascista dança inclusiva fazendo dança desinclusiva. Incentivo Ibrahim a escolhermos a segunda opção porque é um dos caminhos que levam à liberdade. Diante da estilização, proponho ao meu parceiro o rebaixamento. Diante da superação, degradação; e, diante do espírito de superação, o espírito da fornicação. Diante da fluidez que apreendidamente, após muitos anos de dança, está em mim, proponho a mim mesma me aproximar do aturdimento de Ibrahim. Diante da segurança que posso proporcionar a mim mesma e a Ibrahim graças à minha compleição física e à minha consciência corporal, me proponho a assumir o risco de quedas e lesões que corre quem se move com a atonia muscular e o desconhecimento anatômico de Ibrahim. Diante da beleza, que posso alcançar com determinados movimentos e até ficando parada em determinadas posturas e com determinadas roupas, ou até nua, quero babar feito Ibrahim, quero mijar nas calças feito Ibrahim e cheirar a mijo feito Ibrahim, ter a boca torta, as pernas arqueadas, os pulsos e os dedos tensionados, quero repelir os normalizados democrato-fascistas que me rodeiam como Ibrahim os repele. Peço a Ibrahim que me ensine e proponho a Ibrahim que aprofunde essa repelência que sempre cultivou ao seu redor e que sempre o fez sofrer. Não devemos ceder nem ficar deprimidos diante dos convites do poder: temos que nos radicalizar. Devemos ser capazes de repeli-los até que não possam mais nem cogitar nos recomendar o espírito da superação, até que essa repelência que despertamos nos normalizados deixe de ser condescendência e comece a ser medo, a ser nojo e a ser insuperável.

    Terminei de falar, e Lluís Cazorla esperou alguns segundos para ver se surgiria alguma réplica. Só então, e ao não surgir nenhuma, pediu que começássemos a recolher nossas coisas porque já tínhamos estourado o horário em vinte minutos, e outras pessoas iam usar o espaço. Ibrahim, aliviado, foi mancando com seu andador até a cadeira de rodas e se agarrou à saia de sua moni-poli. Sofri por isso enquanto calçava os tênis. Ela, com Ibrahim na retaguarda, enfurecida, mas cheia de si porque devia sentir a proximidade de seu monitorado como uma vitória, veio e me perguntou se eu não tinha vergonha de dizer essas coisas horríveis sobre Ibrahim, que eu não a enganava, que eu não queria dançar com Ibrahim, que só queria chamar atenção, e que isso não ia ficar assim. Terminei de amarrar os cadarços dos tênis, fiquei de pé, atenta ao pedido de Cazorla de que, por favor, saíssemos, disse a ela para levar suas ameaças ao Parlamento e aos conselhos de administração das empresas com participação pública, que é onde as *cuperas* gostam de estar, e que, quando chegasse sua vez de falar, ameaçasse de sua cadeira seus colegas deputados e conselheiros com a revolução catalã, mas que comigo as ameaças não funcionavam porque eu estava cagando para seu distintivo de policial-monitora e que desenharia com minha própria merda o mapa dos Països Catalans em cima da *estelada** que, com certeza, ela tem pendurada na varanda.

Foi então que, se aproximando de mim até me fazer sentir o cheiro adocicado do seu xampu Fructis, ela me olhou com o ódio que as vanguardas reservam não a seus inimigos políticos mas aos lúmpens, e, abandonando o castelhano para falar apenas em catalão, como se trocando de idioma estivesse invocando os dois milhões de falantes de catalão no mundo e formando o exército mais poderoso da Terra contra o qual eu nada poderia fazer, disse que, além de mentirosa e má pessoa, eu era espanholista. Adoro que me chamem de espanholista porque é o último recurso retórico dos independentistas, o que eles soltam quando acabam os argumentos para defender seu lixo burguês. Tive que renunciar à estimada chuveirada no vestiário da escola para ir toda suada, e ainda por cima carregando a toalha, a muda de roupa e o sabonete líquido tamanho-família, porque urgia expor o falso dilema da independência, e com ele na boca chegamos à estação de metrô. Falso dilema que, ao que parece, não interessava em nada a Ibrahim, e deve ter sido por isso que ele ficou alguns passos atrás da *cupera* e de mim conversando com Marga, que tinha vindo me buscar como todos os dias, e para quem a independência da Catalunha interessava tanto quando um pau enfiado em um cocô ressecado pelo sol mediterrâneo.

---

* A Estrelada Azul, *senyera estelada* em catalão, é a bandeira oficial do movimento independentista da Catalunha. [N.T.]

Ateneu de Sants. Ata da assembleia do grupo de okupação. 2 de julho de 2018

Tarragona: Quem faz a ata hoje?

Ceuta: Já que perguntou faz você.

Tarragona: Eu perguntei porque Jaén vem fazendo há vários dias e acho que isso é uma tarefa que deveria ser dividida entre todas, assim como limpar ou colar cartazes.

Jaén: Eu faço hoje de novo sem problema. Além do mais eu gosto de fazer.

Oviedo: Além do mais, você é o que escreve melhor. As atas de Palma, por exemplo, não há quem entenda.

Palma: Valeu hein.

Oviedo: É verdade ou não é?

Badajoz: É verdade cara hahaha.

Corunha: Que ata foi aquela que você escreveu hahaha.

Palma: A verdade é que depois, quando leio, nem eu entendo.

Tânger: Mas tudo se aprende. Eu também acho que deveria haver um rodízio para escrever as atas.

Maiorca: Eu concordo com Tânger porque senão a gente cai nas funções, nas especializações, na profissionalização das tarefas. Assim como subvertemos a ideia de que só as mulheres devem limpar e cozinhar, temos que subverter a ideia de que só o escritor deve escrever.

Tarragona: Eu penso o mesmo e não tem problema que cada uma escreva de uma forma, aos poucos aquela que não escreve tão bem vai melhorando.

Oviedo: Mas e o que a gente faz se as atas estiverem tão ruins que não dê para entender nada?

Corunha: O que a gente faz com tudo, pessoal: quem sabe ensina a quem não sabe né? E coletivizamos nossos conhecimentos e nossas habilidades, certo? A companheira Gari não sabe escrever e ditou para Jaén seu caso de querer okupar. Isso para mim é o comunismo libertário.

Múrcia: Pessoal, e por que não tratamos primeiro de como foi a okupação de Gari? Apesar de estar fora da pauta, vamos tratar disso no começo em vez de no final como costumamos fazer, porque ela sempre precisa sair antes.

Gari Garay: Não preciso mais sair antes porque não tenho mais que ir até a Barceloneta.

Múrcia: Ah você já entrou na casa da rua Duero?

Gari Garay: Entrei.

Múrcia: Mulher, que demais, parabéns! Não sabia!

Tânger: Eu também não, parabéns.

Gari Garay: Obrigada.

Nata Napalm: Mas eu preciso sair antes porque eu sim tenho que ir até a Barceloneta e me interessa o caso de Gari. Eu só vim por causa disso e não me interessa nem um pouco o resto das coisas sobre as quais vão falar na assembleia.

Múrcia: Viva a honestidade.

Várias companheiras: Hahahahahahaha...............

Gari: Esta é minha prima.

Múrcia: Ah entendi, é sua prima.

Ceuta: Então vamos ao caso de Gari.

Maiorca: Está bem, mas ainda não decidimos quem vai fazer a ata hoje.

Palma: Deixa que eu escrevo.

Oviedo: Mas você escreve mal demais!

Várias companheiras: Hahahahahaha...........

Palma: Podem rir porque desde que vocês começaram a implicar com minhas atas eu liguei o gravador do celular e estou gravando tudo.

Tânger: Que isso, cara! Sem avisar nada?

Badajoz: Que nem um infiltrado né não?

Nata: Como assim infiltrado?

Badajoz: Ué gravando feito um infiltrado.

Nata: Vocês estão malucos com essa história de infiltrados.

Badajoz: Não estamos tão malucos assim hein, Nata? Não esqueça que os *mossos* derrubaram a porta do ateneu faz dois meses.

Nata: Bem, outro dia a gente conversa sobre infiltrados e maluquices que hoje eu estou com pressa.

Badajoz: Que conste na ata, Palma. Inclua isso para a próxima pauta.

Nata: Abaixo a burocracia e o politburo.

Várias companheiras: Hahahahahaha............

Palma: Ok ok depois eu passo a gravação para o Word e ninguém mais vai poder dizer que escrevo mal ou que escrevo bem.

Jaén: Ok mas troque nossos nomes pelas cidades de sempre.

Palma: Claro, cara.

Oviedo: E destrua a gravação, como as cartas que mandavam para o inspetor Bugiganga.

Palma: Hahahaha claro, mulher.

Tânger: Isso não resolve o assunto mas vamos deixar Gari falar para que Nata possa sair antes e depois continuamos essa conversa.

Nata Napalm: Obrigada.

Gari Garay: Foi isso, Badajoz, Maiorca, Corunha, Oviedo e Nata Napalm me ajudaram. Faz três dias que eu consegui entrar.

Hoje é o primeiro dia que saio por causa das setenta e duas horas seguidas que vocês falaram que temos que ficar dentro.

Múrcia: Houve alguma movimentação estranha? Polícia, vizinhos, alguém tocando a campainha?

Gari Garay: Não tem campainha.

Maiorca: Espera uma coisa de cada vez. Conta primeiro como foi a entrada.

Oviedo: Isso, melhor. Assim facilitamos a vida de Palma na hora de transcrever a gravação.

Palma: Ei já chega sim? Eu não sou um macaco de circo.

Jaén: Oviedo, não exagera, cara.

Tarragona: Sim, mulher, se você acha a iniciativa de Palma tão ruim então escreva você! Sua atitude é muito destrutiva e muito infantil e você também não propõe nada.

Oviedo: Desculpa desculpa vocês têm razão. Desculpa, Palma. Culpa minha, é que eu fumei e estou meio chapada.

Corunha: Então é melhor você sair pra onda passar. Você está interrompendo demais e uma companheira pediu por favor para falarmos da okupação de Gari.

Maiorca: Galera, estamos muito dispersas. Por favor vamos nos concentrar um pouco. O começo, a entrada. Foi muito fácil, certo, meninas?

Badajoz: Sim. A ideia inicial era entrar de madrugada por volta das quatro mas como Gari tinha problemas para chegar ao bairro à noite, entramos de manhã fazendo um teatrinho.

Gari: Sim, eu não conseguia chegar de noite porque não tem metrô e porque de dia eu posso sair do apartamento supervisionado sem dar tantas explicações.

Badajoz: Marcamos às cinco da tarde porque é a hora que as crianças saem de um colégio próximo, tem bastante trânsito, as lojas estão abertas, tem algumas obras por perto....

Maiorca: Eu estava disfarçado de chaveiro com um macacão azul e uma caixa de ferramentas, Oviedo estava disfarçada de corretora imobiliária com a saia e o blazer e o salto alto, a pasta e tudo mais. Se quiserem, quando ela voltar lá de fora pode contar pra vocês a agressão machista que sofreu a caminho da casa.

Tânger: Eita.

Maiorca: Sim, um macho de merda que disse uma merda pra ela. E enfim esse assunto deveria ser discutido porque Oviedo só não partiu pra cima dele porque estávamos disfarçando por conta da okupação, mas depois ficou mal.

Badajoz: Nata partiu pra cima dele.

Nata Napalm: Parti.

Badajoz: Sim, ela reagiu com muita contundência e com as palavras certas mas como nosso objetivo era passar despercebidas e conseguir abrir a casa achei que a reação de Nata nos fez correr um risco desnecessário.

Nata Napalm: Concordo que corremos um risco, mas não concordo que tenha sido desnecessário.

Badajoz: Chame como quiser. Mas foi um risco excessivo.

Nata Napalm: Não estou chamando como eu quero, Badajoz. Chamo pelo nome que tem e esse nome é risco necessário. Risco que tivemos que correr para que a okupação que tínhamos nas mãos, que deveria ser uma ferramenta emancipadora, não se transformasse em seu exato oposto, isto é, em um ato de opressão contra uma companheira. Ficar em silêncio diante daquela agressão é ser cúmplice, é nos transformarmos nos agressores. E corrompe a okupação, que deixa de ser uma ferramenta emancipadora. E acontece o que aconteceu, Oviedo fica mal, que é um modo eufemístico de dizer que ela se sente oprimida, que se sente macheada e que sente que não houve uma demonstração de solidariedade em seu entorno justamente quando ela, no momento em que a agressão aconteceu, era solidária com a okupação de Gari Garay. Quando você diz que o nosso objetivo era okupar e que portanto era preciso disfarçar, está dizendo claramente que os fins justificam os meios, essa máxima maquiavelista de realpolitik que tão sabiamente aquele assassino de anarquistas do Trótski jogou no lixo ao nos dizer que se o fim é a revolução os meios só podem ser revolucionários. Se eles não o são jamais se chegará à revolução.

Jaén: Mas foi tão grave assim o que disseram a Oviedo?

Nata Napalm: Pra mim foi gravíssimo mas não acho que seja preciso avaliar a gravidade ou a frivolidade para intervir. Se existe agressão é preciso intervir não é? Ou os espaços de vocês não estão cheios daqueles cartazes de FORA VELHOS BABÕES? Ó daqui eu consigo ver dois. Bem, não é que esse cara falou alguma coisa pra Oviedo, ele cuspiu.

Palma: Acho que a avaliação da gravidade da agressão não é um assunto menor. Acho que a agredida é quem deve decidir até onde se sentiu agredida, ela deve iniciar a resposta à agressão e depois contar com o apoio e a solidariedade das outras companheiras, é claro.

Múrcia: Bem, eu não estava lá quando aconteceu a agressão machista mas concordo com Palma. Se não, se não esperarmos a agredida avaliar sua agressão, que ela mesma inicie sua defesa ou autodefesa, estaremos pagando de salvadores ou pior se formos homens. Estaremos fazendo o que vimos fazerem a vida inteira, essa história de um macho dizer alguma coisa pra uma mulher e o namorado, o amigo ou o irmão começarem a encará-lo e isso se transformar em uma briga de galos, uma luta de espadas.

Nata Napalm: Você esqueceu que quem interveio fui eu e que eu sou uma mulher.

Múrcia: Estava falando de maneira geral.

Nata Napalm: De maneira geral é melhor não falar se você tem um pouco de respeito pela sua interlocutora.

Múrcia: Está bem, cara. Só queria abrir um pouco o alcance do debate, assim como você começou a falar de Maquiavel e de Bismark e de Trótski. Não era minha intenção te ofender.

Nata Napalm: É que Maquiavel, Bismark e Trótski vêm ao caso porque o pensamento político deles influenciou nossas ações e nosso pensamento político naquela tarde. Mas falar de briga de espadas quando nenhum pênis saiu em defesa de Oviedo não vem ao caso.

Múrcia: Certo, desculpa, você tem razão.

Nata Napalm: Está bem.

Maiorca: Eu continuo dizendo que como a coisa foi entre mim, Oviedo, Gari e Badajoz, e Oviedo foi a agredida e não está aqui, proponho avançarmos um pouco falando da abertura da casa. O que você acha, Gari?

Gari: Acho bom.

Nata Napalm: Desculpa desculpa mas isso de que Oviedo foi a agredida também não é totalmente verdade. Todos fomos agredidos. Afinal as paredes de vocês não estão tomadas por estes cartazes de MEXEU COM UMA, MEXEU COM TODAS? Isso não significa que quando agridem uma companheira todos nós também somos agredidos?

Maiorca: Sim é claro que se mexem com uma, mexem com todas, mas também é verdade que não devemos falar pela boca de ninguém, nem representar ninguém.

Nata Napalm: Concordo com você mas por acaso em algum momento eu falei pela boca de Oviedo? Por acaso eu não estou o tempo todo falando sobre o que eu penso, sobre o que eu percebo e sobre o que eu leio nos cartazes e fanzines de vocês? Ainda bem que Palma está gravando e poderemos contar as vezes que eu tento substituir alguém em sua expressão!

Palma: Ah ainda bem que alguém valoriza minha parada.

Nata Napalm: Cara, mas é claro que é demais você gravar. Você vai ver como a gente vai rir quando ouvirmos todo mundo dizendo bobagens.

Badajoz: Acho que não vamos conseguir avançar se formos tão cri-cris com cada palavra que falamos.

Nata Napalm: Formos tão cricris? Falso plural, plural pacificador! Na verdade você queria dizer "se você for tão cri-cri" se referindo só a mim?

Badajoz: E você na verdade queria dizer "vocês se ouvirem dizendo bobagens" porque acha que a única que fala com propriedade aqui é você?

Nata Napalm: Olha, talvez sim, eu não tinha me dado conta mas não vou dizer que não. Nós duas somos umas bostas, Badajoz, usando o plural falso e pacificador. Tenhamos a decência de penetrar fundo no nosso conflito como anarquistas que somos.

Tarragona: Parei de entender vocês faz tempo.

Maiorca: Galerinha, vamos em frenteeee.

Badajoz: Está bem, Nata, nosso conflito fica em aberto. Mas como todas nós temos interesses nesta assembleia, proponho que nosso conflito não a monopolize e que o continuemos à parte.

Gari: Isso, Nata, porque se você chegar tarde no apartamento vão começar a suspeitar e a fazer perguntas.

Nata: Desculpa mas isso que você chama de nosso conflito não é um conflito só meu e seu. É um conflito que fala de todo o grupo, de um assunto e de atitudes que afetam todos. Entendê-lo como um conflito pessoal entre nós duas não é muito diferente de confiná-lo àquilo que os burgueses chamam de intimidade, é cercear seu potencial político e nos afastar da coletivização de todos os âmbitos da vida ou, como Corunha disse há pouco de maneira tão bonita e precisa, nos afastar do comunismo libertário.

Badajoz: Beleza, como você quiser. Por mim a gente fica debatendo até depois de amanhã, mas é que talvez as outras comunistas libertárias da sala não queiram falar desse mesmo assunto e sim de outro, porque se você não se lembra isto aqui é uma assembleia de okupação, ou seja todas nós que estamos aqui estamos doando nosso tempo, nossa energia e nossa dedicação à okupação. Você está querendo impor um tema de debate, fazer prevalecer seu interesse nesse tema sobre o interesse de outras nove companheiras.

Ceuta: Não estou querendo apaziguar vocês nem bancar o juiz. Mas gostaria de continuar falando sobre como se desenrolou a okupação de Gari Garay.

Tânger: Eu concordo com Ceuta.

Maiorca: Eu também.

Múrcia: Eu também.

Várias companheiras: Eu também eu também eu também......

Gari: Vamos lá, Nata.

Nata Napalm: Vocês querem que eu me submeta ao poder da assembleia?

Badajoz: Cara, do que você está falando, que demagogia é essa!

Tânger: Não é nada disso, Nata. Estamos falando de organização. A organização assembleísta também faz parte, e uma parte muito importante, do anarquismo. A organização assembleísta é o que garante que todas sejamos ouvidas e que ninguém imponha sua opinião sobre as demais.

Tarragona: E garante a circulação dos saberes e sua coletivização.

Nata Napalm: Seria um pouco exagero dizer que garante, não?

Tarragona: Está bem ela tenta.

Múrcia: Um momento um momento. Mas você não estava interessada no tema da okupação da sua prima e por isso nós o antecipamos na pauta do dia?

Nata Napalm: Sim.

Múrcia: Mulher, então você devia reconhecer que nós nos adaptamos às suas necessidades e preferências. Essa adaptação que fizemos por você, creio eu, merece sua retribuição, não levantando novos temas para reflexão, que além do mais muitas de nós gostaríamos de nos preparar e refletir antes por nossa conta. Retribuir a generosidade que foi ofertada a você com sua generosidade também faz parte, creio eu, do anarquismo. Isso é nos reconhecermos como iguais e valorizarmos os desejos e as necessidades da outra. Se apenas uma das partes reconhece os desejos de sua interlocutora ou se uma parte subestima os desejos da outra ou os esquece ou os deprecia, nossa horizontalidade acaba e nasce a liderança ou a condescendência, que é o passo anterior ao assistencialismo, grande lavador de dinheiro e de consciências dos capitalistas. E me desculpe por meter o bedelho, que já tem bedelho demais metido nessa história, mas tenho a impressão de que comunismo libertário e anarquismo estão sendo usados como sinônimos e eu não acho que sejam e queria dizer isso.

Nata Napalm: Isso que você está dizendo é verdade. Seu nome é Múrcia, certo? Isso que você está dizendo é verdade, Múrcia. Não que você tenha me convencido ou que tenha razão. É que você está dizendo a verdade e eu antes embebida de um individualismo mais próximo ao liberalismo que ao comunismo libertário, não estava enxergando. Eu estava na mentira do capital e você me fez ver a verdade da sociedade anarquista. Minhas comportas estavam se fechando mas assim que você começou a dizer as verdades elas foram se retraindo.

Múrcia: Eu percebi.

Várias companheiras: Nós também percebemos......

Nata Napalm: Que alegria.

Ceuta: A alegria é nossa de ter você aqui, companheira.

Tarragona: Eu gostaria de me aprofundar mais no que Tânger disse, porque me parece que aos olhos de Nata a estrutura coletiva deste grupo é autoritária. Me parece que para Nata a organização desta assembleia, com suas atas e seus pontos e sua pauta, é autoritária e limita a liberdade de expressão e a espontaneidade no debate. Eu te pergunto: você pensa assim?

Nata Napalm: Penso assim exceto pelo que você falou sobre liberdade de expressão. Liberdade de expressão é uma denominação legalista, da ordem dos direitos, o direito à liberdade de expressão, como se o direito, sempre configurado em sua natureza, extensão e limites pelo poder, fosse anterior à nossa expressão, como se alguém só se expressasse porque o poder, mediado pelo direito, permitisse isso. Então sim penso que esta assembleia é burocrática, ou seja, autoritária, mas não penso que ela limite a liberdade de expressão mas que simplesmente não queira vozes dissonantes em seu seio, entendendo por voz dissonante aquela que questiona não os detalhes como o preço da cerveja ou qual filme será exibido no cine-fórum, mas aquela que questiona as bases da assembleia e até mesmo sua existência.

Tarragona: Pois eu acho que essa maneira de pensar é muito inocente. Vou explicar. A experiência e o pouco que li nesta vida me dizem que nos grupos, consciente ou inconscientemente, se formam estruturas. Fingir que não existe nenhuma equivale a ignorar a questão do funcionamento interno do grupo, a não pensar sobre ela. As reuniões não estruturadas e espontâneas em que todo mundo fala quando quer não estão livres de relações de poder. Todas nós chegamos às reuniões e às assembleias com a merda hierárquica e competitiva que nos foi inculcada pela família, pela escola, pela TV e tudo mais. A fé na espontaneidade da nossa maneira de nos expressarmos e de nos relacionarmos costuma dar margem para, veja só você, reproduzirmos as relações de dominação pelas quais estamos contaminadas e das quais queremos fugir. E agora vou me calar para ver se a gente enfim começa a falar da okupação de Gari.

Nata Napalm: Antes eu te respondo, não? Já que você falava de direitos, acho que até na Câmara dos Deputados existe direito de resposta.

Várias companheiras: Cacete, minha nossa senhora hahahahaha.........

Nata Napalm: Seu nome é Tarragona? Então, Tarragona, acho que você também disse umas quantas verdades emancipadoras, como a de que todas já viemos de casa com a cabeça feita e que é preciso reconhecer e identificar isso para poder combatê-lo. Mas você também disse umas quantas mentiras dominadoras. A mais flagrante de todas é a dupla equiparação que você fez assimilando espontaneidade com autoritarismo por um lado e organização com antiautoritarismo por outro. Uma simplificação gigantesca. Mas, como você, eu também me calo agora para tratar da okupação de Gari.

Várias companheiras: Sim, por favor, eu também concordo, por favor vamos em frente.....

Maiorca: Ok, onde estávamos? Ah os disfarces. Foi isso, estávamos disfarçadas. Gari e Corunha vestidos normalmente, só que mais arrumados, como se fossem membros da mesma família que pedem ao chaveiro para abrir a porta de casa porque alguém pôs silicone ou algo do tipo na fechadura, certo?

Gari: Isso, eu tinha acabado de tomar banho e lavar o cabelo.

Corunha: E eu tinha feito a barba e vestido uma camisa polo e uma calça dessas com pregas.

Tarragona: Essa é pra tirar uma foto e emoldurar.

Corunha: Vou te dizer que não me caiu mal hein? Até sapatos de enterro eu calcei.

Jaén: Nossa, cara.

Maiorca: Bem, éramos praticamente uma vitrine da Zara. E Badajoz e Nata ficaram cada uma em uma ponta da rua vigiando.

Ceuta: Eles também estavam disfarçados?

Badajoz: Bem, assim, eu dei uma disfarçada de leve e pronto, prendi o rasta num rabo de cavalo e vesti uma calça jeans reta e uma camiseta meio de mauricinho com o desenho de uns passarinhos.

Nata Napalm: Eu estava com a roupa de dançar, tênis e mochila.

Badajoz: E começamos o teatrinho. Quer contar você, Gari?

Gari: Foi isso, chegamos à porta e normal, estava tudo como no dia anterior mas confirmamos tudo de novo por via das dúvidas.

Corunha: Era uma fechadura antiga, a porta era de madeira normal, não era blindada nem nada, a madeira estava um pouco carcomida e com buracos. Nosso receio era de que do outro lado estivesse presa por tábuas e que toda a jogada do chaveiro não servisse pra nada.

Maiorca: Sim, porque vimos que a casa tinha outra porta e os proprietários poderiam ter saído por ela e deixado a porta principal escorada.

Corunha: Por essa porta secundária nós não podíamos entrar porque ela dá para um pátio compartilhado com outras vizinhas e ficaríamos muito expostas lá. Descobrimos essa porta quando subimos ao terraço de outro prédio, do apartamento de um colega, e a verdade é que era um pouco impraticável.

Gari: Sim.

Maiorca: Gari, quer contar como foi, já que você estava lá quando eu comecei a usar a broca?

Gari: Aí Maiorca pegou uma broca e a enfiou no buraco da fechadura. Fez um barulhão. Oviedo estava lá de pé e eu e Corunha olhando, então Maiorca agachou. Eu às vezes ficava com vontade de olhar para o lado para conferir se alguém nos observava, mas tínhamos combinado de não olhar para os lados porque isso dá a impressão de que estamos nervosas. Eu tive que segurar a vontade. Nata e Badajoz estavam lá para olhar e vigiar.

Jaén: Isso tudo foi depois da agressão machista?

Várias companheiras: Sim sim sim……

Jaén: Não, foi na entrada.

Várias companheiras: Não não não….

Corunha: A agressão foi a caminho da casa, na rua Olzinelles, na altura do herbanário.

Badajoz: A verdade é que ninguém estava olhando, famílias com crianças indo à escola passavam na frente com toda a calma do mundo. Uma hora uma viatura passou do meu lado e a gente se borrou um pouco, eu dei o sinal ligando para o celular de Oviedo e deixando tocar uma vez e eles se afastaram calmamente da porta, fingindo que tinham esquecido alguma coisa, subindo a rua de costas para o carro da polícia que seguia em frente. O carro passou na velocidade normal, não parou na porta, dobrou a esquina e seguiu na direção da Plaza España sem drama.

Tarragona: Porra, que susto hein?

Badajoz: Total, cara.

Nata Napalm: Assim que o carro dobrou a esquina onde eu estava, Gari, Oviedo, Maiorca e Corunha desceram outra vez para a porta, do mesmo jeito, sem pressa nem nada.

Maiorca: A questão da fechadura foi fácil, em dez minutos terminamos. Usei uma broca de dois milímetros e consegui atravessar todos os pernos de primeira.

Nata Napalm: O que são pernos?

Maiorca: São tipo uns cilindros que ficam dentro do tambor, em fila, e cada um deles encaixa em um dente da chave. Ao se encaixarem nos dentes da chave, eles se alinham e ao se alinharem a chave pode girar e a porta se abre. É mais difícil de explicar que de ver. Se você quiser posso te mostrar com umas fechaduras que eu tenho em casa para testar.

Nata Napalm: Está bem, obrigada.

Maiorca: Quando você conhece o mecanismo nem usar a gazua é difícil. Foi por causa da urgência habitacional tão grande, que Gari descreveu pra gente, que eu não pude ensinar a ela e assumi eu mesmo a abertura.

Jaén: Bem, não é tão fácil assim. É preciso praticar muito.

Maiorca: Naturalmente, assim como é preciso praticar muito para aprender a ler e escrever. Mas convenhamos que abrir uma porta não é como fazer uma cirurgia de peito aberto ou um curso de chaveiro, se é que vocês me entendem. E com a broca então fica fácil demais. Basta ter o pulso firme para a broca não escorregar.

Corunha: E também demos sorte de a porta não estar escorada por dentro.

Tarragona: Eu acho que na verdade agimos de um modo assistencialista. A companheira Gari não fez nada e vocês todos agindo como se de fato fossem chaveiros.

Maiorca: Assistencialismo ou talvez generosidade, não?

Gari: Vocês não imaginam como estou agradecida por tudo, de verdade.

Tarragona: Estão vendo?

Badajoz: Porra, Tarragona, quer dizer que agora é reacionário dizer obrigada, é só o que faltava!

Jaén: Não é verdade que Gari não fez nada, Tarragona. O fato de ela não ter habilidade para abrir portas e de não ter tido tempo de aprender não significa que não tenha feito nada para okupar. Ela vistoriou as casas, observou a área durante vários dias para ver os horários de maior movimento para que passassem despercebidas... Dizer que okupar consiste apenas em abrir uma porta é bastante machista, é dizer que a aplicação da força é o principal.

Tânger: Mas não há dúvida de que abrir a porta é a operação mais arriscada e mais delicada. A que nos coloca em maior perigo. A que pode levar a uma acusação de roubo ou invasão de propriedade privada.

Gari: Bem, se me permitem, eu gostaria de dizer que eu sabia desses riscos que vocês estavam correndo e por isso agradeço em dobro e triplamente.

Nata Napalm: Caralho, como custa caro a solidariedade das anarquistas!

Badajoz: Agora eu tenho que dar razão a Nata, porque que porra de questionamento é esse de que quem abre deve ser quem vai entrar e okupar. Ocupar com "c" pode ser uma tarefa individual e liberal, mas okupar com "k" é uma tarefa coletiva em que cada uma dá e arrisca de acordo com suas malditas possibilidades e desejos. Caralho, estou ficando chocada com vocês.

Nata Napalm: Meus agradecimentos reacionários, Badajoz.

Várias companheiras: Hahahaha.......

Múrcia: Sim claro, Badajoz, mas se as possibilidades e desejos de cada um não estiverem politizados no sentido anarquista podem se acomodar naquilo que falamos antes das funções, da profissionalização e tudo mais.

Nata Napalm: Eu, em prol da verdade anarquista sobre a organização que você mesma anunciou antes, quero terminar de ouvir a história da porta porque, como já disse antes, eu tenho que sair antes.

Palma: Não se preocupem que eu vou registrar na ata que o assunto não está resolvido e que continua totalmente em aberto.

Múrcia: Concordo com Napalm.

PAUSA DE RISOS COMENTÁRIOS SOLTOS.

Corunha: Bem, como eu já tinha usado a broca para os furinhos do oco da fechadura, Maiorca encaixou ali a lâmina de uma chave de fenda de ponta chata, fez ela girar e vualá.

Oviedo: Quando a porta se abriu foi muito maneiro.

Maiorca: Olha que eu já fiz isso muitas vezes, mas sempre que uma porta se abre ao toque da sua mão e você vê aquela faixa preta de escuridão interna crescendo e crescendo até formar um retângulo inteiro preto e aquele cheiro de guardado ou de frio de obra que sai de dentro, caramba, cara, que onda que dá.

Jaén: Quando a gente abriu minha casa ela cheirava a pintura hahahahaha. Era um edifício supermoderno que tinham acabado de subir em plena crise e não tinham conseguido vender mais que quatro ou cinco apartamentos.

Ceuta: Hahahahaha genial.

Gari: E assim eu entrei. Entrei com Oviedo e demos uma olhada rápida na casa e vi que estava tudo certo.

Oviedo: No meu ponto de vista não estava tudo certo. O piso estava muito estufado e o teto, como já falamos em algum momento, com uma cratera do tamanho desta mesa. Mas, bem, é aquilo que já discutimos duas ou três semanas atrás na assembleia, que uma casa pode ser boa para uns e não para outros, e Gari achou que a casa era boa e continua achando isso então pronto.

Maiorca: Entrei um instante para pôr a fechadura nova e sim o teto estava meio desabando mas nada que não se pudesse consertar em duas manhãs.

Múrcia: O risco de despejo administrativo continua existindo, ou seja, que queiram te expulsar via certidão de imóvel em ruína.

Palma: Mas isso seria um despejo pelo bem da sua segurança hahahaha...

Várias companheiras: Hahahaha.....

Gari: Entendi isso do despejo administrativo. Mas até agora não aconteceu nada. Estou muito feliz por isso.

Jaén: Termina de contar como você ficou lá dentro e tudo mais.

Gari: Foi isso, eu fiquei e os outros foram embora. Tranquei a porta por dentro com a fechadura nova.

Ceuta: E nada de vizinhos nem de polícia?

Gari: Nada. Fiquei completamente sozinha nesses três dias menos naquela noite porque fizemos aquele negócio de pedir uma pizza para ter o recibo com a data. Como eu não tenho celular Badajoz ligou. O dinheiro da pizza fui que dei.

Nata Napalm: Que negócio é esse da pizza, Gari?

Gari: O negócio da pizza é que no dia que se entra para okupar ou no dia seguinte, se pede uma pizza, porque sempre que você pede comida em casa o entregador te dá um recibo com o endereço do pedido e a data. Isso é uma prova para dizer que você está morando na casa desde tal dia. Porque se você estiver morando na casa há mais de três dias não podem mais te despejar tão rápido, certo?

Várias companheiras: Certo certo certo....

Tarragona: Certo. Se você comprova que está há mais de setenta e duas horas dentro, não podem mais te despejar imediatamente, não podem mais dizer que te pegaram em flagrante.

Gari: Você também pode pedir outra coisa que não seja pizza, desde que tenha recibo.

Nata Napalm: Entendi entendi.

Gari: E foi isso, como eu não tinha mais dinheiro porque dei tudo ao entregador, Nata levou comida e água para mim no dia seguinte e ontem também e hoje já pude sair e fomos juntas comprar coisas para limpar e para comer.

Corunha: Você tem onde cozinhar?

Gari: Tenho um fogareiro a gás mas não tenho botijão.

Corunha: Como você está sozinha, proponho que o botijão pela metade que temos aqui no ateneu seja dado a Gari, que além do mais, por estar quase vazio, vai pesar muito pouco e podemos carregá-lo facilmente até a rua Duero.

Tânger: Não estou de acordo por conta do que eu disse antes sobre o assistencialismo. Acho que precisamos discutir isso antes de continuar dando coisas.

Corunha: Tudo bem, então eu te dou o botijão pela metade que tenho na minha casa, Gari.

Tânger: Acho que é a solução perfeita.

Corunha: Você não tem que achar nada perfeito ou imperfeito porque eu faço o que me der na telha com meus botijões de gás.

Várias companheiras: Hahahaha.......

Oviedo: Essa parte do assistencialismo, vocês falaram quando eu estava lá fora né? Pois não entendi.

Tarragona: Isso, mas estamos no debate de sempre.

Oviedo: Ah tá.

Badajoz: São onze e meia, galerinha, e ainda temos que falar da outra okupação em curso e da questão da função das atas.

Maiorca: Ou uma coisa ou outra, porque não dá tempo de falar das duas coisas com profundidade. Eu sou a favor de falarmos das atas porque a outra okupação, que é a minha, está em stand by porque minha companheira de okupação teve que viajar por conta de uma questão familiar e só vamos conseguir retomar o assunto daqui a uma semana.

Tânger: Está bem, já que você é o principal interessado... Antes de passar à questão das atas, alguém mais quer falar alguma coisa da okupação de Gari?

Gari: Eu só quero agradecer de novo e dizer que estão todos convidados a me visitar quando quiserem.

Várias companheiras: Não precisa agradecer nada, estamos aqui para isso e nós é que agradecemos o convite.....

Palma: Presumo que você esteja sem luz e sem água, certo?

Gari: Sim.

Palma: Quando quiser começar a arrumar isso, você nos dá um toque e nós te ajudamos. Agora o buraco no teto é tranquilo porque estamos no verão, mas imagina em novembro, Gari.

Nata Napalm: Meus agradecimentos reacionários, Palma, porque eu queria ajudar Gari com isso mas não tenho ideia de como fazer cimento.

Palma: De nada de nada. Bem, vou ser claro. Quem quiser ajudar ajuda e quem não quiser não ajuda, falo apenas em meu nome desta vez.

Tarragona: Porra, Palma, então quer dizer que só porque abrimos o maldito debate sobre assistencialismo Tânger e eu não ajudamos ninguém em nada, cara.

Palma: Eu falei isso? Você é que tem que saber por que achou que eu estava falando de você, cara.

Múrcia: Sua cutucada foi claríssima, Palma.

Palma: Juro pela minha mãe morta que não foi cutucada, eu realmente falei assim para não falar no plural sabendo que estamos divididos quanto a isso! Será que não foi a carapuça que serviu?

Ceuta: Olha, acho que Palma seria um escrevedor ou escritor ou anotador de atas, ou seja lá como se fala, muito bom, porque não pegaria as cutu... cutudacas, ou seja lá como se fala. Não as pegaria e escreveria exatamente o que ouviu e seria superautêntico.

Múrcia: Pra mim a questão das atas não é tão importante assim, pra falar a verdade. Além do mais depois ninguém lê as atas, quer dizer, eu pelo menos não leio.

Jaén: Ah que ótimo, eu estou escrevendo pra nada.

Oviedo: O que está dizendo, Múrcia, eu leio as atas sim.

Várias companheiras: Eu também e eu também e eu também....

Ceuta: Você lê uma ata de Jaén um mês depois de a assembleia ter acontecido e vem um flashback como se estivesse lá de novo.

Oviedo: Não, ler a ata de Jaén é como ler um artigo sobre anarquismo, um artigo de *Aversão* ou de *Subversão* ou de *Cul de Sac* de tão bem-feitos que são, sério.

Ceuta: É que as atas de Jaén são melhores que as assembleias.

Jaén: Obrigado obrigado.

Ceuta: É que falamos melhor nas atas que na vida real hahahaha!

Palma: Sim cara você deixa tudo superorganizado e superclaro. Eu leio e penso cacete, eu falei tão bem assim na assembleia, destruído do jeito que eu estava depois do trabalho, todo destruído?

Jaén: Claro, porque eu não faço uma transcrição literal, porque a meu ver uma ata não é uma transcrição literal. Tiro as reiterações, tiro as repetições, quando a pessoa hesita ou balbucia... Mas sem modificar o conteúdo ou a intenção, certo?

Maiorca: Cara, às vezes leio coisas que eu disse na ata e penso: "Caramba, está dizendo aqui que eu fiz uma referência a uma autora, né? A uma teórica ou não necessariamente teórica, a uma autora que conta sua experiência e acontece que nem sei que autora é essa!". Mas que foda, Jaén, não é uma crítica, cara, porque afinal você põe essas referências para esclarecer, não é? Esclarecer o discurso e é disso que se trata, certo?

Jaén: Eu penso que sim, que se trata disso.

Tarragona: Pois eu não tenho tanta certeza de que é disso que se trata. É preciso esclarecer se você está escrevendo um artigo ou um fanzine, como dizia Oviedo, ou se está fazendo um comunicado público ou uma coletiva de imprensa, algo que vai para o público externo do ateneu. Mas uma ata é um documento interno e deveria ser fiel ao que dizemos.

Nata Napalm: Não sei o que vocês querem dizer com autenticidade e fidelidade.

Ceuta: Você não sabe o que significa autêntico ou fiel?

Nata Napalm: Não sei o que significam essas palavras aplicadas à escrita.

Tarragona: Pois eu acho que está bastante claro.

Jaén: Galera, desculpa mas, como sempre, são dez pra meia-noite e eu tenho que ir porque o metrô vai fechar. O assunto me interessa muito, continuamos prioritariamente na próxima assembleia, é minha proposta.

Palma: Anotado.

Várias companheiras: Hahahaha.....

Corunha: Jaén, cara, arranja logo uma bicicleta.

Jaén: Está bem, cara.

Múrcia: Eu também, galera, e tenho que chegar a Sant Andreu e já vi que se não mexer minha bunda vou ter que pegar a porcaria do Nit Bus que percorre a porra da cidade inteira.

Nata Napalm: Que pena, gente, estava tão interessante isso das atas e as opiniões de todos vocês são muito valiosas.

Jaén: Bem, outro dia a gente continua. Tchau.

Várias companheiras: Tchau, tchau, tchau...

Múrcia: Tchau.

Várias companheiras: Tchau, tchau, tchau....

Nata Napalm: Bem, mas podemos continuar fora da ata, se o problema for esse trâmite de burocratas.

Ceuta: Anota a cutucada, Palma!

Várias companheiras: Hahahahahaha........

Corunha: Melhor continuarmos quando estiverem as outras companheiras porque elas também têm interesse nisso, principalmente Jaén, não?

Tânger: Sim porque além disso já está tarde e temos que começar a fechar.

Nata Napalm: Bem mas quem quiser pode simplesmente ir para um bar e continuar a conversa ou pegamos umas latas de cerveja e nos sentamos em um banco na rua certo?

Badajoz: Mas você não tinha que ir?

Nata Napalm: Tinha mas esse assunto é a coisa mais interessante que foi dita a noite inteira e agora eu não quero mais ir embora. Você não percebeu que eu sou das espontâneas da liberdade de expressão?

Ceuta: Cutucada, Palma, anote.

Nata Napalm: Cacete, como vocês são chatos e estraga-prazeres. Será que ninguém aqui bebe? Nem você, Badajoz, ou Tarragona, que já sei que não vão com minha cara?

Palma: Está bem, vamos, vou anotar e fechar e vamos discutir isso da cerveja em off porque senão vou ter que transcrever vinte páginas.

ROMANCE
TÍTULO: MEMÓRIAS DE MARÍA DELS ÀNGELS
GUIRAO HUERTAS
SUBTÍTULO: RECORDAÇÕES E PENSAMENTOS
DE UMA GAROTA DE ARCUELAMORA
(ARCOS DE PUERTOCAMPO, ESPANHA)
GÊNERO: LEITURA FÁCIL
AUTORA: MARÍA DELS ÀNGELS GUIRAO HUERTAS
CAPÍTULO 3: O CRUDI VELHO E A CRISE CRIATIVA

O CRUDI velho de Somorrín
era uma casa muito grande e muito bonita
que ficava na Plaza Mayor.

Eu chamo de CRUDI velho
Porque com o passar dos anos houve uma mudança
e fomos para um CRUDI novo,
que é o que existe agora em Somorrín.
Neste capítulo falarei apenas do CRUDI velho,
mas sem dizer velho.
Quando começar a falar do CRUDI novo
deixarei isso claro desde o início
para que o leitor não se confunda.
Está escrito na página 73
de *Leitura Fácil: Métodos de redação e avaliação*:
"Não dar brecha para confusões".

O CRUDI velho tinha três andares
e em cada andar havia três quartos.
Em cada quarto dormiam duas ou três pessoas,
exceto no quarto da assistente social,
ela dormia sozinha.

As pessoas dos outros quartos
podiam ser dois ou três garotos
ou duas ou três garotas,
mas nunca misturados.
Meu quarto ficava no primeiro andar
e era de duas camas.
Dei a sorte de dormir com Encarnita,
que era muito bonita c uma pessoa muito boa.

No quarto de uma só cama
sempre dormia uma assistente social,
mas cada noite era uma diferente.

Quando cheguei ao CRUDI de Somorrín
nunca tinha visto na vida banheiras tão grandes
de onde sempre saía água quente.
Me dá um pouco de vergonha dizer isso,
mas vou dizer para que se veja
que tudo o que digo é verdade.
Quando cheguei ao CRUDI de Somorrín
nunca tinha visto na vida
um vaso sanitário ou um bidê.

No começo eu tinha nojo de usá-los porque tudo era branco
e dava para ver tudo o que você fazia,
diferente do campo,
onde suas coisas se misturam com a terra
e não se percebe nada.
Mas depois me acostumei
porque Mamen me ensinou a usá-los
e a usar o papel higiênico.

E nunca mais fiz minhas coisas no campo,
a não ser em alguma excursão.

Era como uma casa de gente rica do povoado
mas para nós.
Os ricos que eram donos dessa casa
a tinham vendido para Mamen
e outras quatro assistentes sociais
que trabalhavam no CRUDI.

Os antigos donos dessa casa
não deviam ser ricos muito ricos
porque a venderam barato.
Caso contrário, Mamen e as outras assistentes sociais
não teriam conseguido o subsídio do governo
para comprá-la.

Subsídio do governo significa
que o governo te dá um dinheiro
para que você faça uma coisa
que o governo considera boa.
Mas para ele te dar
acontece o mesmo que com as pensões,
que é o CRUDI
ter que abrir uma conta no BANCOREA,
como se fosse uma pessoa.
Então o governo dava o dinheiro para o BANCOREA
e depois o BANCOREA o repassava ao CRUDI.

É óbvio que o CRUDI não era uma pessoa,
era uma casa.
Por isso as assistentes sociais,
que obviamente são pessoas,
tinham que juntar elas mesmas toda a papelada
e ir elas mesmas ao BANCOREA
para poder sacar o dinheiro.
Mas o dinheiro não ficava com elas,

era para o CRUDI.

Disso tenho certeza
porque outra coisa dos subsídios
é que depois de sacar o dinheiro
você precisa enviar uma carta para o governo
justificando que você o gastou
no que você disse que iria gastar
e não em outra coisa.
E se você não justifica,
tem que devolver o dinheiro
e eles não te dão mais.

Justificar significa
demonstrar com papéis assinados
que você fez uma coisa de verdade.
Justificar é uma palavra com dois significados,
porque como já disse no capítulo 1,
justificar também quer dizer
fazer uma coluna perfeita
com todas as frases que alguém escreveu,
mesmo que umas sejam mais curtas
e outras mais longas.
Isso quer dizer que a palavra justificar
é uma polissemia.

Na página 71 dos Métodos
se diz que a polissemia é um acidente semântico
e que se deve evitá-lo.
Polissemia é quando uma palavra tem vários significados.
Não tem nada a ver com a poliomielite,
que é uma doença,
nem com a polícia,
que todo mundo sabe o que é,
nem com os poliesportivos,
que são ginásios muito grandes.

Acidente é como um acidente de carro ou de moto ou de avião,
ou um acidente de trabalho como o que minha prima Nati sofreu
quando estava na universidade,
e por isso ela ficou com uma deficiência intelectual grave,
a síndrome das Comportas.
E semântico é o que as palavras significam.

Sei que síndrome das Comportas
é uma coisa muito difícil que muito pouca gente conhece,
mas em Leitura Fácil só se deve contar
o que o leitor precisa.
E como esta é a história da minha vida
O leitor não precisa saber de nenhuma
das doenças da minha prima.
Só citei como exemplo
do que pode ser um acidente.

Eu não sabia nada sobre polissemia
ou sobre acidentes semânticos.
Pesquisei no celular e continuei sem entender direito.
Então perguntei à minha pessoa de apoio
e ela também procurou em seu celular
e me explicou melhor,
e agora sim posso explicar aos meus leitores,
porque na página 73 dos Métodos
se diz que "não se deve dar como garantido
nenhum conhecimento prévio".
Conhecimento é algo que se sabe.
Prévio é antes.
Dar como garantido é dar como certo.
Como eu não posso dar como certo
que os leitores tenham lido
nem o livro das diretrizes nem o livro dos métodos
de Leitura Fácil,
então tenho que explicar tudo
porque ninguém nasce sabendo.

Os acidentes são algo trágico
e por isso as Diretrizes dizem
que é preciso evitar os acidentes semânticos.
No começo eu me sentia culpada
por usar o acidente da palavra justificar.
Achava que ninguém iria me entender
mesmo se eu explicasse mil vezes.
Achava que se esse acidente acontecesse no livro da minha vida
ficaria tudo horrível,
como quando acontece um acidente
e apesar de não morrer você fica paralítico.

Mas então li na página 72 dos Métodos
que "é preciso utilizar uma linguagem coerente com a idade
e o nível cultural do receptor.
Se são adultos,
a linguagem deve ser adequada e respeitosa
com essa idade.
Evitar a linguagem infantilizadora".
Coerente quer dizer de acordo.
Nível cultural quer dizer
se você frequentou a escola, ou a universidade, ou se é analfabeto.
Receptor é leitor.
Adulto é quem tem mais de dezoito anos.
Adequado é que fica bem.
Infantilizadora é que te tratem como uma criança.
Então pensei que a palavra justificar
era uma palavra de adultos,
porque só os adultos podem pedir subsídios.

Como nunca faltava nada no CRUDI,
tenho certeza de que as assistentes sociais,
embora saíssem do BANCOREA
com uns maços de dinheiro feito tijolos,
não ficavam com nada
exceto seus salários e a gasolina dos carros,
mas porque eram carros metade para elas

e metade para levar a gente, os institucionalizados,
aonde fosse preciso.

Isso significava que tudo estava justificado,
que o governo gostava do que nós fazíamos
e por isso continuava nos dando subsídios.
Por isso sempre pediam recibos assinados e carimbados
em todas as lojas de tudo o que compravam:
de comida, de coisas de higiene,
de roupa, de remédios,
de produtos de limpeza,
de coisas para fazer trabalhos manuais,
de ferramentas, de parafusos, de pintura...

Até da comida do periquito e dos peixes
tinham que pedir recibo.
Até no Natal tinham que pedir recibos
do presépio e dos doces de Natal;
e no Dia de Reis, do bolo de Reis;
no verão, recibos das roupas de praia, das boias,
das braçadeiras, dos colchões infláveis e dos sorvetes;
no Carnaval, recibo das fantasias;
na Semana Santa, dos doces de Semana Santa;
na Quinta-Feira Santa,
na Sexta-Feira Santa,
no Dia do Cristo dos Nós,
no Dia de Nossa Senhora de Puertocampo
e no Dia de Santiago,
recibos das velas e dos círios;
no Dia de Castela e Leão,
recibos das bandeiras de Castela e Leão
que colocávamos nas varandas;
no Dia da Hispanidade, no Dia da Constituição
e em dia de jogo da Espanha,
recibos das bandeiras da Espanha
que também colocávamos nas varandas;
em dia de jogo do Barça,

recibos das bandeiras do Barça para os torcedores do Barça,
e em dia de jogo do Real Madrid,
recibos das bandeiras do Real Madrid para os do Real Madrid,
mas estas não nos deixavam colocar nas varandas.

No Dia da Paz iam até o armarinho,
e apesar de não custarem nem cinco pesetas,
pediam o recibo dos três metros de fita que compravam
para fazer lacinhos brancos.
No Dia da Mulher, lacinhos roxos.
No Dia da Aids, vermelhos;
no Dia do Câncer, verdes;
no Dia da Cruz Vermelha, vermelhos também;
no Dia do Câncer de Mama, lacinhos cor-de-rosa
e no Dia que o ETA matava alguém,
recibo dos lacinhos pretos.

No Dia Sem Cigarro iam à tabacaria,
e em vez de cigarro compravam chicletes.
Recibo dos chicletes também,
e nesse dia nenhuma assistente social fumava,
e os institucionalizados que tinham permissão
para fumar de vez em quando
eram proibidos nesse dia,
como minha prima Patricia,
tiravam o cigarro da boca deles,
o quebravam diante dos narizes deles,
o jogavam no chão, o pisoteavam
e davam um chiclete para eles
conferindo se iam mascar mesmo,
mas isso já foi no CRUDI novo.

No Dia dos Namorados, recibo das rosas vermelhas;
no Dia de Finados, recibo das flores para os mortos,
e no Dia do Livro, recibo dos livros,
embora muitos institucionalizados não soubessem ler.
Eu sabia,

mas preciso ser sincera
e dizer que naquela época eu lia muito mal.
Apesar de ler, não entendia o que lia.
Mas no primeiro Dia do Livro que passei no CRUDI,
e assim como em todos os dias do livro dos anos seguintes,
eles nos levavam de excursão até a biblioteca,
eu gostei tanto da biblioteca,
ela tinha um cheiro tão bom
e tinha tantos garotos novos estudando,
que eu quis aprender a ler direito.

Então me levaram para a escola de adultos,
mas eu não gostava nada daquele lugar
porque em vez de garotos e garotas
só havia velhos e velhas.
A mais jovem era eu.
Mas aí algo mudou graças à minha prima Natividad.

Agora sim preciso falar de Natividad,
mas porque tem a ver com a história da minha vida.

Antes de minha prima Nati começar a ter
a síndrome das Comportas,
ela lia muitos livros porque gostava muito de estudar.
Ia à escola
e ao mesmo tempo ao conservatório de dança.
Depois começou a ir ao colégio
e ao conservatório de dança ao mesmo tempo.
E depois ia à universidade
e continuava no conservatório de dança,
e ainda fazia aula de inglês.
Conservatório de dança é aonde as pessoas vão
para aprender a dançar.

Quando Nati tinha férias,
ou algum fim de semana ou às vezes durante a semana,
vinha de visita a Somorrín

para sair com seus amigos do colégio.
Então aproveitava e também me visitava no CRUDI,
primeiro no CRUDI velho
e depois no CRUDI novo
quando já estava com Patricia e Margarita.

Nessas visitas Natividad ficava lendo comigo
de um jeito mais divertido que na escola de adultos,
onde só fazíamos exercícios de cartilhas para crianças,
ou líamos livros de infantilismo
apesar de se chamar escola de adultos.

Mas Nati e eu ficávamos lendo livros bons de verdade
Em que acontecia o que acontece de verdade com as pessoas
e não histórias fantásticas de infantilismo
nas quais nenhum adulto consegue acreditar.

Os Métodos dizem:
"Utilizar marcadores de cortesia,
como 'por favor' ou 'obrigado'."
Marcador significa palavra ou coisa que serve para fazer uma marca,
mas não uma marca de comida, ou de roupa,
ou de carros, ou de celulares,
como Coca-Cola, ou Zara, ou Seat,
ou Samsung Galaxy 5G como meu celular.
Que fique claro que não quero fazer
publicidade de nenhuma marca.
Só estou citando para dar exemplos.

Marca também não significa
marca como uma ranhura que se faz com navalha na madeira,
ou como dobrar a página de um livro
para saber onde você parou,
ou como marca de nascença.

Neste caso, o que marca de marcador significa
é escrever uma palavra que significa algo,
neste caso que significa cortesia.

Muito cuidado com a palavra marca
porque é ainda mais polissemia
que a palavra justificar.
E cortesia significa boa educação.

Agradeço a Natividad Lama Huertas
por ter me ensinado a ler e a escrever direito
e a encontrar livros bons de verdade na biblioteca.
Graças a ela comecei a gostar dos escritores
e a gostar de escrever,
e por isso agora estou tentando ser escritora.

É uma pena que Nati não possa ler este marcador de cortesia
por sua deficiência intelectual grave.

Quando ela sofreu o acidente
e teve que ser institucionalizada no CRUDI novo,
sempre que chegava o Dia do Livro e nos davam livros,
ela começava a lê-los,
mas dez segundos depois suas comportas começavam a se fechar.
Ela tacava os livros no chão, chutava,
ou atirava em quem os tivesse dado
e começava a xingar a pessoa,
ou arrancava as páginas deles, ou os queimava, ou os mordia,
ou os molhava,
e dizia aos gritos para os outros institucionalizados
não lerem aqueles livros.
Gritava até para os que não sabiam ler.

Embora esses não sejam modos de se dizer as coisas,
eu entendo por que ela agia assim.
Ela agia assim porque eram livros de infantilismo.
Mas também é verdade
que existem alguns livros de infantilismo que são bons,
como por exemplo *Harry Potter* ou *O senhor dos anéis*
ou *Crepúsculo*.

Não tenho coragem de mostrar para Nati
meu romance no WhatsApp,
vai que ela faz o mesmo com meu celular.

Mas quando meu livro for publicado
eu farei com ela a mesma coisa que ela fez comigo.
Vou me sentar ao lado dela
e vou fazê-la gostar de ler outra vez.

Hoje em dia temos a sorte de existir a Leitura Fácil.

Na página 21 dos Métodos está escrito:
"A Leitura Fácil surge como uma ferramenta
de compreensão e de fomento da leitura
para atrair as pessoas que não têm hábito de ler
ou que foram privadas dele."

Esse é justamente o caso da minha prima Natividad.

E depois diz:
"Esta ferramenta pretende ser uma solução
para facilitar o acesso à informação,
à cultura e à literatura,
por se tratar de um direito fundamental das pessoas,
que têm os mesmos direitos,
independentemente de suas capacidades.
Não só é um direito,
como também permite o exercício de outros,
como o de participação,
para ter a opção de influenciar as decisões
que podem ser importantes para sua vida,
assim como a possibilidade de desenvolvimento autônomo
de qualquer pessoa
em um contexto como o atual
que produz a maior quantidade de texto da História,
tanto em suporte físico quanto em digital.
Falar de acessibilidade aos conteúdos escritos
significa não apenas falar de acesso à literatura,

aos jornais ou às enciclopédias e aos livros de texto,
mas também à legislação,
aos documentos administrativos, aos relatórios médicos,
aos contratos e a qualquer outro texto da vida cotidiana.
A compreensão leitora é uma habilidade
que nem todos os seres humanos têm,
infelizmente".

Copiei esse trecho tão grande
porque ele me parece muito importante.
Mas não copiei exatamente igual.
As palavras são iguais, mas a forma é diferente,
porque neste livro sobre Leitura Fácil
as linhas são quase todas do mesmo tamanho
e vão de um lado a outro da página
do início ao fim quase sem deixar buracos.
Ou seja, são linhas justificadas e com tabulação.

Agora me dou conta de que isso é um pouco estranho.
O escritor deste livro diz que em Leitura Fácil
não se deve justificar nem tabular o texto,
mas ele mesmo justifica e tabula.

Também vejo outra coisa estranha.
Nessas linhas há muitas palavras difíceis,
como por exemplo surge, compreensão, fomento,
capacidades, participação, influenciar,
desenvolvimento autônomo, contexto, digital,
texto, acessibilidade, acesso,
legislação, administrativo, habilidade.
O escritor não explica nenhuma dessas palavras difíceis
como eu,
que explico quase todas.
As que eu não explico é para não fazer muitas digressões
e porque também é bom que os leitores
aprendam a usar o dicionário.

Mas esse escritor não explica nenhuma palavra.

É uma contradição,
porque na página 70 ele mesmo diz:
"Explicar as palavras menos comuns ou complexas
através da contextualização, de imagens de apoio
e da explicação do significado".
Mas ele não faz isso sem justificar e sem tabular
como eu copiei.
Ele escreve justificado e tabulado de novo
E além disso não explica o que é "difícil contextualização".

Estou passando as páginas do PDF dos Métodos
e percebo que o livro todo está justificado e tabulado
e que pouquíssimas palavras difíceis foram explicadas.
PDF é como estão os livros que você baixa da internet.

E ainda tem outra coisa mais grave.
Nesse trecho que eu copiei
há um acidente semântico de polissemia
que é a palavra ferramenta.
Porque existe um monte de ferramentas
e o escritor não explica nenhuma.

Se esse escritor escreveu um livro
sobre como escrever em Leitura Fácil
se supõe que ele sabe muito bem o que é a Leitura Fácil, não?
Então, por que ele é tão ruim nisso?
Ou será que eu é que não estou fazendo direito?
É tudo muito estranho,
porque minha pessoa de apoio,
que lê na hora todas minhas mensagens de WhatsApp
do Grupo Romance de María dels Àngels,
sempre me manda muitos emojis de que está tudo bem.
Emojis são os desenhinhos do WhatsApp.
Pra mim ela sempre manda carinhas sorridentes,
dedinhos de OK, palminhas,
carinhas de surpresa, beijinhos, chapeuzinhos de festa, etc.
Outros colegas do Grupo também me mandam emojis,

e apesar de não serem especialistas em Leitura Fácil
nem escritores de Leitura Fácil,
são pessoas que não têm o hábito de ler
ou que foram privadas desse hábito.
Privada não significa uma casa ou terreno que é sua propriedade
e nos quais ninguém pode entrar sem sua permissão.
Também não significa privada como a vida privada,
que é sua vida íntima e seus segredos que ninguém pode saber.
Neste caso, privada significa exatamente o contrário.
Significa que tiraram alguma coisa de você.
Muito cuidado com a polissemia da palavra privada.

Escrevi esta última explicação sobre a polissemia sem entusiasmo.
Talvez esteja passando por uma crise criativa
pela qual passam todos os escritores
em algum momento da carreira.
Crise criativa significa que a inspiração não vem.
Não tem nada a ver com a crise da economia,
do desemprego, dos bancos e dos cortes.
Criativo é quem inventa coisas da arte e da cultura.
Inspiração é a arte, a imaginação
e a vontade de inventar essas coisas.
Carreira neste caso significa trabalho,
não carreira de correr.

Me dou conta de que este capítulo do meu romance
ocupou o dobro de páginas dos outros capítulos.
Talvez esteja dedicando tempo demais ao trabalho
e precise desconectar um pouco.
Vou fugir no fim de semana para algum lugar tranquilo,
sairei para passear, tomar um café,
encontrar velhos amigos e ler bons livros de verdade
que me sirvam de inspiração.
Vou perguntar para minha prima Natividad
como nos velhos tempos,
porque apesar de agora ela ter uma deficiência intelectual grave
há dias ela vem ensinando minha prima Margarita

e outras pessoas do Grupo de Autogestores a ler
com uns caderninhos.

Com certeza não são cartilhas de exercício de infantilismo
porque ela consegue lê-los
sem que suas comportas se fechem.

Isto não é um adeus,
leitores e leitoras do Grupo de WhatsApp
Romance de María dels Àngels.
É apenas um até logo.

Até logo.

EU, TAMBÉM QUERO SER UM MACHO

HOLA SUEÑAS y PACO ALAMEDA
EM UM FILME de ÁLVARO ÁSTOR e ANTONIO CATARRO

POR QUE VOCÊ QUER ser uma pessoa normal?

Descubra como conseguir na Xarxa de biblioteques Municipals de Barcelona

u assistindo à próxima ladainha heteropatriarcal que seu protagonista, Alameda, regurgitará na Residencia Urbana para Deficientes Intelectuais RUDI-Barceloneta, na próxima TERÇA-FEIRA 5 de setembro de 2018 às 18 horas.

Comunicado às sequestradas semanalmente no Grupo de Companheiras de cativeiro:

Como se não bastasse o nosso confinamento
todas as tardes de terça
nesta sala branca higienista com lâmpadas fluorescentes,
pra completar um fascista vai vir aqui encher o saco.
É um macho da direita católica mais rançosa
que protagonizou um filme
e que escreveu um livro.
Seu nome é **Patxi Pereda.**
O filme é aquele que
nossa carcereira **Laia Buedo**
nos obrigou a ver há duas semanas.
Se chama *Eu, também quero ser um macho.*

Por não ter saciado seu sadismo
(típico de quem é pago para exercer a violência capitalista/institucional)
com nossa cara de tédio ou de indignação ou de estupefação,
na semana seguinte ela nos obrigou a ler em voz alta
alguns trechos do libelo machista intitulado
"Crianças com machezas especiais".

Como podem ver pelos títulos,
a obra desse neoliberal autoritário
gira em torno de macheza e seus benefícios.

Autogestores da Barceloneta e em seu Clube de Leitura Fácil
Diante da iminente presença do macho fascista neoliberal **Pepo Pallás,**
que virá acompanhando a carcereira **Buedo** e a diretora **Gómez**
no próximo **5 de setembro de 2018 às 18 horas,**
este fanzine deseja apresentar uma série de perguntas
e propor uma série de respostas.
Seu objetivo é abrir um debate verdadeiro
e não esses interrogatórios que **Laia Buedo** chama de debates
e que nos obrigam a manter depois de ler Os malditos três porquinhos,
ou uma notícia sobre a maldita corrupção ou sobre as malditas eleições,
como se déssemos a mínima para essas mancomunações das elites.
Os únicos debates que nós reclusas temos interesse em manter são:
1. As condições que favorecem a dominação e o controle
de todos e de cada um dos âmbitos da nossa vida.
2. Os modos de nos sobrepormos, de eliminarmos ou evitarmos tais dominações;
isto é, de nos emanciparmos do jugo de nossos múltiplos policiais:
diretores, ideólogos, patronos, capatazes, fura-greves, médicos,
professores, madames, prostituintes, estilistas e parentes autoritários.

Estamos fartas de que eles decidam até os temas de discussão
das tardes de terça no Grupo de Autogestores.
Hoje nós é que fazemos as perguntas, mas não a eles,
pois já conhecemos suas respostas mentirosas informadas pelo capital.
Hoje somos nós que nos interpelamos,
sem necessidade de um moderador que, como seu próprio nome indica,
se dedique a moderar, acalmar e, portanto, censurar
a forma como expressamos nossas inquietações.

1) Por que Pepo Pallás é um macho fascista neoliberal?
2) Por que nossas carcereiras estão tão entusiasmadas com o fato de Pepo Pallás vir em pessoa falar com a gente?
3) Nós reclusas da RUDI-Barceloneta devemos e/ou podemos fazer algo em relação à sua visita?

> PEPO PALLÁS CONCIENCIANDO SOBRE [...] ME DE DOWN PARTE 2
>
> - Cuidado vossa mercê, q anda lendo demais ultimamente, deveria ver mais TV.
>
> do Projeto Roma, adail e Quixote na luta pela "normalização" dessa síndrome. Acaba de publicar seu segundo livro, um manual intitulado *Crianças com machezas especiais* (Hércules de Ediç[...] um guia completo para o entorno familiar.
>
> 5:37 / 13:36

<u>Pepo Pallás</u>: *Famílias que têm uma enorme responsabilidade com seus filhos e com seus familiares com Síndrome de Down e que enxergam em mim uma referência. E eu então, para eles, tenho que continuar sendo uma referência. Não posso esmorecer.*

É que eu nunc… é que eu não posso esmorecer.

<u>Entrevistador</u>: *Você não pode vacilar.*

<u>Pepo Pallás</u>: *Não posso vacilar. Tenho que continuar sendo um Quixote das pessoas com Síndrome de Down e das famílias com Síndrome de Down (sic). Porque educar um filho com Síndrome de Down, ter confiança neles… é duro. É muito difícil. E, claro, é preciso que haja alguém que sirva de exemplo, de referência para poder ter fé na educação de seu filho.*

BREVE INTRODUÇÃO ÀS ARMADILHAS DA IDEOLOGIA

1. A NEGAÇÃO DA UNIDADE DE TODOS OS REPRESSORES

A distinção entre as três categorias de macho, fascista e neoliberal
que este fanzine propõe
só tem sentido para fins pedagógicos.
Nos valemos dessa diferenciação organizada e analítica
para aproximar esses termos às reclusas
que foram privadas do prazer da politização
e que, por viverem em uma sociedade capitalista, são a maioria.

(A politização é o processo pelo qual nos desprendemos da ideologia
e nos apropriamos da realidade.
Logo explicaremos o que são a ideologia e a realidade.)

No entanto, os atributos de macho, de fascista e de neoliberal
são indissociáveis no dia a dia,
isto é, na nossa realidade cotidiana, que é a única que existe
na medida em que é a única suscetível de acabar com a gente
ou de ser modificada pela gente.

Assim, a realidade nos indica que todos os machos são fascistas
e que todos os fascistas são neoliberais
e que todos os neoliberais são machos.
Qualquer relação de identidade entre os três conceitos é correta.
É logicamente validável e além disso é verdadeira.

Fora da nossa realidade cotidiana só existe virtualidade,

ou, o que dá no mesmo, ideologia.

A ideologia é um conjunto de zombarias
das quais os machos fascistas neoliberais e seus cúmplices se valem
para convencer todas as outras
de que o domínio que eles exercem sobre nós é bom,
quando o que a realidade nos indica é que esse domínio,
para nós, é ruim, porque nos faz sofrer.
O domínio só é bom para os dominadores.

Enquanto nós encontramos prazer na politização,
eles encontram prazer no acúmulo de poder material e simbólico
à nossa custa (exploração), à custa deles mesmos (autoexploração)
ou à custa de ambas as explorações combinadas.

(Isto é um resumo e adaptação do que disseram em 1845
os vovôs falastrões Karl Marx e Friedrich Engels.)

E esta é, companheiras, a ideologia do domínio.
Dizendo ideologia não é preciso dizer domínio,
caso queiram, como acontece na realidade, economizar duas palavras.

Para ela, os machos, os fascistas e os neoliberais
são sim categorias perfeitamente separadas na teoria e na prática,
entendendo que os machos não têm por que necessariamente
ser fascistas e/ou neoliberais, e vice-versa e vice-versa e vice-versa.
Debulharemos brevemente as distinções ideológicas
que rompem a unidade real do macho fasciamante do capital.
Essa ruptura da unidade é estratégica para a ideologia:

querem que acreditemos que nisso que eles chamam de sociedades democráticas.
o leviatã dominador não existe
O que existe são indivíduos, empresas, coletivos ou partidos
com certas preferências pessoais ou políticas
que devem ser respeitadas desde que elas respeitem a ordem institucional.
A ideologia chama isso de "pluralismo democrático" ou "liberdade ideológica".

A ideologia apela, assim, para o respeito aos machos fascistas neoliberais
enquanto nós, por colocarmos em xeque a mencionada ordem institucional,
somos chamadas de desrespeitosas, exageradas, loucas, raivosas e feminazis.
Para a ideologia, as fascistas seríamos nós, as presas.

Um argumento muito frequente e disseminado dentro da ideologia
é que existem diferentes ideologias,
sendo duas as mais importantes e configuradoras do resto:
a ideologia de esquerda e a ideologia de direita.
A ideologia de esquerda por antonomásia seria o comunismo,
e a ideologia de direita por antonomásia seria o fascismo.
Entre elas estaria a chamada democracia representativa.

No entanto, o que a realidade claramente aponta
é que em um extremo, no outro e no meio só existem fascistas,
diferenciados unicamente pelo uso retórico do discurso,
de modo que poderíamos falar de fascistas de esquerda e de direita.
Não à toa muitas vezes se fala da "unidade de todos os democratas".

(Para a ideologia, a retórica é o virtuosismo oratório do político institucional.
Para a realidade, a retórica é a estratégia comunicativa do dominador
para a difusão do domínio e das mentiras do capital.)

Para a ideologia, o fascismo é uma ideologia entre as muitas existentes
que corresponde exclusivamente a dois momentos históricos:
o do período de entreguerras e o da segunda guerra mundial.
Mas a realidade mostra que o fascismo vai muito além.
O fascismo é uma técnica de controle de populações e territórios
aplicada por todos os Estados e Impérios do mundo
desde que os primeiros partidos burgueses foram criados em meados do s. XIX
e até os dias de hoje.

E já que mencionamos o capital, diremos que, para a ideologia,
o neoliberalismo é a proposta econômica da direita imperialista.
A realidade, não obstante, reiteradamente evidencia que o neoliberalismo
é a proposta econômica comum a todos os dominadores de nossos dias.
Os fascistas de esquerda o chamam de coletivismo ou capitalismo de Estado,
e os fascistas de direita, de livre mercado ou livre concorrência.

Por último, para a ideologia, "macho" não é uma categoria política.
É biológica e se refere à função reprodutora das espécies.
Na ideologia, não existem machos, e sim machistas.
Machista seria aquele que despreza, deprecia ou objetifica as mulheres,
e costuma ser mais comum entre os fascistas de direita que entre os de esquerda,
mantendo sua falácia diferenciadora das modalidades de domínio.
Mas, na verdade, o depreciador de mulheres vai muito além:
é um depreciador de todos que não trepam do jeito que ele gostaria de trepar,
quando ele gostaria de trepar e com quem ele treparia.
Claramente vemos que o macho político
baseia seu domínio na função reprodutora que a ideologia nega
e em cujo nome humilha, viola e assassina.

Machista é a palavra empregada pela ideologia
para propiciar a assimilação das mulheres pelo neoliberalismo,
o que a ideologia chama de "sufrágio universal", "inserção no mercado de trabalho",
"conciliação da vida laboral e familiar", "paridade", "igualdade",
"superação do teto de vidro", "acesso a cargos de responsabilidade"
ou "igualdade de oportunidades".

2. A CRIAÇÃO DE UMA FALSA COMUNIDADE DE INTERESSES

Já vimos que a ideologia
nega que sua vontade de dominação seja única e indivisível
e que esteja presente em todos os seus agentes.
Também vimos como ela nega a necessária concorrência
dos atributos de macho, fascista e neoliberal
para poder exercer, reproduzir e perpetuar seu domínio.

Acontece que, ao mesmo tempo que a ideologia se vangloria de ser plural
e nega sua unidade ou hegemonia
(como a chamam alguns fascistas de esquerda,
sendo os primeiros entre eles Axelrod, Lênin e Gramsci)
afirma que os dominadores e dominados
fazemos parte de uma única comunidade.

Nessa comunidade, dominadores e dominados
compartilharíamos as mesmas necessidades e os mesmos anseios.

Para nós as presas isso é evidentemente falso, virtual ou ideológico porque,
como acabamos de ver,
- prazer dos dominadores está em exercer o domínio
- o prazer das dominadas ou presas está na politização.

Os interesses dos dominadores e dos dominados
não são só distintos, são também contraditórios.
Eles querem nos submeter
e nós queremos acabar com a nossa submissão.
Eles querem exercer a violência sobre nós
e nós queremos nos emancipar da violência deles.

Portanto, essa comunidade de interesses compartilhados
inventada pelo dominadores
é claramente uma falsa comunidade de interesses.
É fácil reconhecer pelos nomes que os dominadores dão
a essa comunidade e aos integrantes dessas comunidades,
nas quais já não haveria nem dominadores nem dominados, nem carcereiros nem pre
Atualmente, a ideologia que sustenta o macho fascineoliberal
chama a falsa comunidade de interesses de "Estado democrático",
e seus integrantes, sejam presos ou carcereiros,
chama de "cidadãos" e "cidadãs".

Em outros momentos e em outros lugares do mundo,
a ideologia do domínio já chamou a falsa comunidade de interesses de "povo",
e seus integrantes, de "trabalhadores", "pessoas comuns" ou "gente honrada".

Também costuma chamá-la de "nação" e seus integrantes,
de "nacionalistas" da nação em questão se for uma nação com Estado,
ou "lutadores pela independência" se for uma nação sem Estado.

Talvez a maior falsa comunidade de interesse de todas
seja "a humanidade",
composta pelos "seres humanos".

Há falsas comunidades de interesses em escala menor.
Uma muito famosa é a "empresa", sendo seus integrantes "uma equipe".
Ou o "partido",
sendo seus integrantes "os democratas", "os trabalhadores" ou "os patriotas",
depende se são fascistas de esquerda ou fascistas de direita.
Outra também muito extensa é a "família" e seus integrantes, os "familiares".

Em nosso caso concreto como presas,
a falsa comunidade de interesses é A RUDI-Barceloneta
nossos carcereiros a chamam de "comunidade pela integração"
e consideram a si mesmos e a nós como "membros de uma grande família".

Assim como acontece com a ruptura da unidade ideológica,
a falsa comunidade de interesses também é estratégica para a ideologia.
Serve-se dela para nos fazer acreditar que há apenas pequenas diferenças
entre dominadores e dominados, isto é, entre os carcereiros e as presas.

Na atualidade e em nossa área geográfica,
essas diferenças seriam próprias do pluralismo do qual já falamos,
ou seja, falsas diferenças resolvidas mediante processos democráticos,
ou seja, mediante jogos de mesa inventados pelos dominadores
para distrair os dominados.
Não por acaso as normas escritas e não escritas desses processos são chamadas de
"jogo democrático".

3. TRÊS EXEMPLOS DE IDEOLOGIA

Amela, Víctor-M.: "La contra"

[Entrevista com Juan Soto Ivars, jornalista e autor de *Arden las redes*]. La Vanguardia, 11 de maio de 2017, contracapa

Exemplo nº 1

A pós-censura nos silencia?
A liberdade de expressão gera ruído, a liberdade de ofensa gera silêncio. Nos acovardamos... e nos silenciamos, por via das dúvidas! A pós-censura fere o pluralismo, faz mal a você, a mim... a todos!
Devíamos nos ofender menos, então?
É legítimo se sentir ofendido, mas não seja um punheteiro da indignação.

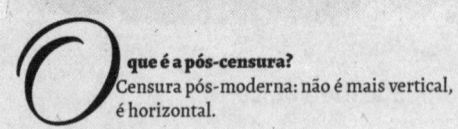

ANA JIMÉ

O que é a pós-censura?
Censura pós-moderna: não é mais vertical, é horizontal.

Horizontal?
Não vem de cima, não precisa de um estado totalitário: é exercida pela sociedade, pelos seus pares, grupos de todo tipo.

Que grupos?
Grupos beligerantes de animalistas, de feministas, de católicos, de esquerdistas, de direitistas, de taxistas, de independentistas, de espanholistas... Diga algo que eles considerem incorreto: vão se ofender... e te lincharão.

Linchamento digital?
Todos os dias apontamos alguém para insultá-lo, pedimos assinaturas para demiti-lo, para que boicotem seu espetáculo, recolham seus livros...

Você já participou de um linchamento digital?
Não, porque não tenho medo da liberdade de expressão, seja de um nazi ou de um machista: eu vou execrá-la, mas prefiro que a expresse a que se cale e se transforme em um mártir ou em um Trump.

E se você fosse linchado?
Já aconteceu, e consegui evitar passar de vítima a carrasco.

Dê alguns exemplos de assédio virtual.
Linchamos o humorista Jorge Cremades, as tuiteiras Casandra Vera e Justine Sacco, a escritora de literatura infantil María Frisa, o cozinheiro Jordi Cruz...

O crime deles foi...
Dizer alguma coisa. Alguma coisa incorreta para guém. Casandra, por uma piada sobre Carrero Blan Justine, sobre os negros. O politicamente correto acre ta que o que alguém fala — piada, brincadeira, opini — constitui a realidade. E que, mudando a representa o mundo muda: logo, seria construtivo censurar.

Teríamos que censurar então metade da arte e da literatura universal...
90%! E o censor será visto como justo, não como cens

Uma piada machista gera machismo?
Se você calar todas as piadas machistas, o machismo continuar existindo... e você vai acabar com a liberd de expressão.

Você vai ser chamado de machista por dizer isso.
Já fui rotulado: "machista", "racista", "benfeitorista", " demita", "extremo-centrista", "fascista", limitado... R lar é a chave da pós-censura: "Não leia esse cara por ele é (rótulo)". E você fica indefeso.

Estamos mais sensíveis do que nunca?
Sim, por causa do filtro das bolhas virtuais.

O que é uma bolha virtual?
Os algoritmos das redes unem pessoas com interes afins, e assim você se acostuma a um discurso mono dio, perde o pluralismo... e aí já é

Juan Soto Ivars considera as opiniões dos nazis,
as piadas com Carrero Blanco, os que zombam dos negros
e os que debocham das mulheres
parte do que ele chama de pluralismo, democracia ou *liberdade de expressão*.

Observemos como o entrevistado considera
que os ataques contra um ditador com nome e sobrenome
e as opiniões dos seguidores de uma corrente fascista
também perfeitamente reconhecível como é o nacional-socialismo
convivem no mesmo saco plural, democrata e livre
que os ataques contra duas categorias difusas
que ele denomina "os negros" e "as mulheres".

Logo, o nazi que insulta um negro
está fazendo exatamente a mesma coisa que o negro que insulta um nazi:
usando a *liberdade de expressão*.
A realidade, no entanto, é contundente ao nos mostrar
que, quando os nazis insultam os negros,
estão se valendo de sua posição de poder dentro da Ideologia,
que, por ser como eles, os ampara e os beneficia.

Um exemplo simples:

Lembremos a Guarda Municipal de Barcelona
proferindo xingamentos racistas e batendo nos camelôs.
Eles receberam o apoio de sua chefa, a prefeita Ada Colau,
e nunca foram denunciados.

No entanto, quando um negro insulta um nazi,

a ideologia o reprime e o censura.

Lembremos os mesmos camelôs se defendendo da mesma Guarda Municipal
e como a prefeitura de Barcelona liderada por sua chefa Ada Colau
foi instituída como acusação particular contra os camelôs no julgamento.

Também faz parte desse pluralismo louvado por Juan Soto Ivars
a mera existência de *grupos beligerantes de animalistas, de feministas,
de católicos, de esquerdistas, de direitistas, de independentistas, de taxistas,
de espanholistas...*, sendo uma lista não fechada.

(Notem o sarcasmo de Soto Ivars ao tratar os taxistas
como representantes de mais uma ideologia,
dando a entender, por um lado, que há muitas outras ideologias
entre as várias que ele está anunciando,
e por outro, que todos os taxistas pensam igual
e que são especialmente "beligerantes".)

Para Soto, cada um desses indivíduos ou coletivos de indivíduos
possui uma maneira própria de entender o mundo que deve ser respeitada.
Não tenho medo da liberdade de **expressão**, *seja de um nazi ou de um machista
eu vou execrá-la, mas prefiro que a expresse a que se cale.*
Eis aí o devido respeito aos machos fascineoliberal
que anunciamos na introdução e que Soto corrobora.

Se não os respeitamos, o pluralismo/democracia/liberdade de expressão estremece
e esse estremecimento *faz mal a você, a mim... a todos!*
Quer dizer, faz mal a uma comunidade da qual fazem parte
o entrevistador *(a você)*, o entrevistado *(a mim)* e qualquer outra pessoa *(a todos*

Exemplo nº 2

O odiado torna-se impreciso. O que é definido não pode ser bem odiado. Com a precisão viriam a delicadeza, o olhar atento ou a escuta minuciosa. Com a precisão viria aquela diferenciação capaz de discernir a pessoa singular, com todas as suas qualidades e inclinações múltiplas e contraditórias, como ser humano. Entretanto, uma vez que os contornos são esmaecidos, uma vez que os indivíduos como indivíduos se tornam irreconhecíveis, apenas coletivos vagos permanecem como destinatários do ódio, sendo difamados e desvalorizados, xingados e enxotados à vontade: *os* judeus, *as* mulheres, *os* incrédulos, *os* negros, *as* lésbicas, *os* refugiados, *os* muçulmanos ou ainda *os* Estados Unidos, *os* políticos, *o* Ocidente, *os* policiais, *a* mídia, *os* intelectuais.[1] O ódio se conforma ao seu objeto de ódio. É um encaixe perfeito.

O ódio se dirige para cima ou para baixo, em todo caso "os lá de cima" ou "os lá de baixo"; é sempre a categoria do "outro" que oprime ou ameaça o "próprio". O "outro" é fabulado como um poder supostamente perigoso ou como algo supostamente inferior;

Emcke, C.: *Contra o ódio*, Âyiné, Belo Horizonte, 2020, pp. 13-14.

A autora dessas palavras é Carolin Emcke,
jornalista e escritora como Juan Soto Ivars,
que, em um artigo publicado vinte dias depois da entrevista anterior,
a cita como uma de suas referências:

Em seu ensaio Contra o ódio (Âyiné), **Carolin Emcke** lembra que a única forma de alcançarmos a igualdade, ou de nos aproximarmos dela , é nos conhecermos melhor. Pararmos de nos enxergar como grupos rivais — branco, negro, *mouro, mulher* — e nos enxergarmos como indivíduos.

Soto Ivars, J.: *Festival solo para mujeres negras, o el gueto voluntario de las minorías*. España is not Spain, Blogs de El Confidencial, 31 de maio de 2017.

A professora de Soto é uma macha fascista neoliberal mais refinada que seu pupilo.
Se Soto admite a existência de coletivos para se afastar deles,
Emcke nega até sua existência.
Ela pensa que todos esses grupos humanos que enumera
não são nada além de montantes de indivíduos, pessoas ou seres humanos
de *características e inclinações e características diversas e contraditórias*.
Emcke, como Soto, coloca no mesmo saco *as lésbicas* e *os policiais*,
os políticos e *as mulheres*, *os Estados Unidos* e *os negros*.
Com isso ela quer nos fazer engolir a ruptura da unidade ideológica
de um modo mais enigmático que o empregado por Soto Ivars.

Carolin Emcke quer nos convencer de que "as difamações", "os desprezos",
"os gritos" e "os tumultos" direcionados às lésbicas,
aos negros, aos judeus e aos mulçumanos
são comparáveis aos dirigidos contra a polícia, os países ocidentais,
os meios de comunicação, os políticos e os Estados Unidos.
Para Emcke, insultar um policial pelo fato de ele ser policial
é tão injusto quanto insultar um mulçumano por ele ser mulçumano.
Assim, por um lado, ela faz uma comparação falaciosa
entre alguém definido por sua profissão e alguém definido por seu culto religioso;
e, por outro, omite o que todos os humanistas omitem,
que é a diferença na posição de poder (e não de características pessoais)
que um policial ocupa por ser um agente da autoridade
diante de um mulçumano por ele professar uma religião demonizada,
ou diante de uma mulher por ela não ser um homem,
ou diante de uma lésbica por ela não ser um homem e trepar com mulheres.

O humanismo neoliberal de Emcke é tão exacerbado e fora da realidade
que dota a entidade administrativa e política chamada Estado
de qualidades humanas (aquelas "características diversas e contraditórias"),
do mesmo jeito que a Disney faz as chaleiras falarem.

> uma massa que inevitavelmente se torna homogênea. Antes, o plural na tradição de Hannah Arendt é formado da variedade de singularidades. Todos são semelhantes, mas ninguém é igual a ninguém - isso é a condição (tanto "estranha" quanto encantadora) e a possibilidade da pluralidade. Qualquer padronização que leve a uma depuração da singularidade de cada ser humano contradiz esse conceito de singularidade. *Ibid.*, p. 163.

Também devemos destacar o quanto a autora utiliza
ideologicamente a palavra ódio para justificar a falsa
comunidade de interesses. Somente se as malhas do ódio forem substituídas,
somente se "semelhanças forem descobertas onde antes só eram vistas diferenças" é que poderá surgir a empatia.[2]

Ibid., p. 161.

O que para Soto era beligerância ou linchamento
provocado pela mentira pluralista da diferença de opiniões,
para sua professora é ódio *à vontade*.
Carolin Emcke quer com isso despolitizar os ataques
que nós presas lançamos contra nossos carcereiros
e desideologizar os que nossos carcereiros lançam contra nós.
Graças ao ódio, Emcke sentimentaliza e universaliza os ataques,
dando a entender que todos, seja quem for,
são provocados por um defeito em nossa humanidade comum,
que ordena que nos amemos como meros humanos que somos.

Se eu ataco o policial, é por ódio, não porque o policial está me reprimind‹
Se o policial me ataca, também é por ódio, não porque é pago para isso.

> O fanatismo e o racismo devem ser enfrentados não apenas em seu conteúdo, mas também em sua forma. Isso não significa que se deva radicalizar. Isso não significa, de modo algum, que se deva promover com ódio e violência o cenário fantasioso de uma guerra civil (ou de um apocalipse). Em vez disso, são necessárias medidas de intervenção econômica e social naqueles lugares e nas estruturas em que surge aquele descontentamento que pode ser canalizado pelo ódio e pela violência. Para quem quiser combater preventivamente o fanatismo será imprescindível questionar quais incertezas sociais e econômicas são mascaradas pela falsa segurança de dogmas pseudorreligiosos ou nacionalistas. Quem quiser combater preventivamente o fanatismo terá de se perguntar por que para tantas pessoas suas vidas valem tão pouco que estão dispostas a abandoná-las por uma ideologia. *Ibid.*, pp.161-162.

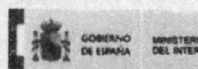

GOBIERNO DE ESPAÑA — MINISTERIO DEL INTERIOR

Bienvenidos | >
Españo

Não por acaso a proclamação de seu livro *Contra o ódio* coincide com a da campanha *Stop radicalismos* do Ministério do Interior.

STOP

RADICALISMOS

Nesta página é possível informar qualquer incidência ou problemática que, possivelmente, suponha o início ou o desenvolvimento de um processo de radicalização ou de gestação de condutas extremistas, intransigentes ou de ódio por motivos racistas,

Também é possível informar a situação de extrema radicalização de um indivíduo ou seu possível desaparecimento e saída/entrada do território nacional para/de áreas de conflito bélico.

Sua colaboração é muito importante para todos.
Entre em contato conosco com total confiança.

© 2015 Ministério do Interior. Governo da Espanh‹

Do que Carolin Emcke, Prêmio da Paz dos Livreiros Alemães, está falando, então,
quando lança suas proclamações a favor da liberdade de pensamento e de expressão?
Fala que tudo, tudo, tudo pode ser questionado
menos a estrutura macha fascista neoliberal que sustenta seu Estado ideal.
Ou seja, fala que não podemos divergir em nadica de nada
exceto *nas ideias e práticas distintas*
sobre o que se considera uma vida boa, o amor ou a felicidade,
os *diferentes projetos de vida e os diversos rituais e festas,*
usos e costumes, ela diz literalmente na página 185.

Em seguida, na página 166 do premiado folhetim Contra o ódio
a pacificadora Emcke se dedica a enumerar uma dúzia de festas alemãs
às quais ela comparece ou não e que são prova viva
de que todos podemos viver em união
em uma sociedade laica, aberta e liberal
em que reina a diversidade cultural, sexual e religiosa.

> Pessoalmente, a diversidade cultural, religiosa ou sexual em um Estado secular de direito me *tranquiliza*. [...] Nesse sentido, também fico tranquila com as formas de vida ou de expressão das quais pessoalmente prefiro manter distância. Elas não me incomodam. Elas também não me assustam. Pelo contrário, fico feliz com os mais diversos rituais ou festivais, práticas e costumes. Não me importa se as pessoas se divertem com bandas marciais ou no Festival de Bayreuth, no estádio do FC Union Berlin ou com espetáculo *drag* "Pansy Presents..." no Südblock [...].
>
> O vínculo afetivo refere-se exatamente a isso: viver em uma sociedade que defende e protege minhas idiossincrasias individuais, mesmo que não sejam capazes de se tornar majoritárias, mesmo que sejam antiquadas, ou modernas demais, extravagantes ou bregas. [...] *Existir realmente no plural significa ter respeito mútuo pela intimidade e pela singularidade de todos.* Ibid., pp. 165-166.

Essa banalização das possibilidades de dissenso
reduzindo-as aos modos de festejar ou às "particularidades individuais"
constitui um excelente exemplo de como a ideologia
constrói sua concepção fascimachista do mundo
com base na lógica capitalista da acumulação e do consumo:
quanto mais opções sexuais, melhor;
quanto mais opções religiosas, melhor;
quanto mais indivíduos e projetos de vida, melhor;
ou seja, ver a vida e falar dela como se fosse um asqueroso supermercado.

Exemplo nº 3

A autonomia: tipos e vantagens

Picada, Pablo: *Niños con macheídades especiales. Manual para padres*, Hércules Ediciones, A Coruña, 2015, pp. 52-53.

POR QUE PÍO PALOMEQUE É UM MACHO?

> Diferente da mãe, o pai se concentra mais nos aspectos culturais e acadêmicos e, portanto, é ele quem precisa se dar conta de que esse filho não é "deficiente" e que, portanto, é preciso estimulá-lo, quanto mais cedo melhor. (...)

orque se atreve a dar lições às mulheres obre como ser uma boa mãe.

orque seu conceito de boa mãe oloca a mulher no tradicional papel ubordinado de cuidadora la família, de ofredora abnegada e de criação dos filhos.

ua única maneira de se elacionar com eles é por meio la dependência.

a mãe, pedra Fundamental da família

VOCÊ ACABA DE TER UM FILHO

e existe alguém que é a alma da família — porque a criou, enfrenta seus roblemas e dissabores, e carrega essa esponsabilidade nas costas — e a faz eguir em frente, essa é a mãe.

ão vocês, mães, que enfrentam a criação e a educação dos filhos e que assam mais tempo com eles, por isso ocês são tão importantes para seus lhos. Porque no início eles dependem de vocês, mas ao mesmo tempo eles podem ser muito importantes no futuro, **porque são vocês que talvez dependam dos seus filhos.**

Quando os filhos são pequenos, o papel de vocês é crucial porque precisam criá-los e educá-los. (...)

Mas, quando um filho chega à adolescência e à juventude, vocês precisam se revestir de ainda mais paciência, ensiná-lo a ser disciplinado e continuar transmitindo valores para ele. E finalmente o filho chega à maturidade, e as pessoas pensam que "o trabalho da mãe já terminou"; erro crasso, já que as mães **vão continuar sendo mães**, seja lá qual for a idade que nós, filhos, tenhamos.

Ibid. p. 26

Há outras razões para considerarmos Pío Palomeque nosso macho inimigo.
A seguir vamos recordar o que seu alter ego, Daniel,
fazia no filme *Eu, também quero ser um macho*
depois do fiasco de não conseguir ficar com a colega do trabalho de quem ele gostava
após uma noite quente em que ela finalmente o rejeita:

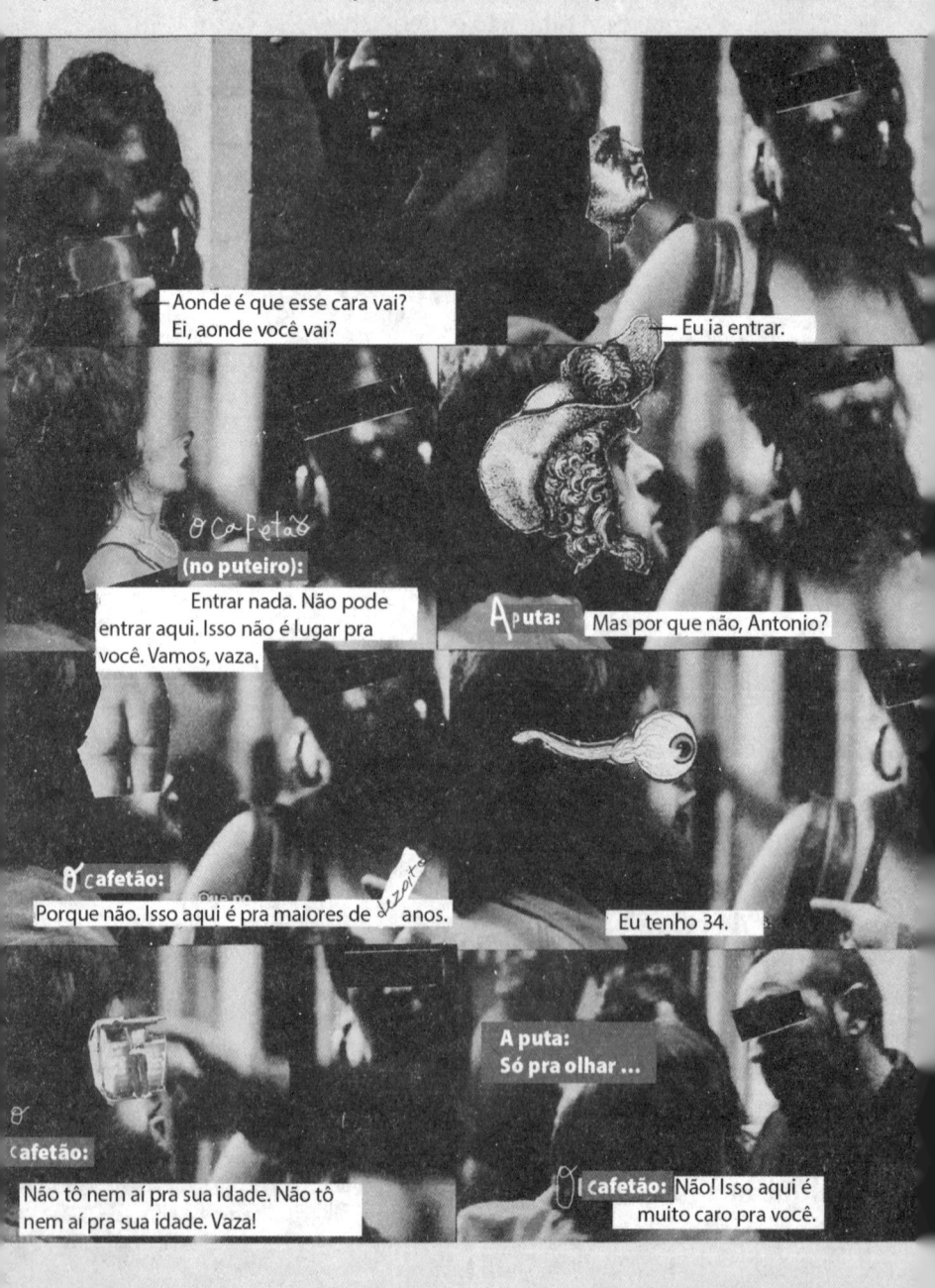

— Aonde é que esse cara vai?
Ei, aonde você vai?

— Eu ia entrar.

O Cafetão (no puteiro):
Entrar nada. Não pode entrar aqui. Isso não é lugar pra você. Vamos, vaza.

A puta: Mas por que não, Antonio?

Cafetão:
Porque não. Isso aqui é pra maiores de dezoito anos.

Eu tenho 34.

A puta:
Só pra olhar ...

Cafetão:
Não tô nem aí pra sua idade. Não tô nem aí pra sua idade. Vaza!

Cafetão: Não! Isso aqui é muito caro pra você.

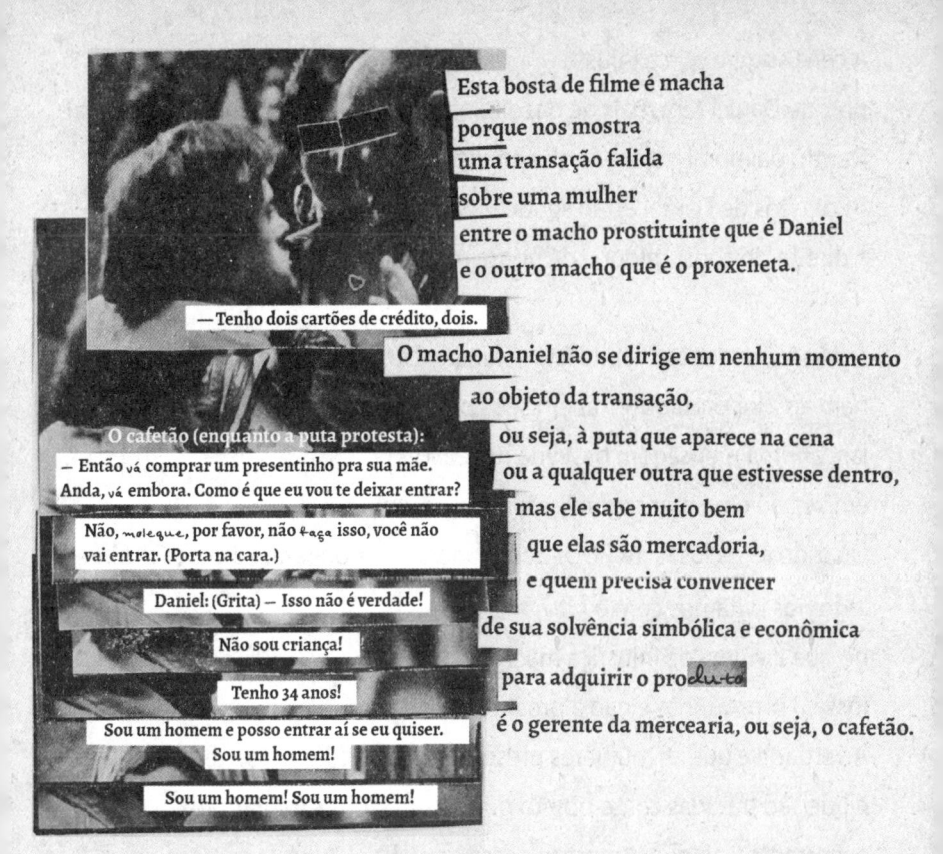

Esta bosta de filme é macha
porque nos mostra
uma transação falida
sobre uma mulher
entre o macho prostituinte que é Daniel
e o outro macho que é o proxeneta.

— Tenho dois cartões de crédito, dois.

O macho Daniel não se dirige em nenhum momento
ao objeto da transação,

O cafetão (enquanto a puta protesta):
— Então vá comprar um presentinho pra sua mãe.
Anda, vá embora. Como é que eu vou te deixar entrar?

ou seja, à puta que aparece na cena
ou a qualquer outra que estivesse dentro,
mas ele sabe muito bem

Não, moleque, por favor, não faça isso, você não vai entrar. (Porta na cara.)

que elas são mercadoria,
e quem precisa convencer

Daniel: (Grita) — Isso não é verdade!

Não sou criança!

de sua solvência simbólica e econômica

Tenho 34 anos!

para adquirir o produto

Sou um homem e posso entrar aí se eu quiser.
Sou um homem!

é o gerente da mercearia, ou seja, o cafetão.

Sou um homem! Sou um homem!

A prostituta também sabe muito bem
que ela não deve negociar diretamente com o prostituinte.

Além disso, nas duas únicas vezes em que ela intervém
se dirige à figura do intermediário que é o proxeneta,
tentando vagamente influenciá-lo para que feche o negócio com o prostituinte.
Obviamente, sua opinião não é levada em conta.

A cena é um asquerosamente macho porque,
diante da situação de prostituição apresentada,
traz a mensagem de que o prostituinte
é quem está sendo tratado injustamente
porque não lhe dão acesso ao produto sexual que ele escolheu.

A cena sugere que é injusto
porque Daniel tem mais de dezoito anos e dinheiro suficiente para pagar.
Dentro da moral macha fascicapitalista do filme
os direitos de Daniel estão sendo violados:
o direito do consumidor e da honra masculina.

Como são machões capitalistas, nunca ocorreu aos diretores e roteiristas
nem ao ator protagonista, em seus posteriores elogios ao filme,
lançar uma mensagem baseada na realidade
em vez de uma mensagem baseada na ideologia.
Quando as reclusas da RUDI-Barceloneta nos obrigaram a ver esse filme
logo nos irritamos com o fato
de que a vítima da injustiça macho-capitalista
fosse o prostituinte e não a prostituta.
A verdade é que as mulheres presentes ou aludidas nessa cena
é que são tratadas como objeto por dois machos exploradores
e, portanto, são quem merece nossa empatia.

No entanto, a ideologia quer transmitir
que devemos empatizar com o homem que perde o duelo de machezas
porque não pode satisfazer seu desejo sexual nem se reafirmar como macho
à custa de mulheres que não expressam nem seu desejo sexual
nem o preço que eventualmente gostariam de cobrar por seus serviços.

A cereja no bolo de toda essa mancomunação ideológica
é que a puta é retratada como compreensiva
em relação às ânsias sexuais do prostituinte.
Assim pretendem ocultar a verdadeira injustiça sofrida pela puta macheada,
vendendo, em seu lugar, a fantasia ideológica
da puta condescendente e bem tratada por seu prostituinte e seu proxeneta.

POR QUE PASCUAL PÉREZ CON OTRA MIRADA É UM FASCISTA?

Qual sua opinião sobre os políticos?

Pascual Pérez: Eu não deixaria ninguém de fora, sério mesmo, porque aqui todos nós somos necessários, sabe? Agora mais do que nunca. Temos que botar a mão na massa. [...] Existem políticos... Sim, e que ainda por cima disseram publicamente, que iam enriquecer. Eles existem. Claro que existem. Mas também existem políticos, pres'tenção, políticos honestos.

Membro da plateia: Muitos.

Pascual Pérez: E sinceros, e comprometidos. Portanto, não é bom fazer generalizações com nenhum grupo, nem com os políticos.

Pascual Pérez é um fascista porque acredita que os dominadores, e consequentemente o domínio deles sobre nós, "são necessários".

Mas como é um ideólogo e não um realista como nós, não diz isso explicitamente, mas emprega a retórica ocultadora que a ideologia lhe ensinou.

Ele monta a armadilha número um que vimos na introdução e que Soto Ivars e Carolin Emcke exemplificaram tão bem: a de que existem dominadores bons e dominadores maus, negando, portanto, a unidade de todos eles e a própria dominação.

Essa visão negacionista sobre a dominação é fruto do fato
de que para Pascual Pérez o único mal que um político pode fazer
é enriquecer ilegitimamente no exercício de seu cargo.
Ou seja, o fato de que existirem profissionais da autoridade
que exerçam legitimamente a violência em todos os âmbitos da nossa vida
fazendo dela uma série infindável de sujeições,
não é algo ruim.
É algo bom desde que o dominador faça isso
com "honestidade, sinceridade e compromisso".

O fascista do Pérez nega a tal ponto a existência de nossos dominadores
(e ao negar sua existência, nega a nossa enquanto dominadas)
que os considera parte de um coletivo, o *coletivo dos políticos*,
utilizando a retórica fascidemocrática da atomização da sociedade
em grupos diferenciados por características superficiais
e não pela quantidade de poder que ostentam
e, portanto, do maior ou menoR domínio que podem exercer sobre nós.
(Politizaremos isso nas próximas páginas
quando virmos o fascista do Pérez falar de "minorias".)

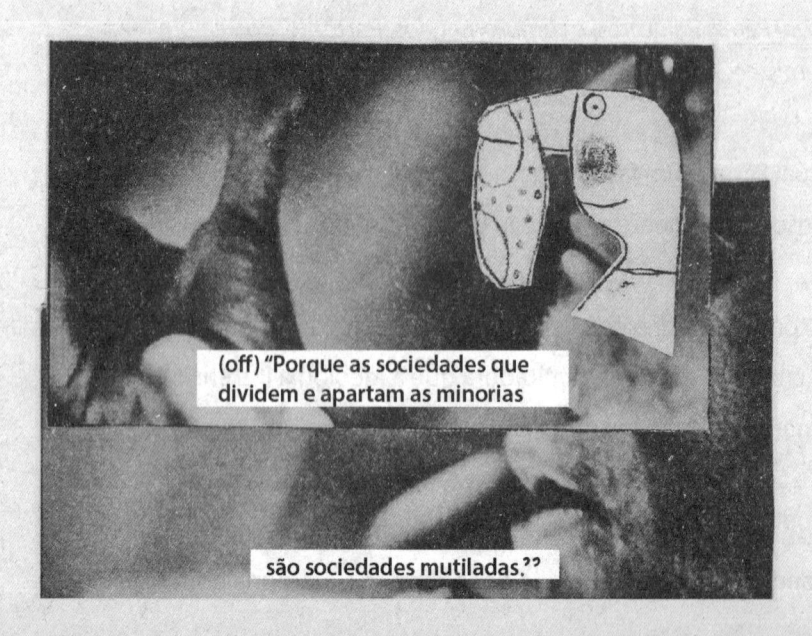

(off) "Porque as sociedades que dividem e apartam as minorias

são sociedades mutiladas."

arte
InésAPARICIO

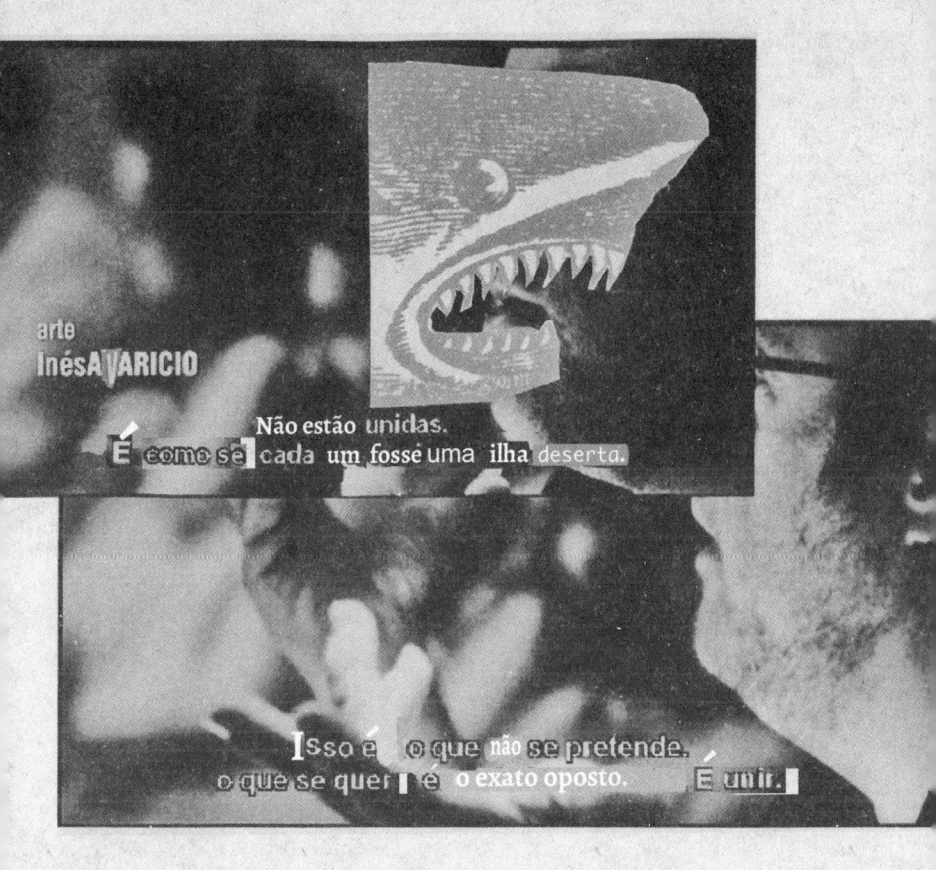

Não estão unidas.
É como se cada um fosse uma ilha deserta.

Isso é o que não se pretende.
O que se quer é o exato oposto. É unir.

Como vocês devem lembrar, isso de meter todas nós no mesmo saco
era uma estratégia da ideologia para neutralizar qualquer tipo de conflito,
criando uma falsa comunidade de interesses,
neste caso, *as pessoas*.

Isso de "as pessoas" é outro bordão
que ele solta por onde quer que vá.
Sua *intenção* é passar a ideia de que ele e qualquer um
fazemos parte do mesmo coletivo
que iguala todos nós: as pessoas.

Vejamos até que ponto Pascual Pérez nega
a existência de diferenças reais entre *as pessoas*:

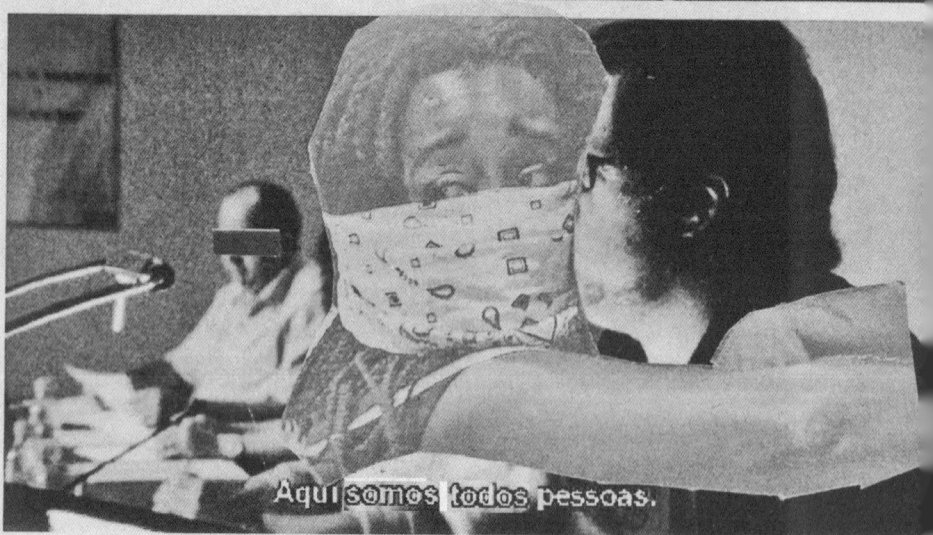

> SOM
> Eva CARIÑO
> MalayoGUTIERREZ
> Nacho POYO
>
> Aqui não há mulheres, nem negros, nem homossexuais, nem nada.

> Aqui somos todos pessoas.

Depois desses dois fotogramas de *Eu, também quero ser um macho* já sabemos a que Pascual Pérez se referia quando falava de minorias: simplesmente às minoritárias mulheres, aos minoritários negros e aos minoritários homossexuais.

O conceito de minoria que deve ser protegida, tolerada e integrada nasce em oposição ao conceito de maioria protetora, tolerante e integradora.

Se as mulheres, os negros e os homossexuais são a minoria,
a maioria é constituída pelos homens brancos heterossexuais.

Para um homem branco heterossexual como Pascual Pérez,
quem não é um homem branco heterossexual
(que é a classe ativa e emissora de valores)
é um sujeito passivo receptor dos valores do homem branco heterossexual.
Quando o homem branco hétero negligencia sua função emissora,
Pascual Pérez nos diz, com pesar, que estamos, então,
diante de "sociedades mutiladas que dividem e apartam as minorias".

POR QUE PLINIO PACHECO É UM NEOLIBERAL?

Quando falamos do neoliberalismo de Pacheco,
fica especialmente difícil
distinguir seu amor pelo capital
de seu amor pela variante fascista que é a democracia.

Vejamos como, nos fotogramas que dão sequência aos das páginas anteriores,
Pascual Pérez vincula o trabalho com o fato de "ter voz nesta sociedade".
Considera que apenas os criadores do valor econômico
são, por sua vez, criadores do valor moral pelo qual merecem tomar a palavra.

Ele expõe, além disso, que a tarefa capitalista do trabalho é necessária
não mais unicamente para ser membro efetivo
da falsa comunidade de interesses chamada "sociedade democrática",
mas para "se sentir" parte dela,
e bastaria esse sentimento de pertencimento para criar a comunidade.

A falsa comunidade de interesses, de fato,

requer não apenas membros ativos e de pleno direito,
mas principalmente membros que, com seu mero sentimento comunitário
adquirido através de sua submissão ao trabalho,
legitimem e obedeçam aos que, em vez de sentimentos, têm poder.
A legitimação dos poderosos e dos dominadores é mais uma das razões
que fazem de `Plinio Pacheco` um fascista.

Que essa legitimação do poder democrático seja justificada
pelo desempenho capitalista consistente em ser explorado
como fonte de produção para o enriquecimento de outros
é outra razão que faz de `Plinio Pacheco` um neoliberal.

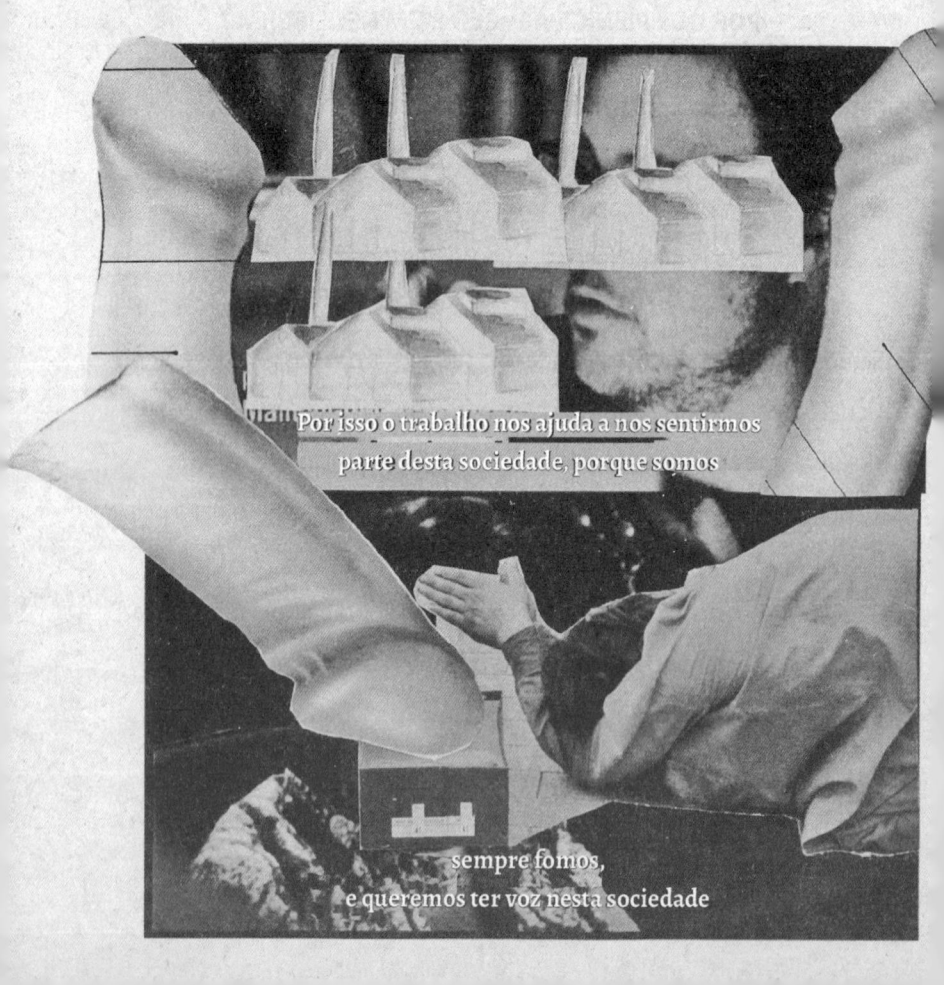

> Por isso o trabalho nos ajuda a nos sentirmos
> parte desta sociedade, porque somos
> sempre fomos,
> e queremos ter voz nesta sociedade

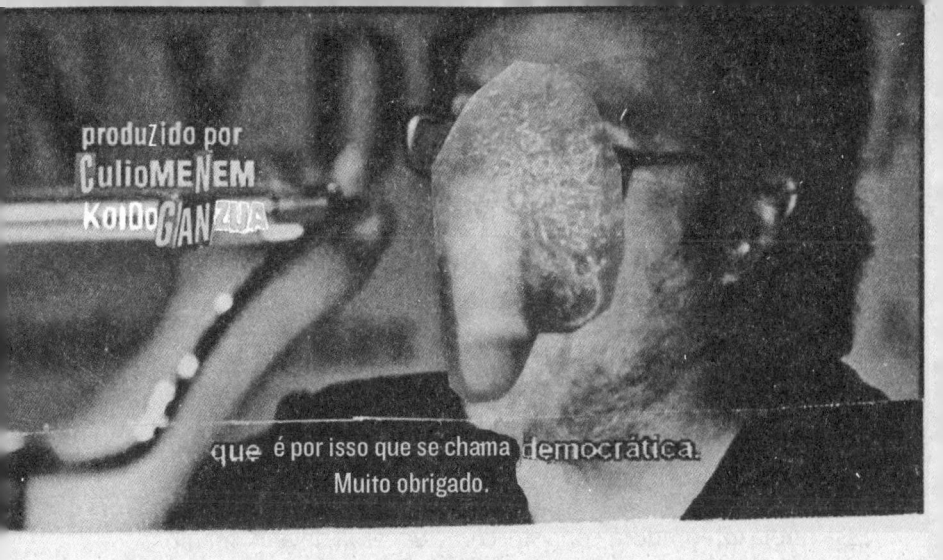

POR QUE NOSSAS CARCEREIRAS ESTÃO TÃO EMPOLGADAS COM A VISITA DE PORFIRIO PÁEZ?

Agora que já conhecemos as entranhas
do muso e protagonista do filme que fomos obrigadas a ver
e do livro e do autor do livro que fomos obrigadas a ler,
nós reclusas da RUDI-Barceloneta podemos ter uma ideia
de por que nossas carcereiras o trazem ao Grupo de Autogestores.

Nossas carcereiras consideram que Porfirio Páez é um exemplo a seguir
e que sua proximidade nos incentivará a seguir seu exemplo.
Elas codificam a exemplaridade de Porfirio Páez
em que o sujeito está perfeitamente integrado à sociedade.

Todos os carcereiros aprenderam
na faculdade, na formação profissional e no curso de formação de segurança
que a integração à sociedade dos reclusos que estão sob seu cuidado
é o objetivo final de sua profissão.

Nossas carcereiras têm em Porfírio Páez
a prova viva de que seu trabalho repressor funciona:

um recluso redimido que,
graças à tarefa integradora das instituições,
agora atua como carcereiro-estrela,
como aqueles `serial killers` que saem da prisão convertidos
em pastores.

E em que consistiu essa tarefa integradora
que teve tão bons resultados de integração na figura de Porfirio Páez
e que também deve ter nas reclusas que ainda não fomos redimidas?

Essa tarefa integradora consiste, como vocês já devem imaginar,
em nos tornar machas
em nos tornar fascistas
em nos tornar neoliberais.

Toda vez que nossas carcereiras e seus showmen como Porfirio Páez
falam de integração,
em seguida falam de normalização.
A integração das reclusas só é possível se as reclusas são normalizadas.
`Normalizar-nos` significa, como a própria palavra indica,
nos tornar normais.

E o que é ser normal como Porfirio Páez é normal?
Acertaram de novo!
Normal é o macho, normal é o fascista e normal é o neoliberal.

Apenas possuindo esses atributos e exercendo a dominação através deles,
nós reclusas poderemos viver nesta merda de cidade vendida
para o turismo
sem entrar em guerra por cada atitude machista,
por cada atitude fascista
e por cada atitude neoliberal em que esbarramos.

NÓS RECLUSAS DA RUDI-BARCELONETA DEVEMOS E/OU PODEMOS FAZER ALGO EM FACE DESSE GRANDE DIA?

As carcereiras e Porfirio Páez
querem inibir a irrefreável vontade de conflito que acomete as reclusas
e que é nossa tábua de salvação
diante da dominação sistemática de que padecemos nas mãos dos carcereiros.

Mas por que propor um conflito
nos salva de nossos dominadores?

Não faria mais sentido não sermos conflituosas
para não sofrermos represálias de nossos dominadores?

Definitivamente, nós reclusas temos bons motivos
para continuar submissas e despolitizadas,
e entre esses bons motivos está o fato de que podem
tornar nossa vida ainda mais impossível,
que é o que nossos dominadores fazem quando não lhe obedecemos.

Conhecemos muitos casos:
a companheira que gostava de trepar com muita gente
contrariando a proibição da moral macha fascicapitalona
que afirma que a mulher não pode tomar a iniciativa sexual
exceto se for prostituta,
soterrada por comprimidos e lavagens cerebrais que inibiram sua iniciativa.

A companheira que não queria mais trabalhar trinta horas semanais
embalando comida de bufê por cento e cinquenta euros por mês
foi alocada em uma sala da RUDI por dez horas semanais

para fazer trabalhos manuais com cartolina e miolo de pão
para decorar a RUDI inteira como o campo de golfe dos teletubbies
e sem receber um centavo.

E o outro companheiro que não abaixou a cabeça
e não aceitou se juntar à companheira retaliada citada
nas atividades de trabalhos manuais
foi posto na frente da TV
para ver o programa que a carcereira tirou do cu
sem dar a ele opção de escolha ou o controle remoto
e impedindo-o de sair da sala de TV.

A que não quer tomar os comprimidos
é imobilizada por três, que tampam seu nariz e a obrigam a engolir.

Da que não troca de blusa todos os dias
debocham por seu cheiro e pelas pizzas debaixo dos braços,
e não a deixam sair na rua.

A que fica alguns metros atrás do grupo durante o passeio à praia
é encorajada.
A que anda alguns metros à frente
é contida;
e se aquela não acelera o passo e esta não o retarda,
as carcereiras as levam pela mão impondo seu ritmo.

Então a salvação pode estar na criação de um conflito?
Criar um conflito nos condena, não nos salva!

Isso é verdade se seguirmos a lógica da linguagem coloquial ou estabelecida.
Mas falar com a linguagem coloquial ou estabelecida
é falar com a lógica das dominadoras.
É falar com base no entendimento acrítico de algumas palavras
que as dominadoras enchem de significado por nós.

Mas nós, as reclusas,
pelo simples fato de chamarmos a nós mesmas de reclusas,
já começamos a revelar a relação de domínio
`ocultada` pelas administrativas palavras "profissionais" e "usuários".
Já sabemos que não somos usuárias
nem elas profissionais.
E se são profissionais de alguma coisa
é do nosso sequestro e confinamento.

Nosso primeiro ato como reclusas
foi parar de chamar as coisas pelos nomes impostos pela ideologia
e começar a nomeá-las por seus verdadeiros nomes.

Assim, onde a linguagem estabelecida proclama
"Se você não obedecer, vamos te pôr de castigo",
nós reclusas começamos a ouvir outra coisa:
"Se você se recusar a aceitar nossa visão de mundo,
e se insistir na recusa,
vai minar nossa dominação sobre você".

A linguagem estabelecida ainda tenta salvar o que pode
e nos adverte:
"Por se comportarem mal uma tarde,
ficarão dias e semanas de castigo, inclusive em castigos definitivos".

Não se deixem engambelar pelas ameaças, companheiras!
Quando a linguagem estabelecida é despachada com ameaças arrepiantes,
não devemos entender que as dominadoras são superpoderosas,
e sim que as dominadoras têm medo,
e que nós reclusas é que provocamos esse medo.

Ou seja: nós reclusas estamos cada vez mais perto de deixar de ser reclusas
e mais longe do domínio das machas fascineoliberais que nos governam.

Ou seja: uma ação de desobediência contra as carcereiras
abre a porta para mais e maiores atos de desobediência.

Os castigos não serão banidos
mas relativizados e despossuídos do poder absoluto
com o qual nossas carcereiras justificam todas suas ações repressivas.

Não é que um castigo "valha a pena"
em troca da jornada de desobediência, conflito e emancipação
que receberemos.

Esse "valer a pena" volta a ser palavras
que pesam para o lado da linguagem estabelecida,
que nos interpela nos seguintes termos:
"Vale a pena desobedecer se vão nos castigar em seguida?",

Mas nós reclusas desmascaramos a linguagem do poder e dizemos
que os castigos nunca valem a pena,
e que a pena não tem nenhum valor positivo.

Nós não somos mártires, não queremos penar.
Quando desobedecemos e propomos um conflito,
não fazemos isso "pelo" status de sofredoras comprometidas
que o castigo nos concederá.
Nós o fazemos "apesar dele"
e tentamos escapar do castigo de todas as formas.

Nós reclusas não falamos a linguagem estabelecida do herói responsável
que considera covardia "atirar a pedra e esconder a mão".
Muito pelo contrário, nós, as presas,
acreditamos que esconder a mão depois de atirar a pedra
é a única coisa que garante que não cortarão nossa mão
e que poderemos atirar pedras de novo quando estivermos a fim.
Não fazemos atos heroicos, nós preparamos emboscadas.
Não agimos para dar visibilidade à causa da nossa opressão,
muito pelo contrário:
queremos ser invisíveis para que nossas opressoras
não possam nos identificar.

Pergunta: *Você nunca gostou de uma garota SD [síndrome de Down]?*

Resposta: *Boa pergunta. Esse é um dos grandes inconvenientes de ser pioneiro: nunca me relacionei com os SD, e a verdade é que isso não está certo: sinto que perdi alguma coisa, e às vezes incorro nos mesmos preconceitos contra os quais eu luto. Ando na rua e os vejo agarradinhos à mão da mãe ou do pai e sinto que uma grande distância nos separa, porque eles foram educados de forma segregada e determinista, por isso não evoluíram nem aprenderam. E por outro lado me sinto tão confortável com as pessoas normais do meu círculo de amizades.*

PITA, Elena. "Un día con Pablo Pineda". *Expansión.com*, **15/09/2015.**

É exatamente isso que nossas carcereiras querem de nós.
Que nos sintamos confortáveis com elas
e que desprezemos umas às outras.

Essa é uma tática clássica
aplicada pelos dominadores de todo o mundo e de todas as épocas
para inibir a união dos dominados entre si
e favorecer a adesão dos dominados aos dominadores.

Suspeitamos que foi isso que fizeram com Pôncio Pilatos
quando ele esteve recluso,
e a tática funcionou divinamente,
pois o tornaram um perfeito integrado normalizado que serve a seus interesses.
Mas as circunstâncias que levaram o macho que está na nossa mão
a se tornar mais um de nossos carcereiros
não nos interessam.

As correntes que queremos romper com uma motosserra são as nossas
e não as daqueles que tiram proveito da nossa opressão.

Quer dizer então que você é um pioneiro na difusão da doutrina macha fascicapitalista
nas RUDIS e nos CRUDIS do mundo todo?
Que nós não "evoluímos nem aprendemos"
segundo os preceitos do neoliberalismo?
Que essa é a "grande distância" que nos separa?
Que você se sente confortável entre pessoas normais e não entre nós?

Sim, sim, sim e sim, seu Pôncio Pilatos de araque,
e nós vamos te deixar ainda mais desconfortável.
Você se meteu com as reclusas erradas.

Nós nem estudamos nem trabalhamos,
nem queremos trabalhar nem queremos estudar.
Cagamos dentro do nicho
onde estão expostas para veneração a fábrica e a escola,
e depois fechamos sua portinhola de vidro
deixando nossa merda `exposta`
junto com este poema da reclusa assassinada pela polícia
chamada Patricia Heras:

Jovem altamente qualificada NEM NEM
nem se oferece como engrenagem
ou prostituta do Estado
nem se vende como correio
a puta Inquisição.

Jovem NEM NEM altamente qualificada
mija nas suas esquinas
farta de não poder digerir.

HERAS, Patricia. *Poeta Muerta*. Barcelona: Ediciones Capirote, 2014.

Toda vez que aplaudirem Pôncio Pilatos por falar da acessibilidade universal
e da eliminação das barreiras em todos os âmbitos da vida democrática,
saberemos que estão aplaudindo a acessibilidade universal à submissão
e o estabelecimento de novas e mais sofisticadas barreiras contra a vida real.
A única acessibilidade universal que nós presas queremos
é a acessibilidade universal ao gozo, à politização
à vida desejosa de ser vivida e não mediatizada pelos dominadores.

Somos jovens NEMNEMS altamente qualificadas
para acabar com a vontade de viver de qualquer um que `queira` nos enterrar em vida
semear sobre a terra recém-`revolvida` e ainda fresca da nossa vala comum
árvores que dão notas de dinheiro.

— **O que você acha da reforma do aborto?**
— É um tema delicado e importante. Estamos falando do futuro desta sociedade. Não quero parecer moralista. Não gosto de julgar as mulheres porque cada uma é um mundo. Não quero nem devo julgá-las. Cada uma tem suas circunstâncias. O que eu digo é que quando a ideia de abortar passar pela cabeça das mulheres, elas devem pensar nas experiências das quais podem estar se privando caso esse bebê não nasça. **Se você o mata, está tirando de você mesma tudo o que pode viver com ele,** o que pode desfrutar com ele. Minha mãe desfrutou muito de mim, muito mesmo.

— **O ministro Gallardón afirmou que o dano psicológico da mulher devido a uma malformação do feto "é o que vai autorizar a interrupção da gravidez". Acha que isso será um incentivo ao aborto por malformação?**
— É muito delicado. Como diz a canção "La donna è mobile", nunca se sabe como uma mulher vai reagir, ainda mais se não estiver raciocinando direito, se foi estuprada, se teve uma experiência traumática. Também é verdade que "quanto maior o número de leis, tanto maior o número de ladrões", e podem se agarrar a isso, como também se agarram aos maus-tratos, mas também acho que não dá para inventar um problema psicológico.

Quando somos estupradas viramos estúpidas

Entrevista com Plagio Panarço, "La sociedad está haciendo un genocidio con los síndrome de Down". Intereconomia.com. 05.02.2014.

— **O que você pensa de quem faz um exame para saber se o filho tem trissomia 21?**
— A origem do aborto está na amniocentese. **Não gosto de filhos à la carte.** O filho que nasce é seu filho. Não importa o que ele tenha. A mãe, se for uma boa mãe, deve assumir seja lá o que nasça, por isso não concordo com esses testes ou exames. É uma loucura. Você mesma está limitando o que vai nascer. Não importa o que nasça. Se tiver síndrome de Down, vai fazer o que, matá-lo? Que nasça. Não há nada mais terno que um bebê. Eu estou do lado da vida e da vida saudável. Defendo os valores que a vida tem e o quanto ela é bonita.

Nos vemos em 5 de setembro!

nem amordaçadas

nem domesticadas!

(um puteiro)

Sou um homem... e posso entrar aí se eu quiser.
Sou um homem!

Morte ao macho!

Morte ao facista!

Sou um homem! Sou um homem!

Morte ao neoliberal!

O exercício tinha três fases que se sucediam em silêncio, com transições imperceptíveis e sem parar de dançar. Na primeira eu ficava parada, na segunda me moviam um pouco, mas na terceira eu mal tocava no chão, e nas poucas vezes que tocava era por um instante brevíssimo para pegar impulso de novo ou para sair de uma posição difícil e levantar voo outra vez. Eram treze bailarinos comigo e contra mim, a metade dos participantes após quinze dias intensivos dos Multiplex. Chamam esses quinze dias, fazendo da criação e do ensino dancístico mais uma propaganda turística qualquer, de Summer Stage, cuja sigla, muito adequadamente, é SS, o que cai como uma luva porque, nessas duas semanas de julho, os Multiplex ficam entupidos de fascistas da dança e de turistas da dança, o que dá no mesmo. Neste ano, as SS dedicam metade de seus cursos à Inclusive Dance, que soa a *chill out*, mas que é a mesma porcaria que a dança inclusiva. A nós, alunos habituais das quintas-feiras, se somaram estudantes do conservatório e bailarinos profissionais, alguns vindos de longe. Parece que os professores que dão aula são uns fascistas muito renomados e que dali sairá um espetáculo.

    A primeira fase do exercício era uma simples manipulação: eu, de pé e parada, me deixava tocar pelos outros. Com tantas mãos te tocando ao mesmo tempo, a cabeça vai longe, você perde a cabeça, apesar de ela estar sendo tocada por quatro ou cinco mãos. O modo de tocar não consistia necessariamente em carícias ou massagens. Às vezes eram varridas, passadas de mão muito rápidas na roupa ou na pele; às vezes beliscões suaves, às vezes unhas subindo e descendo, às vezes dedos pressionando um osso ou um ponto com muita carne, às vezes apenas mãos paradas que aqueciam. A sensação é de que seu corpo não pertence a você de forma alguma e, ao mesmo tempo, de que é mais seu do que nunca. O calcanhar se comunica com o mamilo, o maxilar com o rego da bunda, a nuca com o tornozelo, o nariz com a munheca, e assim centenas de combinações simultâneas. Você não só se apropria do seu corpo inteiro como também se expande como se tivesse ingerido peiote, e durante o toque você tem um corpo com mais vinte e três mãos (havia uma bailarina manca e outras duas com a metade direita do corpo adormecida). Se algumas dessas vinte e três mãos para de te tocar, você sente a falta dela como se tivesse sido amputada.

O diretor se antecipou ao problema e, nesse sentido, ordenou que os tocadores se espremessem, trocassem de nível, negociassem fisicamente entre si e dessem um jeito para que todas as mãos estivessem sempre sobre a pessoa tocada, exceto nas breves trocas de posição que o tocador precisasse fazer para continuar tocando. Vistos de fora (sei porque depois eu fui manipuladora e me permiti sair e observar), os tocadores parecem predadores comendo vorazmente a presa que acabaram de abater e que é manipulada, embora esse abate seja vertical. Essa era mais uma ordem dada aos tocadores e à tocada: eles não deviam ser bruscos a ponto de te derrubarem, e você devia ficar bem enraizada no chão e dar apenas alguns passos imprescindíveis para reajustar o enraizamento.

Imediatamente seu queixo cai e seus olhos fecham, seus joelhos ficam bambos, e você começa a suspirar. Às vezes você flutua e precisa transferir todo seu peso para uma perna porque há mais atividade de mãos de um lado que de outro, e isso desestabiliza, e às vezes desestabiliza por completo, e, efetivamente, você precisa dar dois passos para voltar à vertical.

Eles estão te presenteando com vinte e três mãos e a consciência total do seu corpo. O exercício inteiro é explicado antes para que, durante a execução, reinem o silêncio das palavras e a loquacidade do movimento e das respirações. Outra ordem que o diretor tinha dado aos treze manipuladores para essa primeira fase do exercício foi: investiguem o corpo da manipulada, tratem-na com curiosidade, como legistas. Indaguem quais partes são rígidas, quais são macias, onde existe tensão, onde há flacidez, onde há suavidade, onde há secura, e em que grau. Façam isso com carinho e sem machucar. A ordem que ele me deu foi: se te machucarem, diga.

A dança contemporânea, como eu já disse, é um ofício muito conservador. Eu tinha feito esse exercício muitíssimas vezes, embora com menos manipuladores e com manipuladores menos inteligentes que os colegas com quem tive a sorte de dançar nesse dia. Manipulando ou sendo manipulada, todas as vezes que fiz esse exercício os órgãos genitais, as tetas, o ânus e, às vezes, até os glúteos ficavam de fora dos tocamentos. Isso também acontece quando se está numa jam de contato-improvisação: há contato seletivo e improvisação regrada. Subimos e descemos pelo corpo inteiro do colega, mas, quando sentimos a gelatinosidade de testículos, de seios ou de um pênis fofo, ou a maciez de uma vulva, tiramos a mão correndo. O alarme do contato proibido e da improvisação fora dos limites é acionado.

Em uma aula de contato-improvisação da CREPABA, o macho do professor nos dividiu por gênero para fazer o exercício do joão-bobo, que consiste em uma pessoa ficar no meio de um círculo bastante fechado formado pelas outras pessoas, que estão ombro a ombro. Dessa posição, devem empurrar ou segurar a pessoa do meio provocando nela uma oscilação contínua sem que ela perca a vertical e sem deixá-la cair, e se possível sem que ela sequer tire os pés do chão.

Questionei o professor da CREPABA sobre a segregação de gênero, e ele me respondeu que tudo bem, ora, dividam-se como quiserem, por cores de roupa, estatura, como quiserem, porque daqui a pouco vocês vão dizer que eu sou machista. Como ele é um machista muito renomado e ainda por cima muito bonito, todos os alunos e obviamente todas as alunas riram do comentário. Nós nos dividimos em grupos mistos, então ele ordenou que as mulheres que iam oscilar cruzassem os braços sobre o peito. A outra mulher que estava no centro da roda imediatamente cruzou os braços à la Tutancâmon e ainda fechou os olhos. É uma colega muito doce com quem me dou muito bem, e quando tenho que improvisar com ela é a maior viagem porque improvisamos de verdade. Como me doeu vê-la dando uma de Tutancamona.

— Por que, Antón? É melhor tecnicamente fazer assim? — perguntei ainda com as comportas em repouso.

— Para quem tem sensibilidade nos peitos, caso empurrem ou segurem vocês pelo peito. — A clássica cortina de fumaça da saúde para justificar a repressão sexual: quem se masturba muito fica cego, quem trepa com muita gente está exposto a diversas doenças.

— E os homens não podem ter tetas sensíveis?

Ele resmungou e sorriu e não respondeu, como o galã que é flagrado voltando da alcova de uma e se dirigindo à alcova de outra. Minhas comportas, ainda resguardadas, se prepararam para um eventual fechamento:

— E você acha possível alguém ficar com as tetas doendo no exercício de joão-bobo, que é o mais suave do mundo? E, de qualquer forma, cada um deveria decidir onde sente ou não sente dor, não?

— Está bem, ok, caramba, façam como quiserem. — O galã se viu obrigado a reconhecer de onde vinha e para onde ia, e seus alunos e alunas, como uma quadrilha de galãzinhos aspirantes ou mocinhas que esperam sua vez de serem conquistadas, riram compreensivos da travessura machista.

— Eu não me incomodo que toquem em minhas tetas — disse nessa ocasião ao macho Antón e a meus colegas de roda, que, é claro, evitaram tocá-las com repressão milimétrica.

— Não me incomodo que toquem minhas tetas, minha genitália, meu períneo, minha bunda ou meu ânus — me vi obrigada a repetir ao diretor e aos alunos das SS depois de receber a ordem desnecessária, como é a maioria das ordens, de "se machucarem você, diga". — Na verdade, quero que vocês toquem tudo porque tenho certeza de que assim todos dançaremos melhor.

Algumas sobrancelhas se arquearam tanto que poderiam construir o claustro de um convento, e houve alguns comentários e risinhos reprimidos de machos e de machas:

— Se você gosta tanto, é só dizer.

— A Nati é tão boba.

— Para mim vai ser um prazer! — um abusador teve a ousadia de dizer esfregando as mãos.

— Vocês três não vão tocar em um fio de cabelo meu — respondi bem tranquilinha rodeada por eles e por todos os outros bailarinos.

Os que acabavam de falar eram uma bípede que sempre dança como se estivesse pulando pocinhas e como se brincasse de ciranda cirandinha sozinha, e dois caras em cadeira de rodas, um motorizado e o outro sem motor. O não motorizado é o abusador que tinha esfregado as mãos. Dança bem porque sai da cadeira e se move arrastando-se, ou seja, ele se arrisca em prol do prazer. O motorizado, por sua vez, dança pior porque sua dança consiste em ser o carrinho bi-bi! fom-fom! das bípedes que se empoleiram em seu colo, nos braços ou no motor da cadeira, ou que montam nele a cavalo ou ficam deitadas feito bonequinhas pin-up tomando banho em uma taça de coquetel e pedalando com os pés em ponta. Ele se limita a operar o controle da cadeira para que as bípedes montadas e ele deem voltas pela sala de ensaio como um carro alegórico da Playboy. Entre suas bípedes habituais está a da ciranda cirandinha.

— O que foi, não gosta da gente?

— Ui, você ficou tãããão esquisita de repente...

—Você vai adorar, mulher.

— Não quero fazer o exercício com vocês três. Estão debochando do meu pedido para que toquem tudo em mim. — Eu estava calma porque me sentia bem escoltada por aqueles treze bailarinos que não se calaram diante do meu comentário, ou se calaram para meu bem, olhando para mim, piscando e assentindo.

— Nati, era brincadeira.

— É jeito de falar.

— Não leva pro lado pessoal, menina, a gente não quis te ofender.

— Entendo que riem porque concebem a dança como um serviço provedor de bem-estar fornecido por agentes econômicos públicos ou privados, em vez de entendê-la como uma oportunidade para quebrar seus padrões de movimento e adquirir outros novos que proporcionem mais prazer. Ou seja, para vocês uma aula de dança é o mesmo que um saco de batata frita: só mais um produto na longa cadeia de atos de consumo em que consistem suas vidas.

Os alunos que não me conheciam me ouviam com atenção e olhavam para os dois machos fascistas e para a macha fascista, que negavam com a cabeça, bufavam e resmungavam algo inaudível. Isso de resmungar e não falar claramente ativou minhas comportas, ainda invisíveis, ainda recolhidas. A maioria dos meus colegas habituais parecia farta de me ouvir, queriam começar logo o exercício, rentabilizar os duzentos e sessenta euros que tinham pagado oficialmente para frequentar o curso intensivo e em seu íntimo para se exibir naquele casting disfarçado, com a esperança de que o diretor lhes desse um bom papel na peça que resultará dessas semanas de aulas. Olhavam para o diretor com a expressão queixosa dos subalternos que se dirigem à autoridade para que esta se envolva e ponha ordem, ou seja, para que calasse minha boca, afinal, além da definição dos limites de como dançar, haviam delegado ao professor, mediante duzentos e sessenta euros, a resolução de qualquer tipo de conflito.

Mas o diretor parecia ser um desses raros profissionais da dança que não se incomodam em falar de dança em uma aula de dança, e me ouvia. A autoridade a ele concedida fazia de sua escuta uma escuta obrigatória para todos, de modo que nenhum dos aspirantes a um bom papel na peça se atreveu a sair da roda tripla que me rodeava, embora tenham ampliado um pouco a distância entre si. Só o comprido e circunspecto Bruno, o melhor bailarino do grupo, que só dança o que seu exigente corpo pede, saiu da formação e se pôs a dar seus solitários rodopios turcos. Sua saída silenciosa acionou as típicas palavras tolas do diretor desafiado:

— Quer dizer que você não quer fazer o exercício com estes três colegas?

— Você ouviu bem. Foi exatamente o que eu disse.

— Pode explicar pra gente por quê? — perguntou muito devagar e com muito interesse, colocando-se na primeira fileira da roda de manipuladores. É um sujeito alto, magro, quase careca, de olhos pequenos, cílios curtos e nariz aquilino. A roupa que ele usa para ensaiar é a mesma que poderia vestir para dormir: camiseta de manga comprida toda esburacada e calça cheia de bolinhas com as barras puídas. Pele queimada de sol típica do homem branco que passeia pelo campo, com manchas mais escuras que entregam os sessenta anos de um corpo que poderia ter trinta e cinco.

A proximidade do poder inquisitivo põe em alerta qualquer um que não seja um fascista. Minhas comportas se fecharam e respondi lá de dentro:

— Já expliquei o porquê. E está claro que os outros alunos ainda não começaram a encostar em mim porque aguardam sua aprovação à minha recusa em dançar com esses três colegas. Ou sua desaprovação e minha expulsão do exercício por não querer dançar com esses três. Porque você é o diretor, e não se faz nada aqui sem sua autorização, se bem que você deveria se colocar às nossas ordens, já que somos nós que pagamos, certo?

Houve risos abafados de incredulidade, abafados porque nenhum aspirante a um bom papel se atrevia a pegar pesado com o diretor. Agora não tinha mais volta, como quando me expulsaram da CREPABA. Os fascistas ficaram ao lado dos fascistas, e a agredida foi expurgada. Mas não foi isso que aconteceu. Vitória antifascista porque não aconteceu mas uma vitória amarga, porque foi a autoridade, e não os transformados em subalternos, que expulsou os fascistas. Ou seja, vitória porra nenhuma. Apenas o alívio de não os ter por perto por um tempo.

— Por favor, vocês três não façam o exercício agora — ordenou o diretor. E os três machos fascistas neoliberais, que amam a autoridade, que como bons democratas respeitam as decisões judiciais ainda que não concordem com elas, que pagaram duzentos e sessenta euros para demonstrar o quanto podem ser obedientes, saíram da roda como mártires gente boa, conscientes de que seu único delito tinha sido o de se expressar espontaneamente e maldizendo internamente os Multiplex, que se vendem como centro de criação de movimento mas que na prática censuram a liberdade de expressão à qual todo fascista, todo macho e todo neoliberal têm direito.

A assistente de direção foi ao encontro dos três flagelados. O diretor se juntou a eles, se agachou estalando sonoramente os joelhos para ficar na altura dos dois que estavam em cadeira de rodas e lhes disse algo que não conseguimos ouvir. Consolava-os, é claro. Consolava os que me ridicularizaram e me trataram como objeto sexual. Dando a eles algum bom motivo para que não fossem até a direção dos Multiplex para pedir seu dinheiro de volta, abandonar as SS e pôr em dúvida as duas máximas da dança inclusiva que dizem que todo mundo deve fazer a porra da dança e todo mundo deve fazer a porra da dança com todo mundo. Seja lá o que tenha dito, eles permaneceram sentados na beira do linóleo perto das mochilas, das roupas, dos sapatos, das garrafas de água e dos moni-polis dos alunos que, como Ibrahim, vinham de alguma RUDI escoltados, e de lá contemplaram a manipulação à qual eu me entreguei durante vinte e cinco minutos.

É o diretor que diz o tempo transcorrido depois que tudo acaba, porque ninguém ali, nem manipuladores nem manipulada, consegue ficar atento ao relógio. Devo sublinhar isso, dado o momento histórico que vivemos: não se pode sentir esse gozo olhando o celular.

Passados dez minutos de predadores e presa, e mediando um sinal que provavelmente foi a intervenção ativa do diretor em meu corpo, o toque se transformou em manipulação propriamente dita. Os treze bailarinos começaram a me tocar com mais vigor, mobilizando as partes articuladas do meu corpo. Esta foi a ordem dada a eles: articular tudo o que fosse articulável, da primeira cervical até a última falange dos dedos do pé; fazer isso não só no chão com as mãos mas com qualquer parte do corpo, e imprimir diferentes ritmos e intensidades à sua manipulação. Podiam, por exemplo, lançar meu braço para trás com toda força o máximo que a articulação do meu ombro permitisse, ou me dobrar pela cintura até meu cabelo se arrastar no chão e depois me fazer subir lentamente, vértebra por vértebra. Podiam articular meus joelhos e tornozelos, e me fazer andar, ou me estender no chão e me fazer rolar, ou seja, a manipulada agora não precisava mais ficar enraizada e poderia se deslocar no espaço mas não além de aonde os outros a conduzissem.

Agora os trezes corpos não poderiam mais me acionar simultaneamente como tinham feito antes com as mãos. Deveriam, então, se revezar e, nos momentos em que estivessem separados da manipulada, continuar conectados visualmente a ela e ao restante dos manipuladores, atentos ao melhor momento para intervir. O melhor momento para intervir é aquele em que você reconhece as intenções do outro manipulador e o ajuda a concretizá-las, ou, mesmo que não as reconheça, imagina maneiras de continuar um movimento já iniciado. Por exemplo: se um manipulador encaixa a bunda no seu púbis, segura seus pulsos e pressiona seu peito contra as costas dele com a intenção de te carregar, um manipulador observador poderia ficar atrás da manipulada e pressionar as costas dela, levando o primeiro manipulador, devido à pressão exercida, a arquear um pouco mais as costas, fazendo com que os pés da manipulada se separem do chão. Um porté.

Se o segundo manipulador continuar pressionando, o primeiro acabará se agachando, e então as mãos da manipulada, mortas, tocarão o chão. O segundo manipulador, aproveitando que o primeiro e a manipulada estão muito embaixo, poderia passar a perna por cima, como se fosse montar a cavalo, mas sem chegar a se sentar na lombar da manipulada e levantar o tronco dela a puxando pelos ombros, provocando um arqueamento convexo das costas, oposto ao anterior. O primeiro manipulador, a base, sairia. Fim do porté.

Um terceiro manipulador teria imobilizado previamente as pernas da manipulada cravando seus joelhos no chão, e um quarto aproveitaria essa posição de submissão e esses braços de cobra que caem mortos, esse peito livre e essa cabeça que alguém puxou para trás deixando-a com a garganta feito uma canaleta e a boca aberta, aproveitaria essa postura de sacrifício, quero dizer, para interrompê-la, para salvar a manipulada da tosse que chegará a qualquer momento. O segundo manipulador, que estava montado, sairia, suavizando assim o arco da cobra ao soltar os ombros da manipulada. O manipulador salvador, que não poderá esquecer que deverá salvá-la sem parar de manipular suas articulações, poderia se posicionar ombro a ombro com ela, segurá-la pela cintura com uma das mãos, com a outra levantar o braço dela do lado oposto e assim carregá-la sobre uma das laterais. Quem fez isso em mim foi María, que, por não ter pernas e ser mais baixa que eu, mesmo eu estando ajoelhada, não me carregou sobre uma das laterais e sim sobre as duas, ou seja, sobre as costas inteiras, vestindo-me como uma estola. Outro porté. Toquei o chão com o cocuruto, apoiei as duas mãos bem abertas, e nisso chegou outro manipulador que separou meu quadril das costas de María, me botou para fazer uma parada de mão e, segurando meu quadril lá em cima, o girou cuidadosamente com as duas mãos enquanto outros manipuladores me ajudavam a manter o equilíbrio. E assim durante quinze minutos essa segunda fase do exercício que, visto de fora, não parece mais o festim de uma manada após caçar um veado mas uma partida coletiva de xadrez gigante em que cada jogador espera sua vez de mover uma peça.

Eu tinha que me deixar levar, como antes. Agora seria um títere mas um títere com o neurônio da sobrevivência: que me impediria de desabar quando ninguém estivesse me amparando e que me permitiria resistir ou falar quando sentisse alguma dor. De novo a ordem absurda contra a dor. O diretor de pijama deve estar tão acostumado a ser bombardeado pelos alunos de dança inclusiva com demonstrações de que dançam a todo custo qualquer coisa que ele pedir que precisa dar permissão até para que eles reclamem.

Mas só dói se você não sabe se deixar levar. Só dói se você não confia nos desconhecidos que estão te tocando. Com os músculos e as articulações tensos, qualquer contato pode doer porque o outro corpo, por mais gentil que seja para manipular, encontra resistência, e em vez de se comunicar com você, se choca. Com os músculos e articulações relaxados, o corpo do outro entra em você como lambidas de sorvete, e já nem dá mais para falar em manipulação, porque, como dizia um professor de improvisação muito esperto que eu tive, o conceito de manipulação implica um papel ativo e um papel passivo que, nesse exercício, se feito com o gosto pela vertigem, desaparecem, e em seu lugar aparece a dança. O prazer através da atitude receptiva do manipulado condiciona a ação emissora do manipulador, a ponto de o dito manipulado poder ser quem guia, com as simples reações de seu corpo, as ações do dito manipulador.

— Como num estupro, Nati? — perguntou uma mulher do Grupo de Autogestores quando contei tudo isso na minha vez na sessão de interrogatório das terças-feiras.

— Puxa, que interessante isso da dança, não é? Vai, Nati, conta pra gente como é que se faz a parada de mão! — Minha irmã Patricia batendo o calcanhar no chão como uma bailarina de flamenco se preparando para o show.

— Patricia, por favor, respeite a vez de Remedios. — A psicossargento Laia Buedo fazendo a policial boa, tomando notas e inclinando o tronco para a frente em sinal de máxima atenção.

— Então, Reme, eu mesma, acho, nunca fui estuprada, mas não posso botar a mão no fogo por todas as vezes que nós mulheres transamos com os homens sem querer e achamos a coisa mais normal do mundo e não chamamos isso de estupro. Posso sim lembrar muitas situações como essa, de ter transado com um cara sem desejo, de ter perdido a vontade de transar no meio da transa ou até antes de começar, ou mesmo de não ter chegado a sentir vontade! E, apesar disso, ter me obrigado a começar a transar ou a continuar transando só para agradar ao macho e não sair como uma frígida provoca-rola...

— É tão bonito quando você faz um pedido e ele se realiza, não é, Laia? — Patricia me interrompendo com a mão levantada e uma tensão tão grande que seu braço tremia.

— Eu, outro dia, desejei que ainda não fossem onze da noite para não ter que voltar para a RUDI, olhei o celular e isso se realizou — disse outro autogestor.

— Pois eu desejei que não fizesse tanto calor, e meu pedido não foi realizado — outra.

— Meu desejo foi dançar um dia com Nati, e ele se realizou — Ibrahim.

— Não é o calor o que dá mais calor. É a umidade — mais uma. Todos os autogestores começaram a falar juntos, e eu fiz o mesmo, conversando com Reme à parte. A psicossargento precisou fazer o uso proporcional da violência que se espera de sua autoridade.

— Podemos falar depois dos desejos, que também é um tema muito interessante, mas antes devemos acabar de ouvir as companheiras Remedios e Natividad! — cortou Laia Buedo falando por sobre o barulho. Sempre que ela se posiciona explicitamente autoritária usa nossos nomes completos. Quando é implicitamente autoritária, que é todo dia, ela nos chama por nossas apócopes. — Natividad, termine de responder a Remedios, por favor — ordenou quando todos os autogestores ficamos em silêncio.

— Já terminei.

— E você, Remedios, quer perguntar mais alguma coisa a Natividad? — Parecia a porra de um padre nos casando, Buedo.

— Já perguntei — respondeu Reme, e a psicossargento espumou de raiva por não lhe agradecermos o restabelecimento do silêncio e por não darmos mais nenhuma isca que ela pudesse anotar em seu bloco.

— Eu quero perguntar como é que a provoca-rola faz pra deixar a rola quente, se ela usa as mãos ou alguma outra parte do corpo — perguntou o machinho bonito do grupo morrendo de rir, dando início a um novo falatório em que ninguém esperava sua vez de falar.

— Desculpa, Laia, mas eu levantei o braço primeiro, e Antonio nem tinha levantado. — Minha irmã dando um pontapé em Buedo, e Buedo a observando com seu autoritarismo implícito.

— Olha, Antonio. A provoca-rola é uma mulher que corta a rola de um macho como você e a põe pra esquentar no micro-ondas.

— Mas é claro que eu sou um macho, sua vadia! — respondeu, e Laia Buedo teve que se levantar da cadeira e bater palmas para conter o banquete de palavrões servido e degustado pelos autogestores. A única que permanecia calada era minha prima Angelita, que tinha aproveitado a interrupção da ordem autogestora para ignorar a proibição do uso do celular e pegar seu aparelho, como boa normalizada que é.

— E aí suas comportas se fecharam e tudo mais — afirma, impaciente, Marga, que me ouve aconchegada em uma cadeira de bar vermelha da Estrella Damm, a única que havia em sua okupação quando ela entrou. Está de calcinha e sutiã, e sua bunda gruda no assento. Eu sei porque, quando ela se levanta, a cadeira levanta junto alguns centímetros e, quando cruza as pernas, a separação entre pele e plástico faz barulho. Há outras duas cadeiras que ela pegou ontem na coleta seletiva de móveis velhos das segundas-feiras. Nem parece que ela está aqui há uma semana.

— Sim, elas se fecharam e não se abriram até que a reunião acabou, e consegui terminar de conversar com Reme por cinco minutos, o único momento não vigiado do qual muitas presas dispõem antes que o furgão monipolicial as leve de volta para seus rudicentros penitenciários de sempre.

Estou sentada no chão porque, para ter tempo de visitar Marga, vim direto do ensaio das SS sem me alongar nem nada. Enquanto conversamos, alongo os quadríceps ou rolo a lombar pelo chão, um chão com muitos ladrilhos quebrados que desenham figuras geométricas no concreto áspero. Nesses buracos acumulam-se minúsculos montinhos de sujeira que Marga gosta de retirar com a ponta de uma faca. Era isso que que ela estava fazendo quando cheguei, de quatro sob uma lâmpada pelada, sem luminária, e eu achei que ela estava fazendo o exercício masturbatório sem mãos que eu havia lhe ensinado. Vim trazer roupa e comida para ela depois das SS, aproveitando que sempre levo uma mochila para as aulas e posso tirar coisas do apartamento sem que Angelita e Patri percebam. A cerveja eu comprei num paquistanês no caminho. Geladinha e com batatas fritas que é o que desce melhor depois de ensaiar.

— Você não precisa estar no apartamento na hora do jantar? — pergunta Marga depois de tomar um gole do litrão de Xibeca deixando à mostra os pelos castanhos do sovaco. Então dirijo meu olhar para suas virilhas, que também estão bastante floridas, e alguns pelos rígidos atravessam o tecido da calcinha. Como estou no chão, quando ela separa as pernas consigo ver uma manchinha recente de fluidos, ainda úmida.

— Desde que comecei a ensaiar para o espetáculo das SS, não, porque os ensaios acabam às dez — respondo desviando o olhar de sua boceta, deitando-me de barriga para cima e segurando os pés com as mãos, como um bebê. Giro sobre as costas para que minha cabeça fique apontada para Marga e não para a parede oposta. Na expiração seguinte aproveito para separar mais as pernas e continuar falando: — Teoricamente eu tenho que chegar antes das onze, mas não tem problema se eu chegar mais tarde porque a capataz veio ontem à noite fazer a revista, e como ontem eu fui superpontual ela não vai voltar no turno da noite por pelo menos duas semanas, diferente daquele dia que ela veio às dez da manhã e eu tinha acabado de chegar, e ela ficou vindo de manhã por vinte semanas seguidas.

Marga se levanta, e a cadeira a acompanha até que a pele e o plástico encerram suavemente seu beijo. Entra na cozinha, acende outra lâmpada pelada que ilumina uns azulejos muito brancos, muito limpos e muito quebrados, e traz uma vasilha de barro cheia de frutas. Ela coloca a vasilha em cima da mesa da sala, também retirada da coleta seletiva de móveis das segundas, obrigando-me assim a abandonar o chão para ir espiar. Aproveito e me levanto ficando primeiro de quatro, estendendo os joelhos depois e, por último, subindo o tronco, que agora não está estendido, mas arredondando a coluna, como se fosse uma persiana. Aí você ergue a cabeça, repõe os ombros no lugar e dá o primeiro passo na direção do seu alvo fazendo do andar o privilégio que ele de fato é.

— Obrigada, Nati, mas não precisa trazer comida nem roupa pra mim. A comida eu pego das *Charchas daliments* de duas okupações. E a roupa, na loja gratuita da Can Vies — diz ela, dando uma mordida na maçã, que faz descer com um gole de cerveja.

— Que foda, Marga! — digo, mas hoje dispenso as maçãs e os pêssegos porque o que eu quero mesmo é um sanduíche, se possível de presunto. Estico as pontas do saco de batata para poder virar os farelos na boca e pergunto: — *Charcha* como a *charcha* de metrô ou a *charcha* de bibliotecas municipais? *Charcha* como rede em espanhol?

— Não sei, eu falo do jeito que escuto eles dizerem em catalão, porque não sei ler, e dizem *charcha*.

— E como é que funciona isso?

— A maior *charcha* é a do Entrebancs. Somos umas quinze pessoas com carrinhos de supermercado e percorremos juntos uma dezena de lojas e lixeiras na hora que o comércio está fechando. Pegamos de tudo, carne, fruta, pão, doces... Até pizzas! Desperdiçam tanto pão e tantos doces que enchemos dois carrinhos inteiros. Depois de dividirmos entre nós ainda sobra, e temos que deixar no banco de algum parque, pra quem quiser pegar.

Falando de comida, ela me deixa com mais fome ainda. Vou até a branca e quebrada cozinha xeretar. Encontro as sacolas repletas de pães e doces. As baguetes estão duras, mas os pães redondos e multigrãos duram mais e estão macios. Pego um preto, pequeno mas maciço e pesado como um paralelepípedo, encrustado de sementes de girassol, de gergelim, de nozes...

Um pão desses custa quatro euros numa padaria. Marga consegue de graça.

— Você entrou em alguma lixeira? — pergunto procurando uma faca para cortá-lo. Os poucos utensílios de cozinha estão organizados e limpos sobre uma bancada de mármore lascada, tão escovada que parece de marfim. Encontro uma de ponta redonda com apenas alguns dentinhos de serra. Marga me vê com ela e, sem se levantar de seu trono vermelho da Estrella Damm, estende a faca afiada com que estava limpando o chão e responde:

— Nas lixeiras exclusivas do comércio, aquelas com o nome do bar ou restaurante escrito, não é preciso entrar porque são pequenas. Dessas a gente só tira os sacos e abre tudo no chão. A gente precisa entrar é nas grandes, naquelas onde todo mundo joga lixo, porque algumas lojas não têm lixeiras próprias. Eu entrei como todo mundo.

— E é muito nojento? — pergunto oferecendo uma fatia que ela olha dos dois lados, ou seja, é a primeira vez que recebe o pão-tijolo na partilha.

— Não mais nojento que ter que fazer fila para pagar no supermercado. — A imediatez e a genialidade de sua resposta me fazem parar de mastigar. Marga pensa que não gostei do pão e diz: — Não precisa comer se não quiser, prova outro. Você viu que tem um monte. —Finalmente engulo e dou outra mordida. O pão é gostoso mesmo.

— Esse pão é muito gostoso, Marga. É que sua resposta sobre nojo e supermercado foi como um soco na minha boca burguesa, e eu vou te responder dando um beijo na sua boca com minha boca ensanguentada. Essa é uma resposta politizada que me politiza, que me fará sair da sua casa diferente de como entrei — respondo com o raciocínio ainda bagunçado. Existem politizações paulatinas, como as que aconteceram comigo, e tenho certeza de que com Marga também, após várias visitas ao ateneu, conversando com os ateneístas e lendo seus fanzines.

E existem politizações drásticas como esta, em que uma pergunta motivada pelo capital e a outra responde com uma verdade anarquista. Apenas uma macha fascineoliberal sairia ilesa dela e deixaria de dar razão a quem tem a realidade, e não a ideologia, a seu lado.

— A lixeira fede demais, sim, mas a comida que a gente procura está quase intacta nos sacos, e é fácil reconhecer os sacos de lixo das lojas. São os pretos enormes sem fitinha para amarrar. Para pegar bandejas de carne que passaram um dia da validade, ou iogurtes, ou refeições prontas, ou sucos desses refrigerados, ajuda se você entrar na lixeira com uma luz na testa, como fazem os mineiros.

— Quantas vezes ficamos numa fila eterna para pagar, sem segurança nem nada, e depois de confirmarem que não estamos levando nada que possa apitar, e mesmo assim nos metemos na fila e ainda pagamos por medo, pelo maldito medo de represálias imaginárias, de termos sido vistas por algum bom cliente samaritano que resolva nos dedurar por ser insuportável para ele o fato de termos peito suficiente para não pagar e ele não! Medo de que uma das caixas nos chame a atenção, sendo que está comprovado que nunca jamais chamam a atenção porque elas é que são controladas, porque há câmeras em cima da cabeça delas para comprovar que estão passando cem códigos de barra por minuto! Fazer fila para pagar em vez de eles fazerem fila para te cobrar é a base da ordem opressora em que vivemos!

Quando me emociono, minha prima desliga. Ela não se considera politizada. Ela acha apenas que está fazendo o que lhe dá na telha, o que a torna uma dissidente ainda mais escorregadia, mais difícil de detectar, mais lúmpen e poderosa. Como a Banda Trapera del Río ou os Saicos, que faziam punk dez anos antes de a indústria criar esse nome, os primeiros se vestindo como fodões de quermesse e os outros com suéter gola V e calça com pregas, e que não aceitaram quando os punks quiseram reivindicá-los.

Marga vai até a cozinha e volta com uma vasilha de barro do mesmo jogo da vasilha em que trouxe as frutas, um conjunto diligentemente abandonado por alguém aos pés de uma lixeira e que ela recuperou. A vasilha está cheia de algo que parece ser salada de pepino e tomate. Ela corta mais duas fatias de pão preto e coloca uma colherada em cada uma. Eu estou salivando.

— Pimentões, tomates, pepinos e cebolas da *charcha*. Azeite, vinagre e sal emprestados do ateneu.

— Isso é um banquete. — Como a fatia em duas mordidas e já estou me servindo de mais uma. Agora nós duas estamos sentadas à mesa. Ela trouxe seu trono, e eu puxei uma cadeira de espaldar bem alto e estofado de veludo, daquelas desconfortáveis em que as famílias se sentam nas ceias de Natal.

— Vou ver se arrumo uma churrasqueira ou um fogareiro pra poder fazer uma fritada de legumes de vez em quando.

— Eu compro no chinês lá debaixo de casa pra você, Marga. Peço para ele colocar cartolinas e marca-textos no recibo, que eu ando colorindo muito ultimamente.

— Tá bem, obrigada.

— Isso deve custar quanto, vinte euros? — Falo com a boca cheia de alegria, a alegria de estar matando a fome.

— Por aí.

— Então vou pedir pra ele colocar também cola, tesoura e umas réguas.

— Muito obrigada, Nati.

— Não precisa agradecer. Vem cá, e o famoso buraco do teto? — pergunto passando o litrão.

— Fica no quarto — diz ela matando a cerveja e mostrando novamente seu pedaço de sovaco. — Depois do jantar eu te mostro.

Não consegui que tocassem em todas as partes do meu corpo durante o exercício, mas na terceira fase consegui que a maioria dos manipuladores deixasse as mãos aonde quer que o calor de uma improvisação tão maciça como aquela as tivesse levado. Quando a mão de alguém caía em cima de uma teta, eu conseguia impedir esse alguém de afastar a mão, para que continuasse o movimento a partir da minha teta, empurrando-a com as mãos, ou seja, esmagando-a, provocando uma torsão na lateral correspondente. Teve um manipulador audacioso que, ao topar sem querer com uma das minhas tetas, buscou a simetria e tocou a outra. Ao esmagá-las com as palmas das mãos, ele provocava o afundamento da minha teta ou o exato oposto, fazendo com que eu me abrisse feito uma cobra, dependendo se ele as esmagava para cima, levantando-as como um corpete, ou para baixo, como se um lactante puxasse um dos mamilos. Foi extraordinário o manipulador que, ao encontrar com minhas duas tetas sob suas duas mãos, em vez de empurrá-las, as apertou.

As ordens dadas pelo diretor de pijama para esta terceira fase do exercício foram de que eu me movesse livremente e que eles me movessem livremente. Agora eu podia opor resistência aos estímulos que recebia ou acompanhá-los, ou evitá-los, ou até me fazer de morta. Às vezes fazer as quatro coisas e na intensidade que eu quisesse, implicando ou dissociando as partes do corpo que eu quisesse.

Os manipuladores, por sua vez, também deviam me mover e me tocar com o ímpeto que o corpo deles pedisse, fosse para me acariciar ou massagear como na primeira fase, ou para me articular como na segunda, embora agora tivessem que fazer isso comigo em movimento, um movimento que deveria, segundo as ordens, implicar deslocamentos pelo espaço, deslocamentos que, quer fossem iniciados por mim ou por eles, seriam interrompidos ou mudariam de direção. A dispersão dos catorze bailarinos pelo espaço facilitaria a interação dos treze corpos comigo, já que qualquer um poderia ir ao meu encontro, e eu poderia ir ao encontro de qualquer um. Nessa terceira fase, as negociações tácitas que acontecem in situ entre os manipuladores sobre como, quando, em que ordem e como se aliar para manipular meu movimento e minha trajetória estariam governadas, como na primeira e na segunda, pelo cuidado com a manipulada, mas se acrescentava um novo governante: era preciso levá-la aonde ela não conseguiria chegar sozinha, e ela devia estar disposta a fazer essa viagem. Ou seja, eu devia dançar do jeito que eu quisesse me valendo dos outros bailarinos, e os outros bailarinos deviam expandir minha dança do jeito que eu quisesse.

Essa última parte quem disse não foi o homem-pijama, sou eu que estou dizendo, porque o diretor tomou bastante cuidado para não usar a palavra dança enquanto explicava o exercício. Esse pudor é um lugar conhecido na geografia da dança contemporânea: afastar a noção de dança devido às suas conotações formais, acadêmicas e elitistas, e substituí-la pela noção de movimento, noção que no mundo do contemporâneo é tratada como pura, científica e até democrática. Pura porque, segundo os habitantes dessa vasta região do contemporâneo, o simples ato de se mover é algo natural. Científica porque, segundo esses mesmos habitantes, o movimento é uma categoria artística que abrange uma infinidade de ações, tanto as ações tipicamente dancísticas, ou seja, ações que quando empreendidas por alguém todo mundo concorda que esse alguém está dançando, como quaisquer outras ações que não identificamos como um passo de dança, leia-se a ação de tirar cera do ouvido ou de virar uma omelete. E democrática porque essa região da qual estamos falando não é uma simples delimitação física do terreno contemporâneo mas uma nação inteira; e seus habitantes não são simples ocupantes do território material e simbólico sobre o qual toda nação exerce sua soberania mas cidadãos com seus direitos e suas obrigações. A noção de movimento é democrática porque entende que qualquer cidadão se move, qualquer cidadão tem acesso ao movimento: basta que ele aproxime o pulso para ver as horas. Diante dessa valorização dos movimentos que unem todos os cidadãos, encontramos a antiquada e elitista noção de dança, segundo a qual um cidadão qualquer não tem acesso aos estúdios de dança, um cidadão qualquer não pode ser um bailarino porque nem todos os cidadãos podem ser carregados em um grand-porté ou conseguem fazer a técnica do flying low. Por isso os Multiplex não se chamam Escola de Dança mas Fábrica de Criação de Movimento, de modo que parece que estamos nas dependências da Bauhaus ou da Falange.

— Bauhaus como aquela loja de ferramentas e material de construção? —perguntou-me na reunião de autogestores um sujeito com corpo de pera, ombros muito estreitos e quadris muito largos.

— Mais ou menos, Vicente. Essas lojas se chamam assim por causa de outra Bauhaus que existiu cem anos atrás e que era uma escola de fascistas de esquerda que se dedicavam a construir móveis e casas metidos a besta, e que eles diziam que eram para o bem da humanidade.

— A Bauhaus do Paseo de la Zona Franca é meio metida mesmo — disse Vicente.

— Pois é — eu disse.

— É metida a besta se você procura por coisas metidas a besta, porque tem coisas mais caras e outras mais baratas. Estou te dizendo porque moro ao lado e fui lá muitas vezes comprar coisas para a furadeira e ferramentas, parafusos e tudo mais. Além disso, é uma loja que vende coisas boas feitas na Alemanha e não na China, e por isso talvez seja um pouco mais cara, mas as coisas duram mais. Você tem que saber comprar — sentenciou o autogestor machinho-fascistinha-capitalistazinho gato e ficou tão cheio de si, afe, e quanto mais cheio de si ele fica depois de repetir seus discursos televisivos, quanto melhor ele os pronuncia e quanto menos aperta os olhos com seus cílios de camelo, mais eu rio. Ele é tão vaidoso que pensa que não estou rindo do quanto ele é ridículo. No grupo de autogestores, quando alguém ri outro sempre se contagia e o acompanha, ainda que não ria pelo mesmo motivo, ainda que ria simplesmente pelo prazer de rir. A psicossargento Laia Buedo se apressou em questionar tanto riso injustificado, mas fez isso com a voz baixa com que falam os dignatários que consideram que não devem levantar a voz para se fazer ouvir; e, portanto, ninguém ouviu o que ela disse.

— Estamos rindo de você, Antonio, seu ego de macho não te deixa ver que você parece uma propaganda de rádio ambulante! — eu lhe disse sem que minhas comportas se ativassem, minhas risadas saindo como se disparadas por uma metralhadora, transformando o macho em alvo e instigando os outros autogestores a metralhá-lo. Mas como o machinho finge, como todos os fascistas, não se sentir atingido e defende que todo aquele que o critica é um maluco por não ser fascista, ele não me respondeu. Limitou-se a olhar para sua superiora, Buedo, e a fazer um gesto de flexionar os braços e apontar para o teto com as palmas das mãos, encolher os ombros e engolir os lábios ficando com uma linha no lugar da boca. E Patricia o imitou, logo ela, que não abria a boca havia um bom tempo! Mas que dupla de fascistas de meia-tigela Antonio e minha irmã são, porque bastou Buedo os censurar por me interromper ou me chamar de vadia para que ficassem caladinhos.

— Eles devem estar acumulando créditos para alguma coisa, Nati. Assim como você, que agora vai todas as terças. Ou você acha que todo mundo vai às reuniões porque gosta? — diz a sábia Marga iluminada pelo brilho dos postes de luz que entra pelo buraco do teto.

— Não estou indo para acumular créditos, Marga. Estou indo com um propósito politizador.

— Pois eu acho que Laia está deixando você falar tanto nas reuniões por algum motivo.

— Claro, Marga: pra eu contar pra eles onde você se meteu.

Respondo isso e a luz laranja que banha suavemente os cabelos e os ombros de Marga se transforma em um holofote que devora seu rosto com sombras e, dos bojos brancos do seu sutiã, faz despontar duas meias-luas negras que comem sua barriga.

— Natividad — a psicossargento me chamou pelo meu nome completo. —Gostaria de terminar de contar como foi essa aula de dança inclusiva? Eu estava achando muito interessante. — O asco que me dá só de ela me dirigir a palavra, Marga, sério mesmo, ainda mais porque eu estava me divertindo rindo do machinho fascistinha. Enxuguei as lágrimas, respirei fundo e respondi com as comportas fechadas, lembrando a mim mesma que eu me entregava ao sequestro semanal dos autogestores por uma boa causa:

— A dança inclusiva é um povoado da nação do movimento, apesar de, paradoxalmente, a dança inclusiva se chamar dança e não movimento inclusivo. Esse paradoxo não parece ser um problema para os que têm grana e prestígio nesse meio. Pior, parece ser um benefício, porque o pessoal da dança inclusiva reivindica, justamente, sua inclusão nos circuitos de dança normalizados: em teatros, aulas, universidades, prêmios. Embora tenham colonizado vilas no âmbito da nação democrática do movimento, seu objetivo não é o movimento, como pregam da metrópole, mas dançar. Dançar com todas as conotações formais, acadêmicas e elitistas rejeitadas pelos metropolitanos e mais uma, uma que até a dança contemporânea rejeitou há cinco décadas: dançar bonito. Os inclusivos querem a todo custo ser belos. Os inclusivos não se permitem em hipótese alguma ficar mal ou parecer feios. Os inclusivos matariam para pisar uma sala de ensaio ou subir num palco e demonstrar que são tão bonitos e refinados quanto Pina Bausch e Vaslav Nijinski.

Faço uma pausa no relato autogestor porque me entediava relembrar o tédio com que o relatei à psicossargento. Marga se deita na cama e eu a acompanho. É um colchão de casal jogado no chão coberto por lençóis que se arrastam. Sinto uma mola ou outra, mas é um colchão firme que não nos faz afundar em nenhuma parte.

— Eles estão me procurando, então — diz ela.

— Claro, Marga. Mas fica tranquila que eu não dou com a língua nos dentes — digo ficando de lado e procurando os olhos dela.

— Como é que você sabe que estão me procurando, Nati? — pergunta girando apenas a cabeça.

— Estão completamente loucas atrás de você, Marga. Primeiro Patri e Angelita, depois Diana e Susana e depois uma dupla de *mossas*. Patri e Angelita não pregaram o olho na primeira noite em que você não apareceu, ficaram me fazendo perguntas, Patricia deu um dos showzinhos dela e começou a quebrar pratos, até levantou a mão pra mim! Precisei afastá-la com um tapão e ela, ainda por cima, começou a chorar.

— E o que você disse?

— Eu, nada, Marga, nada de nada de nada. Já te falei.

— Mas você não respondia ou respondia mentiras?

— Eu dizia sempre a mesma coisa: que naquela tarde você tinha me acompanhado até os Multiplex como todas as terças, que tínhamos pegado o metrô, que estava cheio de gringos de merda como sempre acontece na linha amarela no verão e que, de uma hora para outra, não te vi mais. Que eu fui para minha superdança inclusiva, que estava supercontente de estar nas SS e como Barcelona era bonita e quantas oportunidades oferecia.

— Mulher, um pouco contente você está, não? Você não disse que eles te escolheram para o espetáculo?

— Não me escolheram, Marga. Nesse espetáculo todo mundo que paga participa, a única diferença é que alguns terão papéis mais visíveis que outros. Está certo que eles me puseram como manipulada para a cena da manipulação coletiva, que é algo muito legal, mas isso não me deixa contente. Me provoca, me desafia, me faz voar por um instante, mas não me deixa contente. Contente eu ficaria se os bailarinos não fossem uns cumpridores de ordens do diretor e de seu assistente, e se dançar com e a partir das tetas e das genitálias não fosse uma exceção. — Marga cruza as mãos atrás da cabeça, e seu sovaco cabeludo fica coladinho no meu nariz. Ela cheira a suor bom, que não passou por roupa sintética. Cheira como alguém que passou o dia inteiro pelada. — Quer que eu termine de contar como foi quando minhas tetas e minha boceta dançaram com as SS?

— Manda — diz ela sorrindo e apontando o queixo na minha direção. É a primeira vez na noite inteira que ela sorri com a boca aberta, e isso também me deixa contente, contentíssima.

— O que me deixa contente é ver você sorrir, Marga. — Digo isso, e ela mais que sorri para mim! Deve ser por causa do buraco no teto que ouvimos o barulho dos caminhões de lixo como se estivessem passando dentro de casa. Marga tapa os ouvidos e contrai o rosto inteiro, mas o sorriso não esmorece durante a contração. Espero o barulho passar e continuo falando: — Te falei que dois dos manipuladores toparam sem querer com minhas tetas e as esmagaram com a palma da mão aberta, assim — enceno para Marga, mas, como estou deitada e sem sutiã, minhas tetas caem para os lados. Preciso recolhê-las, levá-las para o centro e exagerar na pressão. — Foi uma das bailarinas novas, que alegria é dançar com desconhecidas que não simpatizam nem antipatizam com você, que só se comunicam com você através das pulsações que os corpos emitem. Pois bem, em seguida teve outro manipulador que topou com minhas tetas, também sem querer como ela, mas, em vez de esmagá-las, ele as agarrou. — Pego outra vez minhas tetas pelos lados e as agarro com a mão toda.

— Ele te bolinou — enfatiza Marga.

— Algo nunca visto em uma aula de dança! E não só bolinou como puxou em uma direção, assim. — Puxo as tetas para cima como se quisesse deixá-las em pé. — O manipulador queria dançar com minhas tetas. Mudou um pouco o jeito de agarrá-las porque percebeu que não era fácil puxá-las a partir da pegada-bolinada, elas escorregavam. Então ele fez uma pegada preênsil: os polegares embaixo das tetas, encaixados nas costelas, e os outros dedos acima e encaixados no começo do esterno, superando a estrutura tensa do top de ginástica. Era como se ele quisesse separar minhas tetas de meu tórax. Dentro de cada mão, uma bola de seio. — Tento fazer a manobra com minhas próprias tetas, mas ninguém consegue fazer isso em si mesmo. Saio da posição deitada, me sento e faço com as da Marga.

— Ai! — reclama ela, e eu automaticamente a solto.

— Desculpa. É que as suas são maiores e preciso apertar mais para que não escorreguem.

— Faz mais devagar.

— Acho que eu espetei o ferrinho do sutiã em você tentando te agarrar com o polegar, que estúpida eu sou, desculpa — digo acariciando de leve os bojos do sutiã, como um já passou, já passou, tão de leve que acaricio apenas o tecido. Marga ergue um pouco o tronco se apoiando nos cotovelos, põe as mãos atrás das costas, abre o fecho, tira o sutiã e se deita de novo.

— Tenta agora.

— Suas tetas são lindas. — digo, repetindo a leve carícia mas apenas nos mamilos.

— As suas também — responde ela enfiando a mão debaixo da minha camiseta e passando-a de uma teta para a outra. Expando e intensifico a carícia em seus mamilos, de bicos compridos como os de uma mãe que amamenta. Cravo as palmas das mãos e faço círculos neles. Marga também intensifica sua carícia em minhas tetas, agarra uma delas, me puxa para ela e fala na minha boca: — Me agarra daquele jeito que você falou. — Seu hálito cheira à cebola da salada e vagamente a cerveja, que deve ser o mesmo cheiro do meu. Lambemos a língua uma da outra. Ele fala de dentro do beijo: — Vai, Nati.

As ordens de Marga não soam como ordens mas como súplicas, ela exige de mim não obediência mas piedade com seu gozo, solidariedade com seu desejo. Continuo sentada como estava. Tenho que segurar as tetas dela com muita força porque são grandes e, como ela está deitada, caem para os lados, como as minhas antes. Com as mãos em concha, eu as recolho e centralizo, e aí as agarro e puxo. Marga já não reclama; geme. No começo seu gemido me confunde, não tenho certeza se é uma reclamação, mas ela esclarece pedindo que eu continue. A carne que não cabe nas minhas mãos desponta entre meus dedos tersa e dura pela pressão. Separo um pouco os dedos para que os mamilos despontem entre eles, como presos que se agarram às grades, e eu possa lambê-los. Consigo que um saia inteiro; esse eu chupo e mordo. Marga geme e enfia de novo as mãos dentro da minha camiseta. Massageia meus mamilos com as pontas dos dedos, reservando um beliscão toda vez que alcança a ponta. Gemo com seu mamilo dentro da minha boca. Vou lamber o outro, mas não abandono o primeiro prisioneiro. Agarro essa teta com ainda mais força e a puxo para cima de novo. O gemido de Marga se torna mais rouco. Eu afrouxo um pouco a pegada e desço até beijá-la a título de desculpas e consolo, caso eu a tenha machucado mais do que devia. Desta vez o beijo é mais seco, mais rápido, porque o prazer urge, e aí eu sussurro:

— Eu te machuquei, Marga?

— Não, não, continua — sussurra, e o apelo à solidariedade me faz levantar de uma vez, levando comigo o tronco de Marga e um grito abafado que acaba em meu ouvido. Agora estamos as duas sentadas. Não posso tirar a camiseta porque estou unida a seus peitos, então ela a enrola até os meus aparecerem. Ela os contempla e os acaricia com a boca entreaberta e as narinas intermitentemente dilatadas. Finalmente ela se inclina para se aproximar deles e lambê-los com a língua inteira, como uma mamífera que limpa o filhote recém-nascido. Quando chega à curva interna, ela retesa a língua e passa o peito sobre ela, provocando um pequeno salto ao soltá-lo. A visão dos minhas tetas brilhando de saliva faz minha boceta salivar. Quanto mais ela me lambe, mais eu puxo seus peitos, e quanto mais eu puxo, menos Marga lambe minhas tetas e mais ela começa a chupá-los e mordê-los e finalmente os puxa. Estamos puxando o peito uma da outra, e, dependendo da tração, nossos gemidos são agudos ou roucos, nossas costas se arqueiam ou se arredondam, nossos cotovelos se esticam quando as tetas da outra se vão ou se dobram quando voltam, nossos beijos e mordiscadas são na boca ou no pescoço. Saio da posição sentada ao lado de Marga para montar nela. Agora nossas mãos agarradoras estão presas entre as tetas agarrados. Soltamos as tetas uma da outra, assim os quatro seios se beijam com a baba que Marga deixou nos meus.

Ela enfia uma das mãos na minha calcinha. Vai direto para a vagina e a encontra de primeira. Não me penetra totalmente, embora pudesse, em vez disso dobra um dedo, o indicador, presumo, e pressiona o nozinho dele em meu orifício. Começo a mexer o quadril para a frente e para trás e peço para ela enfiar tudo. Ela se compadece, afrouxo o nosso abraço para que ela possa fazer, desço a calcinha e o short abaixo da bunda, que por serem elásticos me permitem continuar envolvendo Marga com as pernas. Jogo os ombros para trás e me apoio nos braços estendidos. Marga envolve minha cintura com um de seus braços e fixa a pegada enfiando a mão em uma das minhas cristas ilíacas. Com essa mão ela regula minhas estocadas para que ajudem sua penetração. Com a palma da outra mão virada para cima, ela enfia o dedo médio em mim. As primeiras entradas me fazem gemer muito, um gemido que é um agradecimento, ou boas-vindas, ou uma interjeição de surpresa. Apesar de não estar sendo penetrada, Marga também geme e também mexe o quadril, aumentando assim a intensidade dos meus gemidos e das minhas cadeiradas. Eu gemo mais, suspirando e com um tom mais grave. O gemido de Marga é um "a" entrecortado e infinito de tom e timbre idênticos à sua voz. Ela emite seus as e franze o cenho em uma expressão meio de Nossa Senhora das Dores. Minha expressão é mais desvairada, com a cabeça oscilante. Mas as cadeiradas de Marga, por causa da posição curvada que ela mantém para poder mexer na minha boceta, não são assim. De fora, ela parece estar esfregando a bunda na cama, mas sei que o que Marga faz, agora sim, é a masturbação sem mãos que eu lhe ensinei, a ativação do aparelho masturbatório central sem nem precisar ficar de quatro. O movimento de estocada preciso e constante que começa na medula da pelve e termina no último pelo da boceta.

Numa ação que não dura mais de dois segundos, Marga solta as partes por onde me segurava para tirar minha calcinha e meu short, que estão começando a nos machucar, e me encaixar em cima dela de novo, montada, recuperando a posição. Ela aperta mais o abraço e chupa minhas tetas quando chegam à sua boca, porque já não tem mãos para segurá-las. As suas, suas tetas, caem até o início das minhas coxas abertas e, às vezes, roçam em mim.

Em suas sucessivas penetrações Marga vai acrescentando dedos até meter, acho, três, e estimula meu quadril a oscilar cada vez mais até que meus balanços se transformam em golpes que minha vagina desfere na mão dela, mão que agora não só penetra como também vibra de um lado para o outro. É a vibração que me leva a um ponto sem volta em meu caminho para o orgasmo, aquele ponto em que você sabe que se perder o foco você não vai gozar, não importa o que façam, sem contar a tristeza que toma conta de você. Ouço o barulho dos dedos dela chapinhando em meus fluidos. Desloco todo meu peso para um dos braços que estavam apoiados e, com a mão livre, toco meu clitóris a mil rotações por minuto.

— Vou gozar, Marga — suspiro com a masturbação frenética, e Marga libera a mão que segura meu quadril, chupa dois dedos, enfia a mão na calcinha e também se masturba, e continua me penetrando. Como ela nem chegou a tirar a calcinha, sua mão parece uma presa lutando para se libertar. Eu gozo, gozo, gozo, gozo e gozo, porra, com umas convulsões de cadeira elétrica. Relaxo o braço que estava sustentando meu peso e meu movimento nos últimos cinco minutos da transa. Mal tenho tempo de enfiar um dedo em Marga, ou talvez seja justamente a breve penetração do meu dedo que precipita o orgasmo de Marga e a união de seus gemidos em um só, um grito abafado. Sua vagina curva engole meu dedo indicador, eu o tiro pingando, enfio de novo, e Marga já gozou. Ela me prende dentro dela apertando meu pulso.

— Quero mais — diz ela, deitando-se de barriga para cima, e tiro sua calcinha. Fico de quatro e, com meu dedo ainda dentro dela, lambo a parte interna de suas coxas e depois começo a chupar sua boceta. Estou surpresa que ela seja tão compacta, simétrica e apertadinha, trepadora do jeito que ela é, e que esteja tão bem depilada, já que Patricia não está por perto para obrigá-la a se depilar.

Primeiro eu lambo a racha dela de cima a baixo. Ela cheira a rola, essas rolas que cheiram a churrasco. Dava para ver que Marga tinha passado o dia inteiro trepando.

Meus dedos sintonizam com minha língua naturalmente, com a progressiva introdução de dois, três e até quatro dedos quando ela me pede. Eu os lambo muito e ainda levanto suas nádegas, cuspo bem devagar na sua vagina e as coloco de novo na cama. Com a mão livre, aperto suas coxas ou estico o braço em busca de suas tetas, e ao chegar nelas encontro as mãos de Marga, que as está esfregando e salivando.

Ela está mais concentrada, com mais cara ainda de Nossa Senhora das Dores, solta uns gemidos muito fraquinhos, e suas cadeiradas voltam a ser milimétricas, eficientíssimas, acompanhantes da minha língua. Os pequenos movimentos de quadril de Marga formam uma coreografia com os do meu aparelho masturbatório, que, por eu estar de quatro, gira com absoluta e serena liberdade.

Passo das lambidas ao frenesi do clítoris, um clítoris sem capuz como uma minúscula glande, e em seguida encontro dois dedos de Marga que se juntaram à estimulação. Convivemos por um tempo, mas ela atinge uma velocidade tamanha (a velocidade típica da masturbação solitária) que seus dedos batem na minha cara e finalmente desalojam minha língua.

— Vai gozar? — pergunto, e ela assente sem levantar a cabeça do travesseiro e com uma cara de dor infinita. Paro de tocar as tetas dela e levo a mão ao meu clítoris enquanto continuo com meus outros quatro dedos dentro dela. As duas velocidades se cadenciam espontaneamente, a da penetração da minha prima e a da minha masturbação. As rotações e estocadas dos meus quadris no ar agora concorrem com meu dedo, que encontrou meu clítoris ansioso e pronto. Só desenhando um círculo sobre ele já consigo sentir a lágrima do orgasmo descendo pelo tobogã da vagina. Marga e eu nos acompanhamos em um gemido mútuo que prolonga nosso gozo, o meu menos intenso por ser o segundo, o dela não sei.

Descansamos alguns segundos deitadas de frente uma para a outra, desenhando um losango com nossas pernas abertas. Voltamos a ouvir nitidamente os barulhos noturnos do bairro, que entram pelo buraco no teto como se fosse um ouvido. Um bater de ovos, uma televisão, uns talheres em contato com algum prato, o escapamento de uma moto modificado para que ela soe a britadeira, uma conversa distante, uma conversa próxima, uma campainha, uma voz robótica pelo interfone, a descarga elétrica que abre uma porta. Também entra um ventinho fresco.

— Marga, onde eu faço xixi? — pergunto me levantando. Ela, que caiu com a cabeça no travesseiro, responde meio dormindo.

— O banheiro é saindo à direita, mas está sem água. Você tem que jogar água de uma garrafa que está ao lado do vaso.

— Tá.

— E depois traga uma que esteja pela metade pra eu beber, tá?

— Tá.

— Não tem luz, você precisa ligar a da sala pra conseguir enxergar.

— Perfeito.

— O botão fica ao lado da porta da rua, onde você deixou sua bicicleta.

Vou pelada como estou. Pelo buraco no teto do quarto entra luz de poste suficiente para eu pisar sem medo de bater em algum dos poucos móveis. Os desenhos e o frescor laqueado das tábuas do piso antigo me fazem gostar de estar descalça. Marga deve ter esfregado essas tábuas feito uma cinderela daquelas que, enquanto esfregam de quatro, ativam o aparelho masturbatório.

Com a claridade vinda da lâmpada pelada consigo ver a banheira grande, alta e revestida de azulejos; o lavabo também grande e quadrado como um pedestal, o espelho grande como uma janela, o bidê grande o suficiente para lavar um bebê e o vaso grande o suficiente para adormecer mijando, e garrafas de água de cinco litros amassadas e coladas por todo o perímetro da parede. Cheira um pouco a esgoto, mas meus pés descalços continuam sem notar nenhuma grande sujeira. Solto vários peidos e mijo aliviada, procuro papel e o encontro, muito bem posicionado sobre a cisterna. São guardanapos de bar muito ásperos. Seco a boceta, jogo o papel na privada, me levanto, pego a garrafa que está mais à mão e viro um bom jato. Pego outro guardanapo e limpo as gotas que respingaram no assento. Como deve ter sobrado menos de um litro na garrafa e será fácil beber no gargalo, eu a levo para tomarmos no quarto.

— Apaga a luz da sala, Nati, por favor — diz Marga encostada na parede. Deixo a garrafa no chão, vou até a sala, apago a luz.

— É por precaução — explica, e eu volto, pego a garrafa, vou até o lado dela e a entrego. — Desculpa, sou uma chata, obrigada.

— Não tem problema, eu entendo. Seu banheiro é muito confortável — digo me deitando ao lado dela.

Marga levanta a garrafa com as duas mãos por cima da cabeça. Ao fazer isso, seus peitos sobem como balões de ar quente invertidos e seus mamilos enormes apontam horizontalmente, paralelos ao chão. Lambo a água que escorre por sua garganta e ela tosse, quase se engasga, e me molha também.

— Desculpa, desculpa, desculpa! — imploro abraçando o braço dela. — Que estúpida eu sou!

Marga afasta as costas da parede e tosse sorrindo. Bato na parte de trás de seus pulmões até a tosse se acalmar.

— Você está querendo mais, é? — pergunta ainda interrompida pela tosse.

— É que trepada pede trepada, Marga — digo secando a água das tetas dela com minhas mãos, passando sua umidade para os meus.

— Você estava trepando antes e por isso quer mais — ela diz.

— Sem ser com você? — Suspiros invadem minha fala porque Marga está muito perto de mim falando de trepar, de ter trepado e de continuar trepando.

— Sim.

— Como você sabe?

— Pelo seu cheiro.

— Mas foi trepada sem esfregação, Marga, e quase sem penetração. Não pode ter ficado cheiro como ficou na sua boceta, que está cheirando a churrasco. — Digo isso e Marga cheira os dedos com os quais esteve se masturbando e faz uma cara de que não tem cheiro de nada.

— Com quem foi?

— Com um cara do ensaio. E o do churrasco quem foi? O falso infiltrado?

— Esqueceu que ele foi expulso do bairro? Foi com um do ateneu.

— Do ateneu anarquista? Você é incrível, Marga.

— Me explica esse negócio de trepar sem esfregar, Nati, pra ver se eu fico com tesão e trepamos de novo.

Depoimento da Sra. Margarita Guirao Guirao, prestado no Juizado de Instrução número 4 de Barcelona em 15 de julho de 2018 no processo de solicitação de autorização para a esterilização de incapazes, em virtude da ação movida pela Generalitat da Catalunha contra a depoente.
Magistrada: Exa. Sra. Guadalupe Pinto García
Secretário judicial: Sr. Sergi Escudero Balcells

Em cumprimento à Disposição Adicional Primeira da Lei Orgânica 1/2015, de Reforma do Código Penal, procede-se à arguição da senhora Margarita Guirao Guirao, legalmente incapacitada por sentença judicial definitiva número 377/2016, de 19 de março deste mesmo juizado, e cuja esterilização é solicitada no processo 12/2018.
Sofrendo a depoente de deficiência intelectual que afeta sua capacidade volitiva, faz-se presente durante a averiguação a Sra. Diana Ximenos Montes, representante da Generalitat da Catalunha que exerce a tutela. Também está presente a Sra. Susana Gómez Almirall, educadora social que conviveu com ela no apartamento supervisionado por aquela instituição.

Recusa-se a depor e a responder a qualquer pergunta feita pela senhora juíza, pela representante da Generalitat ou pela educadora. Encorajada pela Sra. Susana Gómez a responder apenas ao que considere oportuno, a depoente persiste na recusa, razão pela qual a senhora juíza suspende a arguição.

A magistrada	A depoente	O taquígrafo
Guadalupe Pinto		Javier López Mansilla

**Depoimento da Sra. María de los Ángeles Guirao Huertas, prestado no Juizado de Instrução número 4 de Barcelona em 25 de julho de 2018 no processo de solicitação de autorização para a esterilização de incapazes, em virtude da ação movida pela Generalitat da Catalunha contra a Sra. Margarita Guirao Guirao.
Magistrada: Exa. Sra. Guadalupe Pinto García
Secretário judicial: Sr. Sergi Escudero Balcells**

Antes de responder às perguntas feitas pela senhora juíza, a testemunha pergunta se tudo o que ela disser será escrito. A senhora juíza responde que sim.

A testemunha pergunta então se será escrito "em normal" e "em leitura fácil". A senhora juíza diz à testemunha que tudo vai ser muito fácil, que a testemunha pode levar o tempo que precisar para responder, que, se não entender alguma coisa, por favor, diga, e ela explicará tim-tim por tim-tim, e que não precisa ficar nervosa porque todos estão aqui para ajudar.

A testemunha responde que o problema é que ela é gaga de nascimento e que talvez por isso a juíza ache que ela está nervosa, mas não são os nervos porque a testemunha diz ser uma pessoa muito calma.

A senhora juíza responde que se ela está tranquila melhor ainda, assim podem começar. Pergunta como a testemunha se dá com sua prima Margarita Guirao, ao que a testemunha responde que ela tinha feito uma pergunta anterior e que senhora juíza ainda não respondeu.

Que pergunta, María de los Ángeles?, pergunta a senhora juíza.

Perguntei se tudo o que dissermos será escrito "em normal" e "em leitura fácil".

A senhora juíza pergunta o que é "leitura fácil". A testemunha responde que como é que a senhora juíza não sabe o que é "leitura fácil" se está na Lei de Acessibilidade aprovada pelo Parlamento da Catalunha em 2014, e ela é juíza e se supõe que deva saber todas as leis.

A senhora juíza diz que não se pode saber tudo nesta vida, mas que, por favor, ela explique o que é porque lhe interessa muito.

A testemunha diz que "leitura fácil" são livros, documentos administrativos e legais, páginas da internet e coisas assim que estão escritas conforme as diretrizes internacionais do Inclusion Europe e da IFLA, que é a sigla em inglês da Federação Internacional de Associações de Bibliotecas e Instituições.

Diretrizes são normas, internacionais significa de muitos países diferentes. Siglas são as primeiras letras de várias palavras que se juntam para resumir.

Federação são muitas associações que se unem, associação é muita gente que se junta porque gosta das mesmas coisas, neste caso das bibliotecas e das instituições.

Inclusion Europe é a Feapa de sempre, mas incluindo toda Europa e escrita em inglês, embora na Espanha não se chame mais Feapa, e sim Inclusão Plena. Feapa também é uma sigla, que significa Federação Espanhola de Associações Pró-Anormais.

A senhora juíza diz que ela explicou muitas coisas muito interessantes, mas que ainda não disse como são esses documentos de "leitura fácil".

Vou explicar agora, responde a testemunha, e diz que "leitura fácil" é uma forma de escrever para as pessoas que têm dificuldades de leitura transitórias ou permanentes, como imigrantes ou pessoas que tiveram uma escolarização deficiente, ou foram integradas tardiamente à leitura, ou como as pessoas que têm transtornos de aprendizagem ou diversidade funcional, ou estão senis.

Dificuldades de leitura é saber ler mas com muita dificuldade. Transitória é que não é para a vida toda, e permanente, sim, é para a vida toda. Imigrante é alguém que vem de fora.

Escolarização deficiente é ter ido à escola, mas ter tirado muitas notas ruins ou repetido muitos anos.

Integrado tardiamente é quem chegou tarde, e leitura, bem, é ler, gente que nunca teve tempo de ler.

Transtornos de aprendizagem é quando você tem uma doença que não te deixa aprender as coisas que te dizem na escola.

Diversidade funcional é o que ela tem, que é um grau de deficiência intelectual. E senis é velhos "caducos".

A senhora juíza pergunta se é então uma forma mais fácil de escrever para que essas pessoas possam ler.

A testemunha responde que sim, mas não só para que possam ler, mas para que se cumpra o direito universal de acesso à cultura, à informação e à comunicação que consta na Declaração Universal dos Direitos Humanos. A testemunha pergunta se a senhora juíza sabe o que é essa Declaração ou se também precisa explicar. A senhora juíza responde que essa, sim, ela conhece.

A testemunha diz que outro motivo para a existência da "leitura fácil" é porque há muitos textos com um excesso de tecnicismos, com uma sintaxe complexa e com uma apresentação pouco clara.

Excesso é muito. Tecnicismos são palavras muito difíceis que só bem poucas pessoas que as estudaram entendem. Sintaxe não tem nada a ver com táxi, são as frases. Complexa é difícil.

Por isso, para que as coisas que se escrevem estejam em "leitura fácil" e se cumpram a Declaração dos Direitos Humanos e a Lei de Acessibilidade da Catalunha, e também a Convenção dos Direitos das Pessoas com Deficiência, que ela tinha esquecido de citar antes, por isso devem ser usadas apenas palavras simples, e as que não forem simples devem ser explicadas para que todo mundo as entenda.

A testemunha diz que existem muitas regras para escrever em "leitura fácil", então ela só dirá algumas poucas à senhora juíza:

Não se podem usar verbos em tempos compostos o tempo todo. Tempos compostos é quando você diz "tinha feito" ou "tinha comido", ou uns outros mais difíceis que existem.

É preciso usar mais a voz ativa que a voz passiva. Voz ativa é "eu como pão", e voz passiva é "o pão é comido por mim". Isso é um pouco difícil, a testemunha demorou para entender. Ela vai explicar à senhora juíza o melhor que ela pode e sabe. Voz ativa é que você é ativo porque está comendo o pão, porque está fazendo alguma coisa, que é comer o pão. Voz passiva é que o pão não faz nada, porque é um pão e não uma pessoa. O pão não pode te comer, mas você pode comer o pão, e isso precisa ser mostrado na frase, tem que ser uma frase ativa, na qual você claramente come o pão.

A senhora juíza diz ter entendido muito bem e pergunta se agora podem passar a falar da senhora Margarita. A testemunha diz que já está acabando. A senhora juíza diz que, nesse caso, por favor, continue.

Não se devem usar perífrases, que significa que não se deve dizer "eu devo comer pão" ou "eu deveria comer pão". As perífrases, basta ver o nome que têm, são muito difíceis.

Outra regra muito importante da "leitura fácil" é que as frases devem ser curtas, sujeito, verbo, predicado e acabou; e que, em cada frase, haja uma mensagem e não muitas mensagens emboladas. Por exemplo, se você diz "eu como pão", isso já é uma frase com uma mensagem. Não deve misturar "eu como pão" com algo que não tem nada a ver, por exemplo "eu moro em Barcelona". Não se pode misturar e dizer "eu como pão e moro em Barcelona", porque aí são duas mensagens muito diferentes, porque pão e Barcelona não têm nada a ver.

A senhora juíza agradece sua excelente explicação porque já compreendeu o que é "leitura fácil", mas a testemunha insiste em dizer uma regra muito, muito importante, talvez a mais importante de todas, a de que não se pode justificar nem tabular.

Em "leitura fácil" não se pode tabular nem justificar o texto, que não tem nada a ver nem com tábua nem com dar justificativas. Significa que todas as linhas começam no lado esquerdo da página. Isso é não tabular.

E como as linhas vão para o lado direito é preciso deixar que cada uma chegue aonde tiver que chegar, mesmo que umas sejam mais longas e outras mais curtas, e o texto não seja uma coluna perfeita. Isso é não justificar.

É como escrever no WhatsApp. *(A testemunha pega seu telefone celular da bolsa e o mostra à senhora juíza.)*

A senhora juíza agradece à testemunha pela explicação, e a testemunha diz de nada.

A senhora juíza pergunta então pela saúde de Margarita Guirao Guirao, como ela tem passado ultimamente.

A testemunha diz que fez uma pergunta anterior à senhora juíza, que a senhora juíza ainda não respondeu.

O que foi que eu não respondi, María de los Ángeles?, pergunta a senhora juíza.

A pergunta sobre se tudo o que dissermos será escrito "em normal" e "em leitura fácil", que foi por isso que ela explicou o que era "leitura fácil".

A senhora juíza diz que tudo será escrito exatamente conforme sair pelas nossas bocas, que é para isso que se encontra essa pessoa sentada ao seu lado digitando sem parar num computador, que se chama taquígrafo. O que ele escrever será uma cópia exata do que nós dissermos, que por isso a testemunha não precisa se preocupar porque ninguém ali vai inventar nada. Além disso, assim que o depoimento acabar, o taquígrafo o imprimirá na impressora que está sobre a mesa, e a testemunha poderá lê-lo, e se achar que alguma coisa não está certa, o taquígrafo corrigirá quantas vezes forem necessárias.

A testemunha diz que acha isso tudo muito bom, mas que ela não perguntou isso. Perguntou se o depoimento será escrito "em normal" e "em leitura fácil", ou seja, seguindo as regras de escrita que ela explicou antes. A senhora juíza não entendeu a pergunta da testemunha?

Entendi, sim. Então?, pergunta a testemunha. O taquígrafo escreverá como sempre faz, o que, aliás, sempre faz muito bem.

E "em leitura fácil" não? Pergunte você mesma a ele, diz a senhora juíza, e a testemunha pergunta a esse taquígrafo se vai escrever o texto "em normal" e "em leitura fácil", ao que esse taquígrafo responde que só vai escrever normal.

A testemunha se oferece para passar o texto normal para "leitura fácil" quando o depoimento estiver finalizado, explicando todas as palavras difíceis e tirando as tabulações e as justificações, porque a testemunha diz ser uma escritora de "leitura fácil" que escreve romances.

A senhora juíza diz que isso não será possível porque não se trata de um romance, trata-se da realidade, e para ser fiel à realidade é preciso respeitar a literalidade de tudo o que se diz em sede judicial. Além disso, os depoimentos dos processos que afetam incapazes como a senhora Margarita são confidenciais e não podem ser difundidos.

Não são a favor de que as pessoas com diversidade funcional recebam uma informação acessível sobre as coisas que acontecem à sua volta? Não acham que se não recebermos uma informação acessível seremos ignorados, e outras pessoas decidirão e escolherão por nós? Tudo bem que vocês não saibam fazer porque escrever "em leitura fácil" é muito difícil, mas por que não aceitam a ajuda que a testemunha oferece, já que ela vem estudando as regras há muito tempo?, pergunta a testemunha à juíza e a esse taquígrafo.

A juíza diz para ela não ficar nervosa, que podem falar disso mais tarde, mas que agora o importante é falar de sua prima-irmã Margarita Guirao Guirao, que passou e passa por momentos muito difíceis, e precisa do apoio da testemunha dizendo a verdade.

A testemunha diz que não está nervosa, que é gaga e que tem consciência de que demora mais a falar, e pergunta à senhora juíza se não será ela que está ficando nervosa por causa do jeito como a testemunha fala.

A juíza responde que não está nervosa porque está fazendo seu trabalho como faz todos os dias há dez anos.

María de los Ángeles, pode me dizer se a senhora Margarita já teve um companheiro ou companheira alguma vez?, pergunta a senhora juíza.

Disso podemos falar mais tarde, responde a testemunha. Mas se não lhe é dada certeza de que seu depoimento será escrito "em leitura fácil", não pretende falar.

A senhora juíza diz que não será escrito "em leitura fácil", e a testemunha diz que então não vai falar e tchau.

A magistrada	A testemunha	O taquígrafo
<u>Guadalupe Pinto</u>	<u>María dels Àngels Guirao</u>	<u>Javier López Mansilla</u>

Depoimento da Sra. Natividad Lama Huertas, prestado na Residência Urbana para Deficientes Intelectuais de La Floresta de Barcelona em 15 de julho de 2018 por estar a testemunha impedida de comparecer ao juizado que instrui o caso devido às suas delicadas condições de saúde, conforme declarou a Dra. Neus Fernández Prim, psiquiatra do Hospital de la Vall d'Hebron com número de registro 14.233; e tudo isso no processo de solicitação de autorização para a esterilização de incapazes em virtude da ação apresentada pela Generalitat da Catalunha contra a Sra. Margarita Guirao Guirao.

Sofrendo a testemunha de uma deficiência intelectual grave que afeta sua capacidade volitiva, e encontrando se legalmente incapacitada por sentença definitiva número 378/2016 deste mesmo juizado, faz-se presente durante a declaração a Sra. Diana Ximenos Montes, representante da Generalitat da Catalunha, que exerce a tutela e é diretora do apartamento supervisionado onde a testemunha viveu no último ano.

Magistrada: Exa. Sra. Guadalupe Pinto García
Secretário judicial: Sr. Sergi Escudero Balcells

Você é uma "macha", uma fascista e uma neoliberal que toca siririca e limpa o "rabo" com a mesma nota de cem euros enrolada com que cheira a cocaína confiscada dos camelôs do Raval. Aqueles que cometeram um atentado no verão passado na Rambla são almas puras comparadas com os terroristas aniquiladores de qualquer manifestação de vida que são você e seu tribunal. A única manifestação que te interessa é a festiva, pacífica e domingueira manifestação contra os cortes no funcionalismo público para manter seus privilégios de guardiã do Estado e do capital. Tomara que você receba uma carta com ameaças de morte de mulheres ou internos de RUDI cujas denúncias por maus-tratos você arquivou, tomara que cheguem várias dessas e que você viva com medo, e tomara que um dia cumpram a ameaça. Se bem que você já está morta em vida. Nem cocaína é capaz de fazer seu sangue correr pelas veias, seu sangue, quando muito, anda no ritmo da marcha silenciosa contra as vítimas de violência de gênero que você mesma propiciou, assassina, assassina, assassina.

Sequestrar minha prima Marga para obrigá-la a se submeter a exames médicos, a interrogatórios feitos por psicólogos e juízes, e a entrar numa sala de cirurgia para que liguem suas trompas é mais um ato terrorista da longa lista de atos de terror contra a população dissidente que você precisa cumprir. O que a hipocrisia nauseabunda de vocês resolveu chamar de "proteger a incapaz das consequências de uma eventual gravidez indesejada" é uma eugenia amparada pela lei que você se dedica a fazer valer. Vocês não querem que as mulheres radicalmente capazes de ser livres como Marga se reproduzam, mas ainda que você resolva finalmente contrariar sua comadre Generalitat e decida não autorizar a ligadura de trompas, ainda que acredite na mesma retórica dos direitos fundamentais que você e seus jornalecos constitucionalistas querem nos empurrar goela abaixo feito uma beberagem de direitos básicos, e considere Marga "capaz de se autodeterminar sexualmente", o calvário do despejo, do alijamento de seus amantes, da medicalização, do isolamento, dos interrogatórios e das explorações psiquiátricas e ginecológicas pelo qual a fizeram passar não terá nada a ver com este outro ingrediente da beberagem que vocês chamam de "o correto funcionamento do Estado de direito", mas sim com sua necessidade de reprimir e desgastar os ardores emancipadores de uma mulher que cospe a beberagem na sua cara.

A ligadura de trompas deveria ser feita em parideiras do sistema como você, que se deixam fecundar pela linhagem de estupradores e signatários da variante do contrato de compra e venda, que é o contrato de "sexo-amor" que vocês, fêmeas, para não perderem seus "privilégios machos", também assinam.

Gosto que você tenha medo de mim e fique encolhida na porta, apesar de seus "camareiros" terem me enfiado uma faixa de ginástica para conter minhas comportas e me amarrado na cama.

A juíza	A testemunha	O taquígrafo
Guadalupe Pinto		Javier López Mansilla

Depoimento da Sra. Patricia Lama Guirao, prestado no Juizado de Instrução número 4 de Barcelona em 25 de julho de 2018 no processo de solicitação de autorização para a esterilização de incapazes.

Vou contar à Meritíssima tudo o que a Meritíssima me perguntar e o que não me perguntar também, como venho contando desde o primeiro dia que a senhora me chamou para depor um mês atrás, porque sei que não faz muito tempo a senhora chamou minhas três comadres para depor e nenhuma delas quis dizer nada, que a senhora diretora do apartamento supervisionado dona Diana Ximenos me falou. Alguma vez eu deixei de atender ao chamado de Vossa Excelência e não compareci ao seu gabinete? Nunca.

Pois bem, e antes de continuar e com todo o respeito, gostaria de deixar claro que não deveríamos misturar alhos com bugalhos nem os folhetinhos da Nati com a operação da "xoxota" da Marga. Antes de tudo porque a Marga não sabe ler. "Transar", sim. Ler, não. Sim, é verdade que, antes de "se escafeder", a Nati passava bastante tempo com ela e com aqueles folhetinhos, mas a Ilustríssima acha que uma criatura com sessenta e seis por cento de deficiência intelectual aprende a ler em duas semanas? E como é que a Nati poderia dar qualquer ideia para a

Marga? Justo a Nati, que tem um grau de deficiência intelectual ainda mais alto que ela! Que até acreditou, coitadinha, que estava indo e voltando sozinha daquela escola de dança nova que ela frequenta, longe do jeito que é, lá pelo Camp Nou. Como a Marga tinha "se escafedido" e não podia mais levá-la e buscá-la, e como a Nati tinha se comportado muito bem nas aulas, não sendo expulsa nem tendo brigado muito com ninguém, e ainda vai participar de um espetáculo, então dona Laia, dona Susana e dona Diana quiseram dar a ela um prêmio, o prêmio da autonomia. Muito sensatamente acharam que era melhor não pôr mais lenha na fogueira da "escafedida", das idas e vindas da polícia e de tanta gente perguntando pela Marga, e disseram para a Nati que, dali em diante, ela iria sozinha aos ensaios, mas que teria que voltar o mais tardar às onze da noite, que podia ir de bicicleta porque sabiam que ela não gostava do metrô e menos ainda no verão, mas que teria que instalar luzes e buzina, e usar um colete refletivo. As comportas da criaturinha brilharam tanto que até foram se retraindo conforme ela ouvia! Desceu no chinês, comprou as luzes, comprou o colete, comprou a buzina...

(A senhora juíza interrompe a testemunha para dizer que ela já tinha falado de dona Natividad em depoimentos anteriores, que de fato tinha falado dela porque a própria juíza havia pedido para conhecer o entorno familiar de dona Margarita, pedido ao qual a testemunha muito gentilmente respondeu com toda sorte de detalhes, pelo que a juíza aproveita, novamente, para agradecer, mas que agora era hora de falar mais especificamente de dona Margarita porque o processo de solicitação de esterilização deve ser concluído em breve.)

O que estou contando tem a ver com a Marga, Ilustríssima, tem a ver, mas é que talvez Vossa Excelência não conheça direito a síndrome da minha meia-irmã Natividad e, por isso, possa pensar que as duas estavam mancomunadas. A síndrome das Comportas é como umas pranchas que enfiam na sua cabeça e tapam seu rosto todo da testa até abaixo do queixo, como um

Power Ranger, só que transparente. O lado de fora é assim, enquanto o que acontece por dentro é que você não dá mais ouvidos à razão e acha que tudo está errado, que tudo parece uma merda e que todos estão te atacando. É como uma depressão com a boa e velha mania de perseguição, mas, em vez de ficar quieta na sua casa como todos os deprimidos e maníacos, você fica com vontade de dizer que tem soluções pra tudo, que prestem atenção porque você tem soluções pra tudo e começa a contá-las pra todo mundo. Pois bem, ela pode ter soluções pra tudo, mas não se dá conta do que acontece diante de suas comportas: que o prêmio de autonomia era de mentira, que ela pensava que ia sozinha de bicicleta, mas, na verdade, uma monitora da RUDI a seguia de longe, de bicicleta também, uma garota muito profissional e, ao mesmo tempo, muito alternativa da nova política, que não se importava em esperar pela Nati nos arredores da escola durante as três horas de duração do ensaio até ela sair, e de novo segui-la de longe até ela passar pela portaria. A senhora acha mesmo que, curta das ideias do jeito que é, minha irmã seria capaz de ajudar a Marga a desaparecer sem que nós percebêssemos?

(A senhora juíza interrompe a testemunha para agradecer por suas considerações, que, sem dúvida, devem ter sido de grande serventia para a polícia no processo de busca de dona Margarita, mas pede que, por favor, se concentre agora no estado de espírito daquela, uma vez que, ela reitera, o presente processo, que não deveria durar mais de um mês, já tem cerca de dois meses, e para piorar agosto já está logo ali, e a senhora juíza quer emitir sua sentença antes das férias judiciais.)

De fato a Ilustríssima e eu estamos falando da "xoxota" da minha prima desde antes de ela "se escafeder", a senhora mesma acaba de admitir. E agora? Só porque a Marga perdeu o juízo aquele dia então a Nati também não vai receber amor e compreensão suficientes para viver no apartamento supervisionado, e cada uma precisa ser levada para uma RUDI diferente, uma mais longe que a outra? Eu entendo que, para fazer todos os exames e revisar a medicação delas, e para que possam se recuperar depois do susto da "escafedida" e da polícia, seria bom se elas passassem uns dias no hospital e uns diazinhos internadas em uma RUDI rodeadas dos melhores profissionais. Isso eu entendo. Uns diazinhos, Meritíssima, eu entendo, mas é que estamos indo para um mês já. E vou te dizer a verdade, Ilustríssima, como sempre disse. No começo, com o apartamento inteiro para a Àngels e para mim, estávamos no céu as duas sozinhas, a Meritíssima não faz ideia: a Àngels com seu celular e eu com minha TV, e com minhas unhas, e com meus pelos, sem dar um pio. Mas o que seriam alguns dias segundo a dona Laia, e a dona Diana, e a dona Susana, já estão sendo três semanas e meia, Meritíssima. E ainda por cima elas vêm fazer a supervisão e dizem que a casa está suja. Como elas queriam que estivesse se nosso turno de limpeza está desfalcado em duas parentas, que uma vocês levaram para a RUDI de La Floresta e a outra para a de Sant Gervasi, em vez de deixá-las na RUDI da Barceloneta, que assim elas poderiam vir de vez em quando? Elas vão receber menos amor e menos compreensão de sua família se a Àngels e eu estivermos na praia, a Nati com os mauricinhos de Sarriá e a Marga no meio do mato, isso sim! Nem o metrô chega lá, Meritíssima...!

(A senhora juíza interrompe a testemunha para dizer que está ciente dos momentos difíceis pelos quais a testemunha e sua família passaram devido ao desaparecimento de dona Margarita, mas que, por sorte, ela já apareceu e, aos poucos, tudo vai voltar à normalidade.)

Deus te ouça, Ilustríssima, Deus e a dona Laia Buedo, e a dona Diana Ximenos, e a dona Susana Gómez, que se empenham em dizer que nossas características pessoais não são adequadas para a imersão na vida social que representa morar em um apartamento supervisionado. Veja Vossa Excelência: se não fosse pelo apartamento supervisionado, a Nati não teria voltado a dançar nem a ler. A Nati não dançava desde a lesão cerebral que a deixou "idiota" um mês antes de concluir o doutorado, isso já faz quatro anos, quatro anos sem dançar em se tratando de uma pessoa que dançava desde os seis anos de idade, que eu bem me lembro dos collants cor-de-rosa e do tutu tão pequeninhos e tão fofos que a Nati usava na época! Pois foi graças ao apartamento supervisionado que está a cinco metros do Centro Cívico da Barceloneta que ela pôde se matricular nos cursinhos e voltar a dançar. Ela até foi escolhida agora para participar de um espetáculo...

(A senhora juíza interrompe a testemunha para lembrá-la de que ela já falou de dona Natividad neste depoimento e em outros anteriores, e pede encarecidamente que ela fale da saúde e do comportamento de dona Margarita Guirao, do contrário a senhora juíza se verá obrigada a suspender o depoimento.)

Que suspender o quê! A Ilustríssima já sabe que vou direto ao ponto, e o ponto é que não há razão para desconfiar da plena imersão na vida social que a Marga, a Nati, a Àngels e eu experimentamos graças ao apartamento supervisionado. O respeito mútuo e nossa capacidade de viver em comunidade aumentaram, assim como nossa autonomia e nossa autodeterminação no dia a dia. Por que acha que a Nati voltou a ler? Falo da Nati de novo porque tem a ver com a Marga, Excelência, não porque eu quero. Porque se a Nati voltou a ler foi graças à benéfica interação que estabeleceu com sua prima Marga, porque foi a Marga que começou a trazer aqueles folhetos, que, por serem tão fáceis, serviam para ela, porque era óbvio que o Clube de Leitura Fácil era difícil demais para a Nati, que acabava tacando no chão, jogando pro alto e rasgando em pedacinhos todos os livros que a dona Laia lhe dava. A ponto de o último livro que nos deram, um de um garoto com síndrome de Down que conta sua história de superação pessoal, o garoto vem visitar a RUDI agora depois do verão, a Nati não só não tacou no chão, Meritíssima, como o trouxe para o apartamento para continuar lendo lá. Isso tem a ver com a Marga, é da Marga que estou falando, Meritíssima, porque essa mudança vivida pela intransigente da Nati se deve ao ambiente de motivação pessoal e de escuta do outro que o apartamento supervisionado proporciona. Vou dar outro exemplo...

(A senhora juíza interrompe a testemunha para dizer que ela não duvida dos benefícios do lugar em que a testemunha e sua família vivem, que lhe parece muito interessante e até mesmo um exemplo a ser seguido, mas lembra que o que uniu a testemunha e ela em seu gabinete esta manhã é o processo para decidir se finalmente será ou não autorizada a esterilização de dona Margarita, e implora que, por favor, limite seu relato ao que tenha estritamente a ver com ela e com seu comportamento afetivo-sexual, dado que, a senhora juíza insiste, já houve muitas audiências valiosas em que a testemunha falou do contexto em que a vida de dona Margarita transcorre.)

Pois se a senhora acha que o nosso apartamento supervisionado é um exemplo a ser seguido, e me perdoe por me atrever a dar conselhos à Vossa Excelência, me parece que Vossa Excelência deveria fazer alguma coisa, não?

(A senhora juíza pergunta à testemunha como assim fazer alguma coisa, em relação a quê.)

E o que mais poderia ser?, quer dizer, eu posso ter um grau de deficiência de uns cinquenta e dois por cento, mas não é fácil me fazer de boba...

(A senhora juíza interrompe a testemunha para dizer que sempre a tratou com absoluto respeito e consideração, tanto que até modificou o modus operandi *habitual neste tipo de processo para que a testemunha possa se expressar com liberdade e sem limitações, prescindindo do taquígrafo, gravando sua declaração com um gravador, passando o áudio depois para um transcritor profissional e intimando novamente a testemunha dois dias depois para que possa ler a transcrição. Tanto respeito e tanta consideração a senhora juíza sempre dedicou à sua relação com*

a testemunha que fez o que nenhum juiz faz, que é tomar mais depoimentos do que os que a lei manda para este tipo de processo, neste caso a Lei Orgânica 1/2015 de Modificação do Código Penal, e tudo porque a senhora juíza tem a integridade física e a autodeterminação sexual de dona Margarita Guirao Guirao como assuntos de primeira ordem pelos quais a senhora juíza adiou expedientes anteriores por prazo indeterminado e deu prioridade a este. Porque a senhora juíza considera que a integridade física e a autodeterminação sexual de uma pessoa não podem ser decididas com dois meros pareceres periciais e um relatório do Ministério Público, já que a preceptiva averiguação da pessoa que é objeto da eventual esterilização, isto é, dona Margarita, não pode ser levada a cabo porque ela se recusa a depor. Essa, lembra a senhora juíza à testemunha, essa é a razão pela qual a testemunha foi ouvida quatro vezes, incluindo esta, no gabinete da senhora juíza: o melhor interesse da incapaz Margarita Guirao Guirao que deve reger todos os atos que impliquem sua pessoa e seus bens.)

(Soluços da testemunha. A senhora juíza pede que ela se acalme, diz que está tudo bem e pergunta se ela quer continuar com o depoimento.)

Peço perdão à Vossa Excelência, que sempre me tratou com uma educação e um respeito que ninguém teve comigo, e veja só como eu retribuo, com impertinências. Desculpa por ter ofendido Vossa Excelência dizendo aquilo de boba, foi sem querer, me desculpa, por favor, por favor...

(A senhora juíza interrompe a testemunha e diz que não foi nada, que se acalme, que se quer um copo d'água e que continuem.)

Me desculpa ou não me desculpa?

(A senhora juíza a desculpa.)

É que esses dias estão sendo muito difíceis para a família Lama Guirao Huertas, Eminência, minha prima Àngels e eu estando separadas da nossa Marga e da nossa Nati, e tendo que aguentar as broncas da dona Laia, e da dona Diana, e da dona

Susana, por não termos avisado a elas que a Marga não tinha voltado ao apartamento no mesmo dia que ela não voltou. Obrigada *(pelo copo d'água)*. As broncas e as acusações de sermos cúmplices de sua "escafedida", de a termos exposto a perigo desnecessário por não termos avisado no dia que a Nati chegou sem ela quando se supunha que a Marga deveria ter ido buscá-la em sua aula de dança...

(A senhora juíza interrompe a testemunha para perguntar se ela quer mais água.)

Sim, por favor. Vossa Eminência, nós não as avisamos no mesmo dia porque confiamos e respeitamos a autonomia da Marga, a mesma autonomia que a dona Diana, a dona Susana e a dona Laia nos ensinaram nesses dois anos indo ao Grupo de Autogestores, e nesses anos morando no apartamento supervisionado. Ou não é normal uma garota de trinta e sete anos como a Marga, bonita e sem namorado, sair numa sexta-feira à noite? E não é normal uma garota sair numa sexta à noite, deixar alguém com aquilo duro, e também não voltar para casa no sábado à noite? Elas não queriam que a Marga arranjasse um namorado? Bem, a coisa mais normal do mundo é você sair à noite e não voltar pra casa porque ficou na casa de um cara, certo, Meritíssima? Porque antes de arranjar um namorado você vai ter que "dar uma ou duas trepadinhas" com o "dito cujo", não é? É o que eu acho.

Como é que a gente ia imaginar que a Marga não estava se relacionando afetiva e sexualmente, mas sim enfiada num chiqueiro com um "baita" de um buraco no teto? E como as profissionais com quem compartilhamos tantos momentos de nosso dia a dia podem pensar que eu, a Àngels e a Nati não éramos capazes de entender o alcance da ausência da Marga?, ou mesmo pensar que entendíamos perfeitamente, mas que escondíamos delas, as representantes legítimas de sua tutora, a senhora dona Generalitat da Catalunha! E por causa disso querem nos expulsar do apartamento, Vossa Eminência, por isso elas querem nos expulsar! Que expulsem a Marga e a Nati, ok, porque protagonizaram a situação traumática do dia que encontraram a Marga, e a Nati estava com ela, e isso requer muita recuperação mental, física e social. Mas expulsar a Àngels e a mim não tem nenhuma justificativa, principalmente eu, que fui a única que engoliu todas as "porcarias" das reuniões do Grupo de Autogestores, a única que não foi nem uma única vez ao psiquiatra desde que chegamos a Barcelona, a única que, quando teve a "escafedida", respondeu a todas as perguntas da polícia, a única que mostrou às *mossas* e à diretora do apartamento onde a Marga guardava todas suas coisas e a única que veio ao seu gabinete depor e depôs todas as vezes que Vossa Eminência convocou. A Nati não responde por causa de sua deficiência intelectual grave. A Àngels não responde porque, por ser gaga, quando fica nervosa as palavras não saem ou demoram cinco séculos para sair. Eu fui a única que colaborou com a justiça e com a autoridade em todos os momentos, Eminência. E não vou ter nenhum benefício por colaborar com a justiça? Era disso que eu falava quando disse para não me fazer de boba, que Vossa Excelentíssima Eminência já me conhece e sabe que me comporto, só que ninguém fala a meu favor em toda essa história de que vão nos expulsar do apartamento, e esperaria, humildemente esperaria de Vossa Ilustríssima Eminência que Vossa Eminência Ilustríssima fizesse isso.

(A senhora juíza diz que ela fez muito bem em ajudar a polícia em tudo o que pôde, porque quando se trata de encontrar uma pessoa desaparecida toda ajuda é bem-vinda, senão imprescindível, e é nosso dever cidadão colaborar. Também fez muito bem em sempre acudir à convocação da senhora juíza e agradece novamente por isso, pois sem seus depoimentos ela jamais poderia ter uma imagem fidedigna da situação real de dona Margarita em relação à sua eventual esterilização. A testemunha deve ficar orgulhosa de ter se comportado dessa forma exemplar. A senhora juíza entende as preocupações da testemunha quanto ao

apartamento supervisionado onde mora, mas esse assunto não é de sua competência nem objeto deste processo. A competência da senhora juíza se limita a autorizar ou não a esterilização não voluntária de dona Margarita solicitada por sua tutora, que, como a testemunha bem sabe, é a Generalitat da Catalunha representada pela diretora do apartamento supervisionado, dona Diana Ximenos. Quem cuida do tema do apartamento supervisionado é a Secretaria do Trabalho, Assuntos Sociais e Família, ou seja, é um processo administrativo ou uma decisão política. Mas a testemunha e a senhora juíza não estão inseridas em um processo administrativo ou político, e sim num processo judicial, e a testemunha deve saber que, em uma democracia, existe a separação dos poderes, ou seja, que os assuntos do poder Judiciário, que é o que se passa nos juizados, não podem se misturar aos assuntos do poder Executivo, que é o que se passa nas secretarias. Por último está o poder Legislativo, que é o que faz as leis, e este também não pode se misturar ao Executivo ou ao Judiciário. E essa é a razão pela qual a senhora juíza não pode falar nem bem nem mal da testemunha em relação ao apartamento supervisionado, mas a testemunha pode ficar tranquila porque certamente a Secretaria de Assuntos Sociais tomará a melhor decisão para a testemunha e para toda sua família.)

Está me dizendo que não é Vossa Excelência que cuida da questão do apartamento supervisionado?

(A senhora juíza responde afirmativamente.)

Cuida ou não cuida?

(A senhora juíza responde que não cuida dessa questão.)

Muito bem, muito bem, se não é com a senhora, Vossa Excelentíssima Excelência não poderia fazer o favor de dizer isso à Excelentíssima Excelência que cuida do assunto? Se a senhora, que é juíza, falar com outro juiz, não haverá essa mistura de poderes da qual a Meritíssima falou, certo?

(A senhora juíza lamenta não poder ajudar a testemunha nesse assunto e pergunta se ela tem algo mais a acrescentar ao seu depoimento, porque agora precisam concluí-lo.)

(Soluços da testemunha. A senhora juíza pede que ela se acalme, oferece mais água e a testemunha aceita.)

A magistrada	A testemunha	O taquígrafo/transcritor
Guadalupe Pinto	Patricia Lama	Javier López Mansilla

ROMANCE
TÍTULO: MEMÓRIAS DE MARÍA DELS ÀNGELS
GUIRAO HUERTAS
SUBTÍTULO: RECORDAÇÕES E PENSAMENTOS
DE UMA GAROTA DE ARCUELAMORA
(ARCOS DE PUERTOCAMPO, ESPANHA)
GÊNERO: LEITURA FÁCIL
AUTORA: MARÍA DELS ÀNGELS GUIRAO HUERTAS
CAPÍTULO 4: PARADOXOS NO CRUDI NOVO

Voltei, queridos leitores e leitoras.
Obrigada por terem esperado
minha inspiração voltar.

Todos nós escritores sabemos
que é importante deixar os textos descansarem
durante um tempo em uma gaveta.
Assim você pode lê-los outra vez com perspectiva
e é muito melhor para o texto e para você.

Perspectiva significa que você lê seu texto
e vê coisas que não via antes
porque estava muito concentrado escrevendo.

Isso de guardar em uma gaveta é uma metáfora,
porque antigamente os escritores escreviam no papel
e pegavam os papéis e guardavam em gavetas.

Metáfora significa comparar uma coisa
com outra muito parecida
para que a primeira coisa seja mais bem
compreendida ou fique mais bonita.

Mas como estou escrevendo meu romance pelo WhatsApp,
a única coisa que tive que fazer para ganhar perspectiva
foi não entrar no Grupo de Romance María dels Àngels
durante esse tempo.

Foi difícil
porque toda vez que soava o alerta do WhatsApp
eu pensava que era algum leitor do Grupo
dando sua opinião sobre o romance
ou me perguntando como a história continuaria.

Mas vocês foram leitores muito respeitosos
que entenderam perfeitamente
a coisa da gaveta e da perspectiva,
e não me pressionaram durante todo esse tempo.
Muito obrigada.

Com a perspectiva posso ver
que talvez não tenha deixado muito claro
que nós nos divertíamos muito no CRUDI velho.
Morar no centro de um grande povoado como Somorrín
era muito divertido
porque você conhece muita gente nova,
vai à feira todos os sábados,
às festas no verão, à discoteca,
à missa, às procissões
e a um montão de outras coisas com seus novos amigos.

Isso fora do CRUDI velho.
Mas dentro também havia diversão
porque você morava com seus novos amigos na mesma casa.
Podia ir ao quarto de alguém e contar suas coisas,
ou pregar uma peça na pessoa, ou brincar de esconde-esconde,
ou se fantasiar e fazer teatros.
Também assistíamos à TV juntos,
e isso era muito divertido porque muitos de nós
nunca tínhamos visto uma TV na vida.
Colocávamos os filmes que queríamos,
víamos os noticiários, futebol,
desenhos animados e anúncios.
Falávamos do que a gente gostava e do que a gente não gostava.
Estávamos juntos na alegria e na tristeza.

Às vezes sentíamos falta dos nossos povoados.
Tinha gente que sentia tanta falta que fugia,
e era preciso chamar a Guarda Civil.
Ou os que começavam a gritar
e que batiam nas assistentes sociais
ou puxavam o cabelo delas,
e elas tinham que dar uns tapas neles,
castigá-los e trancá-los a chave.
Mas em geral tudo era divertido.

Eu, pessoalmente, sentia falta da Agustinilla,
dos gatos e dos cachorros de Arcuelamora,
mas não a ponto de levantar a mão para ninguém.

Tudo mudou quando fomos para o CRUDI novo.
O CRUDI novo era uma casa
muito maior e mais moderna
que também ficava em Somorrín,
mas não no centro do povoado, e sim nos arredores.

Se o CRUDI velho tinha muitas coisas,
o CRUDI novo tinha muito mais:
piscina, horta, estufa, academia,

jardins, oficinas ocupacionais, sala de massagem,
porões, cocheiras, depósitos,
refeitórios e cozinhas que podiam alimentar Arcuelamora toda
e um aquário que deixava no chinelo
o aquário que tínhamos no CRUDI velho.
Ele ocupava metade da parede e tinha uns peixes
que deixavam no chinelo os peixes que existem no rio,
não pelo tamanho,
mas por sua beleza e suas cores.

Com tantas coisas grandes e modernas
surge o paradoxo
de que as coisas deveriam ter mudado para melhor,
mas mudaram para pior.

Paradoxo significa que algo está do avesso,
que o que deveria ser branco é preto.

Não podíamos mais passear por Somorrín
porque estávamos muito longe do centro.
Era preciso atravessar uma estrada e descer por outra,
e as assistentes sociais tinham medo disso,
e só podíamos passear com elas quando elas quisessem.

Para nos entreterem, elas nos levavam à piscina
e a todas as outras coisas novas.
À piscina dava para ir no verão e no inverno
porque era uma piscina coberta ou descoberta como quisesse,
como um carro conversível.

Isso do carro conversível é outra metáfora.

É verdade que ficar na piscina
quando do lado de fora chovia e fazia frio
enquanto você estava lá dentro quentinha e de maiô
era muito divertido.
Até os institucionalizados que usavam cadeira de rodas

podiam entrar nessa piscina
porque tínhamos professores de natação e salva-vidas.

Mas só era divertido porque era novidade,
como no CRUDI velho em relação à TV,
que no começo tudo o que passava chamava a atenção,
mas com o tempo cansava
porque sempre passavam a mesma coisa
e você já sabia de cor os comerciais.

Os jardins e a horta eram melhores
porque as flores e os tomates eram sempre diferentes,
mas também não era divertido
porque você só podia ir na sua vez,
só se podia plantar o que as monitoras quisessem,
e nós não podíamos comer o que colhíamos.
Tínhamos que dar tudo às cozinheiras para que elas cozinhassem.

Às vezes,
como só podíamos ir à horta ou ao jardim quando autorizavam,
as alfaces estragavam
porque as monitoras não tinham se dado conta
de que era preciso colhê-las, regá-las, pôr produto nelas.

Depois elas não faziam nenhuma autocrítica
e diziam que não tinha problema
porque havia muitas outras coisas plantadas.

Autocrítica significa dizer que você fez algo errado
e pedir desculpas por ter feito errado.

Isso me incomodava muito,
porque quando elas faziam algo errado,
não pediam desculpas.
Mas quando você fazia algo errado,
elas te obrigavam a pedir desculpas
e, se você não pedisse, te castigavam.

Ainda estou esperando Mamen me pedir desculpas
por não me ter deixado ir à horta
por estar fora do horário
e ter permitido que aquela fileira de alfaces murchasse.
Eu plantava alfaces desde pequena
e sabia que eram muito delicadas,
mas ninguém me deu ouvidos.

Outra coisa que acontecia no CRUDI novo
era que havia muito mais funcionárias que antes.
Tinha as assistentes sociais do CRUDI velho
e também psicólogas, enfermeiras, cozinheiras, cuidadoras,
professoras de natação e salva-vidas, como já falei,
e fisioterapeutas e terapeutas ocupacionais,
além de um motorista de micro-ônibus
que levava e trazia as pessoas
que só iam para o CRUDI durante o dia,
mas que dormiam em casa.

Fisioterapeuta significa
pessoa que te faz massagem
quando você está com dor em algum músculo,
ou que põe você para fazer ginástica
para que seu músculo não doa.

Terapeuta ocupacional significa
pessoa que põe você para fazer trabalhos manuais
com cartolina, massinha de modelar, argila
ou que põe você para plantar em vasos
ou para cuidar da horta,
mas o que você faz não fica com você,
é dado para as cozinheiras
ou vendido num mercadinho ou numa feira.

Ter tanta gente cuidando dos institucionalizados
deveria ser algo bom,
mas esse é outro paradoxo
porque em vez de bom era ruim.

Não dava mais para ir à noite
ao quarto de outros institucionalizados,
ou ficar acordado conversando
com seus colegas de quarto
mesmo que fosse baixinho,
ou até mesmo lendo,
porque no CRUDI novo
sempre havia duas monitoras vigiando.
No CRUDI velho também não era permitido
não estar dormindo na hora de dormir,
mas só havia uma monitora, e ela sim sempre dormia
e às vezes levava o namorado,
que era muito gente boa.

Também, como havia tantas funcionárias,
qualquer coisa que você fizesse elas descobriam super-rápido.

Por exemplo, quando eu não queria comer repolho cozido,
porque eu não gosto,
e se quisesse trocar com um colega
por um pouco de peixe frito,
que disso sim eu gosto,
alguma cuidadora sempre percebia
quando mexíamos os pratos
e não tirava mais os olhos de cima da gente o almoço inteiro.

Puseram-me de dieta,
e eu não aguentava mais.
Eu não conseguia entender
por que se empenhavam em me dar
coisas de que eu não gostava para comer
se eu não fazia mal a ninguém com minha comida.
A psicóloga me dizia que era
para eu ficar melhor comigo mesma,
a fisioterapeuta me dizia que era por causa dos meus joelhos,
a enfermeira me dizia que era pela minha saúde,

Mamen me dizia que era para eu ficar mais bonita
e as cozinheiras me diziam
que era porque Mamen tinha mandado.

Eu dizia para elas que não me importava em ser gorda,
que sabia que havia gordos que eram muito preguiçosos
e que não conseguiam se mexer
porque suas carnes pesavam muito,
mas que não era meu caso, porque eu era uma gorda forte
como outros gordos da minha família,
e que nunca havia tido nenhum problema:
já trabalhei no campo, escalei penhascos,
costurei, limpei, cozinhei,
dancei nas festas de Arcuelamora
e dos povoados vizinhos,
e resumindo
fiz tudo o que se precisa fazer para viver.

Como elas não entendiam isso
e me deixavam passando fome,
com o dinheiro que me davam para meus gastos
eu comprava as coisas que gostava de comer,
como sanduíches de linguiça e rabanadas,
mas isso também era muito difícil porque,
como eu disse,
já não íamos muito ao centro,
e perto do CRUDI novo não havia lojas nem bares,
só havia terra,
mas uma terra que não era minha
e na qual eu não podia plantar o que eu quisesse
ou criar os animais que eu quisesse
para depois comer.

Além disso, davam-nos muito menos dinheiro,
porque Mamen não precisava mais ir ao BANCOREA
sacar o dinheiro das nossas pensões

para pagar nossas coisas do CRUDI velho
e nos dar uma parte
para gastarmos com o que quiséssemos.

Agora o dinheiro das nossas pensões
chegava direto ao CRUDI,
porque o CRUDI de Somorrín tinha se transformado
em um centro consorciado.

Centro consorciado significa que o governo
não dava mais nossas pensões para o BANCOREA
e o BANCOREA para a gente.
No CRUDI novo,
o governo dava as pensões para o BANCOREA,
e o BANCOREA as dava diretamente para o CRUDI.

No CRUDI velho,
as contas dos institucionalizados
também estavam no nome do CRUDI,
e assim Mamen podia sacar nossas pensões.

Mas no CRUDI novo
tudo era feito sem cédulas,
porque Mamen não precisava mais ir ao banco sacar o dinheiro
nem pedir recibos de cada uma
das coisas compradas.
As cédulas e as moedas quase não faziam falta
porque quase tudo era pago por transferência.

Transferência significa que um banco
dá seu dinheiro para outro banco
em vez de uma pessoa
dar o dinheiro diretamente para outra pessoa.

Quando perguntei a Mamen
por que, em vez de me darem mil pesetas,
me davam quatro euros para o fim de semana inteiro,

ela me disse que porque não sobrava nada da minha pensão
porque a Gerência ficava com tudo
para pagar minha vaga no CRUDI.

Gerência significa Gerência Territorial de Serviços Sociais,
que são os escritórios que se dedicam
a organizar os CRUDIS e as RUDIS
de toda a região de Arcos,
de toda a comarca de Somorrín
e de toda a província.

Também me disse que eu não precisava mais de dinheiro
porque no CRUDI tinha de tudo,
e, se eu precisasse de alguma coisa,
era só pedir
e elas me dariam.

Eu precisava de sanduíches de linguiça e rabanadas,
mas sabia muito bem que se eu pedisse
não me dariam.

Então,
com o pouco dinheiro que me davam
e como a vida tinha ficado muito cara com o euro,
eu só conseguia comprar jujubas
e saquinhos de semente de girassol,
que faziam menos volume que os sanduíches
e eu podia esconder nos bolsos
no dia que nos deixavam ir ao centro de micro-ônibus.

Tudo isso estava muito errado,
mas o pior paradoxo de todos
é que as funcionárias
não podiam dar uns tapas nos institucionalizados
mesmo que os institucionalizados entrassem na mão
e dessem uns tapas nelas.

Estava proibido por lei.

Isso devia ser bom, mas na prática era ruim,
porque embora nenhuma monitora,
psicóloga, terapeuta ocupacional,
cuidadora ou enfermeira pudesse te bater,
nem mesmo Mamen,
que na época já era a diretora,
em vez de baterem elas te tiravam do caminho aos empurrões
e te davam uns comprimidos que eram piores que os tapas.

E se o institucionalizado não soltasse a funcionária
ou outro institucionalizado com quem estivesse bravo
porque o tinha agarrado pelos cabelos ou por onde quer que fosse
e os empurrões não funcionassem,
como quando acontece uma briga
e se tenta separar aquele que está espancando do outro,
aí as enfermeiras cravavam em você uma seringa
que te apagava.
E depois ainda te castigavam.

Os tapas, por piores que fossem,
eram melhores,
porque te batiam
e depois te trancavam à chave por um tempo,
mas quando o castigo acabava você saía,
e nada como um dia após o outro.

Mas aqueles comprimidos e aquelas injeções
eram a pior coisa do mundo.
Deixavam você tonto,
te levando a fazer tudo devagar,
até engolir a comida
ou tossir quando engasgava.

Como isso era muito perigoso
porque se você não tosse quando engasga
pode sufocar e morrer,
começaram a bater no liquidificador toda a comida

que davam aos institucionalizados que tomavam comprimidos.
Se o repolho cozido já era ruim,
batido no liquidificador só podia ser nojento.

Eu já disse que nunca levantei a mão para ninguém
embora não tenha sido por falta de vontade,
e nunca precisaram me dar comprimidos nem injeções dessas,
mas eu via muito bem o que acontecia
quando alguém tomava.

Devo admitir que, embora achasse errado,
nunca disse nada porque não queria confusão.
Também não dizia nada
porque já estava havia dez anos com Mamen e com o CRUDI
e estava me acostumando.
As funcionárias gostavam de mim
e, com o tempo, consegui ser uma das poucas institucionalizadas
que iam sozinhas ao centro tomar um cafezinho depois de comer.
Tínhamos que estar de volta às quatro da tarde,
e se não cumprisse esse horário,
ficava dois dias sem sair para tomar café.
No começo eu aproveitava
e, em vez de café, pedia um sanduíche.
Mas como as coisas estavam cada vez mais caras
e o dinheiro que me davam era o mesmo,
no final eu só podia tomar um café com um docinho
ou um café com um dedinho de conhaque,
ou um café com um copinho de anis,
porque o pessoal do bar muitas vezes dava isso de graça,
mas não os sanduíches,
e acabei emagrecendo.

Mas quando entraram no CRUDI novo
minhas primas Margarita, Patricia e Natividad
e comecei a ver que davam comprimidos para elas
porque a psiquiatra tinha dito
que elas tinham transtornos comportamentais,
comecei a ficar possessa.

Patricia e Margarita entraram juntas
porque já tinham passado da idade-limite
para ficar no colégio PROCRIAAR,
que era de dezenove anos.

Natividad entrou por último
quando teve o acidente de trabalho
em sua sala na universidade,
e como sequela ficou com a síndrome das Comportas
e lhe deram a invalidez permanente.

Invalidez permanente significa que antes você podia trabalhar,
mas por causa de um acidente enquanto você estava trabalhando
que provocou em você uma deficiência muito alta,
não pode mais.
Mas, apesar de você não poder trabalhar,
você continua recebendo o mesmo salário de quando trabalhava.

Acho que comecei a ficar possessa
porque, embora eu as tivesse visto muito pouco
desde que todas nós saímos de Arcuelamora,
minhas primas eram sangue do meu sangue,
e eu me lembrava de quando éramos pequenas
e brincávamos no povoado.
Também me lembrava de quando Natividad
me ensinou a ler livros bons de verdade
antes de sofrer da síndrome das Comportas.

Quando começaram a dar comprimidos
e aplicar injeções nelas,
eu quis ajudá-las em tudo
para que aprendessem direito as normas do CRUDI.
Que Patri e Nati não gritassem nem batessem nas funcionárias,
e que Marga não tocasse suas intimidades nem beijasse ninguém,
para que assim não lhes dessem os comprimidos.

Mas conforme os anos passavam eu percebia
que os comprimidos eram uma coisa normal.

Davam para muitas pessoas
não só quando se beijavam,
ou quando batiam, ou desrespeitavam alguém,
coisa que eu conseguia entender
porque, no fim das contas, a violência é algo ruim,
e tocar-se na frente das pessoas é coisa de gente
em risco de exclusão social.

Tudo bem me tirarem o gosto pela comida.
Tudo bem não me deixarem cuidar da horta.
Tudo bem não aumentarem o pagamento do fim de semana
e tudo bem me obrigarem a tomar banho todo santo dia,
mesmo que eu não tivesse me sujado de terra
porque não me deixavam ir à horta.

Mas o que eu não podia aceitar de maneira nenhuma
era que um belo dia ameaçassem
aplicar injeções também em mim,
sem que eu tivesse beijado ninguém,
nem batido em ninguém,
nem sequer batido em mim mesma.

**Ateneu Llibertari de Sants. Acta assemblea grup okupació.
Reunió extraordinària 10 juliol 2018.**

Múrcia: Se vocês não se importarem hoje eu escrevo a ata.
Todas: Tudo bem tudo bem tudo bem…….
Múrcia: Vou fazer como Palma fez, que pra mim é mais fácil que o jeito que Jaén faz, que escreve tudo como se fosse um livro.
Jaén: Que exagerado.
Oviedo: Sem falsa modéstia, Jaén, que você é um baita de um escritor.
Múrcia: Então vou ligar o gravador e depois passo pro papel.
Todas: Tá tá tá……
Jaén: Você vai ver que transcrever é vinte mil vezes mais chato e lento que fazer como um livro como você diz, porque transcrever é parar, voltar, avançar…… E como um livro, você faz anotações depois junta tudo e fim.
Múrcia: Ok depois eu te conto.
Jaén: Como quiser.
Corunha: Que fique claro que sempre que fizermos as atas assim, tem que ser com gravador-gravador não com o gravador do celular.
Todas: Sim sim sim claro……

Corunha: Nem com o celular em modo avião ou qualquer porcaria do tipo.

Todas: Não, cara, não se preocupe....

Jaén: Todo mundo desligou o celular, certo?

Todas: Sim, cara, sim......

Oviedo: Então diga lá, Jaén, pra que convocar uma reunião extraordinária em pleno julho e às onze da manhã só com meia dúzia de gatos pingados?

Múrcia: Badajoz disse que vinha mas que chegaria tarde.

Jaén: Mesmo sendo só nós quatro, a gente tinha que fazer essa reunião. Corunha já sabe. É pela garota que há pouco tempo nós ajudamos a okupar.

Oviedo: Gari?

Múrcia: O que houve?

Jaén: Ontem à tarde Corunha e eu estávamos arrumando um pouco as coisas aqui e apareceu uma dupla de *mossas*.

Múrcia: Tá de sacanagem Jaén.

Oviedo: O que você está dizendo, cara.

Jaén: Exatamente o que eu disse. Uma dupla de *mossas* perguntando por ela com uma foto dela.

Oviedo: Cacete, não acredito.

Jaén: Imaginem como Corunha e eu ficamos quando as vimos entrar, porque a porta estava aberta porque fazia muito calor.

Corunha: Nem precisaram tocar a campainha, se bem que na verdade bateram na porta apesar de ela estar aberta, disseram podemos entrar? Eu estava surtando.

Jaén: Eu pensei já era, vieram identificar a gente porque depois de cinco anos alguém nos denunciou e vão nos despejar. Mas claro, como pediram permissão para entrar, eu pensei não dou, vamos dizer não, não podem entrar.

Oviedo: Sim claro hahahahaha........

Múrcia: Eu sei que está fazendo um calor filho da puta, mas é nisso que dá ficar com a porta aberta.

Oviedo: Múrcia, cara, o dia inteiro com filho da puta na boca. Já te falei várias vezes que você usa o termo puta ou puto de forma pejorativa, desprezando as putas e os putos ou as bichas. Vê se procura um termo depreciativo menos machista, menos burguês e menos tudo hein?

Múrcia: Você tem razão, quando fico irritado ainda deixo escapar. Eu mesmo percebo assim que eu falo.

Oviedo: Se você percebe assim que fala então tem que dizer né? Pedir desculpas na hora, reconhecer que errou o tom. Isso seria uma puta atitude.

Todas: Hahahahahahaha......

Oviedo: Galera, eu falei no sentido positivo!

Corunha: Eu sei, eu sei, mas é que foi muito engraçado.

Oviedo: Bem, mas Múrcia também tem razão sobre deixar a porta escancarada. Antes, quando alugávamos o outro imóvel, tudo bem, porque a porta ficava aberta no inverno e no verão, mas agora é preciso pensar um pouquinho.

Corunha: Olha, Oviedo, fazia um calor de matar e para piorar os juizados estão fechados em agosto e todos os processos ficam parados.

Jaén: Mas que bom que nada disso importa porque não vieram nos identificar nem nada.

Corunha: Bem, nos identificaram sim, mas não para nos despejar.

Múrcia: E pra que então?

Jaén: Foi isso, elas vieram perguntando por Gari Garay com uma foto dela plastificada e você não vai acreditar: com uma pilha de fanzines da biblioteca!

Múrcia: Da nossa biblioteca?

Jaén: Da biblioteca fanzineira!

Corunha: Bem, podiam ser da nossa biblioteca ou de qualquer outro lugar que tenha fanzines anarquistas, podiam ser do ateneu de Gracia ou de Entrebancs, de Rosa de Foc, de Lokal, de Can Batlló......

Jaén: Can Batlló com fanzines anarquistas?

Corunha: Hahahaha ok, de Can Batlló com certeza não mas de Can Vies talvez.

Jaén: Os fanzines de Can Vies são os nossos, fomos nós que levamos.

Múrcia: Cara, fanzine anarquista por fanzine anarquista, tem também em La Clandestina da Sagrada Família, em La Púa de Hospitalet e em quase qualquer lugar, no ateneu de Besòs, em Manresa, em Viladecans...

Jaén: Galera, eu sei mas estou dizendo que aqueles fanzines eram dos últimos que eu tinha organizado na biblioteca, eu me lembrava perfeitamente deles. Eram os últimos dos que copiei e distribuí por aí. O de María Galindo sobre bastardismo, o de queime seu celular, o do sexo coletivo, o da autofabricação de absorventes reutilizáveis, o do insurrecionalismo... Todos menos um que me chamou muita atenção, aquele não era daqui, um que se chamava Eu, também quero ser um macho.

Oviedo: Mentira que esse era o título? Hahahahahahaha....

Múrcia: Mas como foi? Chegaram e disseram esses fanzines são de vocês?

Corunha: Vamos lá. Jaén e eu paramos de fazer o que estávamos fazendo e fomos até elas, que estavam paradas na entrada, tinham dado só um passo pra dentro. Ele e eu nos entreolhamos, mas não dissemos nada, vinte mil coisas passaram pela nossa cabeça, mas não dissemos nada.

Jaén: As *mossas* olharam para todos os lados, tiraram o quepe e o meteram debaixo do braço. Como quem diz viemos em paz. Deram boa-tarde e Corunha foi e cumprimentou de volta hahahahahaha...... Só faltou bater continência hahahahahahaha.....

Todas: Hahahahahahaha.......

Corunha: Galera eu estava me borrando. Você não Jaén?

Jaén: Eu estava pensando já era, vão nos identificar para começar o processo de despejo e pronto, sobrou pra você e pra mim, vamos encarar.

Oviedo: Mas não era isso né?

Jaén: Não. A gente se aproximou e elas disseram...

Corunha: Não era isso mas no fim das contas elas nos identificaram.

Múrcia: Caramba, mas por quê?

Oviedo: Jaén você não disse nem oi pra elas?

Corunha: Esse safado falou como nos filmes, Algum problema, agente?

Todas: Hahahahahahaha........

Jaén: E elas vão e dizem que estão procurando uma garota com deficiência intelectual chamada Margarita Guirao Guirao porque ela desapareceu, mostram a foto e perguntam se nós a vimos. Dá pra perceber quando alguém tenta não fazer cara de surpresa né?

Corunha: Acho que fingimos muito bem, Jaén, fizemos uma cara normal, como se tivessem mostrado a foto de qualquer des-conhecido. Você nem ergueu as sobrancelhas.

Jaén: Obviamente dissemos que não, que não sabíamos quem era aquela pessoa.

Corunha: Foi quando elas tiraram os fanzines de uma pasta e disseram que os tinham encontrado entre as coisas dela e perguntaram se já tínhamos visto aqueles fanzines antes.

Múrcia: E vocês disseram que não.

Jaén: Não, porque isso não colaria, porque as *mossas* estavam na porta ao lado da biblioteca fanzineira e dava pra ver que havia um monte de fanzines parecidos ali. Eu disse que já tinha visto alguns antes e que outros não.

Corunha: Nessa hora Jaén se saiu muito bem.

Jaén: Indiquei todos para elas, este sim, este não, este... deixa eu ver.... este não... este sim.......

Corunha: No começo eu pensei que aquilo era uma Operação Pandora 3*, sequestrando publicações como o que aconteceu com o livro *Contra a democracia* e que seguiam o rastro de Gari para encontrar os autores daqueles fanzines. Mas que nada. As *mossas* achavam que Gari talvez tivesse conseguido os fanzines aqui e que talvez nós a tivéssemos visto.

Jaén: De novo dissemos que não, que nunca tínhamos visto a cara dela e então mudaram um pouco de expressão e nos disseram que a pessoa desaparecida tinha um retardo mental profundo e problemas psiquiátricos, que precisava de medicação e que além disso era legalmente incapaz. Que por isso era considerado um desaparecimento de alto risco e estavam procurando por ela por toda Barcelona, porque era uma pessoa que não sabia cuidar de si mesma, que não entendia o alcance de seus atos e podia fazer qualquer coisa, a começar por machucar a si mesma.

Oviedo: Que paternalistas nojentas, que fascistas de merda.

Jaén: O tempo todo uma *mossa* falando e a outra tomando notas em um caderninho.

Corunha: Pra você ver, Oviedo. Eu estava assentindo feito um cachorrinho de painel de carro desses que balançam a cabeça pra cima e pra baixo, pra ver se elas vazavam logo e paravam de fazer perguntas e Jaén a mesma coisa, fazendo o cachorrinho.

Jaén: E aí falaram que na casa dela estão todos muito preocupados e que a colaboração cidadã é imprescindível, que se nós a víssemos ou se soubéssemos de alguém que a viu, que por favor fôssemos à polícia. Quando ouvi a parte da colaboração cidadã, minha expressão deve ter mudado porque achei que elas tinham desistido de tentar comer o nosso cu mas...

---

* Operação policial contra movimentos e ativistas anarquistas realizada na Espanha, a partir de 2014, por suspeitas de organização terrorista. Foi interrompida e cancelada por falta de evidências comprovatórias. [N.T.]

Corunha: Jaén, vou repetir a mesma coisa que Oviedo disse a Múrcia antes, que usar expressões depreciativas que têm a ver com a homossexualidade é uma censura a tudo que não seja heteronormativo.

Jaén: Desculpa, pessoal, você tem toda razão e isso porque de nós quatro quem mais comeu e tomou no cu fui eu né? Hahahahahahahaha......

Todas: Hahahahahaha.....

Oviedo: Tá, cara, mas não tem nada a ver com isso, mesmo quando achamos que nossa sexualidade vai na contramão do heteropatriarcado, continuamos com o monte de lixo ideológico marcado a ferro no corpo e ele nos trai, nos transforma em autoboicotadoras da nossa própria luta por liberdade sexual.

Jaén: Sim você tem toda razão. Não eram as policiais que estavam comendo o nosso cu, nós é que damos e comemos o cu entre nós com o maior prazer.

Oviedo: Hahahahaha não exagera, Jaén, que aqui a gente não come o cu de ninguém nem mesmo se for decidido em assembleia hahahaha.......

Todas: Hahahahaha....

Jaén: Mas se não tomamos no cu entre nós, não vai ser a polícia que vai comer o nosso cu! A polícia não estava comendo o nosso cu; estava estragando a nossa tarde, nos silenciando e querendo nos amedrontar, porque a última coisa que disseram antes de ir embora e eu acho que disseram porque devem ter notado minha cara de nojo quando falaram em colaboração cidadã foi que acobertar ou favorecer o desparecimento de alguém legalmente incapaz era equivalente a sequestrar ou acobertar o sequestro de um menor de idade. Essas foram as palavras delas.

Corunha: E aí as palermas pediram nossas identidades para incluir na declaração segundo elas.

Múrcia: Sim, é sempre assim, pedem as identidades para qualquer diligência policial.

Corunha: Pode até ser que seja sempre assim, mas agora já estamos fichados nessa declaração e para quando o despejo chegar e para o que mais elas tirarem do cu.

Oviedo: Sim, isso daí é certo.

Corunha: Bem, então entregamos as identidades, uma delas anotou nossos números no caderninho, a outra ficou olhando para os fundos, para os lados...

Múrcia: Mas sem entrar né?

Corunha: Sem entrar, tudo da porta, a sujeitinha erguendo o queixo assim para ver se via alguma coisa e nós com os braços cruzados sem nos mexer nem um milímetro. Aí as duas colocaram seus quepezinhos, e eu já estava relaxando pensando que iam embora né? Pensando menos mal que já vão embora, aí vocês não imaginam o que Jaén disse para as polícias antes de elas saírem. Jaén estava impossível.

Jaén: Como você é exagerado, Corunha.

Corunha: Exagerado, tá bom! Pois o cara foi e pediu para ver os fanzines de novo e as *mossas* imediatamente abriram a pasta e os pegaram e Jaén começa a ler e reler os fanzines como se fosse dar a elas alguma informação inesperada, como se uma lâmpada tivesse se acendido nele, e elas lá bem atentas as safadas, esperando pra ver o que a colaboração cidadã ia contar hahahahaha... E Jaén vai e pergunta se pode ficar com aquele fanzine que não tinha visto antes, aquele que realmente não tinha visto antes, aquele do Quero ser um macho.

Jaén: Eu, também quero ser um macho.

Múrcia: Mentira, cara. Você disse isso?

Corunha: Hahahahahaha...... como você acaba de ouvir.

Jaén: É que é um fanzine muito legal, gente.

Oviedo: Você tá doido, Jaén.

Corunha: E as policiais perguntaram e pode-se saber por que o senhor quer este fanzine? E Jaén vai e diz exatamente isso, que simplesmente porque ele achou o fanzine muito legal.

Oviedo: Jaén disse isso? Fanzine muito legal?

Múrcia: Ou foi por outro motivo?

Jaén: Galera eu disse a verdade, porque o fanzine é muito da hora.

Múrcia: Caramba , cara.

Oviedo: E o que elas disseram?

Corunha: Isso Jaén, isso, conta o que elas disseram e o que você respondeu!

Jaén: Elas disseram que como o senhor deve imaginar não podemos dá-lo.

Corunha: E Jaén vai e diz que compreende perfeitamente, mas que tínhamos uma máquina de xerox ali mesmo e podíamos fazer uma cópia num instante.

Múrcia: Nãããããããão..... E elas entraram com vocês?

Jaén: Relaxem, elas disseram não.

Oviedo: Que burras, porque se tivessem dito sim teriam entrado até a máquina de xerox e teriam farejado mais.

Corunha: Vira essa boca pra lá, Oviedo, menos mal que as *mossas* puseram um pouco de juízo na sandice do nosso amigo.

Todas: Hahahahahahahaha.....

Oviedo: Bem, tudo isso é muito engraçado, mas o caso de Gari é muito sério.

Jaén: É pra lá de sério. Ontem mesmo assim que as *mossas* foram embora nós ligamos para o pessoal de outros centros que têm fanzines para perguntar se a polícia tinha aparecido para fazer as mesmas perguntas que fizeram a nós.

Corunha: Ligamos de um telefone público, relaxem.

Oviedo: Ah tudo bem.

Múrcia: E o que disseram?

Jaén: Que sim. Não conseguiram perguntar nada na CV porque em julho o lugar fica mais vazio que as escolas, mas perguntaram no AG, no APS também e na RF e no LK.

Múrcia: Caramba, cara.

Corunha: Esqueceram que Gari morava na Barceloncta? A polícia foi ampliando a busca saindo de lá, primeiro por perto, Raval e Poble Nou, e depois foram ampliando para o Poble Sec até chegar a Sants. Em todos esses lugares nos disseram que sim, que foi a mesma dupla de *mossas*, uma loira com rabo de cavalo, mais pra gordinha e muito alta e a outra com cabelo curto feito homem mas com aquela franja torta que entra nos olhos, meio loira também mas as duas de farmácia. A alta muito maquiada com muita base e a outra com muitas sardas no rosto e os olhos muito azuis. A alta é mais nova, uns quarenta no máximo, e tem um sotaque catalão forte, e a das sardas um sotaque andaluz ou estremenho e é mais velha, entre cinquenta e cinquenta e cinco.

Múrcia: Eles foram a todos os lugares de uniforme?

Corunha: Sim a todos.

Múrcia: Ok.

Oviedo: Mas vocês avisaram Gari?

Jaén: Como demos por certo que as duas *mossas* estariam passeando pelo bairro por um bom tempo, esperei umas duas horas antes de ir até a casa dela.

Oviedo: É que eu acho que antes de nos preocuparmos com a rota policial, deveríamos nos preocupar com isso. Nossa prioridade deveria ser coordenar uma ação para ajudar Gari.

Corunha: Conhecer a rota policial é imprescindível para tomar uma boa decisão, Oviedo. Não fizemos isso para brincar de polícia e ladrão.

Oviedo: Parece que em parte foi por isso sim, porque faz uma hora que estamos falando disso.

Múrcia: Bem, você foi à casa dela e contou tudo e aí.

Jaén: Essa é justamente uma das coisas que eu queria contar a vocês. Que fui à casa dela, disse que estavam procurando por ela por toda Barna, que já se encontravam no bairro, que ela deveria ter muito cuidado e tal e quando eu disse que se ela quisesse podia passar a noite na minha casa enquanto procurávamos uma solução coletiva ela disse que não.

Múrcia: Bem, mas isso não é de estranhar, certo?

Oviedo: É um pouco, não? Não sei, se alguém chega em casa dizendo que a polícia está me procurando e oferece um lugar para me esconder eu não penso duas vezes.

Jaén: Acontece que ela disse não pra isso, mas também disse não pra qualquer ação. Falei que nós todas podíamos ficar lá para impedir a polícia de entrar, como daquela vez que paramos um despejo. Ou que podíamos ajudá-la a encontrar outra casa para okupar, não em Barcelona mas em algum povoado.

Oviedo: E ela disse não pra tudo?

Jaén: Pra tudo. Ela agradecia muito nossa ajuda, mas queria ficar naquela casa, que nos dez dias que estava lá ela tinha se sentido melhor que nos últimos vinte anos de sua vida desde que a enfiaram em uma residência.

Corunha: É que é muito pesado o que fazem com Gari e com tantos como ela.

Jaén: Foi o que eu falei pra ela. Ficamos mais de uma hora conversando na casa dela, que por sinal está mais limpa que a minha jamais sonhou estar e eu disse que aquela casa era muito boa, mas que agora ela corria risco não só de ser despejada, como também de que a enfiassem de novo numa residência ou num daqueles apartamentos supervisionados. Eu disse que se ela já tinha tido coragem de sair de lá e okupar uma casa, com certeza teria coragem de novo para encontrar outra casa que fosse mais segura....

Múrcia: Alto lá, Jaén. Você disse isso pra ela?

Jaén: Disse. Qual o problema?

Múrcia: O problema é que isso não é verdade. Não é verdade que se possa impedir a entrada da polícia na casa de Gari como se faz em um despejo, porque como disseram as *mossas*, por Gari ser considerada uma deficiente intelectual e ainda por cima estar legalmente incapacitada, qualquer ação para mantê-la em fuga é considerada não uma simples obstrução da justiça, como quando interrompemos um despejo, e sim algo que entra no campo penal como um sequestro.

Corunha: Mas, Múrcia, se ela quer voluntariamente ficar naquela casa, imagina se ela disser isso expressamente à polícia no dia que forem levá-la, com a gente lá na porta fazendo confusão, como é que vão considerar isso um sequestro?

Múrcia: Porque a vontade dela não conta, Corunha. Por estar incapacitada legalmente, ela não tem poder de decisão sobre sua vida. Todas as decisões que afetem a vida dela são tomadas por seu tutor legal, que me parece ser a Generalitat de acordo com o que ela nos falou. As *mossas* deixaram bem claro: é como se Gari fosse menor de idade e se um menor de idade foge, mesmo que seja porque apanha em casa ou na escola, a polícia o encontra e o devolve na marra para seus abusadores. Uma pessoa legalmente incapaz assim como uma criança não pode nem fazer uma denúncia. Pode fazer um escarcéu quando forem buscá-la dizendo que não quer voltar porque é maltratada no apartamento onde mora e então com sorte a polícia é que fará a denúncia se estiver a fim de fazê-la oficialmente. E se estiverem a fim de fazer isso enquanto a denúncia tramita, em vez do apartamento supervisionado, eles a levarão para o serviço social de emergência, de onde sairá para outro apartamento supervisionado pela Generalitat ou para outra residência, que é justamente o que Gari não quer.

Jaén: Mais um motivo para fazermos uma ação.

Múrcia: Sim mas que todas estejam cientes de que corremos o risco de ser presas por sequestro.

Oviedo: Caras, isso seria o de menos.

Múrcia: Oviedo, não é bem assim o de menos...

Oviedo: Pra mim o mais problemático é outra coisa que Jaén disse, que ainda que Gari encontre outra okupação nunca estará segura. Galera, eu não sei se vocês estão conscientes de que para se manter livre Gari terá que viver na clandestinidade. É muito sério o que estou dizendo, estou falando que, se for verdade o que Múrcia diz sobre o tratamento dado às pessoas consideradas incapazes, Gari não terá outra opção a não ser viver escondida e fugitiva, não como uma simples okupa e sim como uma terrorista ou uma traficante.

Múrcia: Soa pesado e como coisa de filme, mas é exatamente assim.

Corunha: Que isso gente.

Múrcia: É isso mesmo, Corunha.

Jaén: Mas, galera, nada disso importa porque Gari não quer sair de sua okupação, estou dizendo pra vocês.

Oviedo: Pois nós teremos que entrar lá para ajudá-la, para quando a polícia chegar nos encontrar como se fôssemos simples okupas e deixar Gari escondida dentro da casa.

Corunha: Oviedo, mas por quanto tempo podemos fazer isso? Nós todas teríamos que ir morar lá. E se a polícia suspeitar, entra com um mandado e vai acontecer o que Múrcia diz, vão tirá-la de lá na marra e nós seremos presas por sequestro.

Oviedo: Olha, cara, a estratégia de defesa é um passo muito posterior. A estratégia de defesa é traçada quando a coisa deu errado e você foi pego e as acusações se tornam públicas. Não dá pra ficar pensando em como vão nos reprimir porque assim não faríamos ação nenhuma, passaríamos o dia inteiro morrendo de medo. Já sabemos que a nossa luta sempre tem consequências, mas uma coisa é saber e com esse conhecimento elaborar ações mais difíceis de serem perseguidas pelos repressores, e outra muito diferente é fazer o curativo antes da ferida. Uma coisa é nos anteciparmos a eles, sabendo como vão nos reprimir, o que nos deixa em vantagem; e outra muito diferente é ficarmos paralisadas dando como certo que vão nos reprimir, o que dá toda a vantagem aos repressores: a vantagem da nossa inação, o campo aberto para reprimir Gari por ter empreendido uma fuga tão corajosa. Porque de repente levamos a cabo uma ação tão bem-feita que nem somos pegos, não? Por que não pensar em nossas possibilidades de sucesso, que são muitas?

Múrcia: Ok você também tem razão.

Jaén: Mas peraí acontece que Gari não quer fazer absolutamente nada. Eu também falei pra ela que havia muitas possibilidades de sucesso, que ela já tinha dado um passo firme em direção à liberdade e podia dar outro, um passo duro e com sacrifícios, mas que com o nosso apoio seria suportável. E estou dizendo que ela me falou que era muito grata pelo que tínhamos feito por ela e pelo que estávamos dispostas a fazer, mas que a única coisa que ela queria era ficar tranquila em sua okupação.

Corunha: E ela não se importa em ser pega?

Jaén: Não é que não se importe, ela diz que não quer pensar nisso, que só quer pensar em ficar bem o tempo que estiver lá dentro, sem se preocupar com mais nada. Foi por isso que ela também não quis vir à assembleia e olha que eu disse que poderíamos fazer lá na casa dela se ela preferisse não sair na rua e ela disse não e não.

Múrcia: Porra, que mulher estranha.

Jaén: Também não é pra tanto, Múrcia. Acho que Gari sabe muito bem o que está por vir. Acho que ela prevê a repressão, não é algo desconhecido pra ela. Foi reprimida muitas vezes ao longo da vida nas residências para deficientes, tanto dentro delas por parte dos cuidadores como fora por parte da polícia aliada a seus cuidadores. Tem trinta e sete anos e desde os dezoito, quando a internaram pela primeira vez em uma residência, vem desenvolvendo estratégias de resistência. Ela não chama assim, mas é assim que eu entendo suas palavras. Gari não gritará o lema "Um despejo, outra okupação", mas na prática é o que ela vem fazendo a vida inteira. Tiram um espaço de liberdade dela e ela espera o momento certo para conquistar outro. É o mesmo que nós fazemos.

Corunha: Com a diferença fundamental, Jaén, com a fundamentalíssima diferença de que ela vive presa, como se diz, vive entre quatro paredes controladas sistematicamente por seus repressores, coisa que nós não.

Oviedo: Como assim nós não? Podemos não viver presas entre quatro paredes mas vivemos presas em uma cidade inteira, sob o domínio absoluto do totalitarismo do mercado que nos mata em vida trabalhando dez horas por dia como garçonetes ou bolsistas, aguentando explorações e humilhações, roubando a nossa vontade de viver, de transar, e impondo que só nos relacionemos através do dinheiro.

Corunha: Você está comparando sua situação de repressão com a que Gari viveu nos últimos vinte anos da vida dela? É sério isso?

Oviedo: Não poderia estar falando mais sério! Como é que eu poderia ser solidária em relação à opressão sofrida por Gari se não fosse comparando com a minha? Quem se sente mais livre que Gari pelo simples fato de viver fora de um regime de internato que atire a primeira pedra.

Corunha: Pois eu teria que atirar muitas pedras, Oviedo, muitas muitas, porque o que não dá para ignorar é que você, eu e todas nós que estamos nesta assembleia gozamos de certos privilégios concedidos pelo sistema dos quais Gari não goza. Gozamos do privilégio de não sermos legalmente incapazes e de podermos decidir onde queremos viver, isso só pra começar.

Oviedo: Uma ova, Corunha, uma ova que podemos decidir onde viver! Se diariamente expulsam centenas de vizinhas desta cidade com o aumento dos aluguéis para que só os turistas possam pagar! Se ao mesmo tempo que sobem os aluguéis baixam nossos salários, agilizam os trâmites para no despejar com o despejo *express* e endurecem as medidas repressoras contra as okupações e as manifestações! De que privilégios você está falando, cara?

Corunha: Porra, Oviedo, tá bom tá bom tudo isso é verdade. Mas não acha que algum privilégio você tem em relação a Gari, algum privilégio que sirva para você ajudá-la? O privilégio, por exemplo, de poder trabalhar e decidir como gastar seu dinheiro?

Oviedo: Hahahahahaha..... Corunha, cara, você parece um coroa da Transição falando, daqueles que acham que o auge da liberdade foi as mulheres finalmente poderem ter contas no banco em seu nome e usar minissaia, sério.

Múrcia: Estou com Corunha. Não estou dizendo que poder trabalhar seja algo bom. Temos que entender os privilégios em termos relativos diante das companheiras que não os têm e não em termos absolutos. Um privilégio que o Estado ou o mercado concedem a você pode ser uma merda, até mesmo mais um instrumento de submissão, mas pode servir para ajudar outra companheira que não o tem. Por exemplo nós, por sermos brancas e europeias, temos o privilégio de só pela nossa cara a polícia não nos parar para mostrarmos a identidade, não conferir se temos o cartão de residência em dia ou se estamos sem documentos porque querem nos deportar.

Oviedo: Olha, galera, eu não sei de que porra de privilégio vocês estão falando, justamente vocês que acabam de dizer que foram identificados ontem pelo simples fato de estarem limpando o chão do ateneu. Eles nos identificam e nos prendem pelo simples fato de interrompermos um despejo, pelo simples fato de xingarmos os políticos que vivem às nossas custas ou os gringos que nos expulsam de nossas casas. Somos perseguidos por tudo, cara, por nos rebelarmos contra o modo de vida que desenharam pra gente. Estão querendo me dizer que poder ficar em casa vendo televisão é um privilégio?

Corunha: Estou querendo dizer que você tem um passaporte que a polícia do aeroporto não vira do avesso examinando quarenta vezes antes de decidir entre te liberar ou te enfiar na salinha.

Jaén: Galera, peço por favor para resolvermos alguma coisa em relação a Gari.

Corunha: E me ocorreu agora um exemplo ainda melhor de privilégio, Oviedo. Você, por ser mulher, quando vai a um show ou a um jogo de basquete ou a uma luta de boxe não é revistada pelos seguranças e eles também não olham sua bolsa. Às vezes isso acontece porque não há seguranças mulheres e os seguranças homens não tocam no público feminino, e embora eles pudessem olhar as bolsas de vocês a fundo, as olham apenas superficialmente. Desse privilégio que o sistema concede a você, privilégio que na verdade é uma desvalorização, uma concepção de que você é inofensiva por ser mulher, desse falso privilégio você pode se aproveitar. Se o idiota do poder acredita nos mesmos preconceitos que ele fabrica e considera que você, por ser uma mulher, nunca contrariará as normas nem carregará álcool ou navalhas na bolsa, você pode se aproveitar da estupidez dele e carregar álcool e navalhas.

Oviedo: Estamos começando a nos entender.

Jaén: Por favor, galera, isso é sério, estamos correndo contra o tempo para que Gari fique livre.

Oviedo: Eu já falei o que penso e por favor que Múrcia deixe bem claro na ata que temos que continuar essa conversa sobre os privilégios.

Múrcia: Relaxa que eu estou registrando tudo.

Jaén: Está bem, então repita por favor sua opinião, Oviedo.

Oviedo: Vamos lá na okupação dela.

Jaén: Já disse pra vocês que ela não quer.

Oviedo: Então vamos lá pra convencê-la, pra dar segurança e confiança a ela.

Múrcia: Estou de acordo, talvez a gente possa tentar.

Jaén: Ela não quer. A gente até deu uma rapidinha e depois continuamos a conversa e ela insistiu dizendo não.

Corunha: Cacete, vocês se pegaram? Que engraçado.

Jaén: Engraçado por quê?

Corunha: Não sei, porque você costuma sair com homens e porque vocês mal se conhecem, não?

Oviedo: Corunha, cara, hoje você está tão reacionário que nem deus te aguenta.

Corunha: Porra, perguntar ofende?

Jaén: Transamos porque o corpo pediu e ponto. Ou vocês querem detalhes?

Oviedo: Simmmmmmmmmmmmmmmmmmmmmmm!

Todas: Hahahahahahahaha......

Múrcia: Galera só se for fora da ata porque senão vou ter que digitar cinquenta páginas!

Jaén: Você vai ver a caralha que é transcrever em vez de redigir. Ui, perdão pelo caralho no feminino pejorativo. Bem, e as outras o que acham?

Múrcia: Da sua transa com Gari?

Jaén: Ai como vocês ficam bobinhas quando alguém fala de transar, parece até que estão num colégio de freiras.

Oviedo: É que por aqui se transa muito pouco, Jaén.

Corunha: Acho que se ela não quer realizar nenhuma ação, devemos respeitar.

Oviedo: Ou seja, não fazer nada?

Jaén: Vejam só como Gari foi clara sobre não fazer nada. Ela me disse: "Jaén, obrigada de coração, mas eu não quero mais sua ajuda. A única coisa que eu quero é transar com você".

Múrcia: Sério?

Jaén: Seríssimo. Não acabei de contar que a gente deu uma rapidinha?

Corunha: Olha só as bobinhas e as freirinhas.

Oviedo: Porra, que mulher genial.

Múrcia: Galera, e se Gari tiver realmente uma deficiência intelectual que não a deixa entender direito o que significa que estão atrás dela e o que é resistir?

Oviedo: Como é?

Múrcia: Eu não faço a menor ideia tá? Mas dizem que muitas pessoas com deficiência só ligam pra sexo e mais nada.

Jaén: Que caralha você está dizendo, Múrcia. Caramba desculpa pelo caralho depreciativo no feminino. Que caralho você está dizendo, Múrcia.

Oviedo: Não posso acreditar no que estou ouvindo. Múrcia e Corunha, vocês não querem ir debater em algum programa fascista da TV Intereconomía?

Múrcia: Mas que diabos eu falei de tão grave?

Corunha: Vocês dois estão ficando muito ofendidos e nós só estamos dizendo as opções que enxergamos hein.

Oviedo: Gente, mas vocês não percebem que estão falando de Gari como se fossem seus captores? Os mesmos captores dos quais ela foge! Que os retardados mentais só pensam em transar e não sabem o que é melhor pra eles. Então nós vamos decidir por ela né?

Corunha: Mulher, mas se você acabou de dizer que quer ir à casa dela convencê-la.

Oviedo: Caramba, Corunha, mas uma coisa é ir lá convencê-la e outra muito diferente é explicar as coisas como se ela fosse idiota.

Corunha: Tá bem, Oviedo, Múrcia errou a mão e pra piorar lançou uma generalização de merda sobre os retardados mentais. Mas se Jaén diz que ficou uma hora conversando com ela e explicando tudo e se nós realmente não a consideramos uma boba que não sabe o que quer, deveríamos entender as palavras dela literalmente: ela não quer nossa ajuda, o que ela quer é transar até ser pega pela polícia, não? Como aconteceu com o infiltrado, com quem ela andou transando sem se importar se ele era ou não um policial infiltrado e ainda estando no meio do processo de okupação.

Oviedo: Caras, já chega, sério. Não suporto ver vocês usando os mesmos termos do mesmo poder normalizador que nos oprime. Os retardados mentais só existem para o Estado-mercado do bem-estar social ok? Os retardados mentais são umas das muitas categorias que o poder usa para delimitar uma parte da população e justificar suas medidas repressoras contra ela. Se não tivermos isso claro, não podemos continuar conversando. E qual é o problema se ela só pensa em transar? Quem caralho vocês pensam que são para julgar como ou com quem Gari transa? Seja como for, deveríamos admirá-la, vocês não veem? Quem dera alguma de nós fosse tão segura de sua boceta como ela e a ponto de falar para um cara deixa de encher o saco que a única coisa que eu quero é transar!

Jaén: Se você quiser, vamos eu e você à casa dela simplesmente para perguntar se ela está bem e se precisa de alguma coisa e pronto.

Oviedo: É o mínimo, é o mínimo. E os normalizadores querem vir?

Corunha: Você está ficando meio pé no saco, Oviedo.

Oviedo: Olha, Corunha, cansei de você, você é incapaz de fazer uma mínima autocrítica.

Corunha: Olha quem fala. Eu é que cansei de vocês dois.

Oviedo: Você também vai pegar o caminho da rua e sair feito Corunha todo machinho?

Corunha: Caramba, Badajoz, isso são horas de chegar?

Múrcia: A verdade é que não estou gostando nada de como estamos tratando desse assunto.

Oviedo: Anda, Jaén, vamos lá na Gari você e eu, que pra ela cada minuto de liberdade vale ouro. Você também vem, Badajoz?

Badajoz: Eu estou vindo de lá! Gente, desculpa o atraso, é que com este calor eu não consigo pregar o olho até as quatro da manhã e aí levanto tarde e depois passei na okupação de Gari pra ver como ela estava, porque eu não a via desde que a ajudamos com os móveis e pra ver se ela queria vir à assembleia também né? Porque ela não tem nem celular, nem zap, nem internet, nem nada né? Aí eu perdi a hora. Vocês já acabaram?

Jaén: Você está vindo da casa de Gari?

Badajoz: Sim, mas ela não estava. Deve ter acontecido alguma confusão porque a porta estava arrombada e selada e de fora dava pra ver cacos de vidro e móveis espalhados pelo chão. Eu mandei uma mensagem de zap pra vocês mas claro logo me dei conta de que não chegaria porque vocês estariam sem os celulares. Tem toda pinta de que ela foi despejada sem a gente saber. Faz muito tempo que vocês não a veem?

 Múrcia: Paro por aqui.

A primeira parte do exercício de manipulação era devorar a presa recém-abatida. A segunda, a partida de xadrez gigante. A terceira e última parte, e a que deu nome provisório ao espetáculo, foi a surra. Ensaiamos "A surra" até que chegou o dia de imprimir os cartazes, então o homem-pijama e seu assistente vieram com uma história de que alguns participantes do espetáculo não gostavam do título e que talvez fosse legal propor um que satisfizesse a todos.

— É que parece que, em vez de dançarmos, estamos brigando — disse uma bailarina sistematicamente inclinada para a direita.

— É exatamente o que parece — eu disse —, e essa é a graça.

— Eu não acho graça nenhuma porque vim aqui pra fazer dança, e não artes marciais — disse o chato que sempre dança hip-hop quando improvisa.

— Eu acho que a única que acha isso engraçado é Natividad porque ela é a protagonista — disse a inclinada.

— Eu sou a que leva a surra, sim, e você é uma das que me dão a surra. Preferia que eu desse em você? — perguntei sinceramente, com o desejo sincero de que os outros desfrutassem do prazer de receber a surra pelas mãos de treze bailarinos como eu recebia.

— Não quero que ninguém leve uma surra nem quero dar uma surra em ninguém! Não gosto de violência! — disse a inclinada, e eu gargalhei olhando para o teto.

— Eu também sou pacifista, Julia, e aqui ninguém está batendo em ninguém, é óbvio, não? — disse o homem-pijama.

— Mas parece, profe, parece demais. Eu sempre vejo de fora, e quanto mais se ensaia mais parece uma surra — disse o carrinho bi-bi! fom-fom! com todo o ressentimento de quem está excluído de uma cena.

— Pois eu gosto que pareça assim porque é como um jogo que estabelecemos com o espectador — disse uma das bailarinas novas, uma bípede que dança bem devagarinho, mas que toca com muita firmeza.

— Eu também gosto, porque embora pareça que somos muitos dando uma surra em alguém, na verdade não queremos defender a violência e sim criticá-la, porque no final do espetáculo todos nós acabamos em uma celebração, não é? Na cena em que todos improvisam livremente — disse outro dos bípedes novos, que embora não seja de conservatório é autodidata e dança com a precisão fascista do balé. Eu estava achando o debate tão ridículo que tive que tapar a boca. O riso escapava pelos meus ombros de um modo que outros colegas, assim como acontece no Grupo de Autogestores, se contagiaram e começaram a cair na gargalhada.

— Quer falar alguma coisa, Nati? — perguntou, incomodado, o homem-pijama. Respirei fundo para acalmar meu riso e, entre as risadas dos presos e as ordens para calar a boca de suas moni-polis, respondi:

— Pra mim essa cena final de todos juntos improvisando é que parece violenta, e não a da surra. Violenta porque muitos bailarinos são levados pela mão até o palco, ou seja, são escoltados até o lugar que você e seu assistente determinaram, mas, bem, isso é o de menos porque aqui todos nós estamos sob as ordens da sua direção. O que é violento é que esses colegas são postos lá por suas escolhas, que então soltam as mãos deles, falam pra eles dançarem e eles dançam até suas escolhas executarem a ordem de já chega. Então elas seguram as mãos deles de novo, dizem pra eles pararem e os levam embora do palco. Violento é chamar isso de improvisação, violento é que esses colegas sejam apartados durante os ensaios em salas diferentes da sala de ensaio até chegar sua vez de entrar em cena, e violento é que ainda se tente disfarçar isso aproveitando que, nessa hora, somos sessenta bailarinos em cena e a música está no talo.

— Sessenta bailarinos, Nati? — perguntou a psicossargento Buedo. — Não eram uns vinte e tantos?

— Isso é nas SS, mas há outros grupos em centros cívicos de Barcelona ensaiando separadamente com o homem-pijama, e uma vez por semana ensaiamos todos juntos no Multiplex para o espetáculo final. Essa dança maciça se chama dança comunitária ou dança social, que é um negócio em que os bailarinos pagam para se apresentar em uma companhia em que só quem recebe são o diretor, seu assistente de direção e, obviamente, a equipe que trabalha no teatro no dia da apresentação, apresentação que pode ter entrada gratuita caso os salários do diretor, do assistente de direção e da equipe do teatro sejam subsidiados por instituições públicas e/ou patrocinados por instituições privadas integralmente, ou pode custar entre seis e doze euros caso o subsídio ou o patrocínio sejam apenas parciais, ou nos casos em que, além de os bailarinos não receberem e excepcionalmente ganharem uma taça de cava barata no dia da estreia, o diretor e seu assistente queiram ganhar dinheiro com a bilheteria. Isso não significa que vão ficar ricos. O diretor e seu assistente com toda certeza são de classe média. A dança comunitária é uma das estratégias de sobrevivência paridas pela crise. Os bailarinos e os coreógrafos profissionais não têm mais público ou subsídios para montar espetáculos como antes. Para poder continuar vivendo do seu ofício à margem dos esquálidos circuitos artísticos, inventaram a prática da dança como bem social, como ferramenta integradora e como serviço público-privado, que ou é oferecida gratuitamente pelas administrações públicas e seus aliados empresariais, ou é dividida entre a administração, a empresa e o usuário. Porque quem faz dança comunitária não ocupa o status social de um bailarino ou de um estudante de dança, independentemente de suas habilidades artísticas. Quem faz dança comunitária está na categoria de usuário, assim como os usuários da piscina municipal ou do ônibus urbano, enquanto os arquitetos dessa geringonça, ou seja, os homens-pijama e seus assistentes, mantêm sua dignidade artística de diretores, coreógrafos, cenógrafos, iluminadores, músicos, designers gráficos e outros profissionais das artes. De todo esse pessoal que está nos bastidores, só o diretor e a assistente de direção são pagos, e os demais trabalham apenas pelo capital simbólico de ter seu nome e sobrenome nos programas do espetáculo, mas os intérpretes, aqueles que sobem no palco, aqueles que de fato dançam, são anônimos. A injustiça comparativa entre as categorias de artista e de não artista é tanta que, nos cartazes e programas dos últimos espetáculos de dança comunitária promovidos pelos Multiplex, os intérpretes aparecem sob o rótulo de "Moradores e moradoras dos bairros de Les Corts, Besòs/La Mina e La Sagrera" ou "de Les Corts, La Teixonera e Bellvitge" ou "de Les Corts, Trinitat Nova e Guinardó". Les Corts sempre aparece porque é o bairro onde ficam os Multiplex, que é a nave mãe dessa geringonça porque lá as salas de ensaio são enormes, porque a escola inteira está totalmente adaptada para os não bípedes e porque é a sede do sindicato dos profissionais da dança.

— E você, Ibrahim, que também está no corpo de dança com Natividad, o que acha disso tudo? Também acha errado dar a mão às pessoas que precisam de apoio? E você acha desrespeitoso se referir a alguém como "morador do bairro tal"? — soltou a psicossargento com sua estudada postura de escuta com o tronco inclinado para frente. Mas que demagoga essa mulher é.

— Desculpa, Ibra — eu me adiantei. — Antes que você responda, preciso responder pra Laia: deixando de lado que você formulou a pergunta de maneira absolutamente capciosa, demagógica e tirando-a completamente de contexto, te digo que na dança comunitária ninguém se ofende por ser chamado assim, essa é a verdade. Todos os bailarinos estão satisfeitos com sua condição de usuários e compram a explicação de que, como somos sessenta, não caberiam tantos nomes no cartaz. A explicação que não compram, porque não está à venda nem passa pela cabeça deles, é de que a ausência de seus nomes é consequência da lógica acumulativa própria do capitalismo e da democracia. Quanto mais gente se inscrever, independentemente do que façam ou de como dancem, melhor, ainda que o que façam seja levar pela mão alguns colegas como se fossem cachorrinhos de madame, posicioná-los em cena e incentivá-los a dançar dentro de um espaço, tempo e forma delimitados, com o objetivo não de ensinar técnicas de dança a esses colegas, ou de apoiá-los em seu aprendizado para que dancem com mais prazer, e portanto melhor, em um palco. Em nenhum momento se pensa nesses colegas. Só se pensa em satisfazer os sonhos de acessibilidade universal à cultura com os quais os carcereiros justificam sua repressão, seus salários, seu status e a tranquilidade de suas consciências. Foi para isso que deram o Prêmio Nacional de Dança da Catalunha em 2012, mas é claro que não o deram para os intérpretes anônimos. Deram para a companhia do homem-pijama, que nem é companhia nem nada porque seus bailarinos são as dezenas de inominados que se alternam todos os anos. A companhia Pijaman não passa da forma jurídica usada pelo homem-pijama para receber pagamentos e subsídios e para se apresentar como profissional no mundo da dança. Mas é que até isto de que todo ano entra gente de diferentes bairros é mentira, a única coisa que muda são os espaços de ensaio. Com raríssimas exceções de algum incauto que pinta por lá, como este ano em que nós bailarinos das SS estaremos, é sempre a mesma gente indo ensaiar nas diversas creches para adultos que existem em cada bairro de Barcelona.

— Eu sou do Raval com muito orgulho — disse Ibrahim.

— Eu sou da Sagrada Família com muito orgulho! — disse outro autogestor.

— Fala sério, Sagrada Família é uma merda, só tem gringo! — outro.

— E no Raval, que só tem puta e viciado! — mais uma.

— Melhor ser puta e viciada que gringo assassino! *El turisme mata els barris!* Um turista a mais, uma moradora a menos! — exclamou Ibrahim erguendo o dedo indicador. Com certeza ele já começou a ler o fanzine.

— *Tourists go home! Tourists go home!* — disse outro.

— *Tourists go home! Tourists go home!* — fizeram coro, eu inclusive.

— Nada de palavrão! — O machinho bonito, o que mais fala palavrão, se uniu à psicossargento para manter seus privilégios e se tornou policial militar.

— Obrigada, Antonio — disse sua ama Laia acariciando o lombo dele. — Como autogestores vocês devem gerir também a ordem e o respeito entre vocês, e não serei eu a impor isso gritando, não acham?

— Laia, Laia, Laia! — minha prima com a mão levantada. — Eu quero falar uma coisa sobre a dança da Nati!

— Deixem Patricia falar! — O machinho bonito com a braçadeira branca da PM resplandecendo na manga de sua camisa do Barça.

— Muito obrigada, Antonio. — Minha prima esticando a minissaia. — Pois acho que a Nati, apesar de ter sua opinião sobre o grupo de dança em que está metida, na verdade está totalmente integrada com todos seus colegas, porque apesar de achar que algumas coisas não estão certas, ela continua indo, certo? Continua indo todos os dias aos ensaios e vai participar do espetáculo que estão preparando, e no papel principal ainda. Por quê?

Porque minha irmã tem suas opiniões, mas as deixa de lado por essa coisa tão bonita que é dançar, que desde pequena é a vocação dela, não é verdade, Nati? Porque pode ter coisas ruins, mas tem principalmente coisas boas, e eu acho que a postura da Nati é muito positiva, e todos devemos aprender com ela.

— Que pergunta boa, Patricia — disse Laia.

— Responde, Nati — ordenou o PM.

— Você não manda em mim, tá entendendo, seu macho de merda? E nem olha pra mim, entendeu? — O PM se segurou e com o olhar pediu permissão à sua superiora para me subjugar, e ela respondeu com um gesto de alto lá e um:

— A gente tem que pedir por favor, está bem, Antonio? — E Antonio cruzou os braços e assentiu com a cabeça em sinal de obediência.

— Qual era sua pergunta, Patri? — perguntei.

— Que a dança é muito bonita, que você gosta muito dela e que vai fazer esse espetáculo, certo?

— Sim, senhora, e estão todos convidados para assistir, todos menos Antonio.

— E o que é que isso tem a ver com a trepada sem esfregação que você ia me contar, hein — ronrona Marga acariciando meus cabelos.

— Tem a ver porque hoje foi o primeiro dia de ensaio geral, e cada grupo viu o que os outros faziam enquanto o homem-pijama e seu assistente se empenhavam em unir as partes. Quer dizer, cada grupo tinha uma plateia de sessenta a setenta pessoas, contando os moni-polis dos colegas presos. E aconteceu comigo o que acontece muitas vezes quando há plateia, aquilo que chamam de ganhar força e que significa que você faz tudo com mais garra, e isso não acontecia comigo havia anos, os mesmos anos que fiquei sem ter plateia. Aí, quando nós das SS começamos a dar "A surra" eu me excitei mais que de costume, eu e, suponho, outros colegas meus inteligentes, porque durante alguns dos quinze minutos de duração da cena se espalhou pelo grupo uma superconcentração, um estado de alerta e uma solidariedade tamanhos que até os colegas capitalistas, os que vão à aula de dança como quem vai a um clube, ao bingo ou ao salão de festas para velhos caretas, até esses, Marga, até esses se comportaram com menos puritanismo. Até esses estavam com uma expressão de entrega no rosto, uma boca arfante, uns olhos desfocados, uma necessidade de continuar.

— E tudo isso se batendo? — pergunta Marga estendendo sua carícia do cabelo à nuca, me deixando toda arrepiada.

— A gente não se bate, Marga! Isso é só o que parece olhando de fora, porque quando estou dançando e me deslocando pela sala, e quando os outros treze bailarinos vão atrás de mim para me mover ao mesmo tempo que eu me movo, parece que me perseguem e que eu estou tentando escapar. E acontece, Marga, acontece que é isso mesmo. É uma surra de dança, não de golpes. Imagina só: nas manipulações anteriores eu sempre estava parada, só me movia e me deslocava se os outros me movessem ou me deslocassem. Mas, nessa versão da manipulação que resolvemos chamar de "A surra", eu me movo e me desloco enquanto os outros me movem e me deslocam. Pode acontecer de eu estar indo para o extremo norte da sala e ser interceptada por dois colegas que me mandem para o extremo sul, e no caminho para o extremo sul ser pega por outros três ou quatro que me param, me levantam ou me afundam no chão. Ou talvez eu possa enfrentar os que queriam me desviar e não permitir, opor resistência, ficar dura feito pedra pra que eles não consigam me levantar ou me fazer descer, até que eu resolva relaxar e desabe, literalmente desabo, de modo que se não estivesse rodeada por três, quatro, cinco ou doze pessoas eu me espatifaria no chão. Mas aí é que está, porque quando eu caio não há mais dez mãos, e sim dez corpos salva-vidas que evitam minha queda. Ou talvez eu não resista e me entregue, e aí eu voo. Um me levanta pela cintura, outro me segura pela perna, outro pelos braços, outro fica de quatro pra me receber como um cavalinho, desta vez, sim, me seguraram por quase todas as partes, Marga! Um me pegou pelo pescoço como se fosse me asfixiar, isso foi o máximo! Aquele bípede tão alto me pegou tão bem pelo pescoço, não tanto pelo pescoço, mais pela mandíbula. Encaixou os dedos indicadores e os polegares no meu maxilar, embaixo da mandíbula inferior, e me levantou. — Agarro desse jeito meu pescoço e o de Marga, que aproveita para conduzir minha mão até seus peitos. — Esse porté só podia ser feito aproveitando meu próprio impulso, aproveitando que eu já vinha voando por outras mãos. Me levantar pelo pescoço do zero, como nos desenhos animados, teria sido impossível ou doloroso. Para que houvesse dança e não sufocamento nem esmagamento de dentes ou de língua, eu abri a boca, joguei o pescoço pra trás e provoquei uma curva da cervical até as costas. E há momentos de pausa ou transição em que algo colossal acontece. Eu fico no centro, e os treze me cercam de longe, espalhados em um círculo amplo. Nós nos olhamos e nos deslocamos nessa formação, alguns de nós estão arfando por conta de atividade realizada até ali. — Às vezes, como agora, minhas carícias se transformam em desenhos explicativos do movimento sobre a pele de Marga, e ela às vezes se contorce porque eu lhe faço cócegas sem querer. — Estamos calculando o momento pra retomar a manipulação e aproveitando pra nos dar um respiro, mas o que se vive dentro e se vê de fora é uma roda de treze pessoas espreitando a única que está no meio, que por sua vez procura uma maneira de fugir, ou seja, de continuar dançando. Eu estava curtindo tanto e com tanta certeza de que o prazer que eu sentia era mútuo que tirei a legging, tirei a calcinha, fiquei só de camiseta, e chamei com as mãos meus treze perseguidores, como os machões fazem quando querem puxar briga, como se dissesse: venham me pegar se tiverem boceta suficiente pra isso, se vocês têm culhão estão esperando o que, isso é só o começo, e no primeiro dia tínhamos combinado que vocês tinham que tocar meu corpo todo.

— E vocês todos transaram juntos? Como é que catorze pessoas transam sem se esfregar? — pergunta Marga acomodando uma perna sobre meu quadril. Estamos deitadas de lado, uma de frente para a outra.

— Claro que não, Marga! Quem dera! O que aconteceu foi que, primeiro, o público começou a cochichar, alguns aplaudiram, outros fizeram psiu mandando calar a boca, outros assobiaram aquele *fiu-fiu* ridículo que os machos assobiam quando passa uma mulher gostosa. Alguns dos meus perseguidores se deixaram levar pela tolice do público que se escandaliza com um seminu e pronto, apesar de permanecerem fisicamente perto de nós, pararam de dançar com a prazerosa degradação de antes e continuaram dançando apenas para o homem-pijama, que, para minha surpresa, em vez de baixar o volume da música por entender que estávamos havia muitos segundos sem dançar e que isso significava o fim da nossa improvisação, tomou a excelente decisão de aumentar o volume, um blues bobinho que de repente soou como trilha sonora de duelo de filme de Velho Oeste. — Com a perna posta sobre meu quadril, Marga me puxa para ela. A proximidade das nossas bocetas cria uma caverninha, uma toca quente. — Sensíveis ao fato de que as circunstâncias nos eram favoráveis, outros perseguidores, os perseguidores espertos, os gozadores, os melhores bailarinos, responderam ao meu chamado entreolhando-se com um sorrisinho de "essa espertalhona vai ver do que um pênis é capaz". Três não bípedes também tiraram as calças e a roupa de baixo, e ficaram com a bunda de fora. Novas vaias vieram da plateia, mas de maneira geral havia um silêncio expectante que nos ajudava naquela coisa de ganhar força, de levar mais a sério o nosso prazer. O não bípede que tinha boa mobilidade nas mãos ajudou o não bípede que tinha pouca a ficar com a bunda de fora. O cerco dos perseguidores encarou esse despir desajeitado, que não foi simultâneo, que foi até ridículo, como uma discreta ação de rearmamento, e essa atitude tornou tudo sério e ameaçador. Restaram, então, os três órgãos genitais apontando para os meus. Eram dois pênis meio flácidos, um deles circuncidado e o outro com pelos muito loiros; e um púbis feminino mais quadrado que triangular, opaco e denso. Então as treze cadeiras de rodas elétricas e manuais, andadores, muletas, bengalas, próteses e braços e pernas canônicos partiram pra cima de mim.

— E você transou com esses que estavam meio pelados? — pergunta Marga no meu ouvido, beijando meu pescoço.

— Só com um — respondo com um suspiro.

— Com qual? — Marga morde meu lóbulo.

— Com o circuncidado, mas foi depois, não no meio da sala. Foi porque o tesão de ter dançado com a boceta ao ar livre durou até depois do ensaio, para mim e, imagino, para todos os despidos, mas só o circuncidado teve coragem de me abordar no banheiro de deficientes — suspiro passando a mão por trás dela e apertando sua bunda. Agora nossos quadris e nossas bocetas estão grudados como carrapatos. Esfregamos nossos púbis, e o barulho é de lixa. — Dançar com a boceta de fora é incrível, Marga. Não só porque obrigatoriamente, querendo ou não, seus colegas tocam na sua boceta e na sua bunda, e ao tocá-las despertam movimentos que nascem ali, dessas partes do corpo silenciadas para a dança. — Falar de bocetas, de bundas e de movimento tão perto da boca de Marga acelera nossa esfregação até transformá-la em golpes de um púbis contra o outro, num badalar de quadris como se fossem sinos. — Mas é que, além disso, não é necessário que o outro esteja te tocando, o simples fato de não estar com a boceta aprisionada dentro de uma calcinha faz com que a vulva também dance. Os pequenos e grandes lábios se movem, se tocam sem que você os toque, como se você carregasse um chocalho entre as pernas. — A mão de Marga abre caminho por entre nossos ventres colados e agarra minha vulva macia. Eu a aprisiono com o púbis, mas Marga luta e abre espaço para poder manobrar. — O ar entra na sua boceta e, quando você se senta, o chão te refresca ou te esquenta, dependendo de como o chão estiver e de como você estiver. — Tenho dificuldade de falar porque minha respiração está ofegante e porque o que eu quero é devorar a boca, o pescoço, os mamilos de Marga. Ela recebe meus beijos, mas os interrompe porque quer minha boca livre:

— E por que você estava no banheiro de deficientes, com essas pernas tão boas que você tem?

— Pra mijar logo e vir correndo te encontrar, Marga, porque como é de deficientes fica no primeiro andar, assim eu não precisava subir até os vestiários para bípedes. — A mão de Marga que está sobre minha boceta começa como uma garra, mas vai se transformando em um trenó que desliza para cima e para baixo, do púbis ao períneo. É dramático quando as pontas de seus dedos passam, sem chegar a entrar, pela minha vagina.

— E como foi que o cara entrou?

— Eu estava saindo e ele estava na porta esperando pra entrar com seu andador, já completamente vestido, claro.

— Era Ibrahim, o do andador.

— Isso. Eu vi a ereção estourando a braguilha dele e fiquei toda molhada — digo isso para Marga ficando toda molhada.

— Você ficou toda molhada? — pergunta Marga entrando pela primeira vez na minha vagina.

— Toda molhada. — Gemi, agradecida, por sua penetração. — Tão molhada que fiquei paralisada no umbral da porta de correr do banheiro de deficientes, não saía nem entrava, parada ali com o coração a mil.

— E depois? — Marga retira os dedos para me deixar com vontade, para me fazer enchê-la de beijos e para interrompê-los e me obrigar a continuar falando com o tesão na boca.

— Ibrahim, vermelho feito um pimentão, soltou um dos guidons e tocou meu ombro com toda a hipertonia de sua mão direita. Seus dedos são tão tesos e tão flexíveis que quase fazem um ângulo de noventa graus com o dorso da mão. Ele me empurrou delicadamente para dentro. Eu recuei, o andador avançou, Ibrahim avançou e olhou pra trás. Havia gente dos outros grupos vagando pelo hall do Multiplex, mas ninguém percebeu, ou perceberam, mas pensaram que Ibrahim estava entrando com alguém no banheiro porque precisava de ajuda pra mijar ou pra se lavar, porque ninguém disse nada nem nessa hora, nem quando nos viram saindo juntos.

— E como foi, Nati? — Desta vez Marga me dá um beijo demorado mas calculado, que freia meus beijos descontrolados, dosando a excitação daquela maneira que só a aumenta mais.

— Ibrahim fechou a porta de correr, prendeu o trinco, girou o andador e se sentou no assento acoplado. Sua cabeça batia na altura da minha cintura. Eu segurei o rosto dele, que ardia. Ao segurá-lo ele fechou os olhos e suspirou, um suspiro como de quem está segurando a respiração há muito tempo, um suspiro que relaxou suas costas e fez ele bater a testa na minha barriga.

— Você é muito linda, Nati — disse ele com aquele jeito de falar sem juntar os lábios.

— Quero ver seu pau de novo — falei.

— Também quero ver sua xota de novo — disse ele, e baixei a legging e a calcinha. Ele se curvou e meteu o nariz nos meus pelos, e eu me curvei para agarrar seu pau duro, menos duro que eu esperava. Baixei as calças dele e tirei pra fora seu pau meia-bomba feito uma vara de pescar. Ibrahim grasnou. Eu gosto dos paus assim porque cabem inteiros na boca e gosto de senti-los endurecendo dentro dela.

— Você chupou ele — diz Marga levando meu próprio mamilo até minha própria boca para eu mesma lambê-lo.

— Chupei mas no final. Comecei apenas masturbando ele em volta da glande com dois dedos enquanto ele enfiava um de seus dedos hipertensos em mim. Entrou rápido e suave como uma flecha, eu estava toda molhadinha. Enquanto isso eu tocava meu clitóris, comecei a gemer, e nós dois gememos. Com a outra mão, a que tem um tônus muscular mais relaxado, ele acariciava minhas pernas nuas, e com a minha outra mão eu acariciava o cabelo dele. — Olho nos olhos de Marga enquanto lambo meu mamilo. — Pedi para ele meter outro dedo e ele meteu dois, mas, como são tão tensionados que ele não consegue juntá-los, meteu o dedo indicador e o médio em V. Isso doeu um pouco, eu disse, e então ele parou drasticamente e me pediu mil desculpas. — Marga coloca a língua no meu mamilo, e nós o lambemos juntas, e lambemos a língua uma da outra. Quando faço pausas para falar, Marga aproveita para sugá-lo e mordê-lo, e se reclamo, mesmo que seja de prazer, ela manda eu me calar mordendo minha boca.

— Não foi nada, Ibra — falei. — Você não quer chupar minha boceta? — Joguei o quadril pra frente pra que, em vez do púbis, a racha da minha boceta ficasse na altura de sua boca. Ele se curvou um pouco mais, rodou a cabeça e pôs a língua pra fora meio de lado, daquele jeito que a boca dele sempre fica. O cara tem uma língua que mais parece a ponta de um lápis, afiada e precisa. Enfiou a língua na minha vagina e parecia o pau entusiasmado de um menino. Ele batia a língua no meu clitóris como se estivesse apertando um botão de código morse. Mas tanto eu quanto ele estávamos numa posição desconfortável. Ele porque precisava se curvar muito e, ainda assim, a língua não alcançava direito, e eu porque precisava inclinar demais o quadril pra frente e dobrar muito os joelhos. Meus braços estavam pra trás segurando as barras de apoio do banheiro adaptado, mas na verdade todo o peso estava nas minhas pernas abertas, estendidas na largura do andador de Ibrahim, e era muito cansativo.

— Vamos para o vaso — eu disse. Me sentei na tampa, e ele se levantou do andador e ficou de joelhos. Desse jeito a coisa ficou melhor, eu não precisava combater a sensação de cansaço com a de prazer. Ibrahim podia meter a língua até o fundo e manobrar mais livremente. Agora sim os hiperdedos em V cabiam em mim. Eu mexia o quadril pra frente e pra trás em cima da tampa do vaso, cada vez com as nádegas mais encostadas. Pedi pra ele meter o hiperdedo mindinho no meu cu.

— Isso eu nunca fiz — disse ele afastando a boca babada da minha boceta. É muito brochante quando param de chupar sua boceta pra falar qualquer coisa!

— Você tem nojo? — perguntei.

— Nãããããããão! Tenho medo.

— Chupa um dedo e manda pra dentro. E não para de me penetrar e de chupar minha boceta, por favor, que eu estou adorando.

— Tá bem. — Estavam, então, dedicadas à minha masturbação, a língua, a hipermão e a mão normal de Ibrahim, e minha própria mão quando me apetecia. Com a outra eu amassava minha teta por baixo da camiseta e do sutiã, que eu não tinha tirado.

— E ele meteu gostoso no seu cu? — pergunta Marga passando das mordiscadas a puxões suaves no meu cabelo, desses que dão calafrios pelo corpo todo. Quero penetrá-la e ela não deixa. Põe minha mão exatamente onde ela quer que eu a toque. Finco um dedo inesperado em sua vagina curva que a faz gritar. Ela ri com o sorriso de quem admite o bom golpe que seu adversário encaixou. Eu a penetro com uma cadência excepcionalmente lenta que a faz gritar de novo enquanto eu digo:

— Olha, para uma primeira vez, a verdade é que ele meteu com bastante delicadeza. Não senti a afobação de outras vezes, de quando bloqueiam seu cu e você se sente asfixiada. A hipertensão muscular de Ibrahim facilita tudo. Além disso, era só o mindinho.

— Quer que eu enfie um mindinho em você também? — pergunta Marga subitamente solícita.

— Quero! — respondo, e ela se retira dos meus dedos penetradores para me pôr de quatro.

— Nati, uma coisa — disse Ibrahim cortando minha onda de leve outra vez, mas continuei com meu dedo de segurança masturbatória para não perder o crescendo.

— Fala.

— É que meus joelhos estão doendo.

— Tá. — Ajudei Ibrahim a ficar de pé levantando-o pelos sovacos e também fiquei de pé em cima do vaso. Minha boceta ficava longe de sua cabeça e, além disso, o vaso era estreito e não me deixava abrir muito as pernas, mas o bom é que ele podia se segurar nas barras pra não cair. Pensei então que só nos restava finalizar a transa com uma penetração de seu pau, com Ibrahim sentado no vaso e eu sentada em cima dele. Disse isso a ele sem parar de me masturbar e ele disse:

— É que meu pau não fica totalmente duro.

— E por quê? — pergunta Marga não com o dedo mindinho no meu cu mas com o dedo médio inteiro. Eu não estou em quatro apoios mas em três, porque estico um braço entre as pernas para encontrar a boceta de Marga, que está bem colada na minha bunda. Como mal consigo masturbá-la, ela guia meu dedo como se fosse um consolo.

— E por quê? — perguntei a Ibra.

— É de nascença — respondeu.

— Nem se te chuparem? — perguntei outra vez.

— Me chupa, por favor.

— É que estou quase gozando e não quero perder o orgasmo. Vou gozar e depois te chupo, tá?

— Tá — ele disse, e me dei conta de que eu também podia usar as barras do banheiro adaptado. Livrei-me da calcinha e da legging, que até aquele momento estavam nos meus tornozelos. Então pus um pé em cada barra e fiquei de cócoras feito uma rã. No começo me segurei também com as duas mãos. Soltei a mão de segurança masturbatória e me mantive em um equilíbrio estável. Soltei a outra para puxar a cabeça de Ibrahim. As barras eram muito firmes, não se abalaram nem um pouco.

— Viva a acessibilidade! — falei supercontente. — Marga tira o dedo do meu cu, levanta meu tronco colando minhas costas no seu peito e me agarrando pelas tetas. — Não sei se Ibrahim entendeu o que eu disse, mas entendeu meu contentamento. Minha boceta agora estava escancarada, e ele podia viajar por ali com seus hiperdedos e sua língua confortavelmente enquanto se agarrava a uma das barras com a outra mão, e eu podia apoiar as costas na parede. Os dedos dele subiam e desciam como um elevador, sua língua pressionava o clitóris como se estivesse brincando de tocar todas as campainhas de um bloco de apartamentos. Comecei a subir e a descer os joelhos como uma rã saltitante, e Ibrahim não precisava mais subir e baixar os dedos, pois era eu que caía em cima deles. Gozei assim, com o grito do orgasmo sufocado pela discrição imposta, e quase caí das barras ao estremecer.

Marga sussurra no meu ouvido o quanto ela está com tesão e pergunta se eu já estou com tesão suficiente para comê-la. E eu respondo:

— Fica aí — eu disse a Ibra. Saí da posição de rã, beijei sua boca babada, me sentei no vaso e comecei a chupá-lo. As bolas dele estavam depiladas, e os paus depilados costumam cheirar menos a pau e mais ao amaciante das cuecas. Como Ibrahim não consegue fechar totalmente a boca, ao abafar o gemido já naturalmente abafado por sua maneira de falar, ele acabava se sufocando de verdade, tossia, sua baba caía em cima da minha cabeça. Protagonizei outro momento brochante porque me assustei:

— Ibra, cuidado, você vai sufocar.

— Fica tranquila que eu não vou.

— Tá. — Enfiei seu pau meia-bomba outra vez na boca, apertei suas bolas aveludadas, e alguém tentou entrar.

— Tem gente! — rosnou Ibrahim.

— Anda logo, cara! — falaram do outro lado.

— Estou cagando! — rosnou outra vez, e eu, sem parar de mamá-lo, ergui o braço livre acima da cabeça e fiz um gesto de aprovação com os dedos.

— O que foi que ele disse? — perguntaram os dois que estavam do outro lado, e eles mesmos responderam:

— Que está acabando.

— Então acaba rápido, campeão! — eles o atiçaram, e o atiçamento algum efeito teve porque foi só nessa hora que o pau dele floresceu dentro da minha boca até acariciar minha campainha. Sentindo que ele estava quase lá, passei a me masturbar freneticamente, mas antes de a onda do meu segundo orgasmo começar a subir, atiçada eu também pelos estertores de Ibrahim, ele já havia depositado umas gotas de sêmen na minha garganta. Como não tinha certeza se ele já tinha terminado de gozar, passei o pau dele pra minha mão para continuar a masturbação e perguntei com discrição:

— Gozou?

— Sim — sussurrou de volta. Quando ele sussurrava era mais fácil de entender sua carência de vocalização.

— Vou gozar outra vez.

— Quer que eu meta a língua de novo?

— Mas seus joelhos vão doer.

— Pelo amor de deus, anda logo! — de novo nos perturbavam lá de fora.

— Eu estou ajudando ele a limpar a bunda! — respondi, e Ibrahim segurou o riso e sussurrou novamente:

— Vai demorar muito?

— Que nada, eu gozo só de pensar em gozar.

— Então vamos lá — disse ele se ajoelhando. Em sua descida para o chão, Ibrahim me deu uma lambida no pescoço com sua língua hipertonificada. Eu a interceptei e a meti por um segundo na boca, e daí me acomodei no vaso para a chupada de boceta. Ibrahim percorreu a entrada da minha vagina com a língua, me deu algumas lambidas, e isso, somado à máquina de costura que era meu dedo sobre o clitóris, fez com que em poucos segundos eu estivesse pronta. Meus orgasmos posteriores são sempre menos intensos e mais precisos. A corrente elétrica circula só pelas pernas mas com a intensidade de uma corrida de carros.

— A gente precisa se apressar. — Então Ibrahim se apressou, e começamos a nos recompor e a nos vestir. Marga e eu estamos nos penetrando num meia nove quando ouvimos uma sirene passar tão perto que preciso falar bem alto para que ela me ouça:

— A mala da sua monitora, aquela *cupera*, está te esperando? — perguntei a Ibrahim.

— Quem? — perguntou ele limpando a boca com papel higiênico.

— Aquela que se irritou comigo usando você como desculpa.

— Ah! Rosa!

— Essa.

— Não, me acompanhou só naquele dia porque era a vez dela. Ela acompanha as pessoas de acordo com o turno. Outro monitor me trouxe hoje.

— Claro, os carcereiros têm turnos, não têm custodiados fixos. Nós presos somos uma mercadoria perfeitamente intercambiável — respondi ajudando-o a subir a cueca.

— Presos como na prisão?

— A prisão da RUDI.

— É verdade que muitas vezes eles não deixam a gente sair nem pedindo por favor.

— Você não vota, né, Ibra?

— Votar nas eleições?

— Sim, ou no referendo de independência, ou em qualquer coisa que tenha urnas.

— Não, porque fui considerado incapaz, e a sentença não permite. — É como eu sempre digo, Marga: não posso trepar com alguém que seja espanhol ou que vote.

Ouço as sirenes cada vez mais nítidas, mas culpo o buraco no teto. Ouço quatro portas de carro batendo com força e chiado de rádio.

— Marga, você ouviu isso? — digo espiando pela bunda dela, num volume alto por conta do escândalo das sirenes.

— Soltei um pum, te incomodou? — grita Marga na minha boceta sem soltar minha bunda e sem parar de golpear com a dela, apesar de eu ter parado de penetrá-la e ter esticado o pescoço como uma antena.

— Isso não, Marga! É a polícia que está aqui do lado! — digo desfazendo o meia nove porque minhas comportas se fecharam e não me deixam mais pôr a língua pra fora. — Vieram te despejar!

— Não grita, Nati — Marga diz deitada no colchão como uma odalisca. Eu pulo pelada da cama para a sala. A porta de entrada retumba porque estão tentando arrombá-la. Eu os ouço dando ordens uns aos outros.

— Me ajuda, Marga! — grito arrastando a mesa até a porta. — Me ajuda pra que eles não entrem! — Mas Marga não se mexe.

— Se resistirem vai ser pior! Liberem as garotas deficientes! — grita um megafone. Os golpes do aríete contra a porta e da porta contra a mesa fazem uma das quinas bater no meu quadril, e eu solto um filho da puta.

— *Nativitat, Margarita, sóc la Rosa de la RUDI, no us preocupeu, tot sortirà bé!* — grita outro megafone em catalão, e nos segundos que eu levo para entender que quem acaba de falar é a moni-poli *cupera*, um *mosso* já deu a primeira machadada na janela da sala que está tapada por tábuas. A lâmina do machado surge pela madeira como na porra do filme *O iluminado*.

— Marga! — Eu a chamo aos gritos, mas ela não responde. Corro até o quarto, e a bonita está virada em posição fetal.

— Soltem as garotas! — repete o megafone, e por não entender de que porra estão falando nem a quem se referem, eu grito até me doer a garganta.

— Que porra de garotas nós vamos soltar, fascistas, torturadores!

— Se não abrirem vão ser acusados de estupro qualificado! Sabemos que vocês mantêm relações sexuais com elas! — o megafone de um policial.

— *Nativitat, tranquila, estem aquí per ajudar-te!* — o megafone da *cupera* e o primeiro *mosso* entrando pela janela. Eu, pelada como estou, arremesso a cadeira da Estrella Damm com tanta precisão que os faço recuarem dois segundos pelo buraco que acaba de abrir, o tempo que outros dois *mossos* demoram para terminar de derrubar a porta abaixo e entrar aos gritos de parados, é a polícia, apontando a arma para mim. Jogo minha bicicleta em cima deles, que precisam se encolher no chão, e aproveito para jogar as outras duas cadeiras nos dois que entram de novo pela janela, acabando assim com o mobiliário da sala.

— Mãos ao alto! — enquanto uma fila de oito ou dez *mossos* entra correndo pelo buraco da porta desenhando semicírculos com as armas, corro até a cozinha, pego a faca de ponta afiada que Marga usou para limpar o chão e a cravo na coxa do *mosso* que tentava me imobilizar por trás.

— Saiam de onde estão! — grita outro.

— Cuidado, Marga, estão indo te pegar! — eu me desvencilho usando a faca, subo na bancada da cozinha e atiro as panelas de barro no policial ferido e em dois que vieram em seu socorro. Eles se protegem com as mãos, mas acerto um deles em cheio no capacete com tanta força que o faço cair de bunda no chão.

— Mãos ao alto! — repetem apontando as três armas para mim.

— Vocês não sabem dizer outra coisa, seus merdas?

— *Compte! La que crida és una d'elles! La que té unes comportes a la cara!* — grita a *cupera* pelo megafone.

— Solta a faca! — gritam de dentro do capacete.

— Solta você a arma, não fode! — respondo de dentro das minhas comportas.

— Solta a faca e vai ficar tudo bem! — que graça de mensagem tranquilizadora.

— Baixem as armas! — diz outro capacete, que deve ser um chefe porque os outros dois obedecem.

— Que obedientes! — eu digo.
— Solta a faca e vai ficar tudo bem! É última vez que eu digo!
— Vamos ver se será mesmo a última!
— Solta a faca e vai ficar tudo bem!
— Não disse? — com eles na minha frente e na minha mira, ando pela bancada em direção à saída da cozinha. Um dos robocops se mete na minha frente e bloqueia a saída com o cassetete erguido, eu pulo em cima dele segurando a faca e, antes de receber a porrada que racha minhas comportas, que quebra uma das minhas costelas e me deixa de joelhos, acerto a faca no único centímetro de braço não coberto pela proteção do uniforme de choque.

ROMANCE
TÍTULO: MEMÓRIAS DE MARÍA DELS ÀNGELS
GUIRAO HUERTAS
SUBTÍTULO: RECORDAÇÕES E PENSAMENTOS
DE UMA GAROTA DE ARCUELAMORA
(ARCOS DE PUERTOCAMPO, ESPANHA)
GÊNERO: LEITURA FÁCIL
AUTORA: MARÍA DELS ÀNGELS GUIRAO HUERTAS
CAPÍTULO 5: RUMO À LIBERDADE

As portas dos quartos do CRUDI novo
ficavam trancadas à chave durante o dia
para que ninguém pudesse entrar até a hora de dormir.

Mas, uma manhã,
uma funcionária esqueceu a chave na porta
do quarto que dividiam
minha prima Margarita e minha prima Patricia.

Elas se trancaram por dentro,
subiram na janela,
se sentaram no peitoril
e começaram a gritar que ou as tiravam do CRUDI,
ou elas se jogariam.

Estavam de mãos dadas
e gritavam e choravam sem parar.
Sorte que a janela não era muito alta
e se elas se jogassem não se matariam,
mas iriam se machucar muito,
e as responsáveis seriam Mamen
e as funcionárias do CRUDI.
A Gerência as denunciaria, tiraria seu dinheiro
e talvez alguma delas até fosse parar na prisão.

Admito que como nessa época
eu estava irritada com Mamen
e com muitas outras funcionárias,
eu adoraria que Patri e Marga se jogassem
e que Mamen e as outras fossem para a prisão.

Eu me lembrei desse dia vendo um espetáculo de dança
com vários deficientes
de mãos dadas com pessoas não deficientes
e duas garotas se sentam na beira do palco
com as pernas penduradas,
como Patri e Marga naquele dia,
mas sem chorar e sem gritar,
só mexendo os braços
como se dançassem uma sevilhana ou uma *jota*,
mas sem se soltar.
Quer dizer, como se dançassem uma sardana,
que são as sevilhanas e as *jotas* da Catalunha,
só que sentadas.

Minha prima Natividad ia participar dessa dança,
até que ela teve uma crise comporteira muito séria
e tiveram que institucionalizá-la na RUDI de La Floresta,
que é especial para deficientes intelectuais graves.

La Floresta é um bairro de Barcelona
que, como seu nome indica,
tem muitas flores,
além de árvores, javalis e até um riacho.

Deficiente intelectual grave significa
que você é o máximo de deficiente intelectual
que se pode ser.

Mas como Natividad tinha me dado os convites
antes da crise,
eu fui.
E como eu tinha convites sobrando porque ela nos deu três,
para Marga, para Patri e para mim,
e como Marga está hospitalizada por causa de sua esterilização
e Patri está irritada porque nos expulsaram
do apartamento supervisionado,
eu fui com dois amigos autogestores,
porque, apesar de Nati não participar, participaria Ibrahim,
que é outro autogestor do nosso grupo,
e estávamos animados para vê-lo
porque é nosso amigo
e uma pessoa muito boa.

Fim da digressão sobre o espetáculo de dança
e a crise da minha prima Natividad.

Continuação de Marga e Patri na janela
do CRUDI novo.

Patri e Marga ficaram um bom tempo assim.
Todos os institucionalizados e todas as funcionárias
fomos para o jardim e ficamos olhando para cima
e dizendo coisas para elas.

Eu dizia para elas terem cuidado,
outros diziam que estavam loucas,
as funcionárias diziam que estava tudo bem,

que elas não ficassem nervosas
e que se descessem e se sentassem para conversar
ouviriam todas suas reclamações.
Minha prima Natividad dizia que elas tinham que aguentar,
que não se jogassem, mas que também não descessem,
porque estavam num bom caminho
para conseguir sair de lá.

Alguns institucionalizados começaram a dizer a mesma coisa,
a aplaudi-las e a gritar seus nomes em coro.

As palavras de Nati não foram exatamente essas
porque a deficiência da síndrome das Comportas
não a deixa falar normal.
Ela usa palavras muito estranhas que ninguém entende.
Eu escrevi o que as palavras dela significam
para que entendam
todos os leitores e leitoras do meu romance.

As funcionárias a mandaram se calar,
mas ela não se calava por culpa de sua deficiência.

E embora teoricamente as funcionárias do CRUDI
fossem profissionais da deficiência intelectual,
isso que Natividad tinha elas não entendiam
porque imediatamente começaram
a abrir as comportas dela à força
e a levaram arrastada para dentro.

Quando eu a vi de novo
ela já estava com os parafusos das comportas frouxos
e abobada pelos comprimidos.

Patri e Marga não se jogaram,
mas não porque as deixaram ir embora do CRUDI,
e sim porque Mamen e as funcionárias
disseram muitas coisas lá debaixo,

algumas verdadeiras, outras mentirosas,
e algumas eram paradoxos.

Elas acreditaram em todas
e no final entraram,
abriram a porta do quarto,
levaram as duas para a enfermaria,
mediram a pressão delas e aplicaram uma injeção em cada uma.

Mandaram as duas se sentarem a uma mesa
junto com Mamen, com a psicóloga e comigo
e se puseram a falar.

Mas minhas primas mal conseguiam falar
e tudo o que falavam era sim ou não
porque tinham acabado de tomar as injeções.
Até mesmo Patricia,
que tem logorreia como parte de sua deficiência,
mal falava.

Logorreia é uma doença que faz você falar sem parar.

As únicas que falavam
eram Mamen e a psicóloga.
Eu também não falava porque estava muito nervosa
e com a gagueira não conseguia completar nenhuma palavra.
Eu estava como se tivessem aplicado
a injeção em mim também.
A única coisa que consegui dizer
foi que eu achava que minhas primas
não estavam em condições de falar
por causa das injeções.
Disse isso gaguejando muito, mas disse.

Mamen me respondeu
que os problemas tinham que ser resolvidos
quando eles aconteciam.
E eu respondi que assim não se resolveria problema nenhum

porque minhas primas não conseguiam falar.
De novo falei gaguejando muito,
mas falei.

Ela e a psicóloga me disseram
que era evidente que elas conseguiam falar sim
porque estavam falando.
"Mas não estão falando como elas falam",
eu respondi gaguejando muito,
"porque vocês aplicaram as injeções nelas."
"Estão falando como elas falam, Angelita,
só que calmas,
porque, se não,
não conseguiríamos falar com elas
porque estariam muito nervosas",
disse a psicóloga.
"Então vocês deviam
tomar as injeções também
para que vocês quatro falassem com a mesma calma",
eu disse.

Quando terminei de dizer essa frase,
que eu disse com muito esforço,
elas olharam para mim meio rindo, meio irritadas,
e foi então que disseram
a frase que mudou minha vida:
"Será que teremos que te dar
uma injeção também?".

Nesse momento fiquei calada,
e Mamen e a psicóloga continuaram agindo
como se nós cinco estivéssemos conversando,
mas elas duas eram as únicas que falavam.

Fiquei muitos dias pensando nessa frase que me disseram,
até que tomei a decisão
de que eu também queria ir embora do CRUDI
como Marga e Patri,

e que, se nós três fôssemos embora,
não deixaríamos Nati sozinha,
e teríamos que levá-la também.

Eu disse a mim mesma:
"Angelita, você não pode se comportar mal
porque senão vão te dar comprimidos também
ou vão te espetar com as injeções,
você vai ficar abobada e meio adormecida
e não vai poder sair daqui.
Você precisa se comportar bem
aproveitando que sua deficiência intelectual é leve,
e permanecer desperta e atenta a tudo".

Assim começou minha luta
pela autonomia e pela igualdade de direitos,
e assim dei meus primeiros passos como autogestora,
apesar de eu ainda não saber o que era nada disso,
mas agora me dou conta de que eu carregava
a igualdade de oportunidades no sangue.

Depois de muitos dias refletindo
sobre o que se passava pela minha cabeça
e sobre os sentimentos que me deixavam triste,
eu me fiz as seguintes perguntas:
Você pode ir aonde quiser?
Alguém pode dizer para você não ir aonde você quer?
Você pode ir aonde quiser com quem quiser?
Outras pessoas querem ir com você?
Aonde você quer ir?

Refletir significa pensar muito.

Agora posso responder a essas perguntas com muita facilidade
mas na época eu não fazia ideia
do que era o livre desenvolvimento da personalidade
garantido pela Constituição Espanhola
e pela Declaração Universal dos Direitos Humanos,

nem sabia o que era o direito à autodeterminação
em todos os aspectos da vida
garantida pela Convenção dos Direitos
das Pessoas com Deficiência.

Constituição Espanhola é a lei mais importante da Espanha.
Declaração Universal dos Direitos Humanos
é a lei mais importante do universo.
Convenção dos Direitos das Pessoas com Deficiência
é a lei mais importante para as pessoas com deficiência.

Naquela época eu não sabia responder às perguntas
com a força da lei
e respondia como podia.

Por exemplo, à pergunta sobre se eu podia ir aonde quisesse
só podia responder com o paradoxo "sim só que não",
embora na época eu não soubesse o que era um paradoxo.
Só sabia que tinha algo estranho acontecendo.

Eu podia ir aonde quisesse porque era maior de idade
e não estava incapacitada legalmente,
mas não podia ir aonde quisesse porque Mamen não deixava
e porque eu lhe obedecia.

Para a segunda pergunta
sobre se alguém podia não me deixar ir aonde eu quisesse,
a resposta era outro paradoxo,
porque só podiam me impedir
se me amarrassem na cama ou me trancassem,
mas eu não estava nem amarrada nem trancada,
nem mesmo abobada pelos comprimidos.
No entanto Mamen podia não me deixar ir aonde eu quisesse
porque eu não discutia isso com ela.

A terceira pergunta
sobre se eu podia ir aonde quisesse
com quem quisesse

era mais difícil de responder,
porque quando eu fui perguntar a minhas primas,
um dia que estavam normais e não abobadas pelos comprimidos,
se elas viriam comigo viver fora do CRUDI,
todas me disseram que sim.
Então perguntei onde,
e cada uma me disse uma coisa diferente:
Marga queria voltar para Arcuelamora como eu,
Patri disse que queria morar em Somorrín,
mas não nos arredores como estávamos,
e sim no centro no povoado,
e Nati disse que para ela tanto fazia
desde que saísse do CRUDI.

Isso era um problema e teríamos que entrar num acordo,
mas antes disso fiquei em dúvida, porque talvez elas
estivessem legalmente incapacitadas
por ter um grau de deficiência maior que o meu,
e então não as deixariam partir comigo.

Perguntei se elas tinham ido ver um juiz
e se tinham ido aos juizados,
e todas me disseram que não,
mas eu tinha medo de que elas não entendessem
o que eu estava dizendo
e que eu não estivesse explicando direito,
porque na época eu também não sabia direito sobre esses assuntos.
Só tinha ouvido falar deles.

Isso é autocrítica.

Também não tinha coragem de perguntar a Mamen
por medo de que ela descobrisse meus planos
e começasse a me dar os comprimidos.

Eu entendia que era importante que fôssemos todas juntas
porque assim seríamos mais fortes na hora de ir embora,
porque, como eu já disse,

naquela época eu não conhecia a força da lei
e só pensava na força de ser forte
ou de ser muita gente.

Então aconteceu outra coisa
que mudou minha vida para sempre.

No Dia das Famílias,
que acontece no CRUDI uma vez por ano
e que consiste em que os familiares dos institucionalizados
vêm ver o CRUDI
e os trabalhos manuais e os teatros que fazíamos,
como sempre apareceram meu tio Joaquín e meu tio Jose,
e tive uma conversa muito importante com eles.

Lembro a vocês que meu tio Joaquín
era o tio com quem eu fui morar
e lembro que meu tio Jose
era o pai da minha prima Marga.

Nessa época Patri e Nati
estavam em situação de orfandade absoluta.
Uma porque nunca soube quem era seu pai.
A outra
porque, apesar de todo mundo saber
que seu pai era o Gonzalo jovem,
ele nunca a reconheceu.
E as duas porque sua mãe,
minha tia Araceli, embora não estivesse morta
era como se estivesse,
porque estava enfiada em um asilo de idosos,
e desde que Patri e Nati entraram no CRUDI novo
elas nunca mais tinham se visto.

Pois nesse Dia das Famílias,
eu tinha conseguido me livrar de participar da peça de teatro
e minhas primas também não participariam
porque estavam irritadas com as funcionárias.

Aproveitei que meu tio Joaquín e meu tio Jose
também não tinham obrigação de ver o teatro
porque não tinham nenhum parente participando da peça
e saí com eles do auditório.

"Tios, as primas estão incapacitadas?",
perguntei.
Meu tio Joaquín me respondeu:
"Estão, como você".
Outro que estava por fora.
Meu tio confundia incapacidade e deficiência.
"Deficientes todas nós somos, tio,
mas legalmente incapacitadas, não."

Olhei então para meu tio Jose e perguntei:
"Você levou a prima Marga ao juizado
para a deixarem incapacitada?".
"Nem se ela fosse uma ladra!",
respondeu meu tio Jose.
Eu pensei comigo: "Perfeito!".
Perguntei de novo:
"E vocês sabem se alguém levou ao juizado
Patri e Nati para incapacitá-las?".
Disseram que não sabiam,
mas que achavam que não,
porque em Arcuelamora se sabe de tudo,
e eles teriam ficado sabendo.

Nunca tinha falado por tanto tempo com meus tios
na minha vida inteira.
Aproveitando que estavam com boa vontade
e que a peça de teatro tinha acabado de começar,
fiz ao meu tio Joaquín a segunda pergunta
que eu queria fazer:
"Tio, eu tenho mais família além de você e das primas?".
"O tio Jose", disse ele olhando para meu tio Jose.
Isso era verdade.

"E a tia Araceli."
Isso também era verdade.

"E a tia Montserrat."
"Quem é essa?", perguntei.
"Uma puta de Los Maderos,
que quando ele foi fechado,
ela passou a fazer ponto nas Ramblas", disse meu tio Jose.
"Uma prima minha e da sua mãe,
que descanse em paz", disse meu tio Joaquín.
"A tia Montserrat está morta?", perguntei.
"Não, sua mãe, Angelita."
"E a tia Montserrat está viva?"
"Eu acho que sim", disse meu tio Jose.
"E onde ela mora?", perguntei.
"Em Barcelona."
"Com os jogadores de futebol?", perguntei.

Nessa época eu não sabia o que era Barcelona,
mas agora sei perfeitamente
porque moro aqui.

"E vocês têm o endereço ou o telefone dela?"
"Eu teria que procurar, Angelita, filha",
disse meu tio Joaquín.
"Tio, por favor, procura e liga pra ela."
"E posso saber pra quê?", perguntou meu tio Jose.
"Para as primas e eu irmos passar as férias com ela."
"Imagino que ela não seja mais puta,
velha do jeito que deve estar", disse meu tio Jose.
"Angelita, essa mulher não vê vocês
desde o enterro da sua mãe",
disse meu tio Joaquín.
"Mas é uma boa pessoa?", perguntei.
"Ah, normal,
mas hoje as pessoas não são como antes,
que enfiavam os parentes em casa,

ainda mais vocês que são quatro
e ainda por cima anormais."

Nesse momento minha expressão mudou,
mas não porque meu tio nos chamou de anormais,
que é a palavra que ele tinha usado a vida inteira
e não conhecia outra porque já tinha setenta anos
e nunca havia saído do povoado.

A minha expressão mudou por dois motivos,
um ruim e outro bom:
O ruim, porque talvez a tia Montserrat
não quisesse nos enfiar na casa dela.
O bom, porque talvez se dissessem a ela
que não estávamos incapacitadas,
que o nosso dinheiro não era administrado por nenhum tutor legal
e que nós quatro juntas somávamos
cerca de dois mil e quinhentos euros de pensão por mês,
talvez ela quisesse, sim, nos enfiar na casa dela,
porque, sendo uma pessoa em risco de exclusão social
como são as prostitutas,
precisaria ainda mais do dinheiro.

Era assim na imensa maioria das casas
dos deficientes intelectuais da região de Arcos.
Moravam na casa dos pais em vez de em um CRUDI
para seus pais ficarem com o dinheiro.

Então meu tio Joaquín me perguntou uma coisa
que nunca tinha me perguntado na vida:

"É por que você não gosta daqui?"

Era minha oportunidade de pedir ajuda.
Meu tio Joaquín era
dos que sempre tinha me deixado ir aonde eu quisesse,
como a minha mãe e como a mãe de Patri e de Nati.
Meu tio Jose não tinha deixado Marga sair tanto,
mas eu precisava aproveitar que estavam com boa vontade.

"Olha, tios, nós não gostamos daqui.
Por favor, digam à dona Mamen
que vamos tirar uns dias de férias,
as primas e eu, em Arcuelamora,
e depois a gente vê como faz."

Disse isso gaguejando muito,
mas disse.

Meu tio Joaquín nunca tinha me pedido explicações
e desta vez não foi diferente.
Ele só ficou calado.
Meu tio Jose, sim, era mais de pedir explicações,
mas nesse dia não me perguntou mais nada,
e a coisa acabou por aí.

Um mês depois meu tio Jose e meu tio Joaquín
apareceram de novo no CRUDI.

Não era nem o Dia das Famílias,
nem o Dia de Portas Abertas,
nem nenhum dia de visitas.

Cumprimentaram as funcionárias,
cumprimentaram Mamen,
cumprimentaram Patri, Nati e Marga
e vieram atrás de mim.

Saímos para o jardim,
e eles falaram baixinho comigo.

Meu tio Jose me disse:
"Angelita, se quiserem que a gente tire vocês daqui,
vão ter que nos dar algum dinheiro."

Eu não entendi.
Olhei para meu tio Joaquín e ele explicou melhor:
"Angelita, se vocês forem embora,
talvez tirem a pensão de vocês,

e nós não poderemos mais
continuar sacando dinheiro da conta do banco.
Por isso precisamos que vocês deixem um dinheiro,
por segurança."

Eu, nessa hora, não entendi direito o que estava acontecendo.
Se tivéssemos essa mesma conversa agora
saberia perfeitamente que meu tio Joaquín e meu tio Jose
faziam o mesmo que a imensa maioria dos familiares
de todos os institucionalizados não incapacitados:
o cartão de crédito que está no nosso nome,
porque o banco te dá um cartão por ter uma conta,
era usado pelos familiares
que sacavam o dinheiro quando queriam.

Todo mundo sabe o que é um cartão de crédito
e não preciso explicar.
Mas devo sim dizer
que se alguém usa um cartão de crédito
que não tem seu nome
mas o nome de outra pessoa,
isso é ilegal.

Mas naquele momento eu só pensava que se pagássemos
iríamos embora,
e tudo me parecia ótimo
e parecia até normal.

Disse sim para tudo,
eles entraram na sala de Mamen
e quando saíram ela me disse:
"Você deve estar feliz, Angelita,
pois vão passar uns dias no seu povoado".

E no dia seguinte,
quando vieram nos buscar no furgão:
"Ai, mas que garotas mais vaidosas,
levando tanta bagagem!".

"Para ficarmos bonitas, dona Mamen",
disse Patricia,
que sempre foi muito vaidosa.

Nós quatro entramos no furgão do meu tio Jose
e fomos direto para o BANCOREA,
mas não o de Somorrín, e sim o de outro povoado mais distante,
para que ninguém que nos conhecesse pudesse perceber
que estávamos sacando dinheiro para não voltar mais
e fossem contar no CRUDI.

Nós seis fomos até o balcão do caixa,
e meus tios pediram os DNI de nós quatro.

DNI é a sigla de Documento Nacional de Identidade,
que é a carteira de identidade,
que todo mundo sabe o que é
porque todo mundo tem uma,
menos os estrangeiros.

Como não sabíamos quanto dinheiro havia nas contas,
foi preciso primeiro pedir um extrato.

Extrato significa papel que te dão no banco
em que diz quanto dinheiro há na sua conta.

Eu agora sei perfeitamente ir ao banco
e pedir tudo perfeitamente
porque me ensinaram no Grupo de Autogestores,
mas naquela época eu não fazia ideia,
e meus tios tiveram que pedir tudo.

Eu não conseguia ler o que tinha no extrato
porque estava tão nervosa que os números se embaralhavam.
Patri não conseguia ler aqueles números tão pequenos
porque naquela época já era muito míope.
Nati era a que sabia ler melhor,
mas tinha começado a ficar nevosa como eu.

Marga segurava a mão dela e dizia coisas
para que suas comportas não se ativassem
e deixassem todos nós mais nervosos.

Meus tios disseram ao homem do caixa
que queriam quinze mil euros.
Eu naquela época não sabia
se quinze mil euros era muito ou pouco.
Agora sei que aqueles quinze mil euros eram dinheiro demais
e que aquele dinheiro era da indenização
pelo acidente de trabalho de Nati.

Eu expliquei o que é
acidente de trabalho no capítulo 3
e vocês podem reler.

"Quanto vocês querem?",
perguntou meu tio Joaquín.

Eu não fazia ideia de quanto pedir.
Olhei para Patri, que estava ao meu lado,
e ela disse cem euros para cada uma.

"Bem, melhor duzentos para cada uma",
disse meu tio Jose.

Chamaram Nati para assinar um papel
e isso foi o mais difícil de tudo.
Marga quis ir com ela até o caixa,
mas ela resistia e puxava Marga para o outro lado.
As comportas dela começaram a se ativar,
e ela começou a gritar as coisas da deficiência dela.
As pessoas do banco nos olhavam,
e quando um funcionário do banco foi falar com ela
quase tomou cabeçada das comportas.

Então eu pensei que azar
que não tivessem dado os comprimidos para Nati naquele dia,

porque ela, por causa de sua deficiência,
não entendia que estávamos no banco para o seu bem,
que ela precisava assinar para o seu bem,
e que se ficasse daquele jeito ia estragar tudo não só para ela,
mas para todas nós,
que não tínhamos culpa de nada.

Finalmente conseguimos que ela assinasse
porque eu peguei o papel e uma caneta,
levei até onde ela estava
e disse que aquilo era a última coisa que ela precisava fazer
antes de irmos embora para sempre de Somorrín
e ela nunca mais ter que entrar num banco na vida.

Como eu pedi por favor e chorando,
as comportas dela recuaram um pouco
e no final ela assinou.

O homem do caixa pegou uns maços de notas
como quando Mamen tinha que ir ao banco
antes de o CRUDI ser centro privado
e tudo ser feito por transferências.

Um desses maços era para nós.

"Vocês precisam dar quatro mil euros pra tia Montserrat
enquanto ficarem na casa dela
até encontrarem um lugar para morar.
Já falamos com ela,
e ela vai buscar vocês na rodoviária de Barcelona",
disse meu tio Joaquín.

Saímos do banco,
entramos no furgão,
e eles nos levaram à rodoviária daquele mesmo povoado
onde ninguém nos conhecia,
para que nenhum conhecido percebesse
que Patri, Nati, Marga e eu

estávamos começando nossa nova vida,
uma vida em que eu começava a compreender
que as coisas tinham que ser feitas com a força da lei
e não com a força das mentiras.

Uma vida em que eu começava a compreender
que deveria tornar Nati e Marga legalmente incapazes,
sobre Patri eu não tinha certeza,
para que ninguém pudesse sacar dinheiro
de suas contas ilegalmente
a não ser um tutor legal
que zelasse pelo melhor interesse do incapaz.

Zelar pelo melhor interesse do incapaz
significa que tudo o que o tutor legal faz
ele faz pelo bem do incapaz
e sempre de forma legal,
como seu próprio nome indica.

E assim,
dentro do ônibus,
com lágrimas de alegria nos olhos
e com um sanduíche de linguiça embrulhado em papel-alumínio,
fomos para Barcelona,
essa terra de liberdade.

Até aqui minhas memórias
desde que saí de Arcuelamora
até chegar a Barcelona.

Mas antes de passar para o capítulo seguinte,
em que contarei como é minha vida aqui,
quero deixar uma coisa clara:

Sou plenamente consciente
de que este capítulo não é perfeito.

Ser plenamente consciente significa
que você sabe alguma coisa muito bem.

Sei que cumpri muitas normas
do livro *Leitura Fácil: Guias práticos de orientações
para a inclusão educativa*,
escrito pelo autor Óscar García Muñoz
no Ministério de Educação, Cultura e Esporte.

Ministério de Educação, Cultura e Esporte
é o lugar onde estão os políticos
que mandam nos colégios,
nos institutos, nas universidades,
nos museus, nos teatros, nos cinemas,
nas bibliotecas e nos centros poliesportivos.

Cumpri a Norma 2 da página 19 que diz:
"Vigilância de acidentes semânticos.
Evitar sinônimos.
Evitar a polissemia.
Evitar a complexidade léxica.
Evitar metáforas e abstrações".

Sinônimos são palavras que são escritas de um jeito diferente,
mas que significam a mesma coisa.
Por exemplo, diversão e curtição
são sinônimos.

Polissemia e metáforas eu já disse o que é
e dei vários exemplos.

Abstrato é algo que não se vê com os olhos
nem com os outros sentidos,
mas que se sente,
como violência, fome ou liberdade.

Complexidade léxica são palavras muito difíceis.

Também cumpri a norma da página 80
do livro dos Métodos,
do qual já falei muitas vezes,

também escrito pelo autor Óscar García Muñoz,
mas no Ministério de Saúde, Assuntos Sociais e Igualdade.

Ministério de Saúde, Assuntos Sociais e Igualdade
é o lugar onde estão os políticos
que mandam nos hospitais e nos assuntos da sociedade
para que sejamos todos iguais.

Essa norma diz:
"Não incluir muitos personagens.
Convém reduzi-los aos que
se relacionam com a trama principal".
E também diz:
"Os personagens devem ser definidos,
pouco complexos,
e ter características simplificadas".

Eu a descumpri porque pus
todos os personagens do CRUDI e de fora do CRUDI
que participaram da história da minha vida,
e com todas as características que eram necessárias
para contar de verdade a história da minha vida.

Da página 71 desse mesmo livro
descumpri a norma que diz:
"Evitar palavras que expressem juízos de valor".
Eu utilizei as palavras "bom" e "ruim"
e "boa" muitas vezes.
Também descumpri a que diz:
"Evitar a linguagem figurada,
as metáforas e os provérbios
porque geram confusão".
Por exemplo, quando disse "nada como um dia após o outro"
ou "na alegria e na tristeza",
descumpri essa norma,
porque tudo isso são provérbios.

Também ignorei uma norma que aparece
nos dois livros de antes

e nas diretrizes de que já falei outras vezes,
escritas pela Seção de Serviços Bibliotecários
para Pessoas com Necessidades Especiais,
e que manda usar imagens de apoio ao lado do texto.

Seção é uma parte.
Serviços Bibliotecários é que a biblioteca te dá coisas
ou te ajuda a fazer coisas,
não são os banheiros da biblioteca.
Cuidado com a palavra serviços
porque é uma polissemia.

Pessoas com Necessidades Especiais somos nós,
os deficientes e retardados de sempre.

No começo eu inseria emojis do WhatsApp
porque achava que cumpriam o que a norma diz:
"Utilizar imagens fáceis de entender,
precisas e relevantes em seu significado,
simples, com poucos detalhes, familiares,
e que captem a atenção.
A imagem deve ser útil,
não bonita".
Mas esta é uma norma opcional
que eu percebi que é descumprida por
outros bons escritores de Leitura Fácil,
por exemplo o da adaptação
do *Diário de Anne Frank*,
que vendeu muitos livros
e foi traduzido para muitos idiomas.
Só coloca uma foto em preto e branco de vez em quando.

Também descumpri a norma de não fazer digressões
e a de usar travessão nos diálogos.

Das digressões eu já falei no capítulo 1,
e vocês podem reler.

E sobre o travessão grande dos diálogos,
não sei onde ele fica no teclado do WhatsApp.

Dizem que para descumprir as normas
primeiro é preciso conhecê-las.
Por isso escrevi todas as normas que eu ignoro,
para demonstrar que não as estou ignorando sem saber,
mas que eu as pulo sabendo e querendo.

É um ato de rebeldia.

Rebeldia é quando você não concorda com uma norma
e a ignora.

Se você não conhece a norma e a ignora do mesmo jeito
não é rebeldia,
é só ignorância.

Ignorância é não saber alguma coisa.

Sou uma escritora rebelde
porque, depois de estudar as normas de Leitura Fácil,
me dei conta de que muitas são ruins
e que muita gente que não é ignorante,
como a juíza que autorizou
a esterilização da minha prima Marga,
não conhece a Leitura Fácil.

Autorizar a esterilização
é que a juíza dá um papel
para sua tutora legal que é a Generalitat da Catalunha
em que diz dar permissão
para levar Marga ao médico
e para o médico fazer uma operação
para que ela nunca fique grávida.

Tutora legal é a pessoa
que é responsável por um deficiente
que além de deficiente seja incapaz.

Incapaz é um deficiente que não pode fazer nada
sem a permissão de seu tutor legal,
e seu tutor legal é como seu pai.

A Generalitat da Catalunha é o governo da Catalunha.

O que é governo eu já expliquei no capítulo 1.
Vocês podem reler se não lembrarem.

Se uma pessoa tão esperta como uma juíza
não sabe o que é a Leitura Fácil
é porque é preciso regenerar a Leitura Fácil.
Deve ser atraente e útil para todos,
não só para os trinta por cento de pessoas
que têm dificuldades de leitura
ou que foram privadas do prazer da leitura.
A Leitura Fácil deve chegar à população em geral,
à maioria da população
e a todos os cidadãos.

Cidadão é todo mundo,
não só quem vive nas cidades,
mas também quem mora no interior,
até em aldeias,
ou sozinho no meio do mato.

Os romances, as leis, os contratos,
as multas, as sentenças,
a conta de luz, de água e de gás,
os papéis do banco, da prefeitura
e de qualquer lugar onde haja políticos
ou de qualquer lugar onde haja empresas
têm que ser escritos em Leitura Fácil.

Falei sobre isso com minha pessoa de apoio
do meu grupo de Autogestores,
e ela me disse que eu,
como autogestora que sou,

faço muito bem em tomar iniciativas
sem restrições prévias nem expectativas superdimensionadas.

Tomar iniciativas significa ter uma ideia
e levá-la adiante.
Sem restrições prévias significa sem que ninguém,
nem mesmo eu mesma,
fique criando problemas antes de começar.
Expectativas superdimensionadas significa
que é preciso ser realista e saber que as coisas
são conquistadas aos poucos.

Procurei na internet e tem muita gente
com a mesma iniciativa que eu.
Gente de Biscaia, de Leganés, de Ávila,
da Estremadura, da Galícia, de Oviedo
e, obviamente, da Catalunha,
que é onde houve Leitura Fácil pela
primeira vez em toda a Espanha.

Todos esses são lugares da Espanha,
exceto a Catalunha,
onde existe um debate entre gente que
diz que não é da Espanha
e gente que diz que é da Espanha sim.

Em Biscaia é mais ou menos igual,
porque lá também tem gente
que diz que não é da Espanha
e outros que dizem que são sim da Espanha.

Mas isso não importa para a Leitura Fácil,
porque a Leitura Fácil
é a acessibilidade universal de todos os cidadãos,
sejam da Espanha ou do estrangeiro,
aos direitos à informação e à cultura,
à transparência e à democracia,
à comunicação como consumidores e usuários

e como trabalhadores e trabalhadoras,
porque se uma empresa se comunicar em Leitura Fácil
com seus clientes e com seus trabalhadores
ganhará mais dinheiro
porque seus clientes entenderão melhor seus anúncios
e porque seus trabalhadores
entenderão melhor as ordens dos chefes,
e além disso a empresa ganhará prestígio
porque os cidadãos verão que ela se preocupa
com a acessibilidade universal.

Sou uma escritora rebelde e universal
que tomou a iniciativa
de regenerar, democratizar e tornar produtiva a Leitura Fácil
sem medo de ignorar as normas,
custe o que custar,
doa a quem doer,
faça chuva ou faça sol,
mesmo que eu me torne uma escritora incompreendida,
maldita ou de culto.

Incompreendida significa que ninguém te compreende.
Maldita significa que jogaram uma maldição em você.
De culto significa como o culto nas igrejas
quando as pessoas vão rezar para um santo,
um cristo ou uma virgem,
mas, em vez de rezarem, leem seu livro.

Isso de rezar e do livro é uma metáfora.

Barcelona, 11 de setembro de 2017
Dia em que foi posta em liberdade a bailarina Maritza Garrido-Lecca
após vinte e cinco anos de cativeiro em uma prisão peruana

AGRADECIMENTOS

Agradeço a Araceli Pereda, meu primeiro contato com o mundo da deficiência intelectual; a Sonia Familiar, primeira pessoa a me falar da existência da Leitura Fácil e dos Grupos de Autogestores; e a R. B. A., que me contou como esse mundo era nos anos 1980 e 1990. Abusei de seu tempo e de seus conhecimentos tantas vezes quanto minha curiosidade e minha ignorância reivindicaram, e elas sempre, sempre, sempre atenderam às minhas ligações. Obrigada pelas risadas, pelos debates, pela documentação, pelas concordâncias e pelas discordâncias.

Agradeço a Desirée Cascales Xalma por dançar tão apaixonadamente comigo, por me fazer sentir segura em seu corpo e por se sentir segura no meu, por me contar sua vida sem omitir nenhum detalhe e por me explicar os tortuosos caminhos da previdência social até encontrar a saída.

Agradeço a Lucía Buedo, de La Caldera de Les Corts, por receber e entregar o material editorial como se o escritório fosse os correios, funções que não lhe correspondem e que, no entanto, ela fez sorrindo com sorrisos verdadeiros.

Agradeço aos bailarinos e antibailarinos do Brut Nature 2018 por caírem na farra comigo no dia da entrega do Prêmio Herralde sem nunca nos termos visto antes. A experiência sempre nos mostra que devemos confiar em estranhos. Agradeço, especialmente, a Oscar Dasí, diretor artístico de La Caldera, que não só festejou comigo, como ainda guardou o segredo, e que une a dança e a literatura em sua prática diária.

Agradeço a Élise Moreau e a Elisa Keisanen, duas das três pernas da Iniciativa Sexual Femenina, por se porem à disposição das bizarrices deste romance, por torná-las suas e por me liberarem dos ensaios sempre que o trabalho literário me impedia. Não fosse por sua compreensão, teria pegado três pneumonias entre setembro e novembro.

Agradeço a Ella Sher por pegar aviões e atender ao telefone nas horas mais inusitadas, por carregar sua roupa de festa em uma sacola e se trocar no banheiro, e por esse cuidado comigo que não esmoreceu nem sob a pressão da censura.

E agradeço a Guido Micheli Losurdo e a Javier López Mansilla, meus esposos fanzineiros.

Agradeço a Henrique Rodrigues Lima por sua leitura e conselhos para a edição brasileira.

tipologia Abril
papel Pólen Bold 70 g
impresso por Loyola para Mundaréu
São Paulo, janeiro de 2024